Racines
Tome I

Éditions J'ai Lu

ALEX HALEY

Racines
Tome I

Traduit de l'américain
par Maud SISSUNG

Ce roman a paru sous le titre original :

ROOTS

1

C'est au début du printemps 1750 que naquit le fils d'Omoro et de Binta Kinté. Cela se passait dans le village de Djouffouré, à quatre jours de pirogue de la côte de Gambie, en Afrique occidentale. Jailli du jeune corps souple et vigoureux de Binta, le nouveau-né était là, la peau aussi noire que celle de sa mère, encore tout visqueux du sang maternel, et il braillait.

En constatant que c'était un garçon, les visages ridés de la vieille Nyo Boto et de la grand-mère du bébé, Yaïssa, qui avaient fait office de sages-femmes, s'illuminèrent. Car un premier-né mâle était le signe qu'Allah accordait une bénédiction particulière au père et à la mère, mais aussi à leurs familles respectives ; et à cela s'ajoutait la fierté de savoir que le nom de Kinté allait être honoré et perpétué.

En cette heure matinale, les coqs ne chantaient pas encore, et, derrière le caquetage de Nyo Boto et de grand-mère Yaïssa, les premiers bruits qui frappèrent l'oreille du nouveau-né furent les échos assourdis des pilons de bois heurtant en cadence les mortiers. Les femmes du village préparaient la semoule pour la traditionnelle bouillie du premier déjeuner qu'elles allaient mettre à cuire, dans un pot de terre, sur un feu entretenu entre trois pierres.

L'âcre fumée des foyers dessinait déjà ses minces volutes bleues au-dessus des cases rondes de torchis lorsque s'éleva le chant nasillard de l'alimamo, appelant les hommes à la première des cinq prières quotidiennes à Allah qui rythmaient depuis toujours la vie des villageois. Abandonnant leurs couchettes de bambou et de peaux, les hommes, dans leur robe de grosse cotonnade, se hâtèrent de gagner le lieu de prière pour faire leur acte de foi sous la conduite de l'alimamo : *Allahou Akbar ! Ashadou an laïlahaïlala !* (Dieu est grand ! J'atteste qu'il n'y a qu'un Dieu !) Et ce fut après la prière, au moment où les hommes regagnaient leurs quartiers pour le premier déjeuner, qu'Omoro arriva en trombe, clamant sa joie d'avoir un premier-né mâle. Et tous, en se pressant pour le féliciter, redirent l'heureux présage attaché à la naissance du garçon.

Puis chacun rentra dans sa propre case. Les femmes portèrent à leur mari la calebasse de bouillie matinale et firent ensuite déjeuner les enfants dans les cuisines à l'arrière des habitations, elles-mêmes mangeant en dernier. Leur repas terminé, les hommes partirent aux champs, munis de la courte houe au manche incurvé et à la lame de bois gainée de métal par le forgeron du village. Le travail de la journée commençait ; il fallait préparer la terre pour la culture des arachides, du sorgho et du coton, domaine traditionnel des hommes dans cette grasse savane de Gambie, alors que celle du riz revenait, de droit, aux femmes.

Selon la coutume, Omoro n'aurait, pendant sept jours, qu'un unique devoir, occupant tous ses instants : trouver un nom pour son premier-né. Ce devait être un nom évocateur d'histoire et, en même temps, porteur de promesses, car pour ceux de sa tribu — les Mandingues — l'enfant aurait sept des traits principaux de l'être ou de la chose qui lui prêterait son nom.

Pendant toute cette semaine de réflexion, Omoro

passa d'une maisonnée à l'autre, invitant chacun, en son nom et en celui de Binta, à assister à l'imposition du nom traditionnellement fixée au huitième jour après la naissance de l'enfant. Ce jour-là, comme son père et comme le père de son père, ce fils à peine venu au monde deviendrait membre de la tribu.

A l'aube du huitième jour, tout le village se réunit devant la case d'Omoro et de Binta. Les femmes des deux familles apportaient, bien plantées sur leur tête, des calebasses cérémonielles emplies de lait aigre et de gâteaux mounkos, faits de riz pilé et de miel. Karamo Silla, le djaliba du village, était là avec ses tam-tams ; il y avait aussi l'alimamo et Brima Cesay, l'arafang, le futur maître du garçon ; et puis encore, venus de loin, les deux frères d'Omoro, Djanneh et Saloum, qui, avertis par le tambour de brousse de la naissance de leur neveu, s'étaient aussitôt mis en route.

Comme le voulait le cérémonial d'une telle journée, l'on rasa une petite touffe de cheveux du bébé — fièrement exhibé par Binta — et les femmes renchérirent à l'envi sur la beauté du petit corps. Puis elles firent silence, car le djaliba commençait à frapper ses tambours. Tandis que l'alimamo priait au-dessus des calebasses de lait aigre et de gâteaux mounkos, les invités vinrent à tour de rôle effleurer de la main droite le bord d'un des récipients, en signe de respect pour la nourriture. Ensuite, l'alimamo se retourna et pria au-dessus de l'enfant, suppliant Allah de lui donner longue vie et nombreuse progéniture, d'en faire la fierté de sa famille, de son village, de sa tribu — et enfin de lui conférer force et intelligence pour honorer le nom qu'il allait recevoir.

Puis Omoro sortit du cercle des villageois. Se plaçant à côté de sa femme, il éleva l'enfant et, tous les regards attachés à ses gestes, il lui murmura trois fois dans l'oreille le nom qu'il avait choisi pour lui. Celui-ci n'avait encore jamais été proféré, car, pour Omoro et les siens, le nouveau-né devait être le premier à entendre son nom.

A nouveau résonna le tam-tam ; Omoro dit tout bas à Binta le nom du petit ; et tous purent lire, sur le visage de la mère, la fierté et la satisfaction. Omoro fit alors connaître, dans un chuchotement, le nom du garçon à l'arafang, qui se tenait devant les villageois.

— Le premier enfant d'Omoro et de Binta Kinté s'appelle *Kounta !* proclama Brima Cesay.

Chacun savait que c'était là le second nom du grand-père de l'enfant, Kaïraba Kounta Kinté, qui, natif de Mauritanie, était venu en Gambie, avait sauvé les habitants de Djouffouré de la famine, avait épousé grand-mère Yaïssa et, jusqu'à sa mort, avait été l'homme de Dieu du village, son secours et son honneur.

L'arafang récita les noms des ancêtres mauritaniens dont le grand-père du bébé, le vieux Kaïraba Kinté, avait souvent parlé. La liste de ces noms fameux était si longue qu'elle remontait à plus de deux cents pluies. Puis le djaliba fit résonner son tam-tam, et tous les assistants proclamèrent bien haut l'admiration et le respect qu'ils éprouvaient devant ce prestigieux lignage.

En cette huitième nuit, sous la lune et les étoiles, seul avec son fils, Omoro procéda au dernier rite de l'imposition du nom. L'enfant bien calé dans ses bras vigoureux, il marcha jusqu'aux confins du village et là, élevant le petit en lui tournant le visage vers le ciel, il lui murmura tout doucement : *Fend kiling dorong leh ouarrata ka iteh tee.* (Regarde — cela seul est plus grand que toi.)

2

Le temps des plantations était venu, car les premières pluies étaient proches. Sur leurs terres, les hommes de Djouffouré avaient rassemblé de grands tas d'herbes sèches auxquels ils mettaient le feu, pour que les cendres, dispersées par la brise, engraissent le sol. Déjà les femmes s'activaient, dans leurs propres champs, à repiquer le riz.

Durant les relevailles de Binta, grand-mère Yaïssa s'était occupée de sa rizière, mais la jeune femme pouvait à présent retourner au travail. Kounta bien arrimé sur son dos au moyen d'une écharpe, Binta partit en compagnie des autres femmes — certaines, comme elle-même et son amie Djankay Touray, portant, en plus de leur nourrisson, un baluchon sur la tête. Arrivées au bord du bolong, l'un des nombreux affluents serpentins du grand fleuve appelé Kamby Bolongo (la Gambie), elles montèrent à cinq ou six dans des pirogues et suivirent le fil de l'eau, au rythme de leurs courtes pagaies. Chaque fois qu'elle se penchait en avant pour tirer sur la large pelle, Binta sentait, pressé contre son dos, le petit corps doux et chaud de Kounta.

Aux effluves lourds et musqués des palétuviers se mêlaient les senteurs de l'épaisse végétation couvrant les rives. Sur le passage des pirogues, de grandes familles de babouins, dérangées dans leur sommeil, éclataient en hurlements, bondissant en tous sens et agitant des branches de palmier. Grognant et renâclant, les cochons sauvages couraient se mettre à couvert dans les herbes et les buissons. Massés sur les grèves boueuses, des milliers d'oiseaux : pélicans, grues, aigrettes, hérons, cigognes, mouettes, sternes, spatules, abandonnaient un instant leur quête de nourriture et, tout en émoi, regardaient filer les canots. Les plus petits : ramiers, becs-en-ciseaux, râles, anhingas et martins-pêcheurs, prenaient leur envol, tournoyant en l'air dans un concert de piaillements aigus jusqu'à la disparition des intrus.

Là où les eaux étaient plus turbulentes, le passage des pirogues faisait jaillir des bandes de vairons, zébrant l'air d'une danse argentée avant de rejoindre leur élément dans une gerbe d'éclaboussures. Souvent, des poissons carnassiers pourchassaient les vairons avec une telle avidité qu'il leur arrivait de retomber dans les bateaux, où les femmes n'avaient plus qu'à les assommer à coups de pagaie pour se ménager un succulent dîner. Ce matin-là, pourtant, les vairons frétillaient en toute quiétude.

Toujours pagayant, les femmes, à un détour du bolong, débouchèrent dans un chenal plus large et, à leur approche, un immense tapis vivant d'oiseaux marins se déploya — des centaines de milliers d'oiseaux de toutes les couleurs, montant vers le ciel dans l'ample vibration de leurs battements d'ailes. Sur le passage des femmes, les eaux, assombries et secouées par la nappe tumultueuse de cet envol, se mouchetaient de plumes.

En approchant des faros marécageux où des générations de femmes de Djouffouré avaient cultivé le riz, les pirogues traversèrent des nuées de moustiques avant de venir, l'une après l'autre, se ranger contre la chaussée recouverte d'épaisses nattes d'herbes tressées. Les nattes délimitaient les parcelles où, déjà, les pousses vert émeraude émergeaient d'une bonne main au-dessus de l'eau.

Tous les ans, le Conseil des Anciens de Djouffouré décidait de la taille des parcelles en fonction du nombre de bouches à nourrir dans chaque famille. Aussi Binta n'avait-elle encore qu'un assez petit champ à cultiver. Sortant de la pirogue avec précaution pour ne pas secouer le bébé, elle fit quelques pas et s'arrêta soudain, saisie de joie devant la toute petite hutte de bambou couverte de chaume et montée sur pilotis. Pendant qu'elle accouchait, Omoro était venu construire un abri pour leur fils. Et — c'était bien d'un homme — il n'en avait soufflé mot.

Binta allaita l'enfant, le coucha dans l'abri, enfila les vêtements de travail qu'elle avait apportés dans son baluchon et se mit à l'ouvrage. Ployée en deux au-dessus de l'eau, elle en extirpait les mauvaises herbes qui, en grandissant, auraient étouffé le riz. Et, dès qu'elle entendait Kounta pleurer, elle pataugeait aussitôt jusqu'à l'abri, ses vêtements mouillés collés au corps, pour donner le sein au bébé.

Ainsi, jour après jour, le petit Kounta baignait dans la tendresse maternelle. Tous les soirs, au retour du faro, Binta préparait le dîner d'Omoro et allait le lui porter. Après cela, elle enduisait le bébé de beurre de karité, de la tête aux pieds, pour lui faire la peau douce ; et puis elle traversait fièrement le village pour rendre visite à grand-mère Yaïssa, et alors les baisers et les caresses pleuvaient sur Kounta. Les deux femmes arrivaient même à le faire pleurnicher à force de lui pétrir le crâne, les narines, les oreilles, les lèvres pour en faire un beau garçon.

Parfois, Omoro enlevait son fils aux femmes et l'emportait, bien emmitouflé, jusque chez lui — dans le village, maris et femmes habitaient à part. Combien d'objets plaisants s'offraient aux yeux et même aux petits doigts de Kounta dans la case paternelle, tels les talismans placés à la tête du lit d'Omoro pour éloigner les esprits malfaisants. Tout ce qui était coloré attirait l'enfant, particulièrement la carnassière de cuir presque entièrement recouverte de cauris — un pour chaque animal tué à la chasse par Omoro, afin de nourrir le village. Et Kounta gazouillait devant le grand arc d'Omoro, avec son carquois pendu à côté. Il tendait sa menotte pour saisir le mince et sombre fût de la lance, poli par d'innombrables maniements. A l'exception du tapis de prière, qui est sacré pour son possesseur, Omoro laissait Kounta toucher à tout. Et dans l'intimité de sa case, le père parlait à son fils des hautes actions qui le distingueraient, quand il serait un homme.

Puis il ramenait Kounta à sa mère, pour la prochaine tétée. Où qu'il se trouve, la vie de Kounta était pratiquement une succession de moments agréables. Et Binta était toujours là pour l'endormir, le câlinant sur ses genoux ou veillant à son chevet en lui fredonnant une berceuse :

> Mon enfant au doux sourire,
> Ton nom te vient d'un noble ancêtre.
> Le jour viendra où tu seras
> Grand chasseur ou grand guerrier,
> Faisant la fierté de ton père.
> Mais, moi, je te verrai toujours
> Comme tu es aujourd'hui.

Malgré l'amour qu'elle portait à son fils et à son mari, Binta se laissait gagner par l'inquiétude : il était coutumier, pour les époux musulmans, de choisir et d'épouser une seconde femme pendant la période où leur première femme allaitait un bébé. Certes, Omoro n'avait pas encore pris de seconde femme, mais Binta, peu désireuse qu'il cédât à la tentation, sentait que plus tôt le petit Kounta marcherait, mieux cela vaudrait — car ce serait alors le moment de le sevrer.

Ainsi, lorsque, à treize mois, Kounta commença à

chanceler sur ses petites jambes, l'aide maternelle ne lui fut pas ménagée. Bientôt il put se passer de l'assistance d'une main secourable. Binta se sentit aussi soulagée qu'Omoro était fier, et quand Kounta réclama bien haut le sein, il reçut une bonne fessée avant d'être consolé par une gourde de lait.

3

Trois pluies étaient passées. Dans le village, c'était la période où il convenait de restreindre son appétit : les céréales et autres récoltes séchées étaient pratiquement épuisées. Certes, les hommes étaient partis à la chasse, mais ils n'en avaient rapporté que des antilopes et des gazelles de petite taille, et quelques volatiles de brousse particulièrement stupides. En effet, durant cette saison brûlée de soleil, les points d'eau de la savane n'étaient plus que des cuvettes boueuses, et le gros gibier se réfugiait dans les profondeurs de la forêt. Pourtant, les villageois de Djouffouré avaient besoin d'être en pleine vigueur pour procéder aux plantations qui assureraient la prochaine récolte. Déjà, les femmes ajoutaient aux aliments de base — semoule et riz — les insipides graines de bambou et les amères feuilles de baobab séchées, afin de faire durer un peu plus longtemps les réserves. Les jours de disette avaient commencé si tôt que l'on avait dû sacrifier cinq chèvres et deux bouvillons — plus que la fois précédente — pour renforcer les prières à Allah, afin qu'il épargne la famine au village.

Et puis, le ciel ardent s'emplit de nuages, les brises légères devinrent des vents forts et, comme toujours, survinrent brutalement les petites pluies, chaudes et douces, sous lesquelles les villageois se hâtèrent de biner la terre ameublie en y traçant les longs sillons destinés à la semence. Chacun savait que toutes les plantations devaient être terminées avant le déclenchement des grandes pluies.

Pendant quelques jours, au lieu d'aller matinalement travailler dans leurs rizières, les femmes, revêtues du costume de fertilité traditionnel fait de grandes feuilles vertes symbolisant la croissance des végétaux, se dirigèrent vers les champs des hommes. Avant même qu'elles soient en vue, on entendait leurs voix modulant des prières ancestrales pour que le mil, les arachides et les graines qu'elles apportaient, dans des récipients de terre bien plantés sur leur tête, prennent racine et fructifient.

Leurs pieds nus frappant le sol en cadence, la procession chantante des femmes se déroulait trois fois de suite autour de chaque champ. Puis elle se débandait, et chaque femme, se plaçant derrière un cultivateur, le suivait tout au long du sillon dans lequel, à intervalles réguliers, il enfonçait son gros orteil. Dans le trou ainsi ménagé, la femme déposait une graine et ramenait la terre par-dessus, également de son gros orteil. Et ils avançaient ainsi, l'un derrière l'autre. Les femmes travaillaient encore plus dur que les hommes, car elles devaient aider leur mari mais aussi continuer à cultiver le riz et le potager attenant à leur cuisine.

Pendant que Binta se livrait à ses plantations : oignons, ignames, courges, manioc et tomates amères, le petit Kounta s'ébattait sous le regard vigilant des grand-mères qui s'occupaient, à plusieurs, des enfants de Djouffouré appartenant au premier kafo, c'est-à-dire ceux qui avaient moins de cinq pluies. Filles et garçons, tous étaient nus — certains commençaient tout juste à parler. Ils grandissaient à vue d'œil, et Kounta le premier. Avec des cris et des rires, ils se poursuivaient autour du tronc géant du baobab du village, jouaient à cache-cache, faisaient débouler en tous sens les chiens et les poules.

Mais tous les enfants — même aussi petits que Kounta — étaient prompts à se calmer et à se tenir bien sages dès qu'une grand-mère s'apprêtait à raconter une histoire. La plupart des mots lui échappaient encore, mais Kounta contemplait, les yeux écarquillés, la conteuse qui accompagnait son histoire de mimiques et de bruits si évocateurs qu'on aurait cru la voir se dérouler réellement.

En dépit de son âge tendre, Kounta avait déjà son trésor personnel d'histoires, celles que grand-mère Yaïssa lui racontait à lui tout seul, lorsqu'il allait la voir dans sa case. Mais, pour lui comme pour ses camarades du premier kafo, la meilleure de toutes les conteuses, c'était la mystérieuse, l'étrange, la chère vieille Nyo Boto. Complètement chauve, toute plissée de rides, aussi noire qu'un fond de marmite, mâchonnant une longue racine de jonc odorant (les quelques dents qui lui restaient étaient devenues orange foncé à force de mâcher des noix de kola), la vieille Nyo Boto s'installait sur son tabouret bas avec bien des grognements. Malgré ses manières bourrues, les enfants savaient qu'elle les aimait comme les siens — ne disait-elle pas d'ailleurs qu'ils étaient tous à elle.

Elle grommelait aux enfants réunis en cercle autour d'elle :

— Je vais vous raconter une histoire...

— Oh ! oui ! s'écriaient-ils en chœur, frétillants d'impatience.

Et elle commençait, comme tous les conteurs mandingues :

— En ce temps-là, dans ce village-là, vivait cette personne-là.

C'était, racontait-elle, un petit garçon à peu près de

leur âge qui, un jour, en arrivant au bord du fleuve, vit un crocodile pris dans un filet.

— Aide-moi ! cria le crocodile.

— Mais tu vas me tuer, répondit le garçon.

— Non ! Approche-toi ! dit le crocodile.

Alors l'enfant s'approcha du crocodile et aussitôt la longue gueule aux longs crocs se referma sur lui.

— C'est comme ça que tu réponds à ma bonté — par la méchanceté ? s'écria le garçon.

— Évidemment, rétorqua le crocodile. Ainsi va le monde.

Le garçon refusant de croire une aussi laide chose, le crocodile accepta, avant de l'engloutir, de demander aux trois premiers témoins qui viendraient à passer ce qu'ils en pensaient. Arriva d'abord un vieil âne. Interrogé par l'enfant, il répondit :

— A présent que je suis vieux et que je ne peux plus travailler, mon maître m'a chassé pour que les léopards m'emportent !

— Tu vois ? dit le crocodile.

Vint ensuite un vieux cheval, et son opinion était la même que celle de l'âne.

— Tu vois ? dit le crocodile.

Puis ce fut le tour d'un lapin dodu, qui répondit :

— Eh bien ! je ne peux pas donner un avis sérieux si je ne vois pas comment tout cela s'est passé depuis le début.

En ronchonnant, le crocodile ouvrit sa gueule pour lui raconter — et le garçon, libéré, sauta sur la rive.

— Aimes-tu la viande de crocodile ? demanda le lapin. (Le garçon répondit que oui.) Et tes parents aussi ?

— Oui, mes parents aussi.

— Eh bien ! il y a là un crocodile tout prêt pour la marmite.

Le garçon courut chercher les hommes du village et

ils vinrent l'aider à tuer le crocodile. Mais ils avaient amené avec eux un chien ouolo, et celui-ci attrapa le lapin et le tua.

— Voilà, le crocodile avait raison, dit Nyo Boto. C'est bien *ainsi* que va le monde, souvent une bonté est rendue par une méchanceté. Voilà ce que je vous ai montré dans cette histoire.

— A toi la bénédiction, la force et la prospérité ! s'écrièrent les enfants pour la remercier.

Et puis les autres grand-mères circulèrent parmi les enfants avec des jattes de scarabées et de sauterelles fraîchement grillés. A un autre moment de l'année, ce n'aurait été là qu'une gourmandise, mais aujourd'hui, à la veille des grandes pluies, alors que la saison maigre avait commencé, les insectes grillés devaient suffire au repas de midi, car les greniers familiaux ne recelaient plus que quelques poignées de sorgho et de riz.

4

Il pleuvait à présent pratiquement tous les matins : de fraîches et courtes ondées, dans les intervalles desquelles Kounta et ses compagnons s'empressaient de courir dehors.

— A moi, à moi ! s'écriaient les enfants devant les jolis arcs-en-ciel qui semblaient proches à pouvoir les toucher.

Mais ils devaient bientôt battre en retraite dans les cases, car les averses amenaient également des nuées d'insectes volants, aux morsures et aux piqûres redoutables.

Les grandes pluies débutèrent brutalement, en

pleine nuit. Et les villageois, saisis par le froid, se pelotonnèrent dans leurs cases, écoutant l'eau frapper le toit de paille, regardant les éclairs et rassurant les enfants tandis que les roulements du tonnerre emplissaient la nuit de leur fracas. Entre deux bourrasques, seuls leur parvenaient les aboiements des chacals, les hurlements des hyènes et les coassements des grenouilles.

Les pluies survinrent à nouveau la nuit suivante, et la suivante, et la suivante — la nuit seulement — inondant les basses terres près du fleuve, transformant les champs en marécages et le village en fondrière. Pourtant, tous les matins avant le déjeuner, les villageois au grand complet pataugeaient dans la boue pour gagner la petite mosquée de Djouffouré où ils imploraient Allah d'envoyer *encore plus* de pluie, car il fallait que la terre s'imbibe très profondément d'eau avant la saison brûlante, sans quoi le soleil grillerait les plantes dont les racines ne trouveraient pas assez d'eau pour survivre.

Dans la pénombre humide de la case où étaient regroupés les tout-petits, et que réchauffaient mal le petit bois et les galettes de bouse séchée brûlant dans une cavité du sol de terre battue, la vieille Nyo Boto évoquait devant Kounta et les autres enfants le souvenir de cette terrible période où les grandes pluies n'avaient pas été assez abondantes. Aussi mal que puissent aller les choses, Nyo Boto se souvenait toujours d'un moment où ç'avait été encore pire. Il n'y avait eu de grandes pluies que pendant deux jours, disait-elle, et puis le soleil ardent était apparu. On avait adressé de ferventes prières à Allah, et dansé l'ancestrale danse de pluie, et sacrifié chaque jour deux chèvres et un bouvillon, mais tout ce qui pousse dans le sol s'était desséché et était mort. Jusqu'aux mares de la forêt qui s'étaient taries, racontait Nyo Boto, et l'on avait vu apparaître autour du puits du village d'abord les bêtes à plume et puis tous les animaux de la forêt, mourant de soif. La nuit, des milliers d'étoiles brillaient dans un ciel d'une pureté cristalline, et il soufflait un vent froid, et il ne cessait d'y avoir de plus en plus de gens malades. Il était évident que Djouffouré était la proie d'esprits mauvais.

Ceux qui étaient encore valides persévéraient dans les prières et les danses, mais le moment était venu où l'on avait sacrifié la dernière chèvre, le dernier bouvillon. C'était comme si Allah avait tourné le dos à Djouffouré. Certains moururent — les vieux, les faibles, les malades. D'autres partirent, en quête de villages où ceux qui avaient de la nourriture accepteraient de les prendre pour esclaves, rien que pour avoir enfin le ventre plein. Ceux qui restaient, désespérés, demeuraient prostrés dans leur case. Et c'est alors, racontait Nyo Boto, qu'Allah avait guidé les pas du marabout Kaïraba Kounta Kinté vers le famélique village de Djouffouré. Voyant la détresse des villageois, il s'était agenouillé et avait imploré Allah pendant cinq jours entiers — pratiquement sans dormir et sans prendre autre chose que quelques gorgées d'eau. Et le soir du cinquième jour avait éclaté une grande pluie, un vrai déluge : Djouffouré était sauvé.

L'histoire finie, ce fut avec un nouveau respect que les enfants regardèrent Kounta, lui qui portait le nom de cet aïeul prestigieux, le mari de sa grand-mère Yaïssa. Mais Kounta avait déjà eu l'occasion de remarquer l'attitude des parents de ses camarades à l'égard de Yaïssa, et il avait senti qu'elle était une femme importante, tout comme Nyo Boto, qui ne l'était assurément pas moins.

Les grandes pluies continuèrent à tomber toutes les nuits, au point que Kounta et les autres enfants purent voir les adultes patauger dans le village avec de la boue jusqu'aux chevilles et même jusqu'aux genoux, au point parfois de devoir se servir des canots pour circuler d'un endroit à un autre. Kounta avait entendu Binta dire à Omoro que le bolong avait inondé les rizières. Transis et affamés, les pères des enfants sacrifiaient presque tous les jours des chèvres et des bouvillons — leur richesse — à Allah, ils réparaient les toits percés par l'eau, ils étayaient les cases croulantes. Et, en voyant s'amenuiser leurs réserves de riz et de sorgho, ils priaient pour qu'elles durent jusqu'à la prochaine récolte.

Mais Kounta et les autres étaient encore si jeunes qu'ils ne se préoccupaient guère de leur ventre creux, tout entiers à leurs jeux dans la boue, luttant au corps à corps ou se laissant glisser sur leur petit derrière nu. Pourtant, il leur tardait de voir à nouveau le soleil et ils imitaient leurs parents en agitant le bras vers le ciel d'ardoise et en criant :

— Brille, brille, soleil, et je tuerai pour toi une chèvre !

Sous la pluie vivifiante, toute végétation s'était épanouie, verte et profuse. Partout les oiseaux chantaient. Arbres et plantes explosaient en une odorante floraison. L'on découvrait au matin, sur la couche de boue brun-rouge et collante au pied, un somptueux tapis multicolore de pétales et de feuilles arrachés par la pluie nocturne. Mais, au milieu de toute cette luxuriance, la souffrance s'installait chez ceux de Djouffouré, car tout n'était encore que promesses dans leurs plantations, rien n'était assez mûr pour être récolté. Adultes et enfants contemplaient avec envie les milliers de fruits rebondis des manguiers et des mangliers, mais ils étaient encore verts et durs comme des pierres, et celui qui se hasardait à y mordre était pris de vomissements.

Chaque fois qu'elle voyait Kounta, grand-mère Yaïssa s'écriait :

— Il n'a que la peau et les os ! en accompagnant son exclamation d'un claquement de langue.

Mais elle-même était aussi maigre que lui, car tous les greniers de Djouffouré étaient vides. Les quelques têtes de bétail, chèvres, poules qui n'avaient pas été consommées ou sacrifiées devaient absolument être maintenues en vie — et nourries — si l'on voulait avoir, l'année suivante, chevreaux, veaux et poussins. Alors, du lever au coucher du soleil, les villageois partaient en quête de tout ce qui pouvait se manger : rongeurs, racines, feuilles.

Les hommes auraient pu aller chasser dans la forêt, comme ils le faisaient souvent en d'autres périodes de l'année, mais ils n'auraient pas eu la force de rapporter leurs proies au village. Il y avait, certes, des foules de singes et de babouins, mais des tabous tribaux interdisaient aux Mandingues de manger leur chair ; de même ne pouvaient-ils consommer les œufs que les poules déposaient un peu partout, pas plus que les grosses grenouilles vertes qui pullulaient dans les alentours — nourriture empoisonnée pour ceux de leur tribu. Et ces musulmans pieux auraient préféré mourir que de manger la chair des cochons sauvages, qui venaient souvent en bandes fouir le sol du village.

Depuis toujours, des familles de grues avaient installé leurs nids au faîte du fromager du village ; dès la naissance des petits, les gros oiseaux, pour les nourrir, allaient attraper des poissons dans le bolong, en une navette incessante. Alors, choisissant bien leur moment, les grand-mères et les enfants se précipitaient sous l'arbre, poussant des hurlements et jetant des bâtons et des pierres en direction du nid. Et souvent, au milieu du charivari, le poisson, au lieu de tomber dans le bec ouvert de l'oiseau, dégringolait jusqu'au sol. Il s'ensuivait une mêlée parmi les enfants, et, pour la famille du vainqueur, un bon dîner. Il arrivait qu'une pierre lancée par les enfants atteignît un bébé grue, encore passablement maladroit et déplumé ; dans ce cas-là, l'oiseau tombait avec le poisson, se tuant ou se blessant en heurtant le sol ; il y avait alors quelques familles qui mangeraient de la soupe de grue. Mais c'étaient là de rares festins.

Tard dans la soirée, tous les membres d'une famille se retrouvaient dans leur case, chacun apportant ce qu'il avait déniché — parfois, s'ils avaient eu de la chance, une taupe ou une poignée de gros vers. Ainsi pouvait-on faire cuire la soupe, libéralement poivrée et épicée pour en relever le goût. Mais cela leur lestait l'estomac sans être nourrissant. Et ceux de Djouffouré commencèrent à mourir.

5

De plus en plus souvent résonnait dans le village le hurlement aigu d'une femme. Seuls les nourrissons et les tout-petits échappaient à cette atmosphère, car même Kounta était déjà assez grand pour savoir que le hurlement annonçait la mort d'un être aimé. C'était surtout l'après-midi que l'on voyait ramener du champ qu'il était allé désherber un villageois, porté dans une litière de cuir, tout calme.

Et quelques adultes avaient déjà les jambes enflées. D'autres étaient atteints d'une fièvre qui les couvrait d'une abondante transpiration tandis qu'ils grelot- taient. Chez les enfants, une petite zone se mettait à gonfler sur le bras ou sur la jambe, et puis cela grandissait très vite et faisait très mal ; quand enfin le gonflement éclatait, il en sortait un liquide rosâtre qui devenait bientôt du pus jaune et épais, malodorant, attirant les mouches.

Un jour, la plaie ouverte de la jambe de Kounta lui fit si mal qu'en voulant courir il trébucha et tomba comme une masse. Ses camarades le relevèrent, abruti par sa chute et hurlant, le front ouvert. Comme Binta et Omoro étaient aux champs, ils l'emmenèrent aussitôt chez grand-mère Yaïssa, qui n'avait pas paru depuis plusieurs jours dans la case de garde des enfants.

Elle paraissait très faible, la peau parcheminée, les os saillants, et, allongée sur sa couchette de bambou, elle transpirait sous sa couverture de peau de bœuf. Mais, dès qu'elle aperçut Kounta, elle se précipita pour étancher le sang qui coulait de son front. Le serrant contre elle, elle ordonna aux autres enfants d'aller vite chercher des fourmis kélélalou. Quand ils revinrent, grand-mère Yaïssa rapprocha fortement les lèvres de la blessure et pressa dessus les insectes en file. Les pinces des fourmis pénétraient alors profondément dans la chair, et aussitôt Yaïssa leur sectionnait le corps, ne laissant que la tête et les pinces.

Elle renvoya les autres enfants et fit s'étendre Kounta sur le lit à côté d'elle, pour qu'il se repose. Demeurant là, bien sage, il entendait sa grand-mère respirer avec peine. Puis Yaïssa lui désigna de la main une pile de livres rangés sur une planche, à côté du lit. D'une voix douce et lente, elle raconta à Kounta qui était son grand-père, l'homme à qui avaient appartenu ces livres.

Kaïraba Kounta Kinté était né en Mauritanie. Il avait trente-cinq pluies lorsque son maître, un éminent marabout, lui avait donné la bénédiction qui en faisait un homme de Dieu. L'on trouvait déjà des hommes de Dieu dans la famille du grand-père de Kounta, au temps de l'empire du Mali, il y avait des centaines de pluies de cela, et la lignée s'en était perpétuée jusqu'à lui. Après être entré dans le quatrième kafo, il avait sollicité du vieux marabout qu'il le prenne comme élève. Et pendant quinze pluies il l'avait suivi, lui et sa maison : femmes, esclaves, élèves, bétail et chèvres, dans ses déambulations de village en village, au service d'Allah et de ses fidèles. Et grand-mère Yaïssa racontait leur descente vers le sud, depuis la Mauritanie, par les pistes poussiéreuses et les ruisseaux bourbeux, sous l'ardent soleil et les froides pluies, par les vertes vallées et les déserts battus de vents.

Devenu marabout, Kaïraba Kounta Kinté s'était à son tour mis en chemin, voyageant solitaire pendant de nombreuses lunes, allant au Mali de ville en ville : Keyla, Djeela, Kangaba, Tombouctou, se prosternant humblement devant des hommes de Dieu de haute éminence et de grand âge, qui avaient béni son entreprise. Et puis Allah avait guidé les pas du jeune homme de Dieu vers le sud, jusqu'en Gambie, où il s'était d'abord arrêté au village de Pakali N'Ding.

Les villageois eurent bientôt compris, tant ses prières avaient vite porté leur fruit, qu'Allah avait une bienveillance particulière envers ce jeune marabout. Le tambour de brousse en avait répandu la nouvelle et d'autres villages s'étaient empressés d'essayer de l'attirer, lui envoyant des messagers pour lui offrir en épouses de jeunes vierges, et des esclaves, et du bétail, et des chèvres. Avant peu il était reparti, cette fois pour le village de Djiffarong, mais c'était Allah qui l'y avait conduit, car les gens de Djiffarong n'avaient guère à lui offrir que leur gratitude pour ses prières. Et c'est là qu'il apprit que la maladie et la mort frappaient ceux de Djouffouré parce que la grande pluie ne venait pas. Ainsi, raconta grand-mère Yaïssa, était-il enfin arrivé à Djouffouré où, pendant cinq jours, il n'avait cessé de

24

prier, et Allah avait envoyé la grande pluie qui avait sauvé le village.

Ayant appris l'éminente action du grand-père de Kounta, le roi de Barra lui-même, souverain de cette partie de la Gambie, lui avait personnellement fait cadeau d'une vierge sans défaut. Elle s'appelait Sireng et avait été la première épouse du jeune marabout. Kaïraba Kounta Kinté avait eu deux fils de Sireng : Djanneh et Saloum.

Grand-mère Yaïssa s'était dressée sur sa couchette de bambou. Le visage rayonnant, elle dit :

— Et c'est alors qu'il vit Yaïssa, pendant qu'elle dansait la séorouba ! J'avais quinze pluies ! (Et, avec un grand sourire qui découvrit ses gencives édentées :) Il n'a pas eu besoin d'un roi pour choisir son autre épouse ! (Puis, regardant Kounta :) C'est de mon ventre qu'est sorti son fils Omoro, ton papa.

Cette nuit-là, dans la case maternelle, Kounta fut long à trouver le sommeil, repassant dans sa tête tout ce que lui avait raconté grand-mère Yaïssa. Il avait souvent entendu évoquer son grand-père, l'homme de Dieu dont les prières avaient sauvé le village et qu'Allah avait rappelé auprès de lui. Mais il venait seulement de comprendre que cet homme était le père de son père, qu'Omoro l'avait connu comme lui-même, Kounta, connaissait Omoro, que grand-mère Yaïssa était la mère d'Omoro comme Binta était sa mère à lui. Un jour, il trouverait une femme comme Binta qui lui donnerait un fils. Et à son tour, ce fils...

Kounta se retourna, ferma les yeux et, en suivant le fil de ses pensées, sombra dans le sommeil.

6

Les jours qui suivirent, Binta, en revenant de la rizière, envoyait Kounta chercher une calebasse d'eau fraîche au puits du village, juste avant la tombée du jour. Elle s'en servait pour faire une soupe avec ce qu'elle avait pu dénicher. Puis, accompagnée de Kounta, elle traversait le village pour aller porter un peu de soupe à grand-mère Yaïssa. Il semblait à Kounta qu'elle se déplaçait plus lentement que d'habitude, et il remarqua qu'elle avait le ventre tout gonflé.

Tandis que grand-mère Yaïssa protestait d'une voix faible qu'elle serait bientôt rétablie, Binta nettoyait et rangeait la case. Et ils repartaient, laissant Yaïssa bien calée dans son lit, en train de manger sa soupe et un peu de ce pain des mauvais jours que Binta confectionnait avec la poudre jaune enrobant les noires graines séchées du robinier.

Et puis, une nuit, Kounta fut réveillé sans ménagement par son père. Des gémissements étouffés venaient du lit de Binta et, dans la case, Nyo Boto et Djankay Touray, l'amie de Binta, s'agitaient en tous sens. Omoro emmena très vite Kounta et, tout en se demandant ce qui arrivait, l'enfant se rendormit bientôt dans le lit de son père.

Au matin, Omoro réveilla Kounta en lui disant :
— Tu as un petit frère.

Encore ensommeillé, Kounta se redressa sur ses genoux et se frotta les yeux, en pensant qu'il y avait là quelque chose de particulier pour que son papa, à la mine habituellement sévère, air l'air si content. L'après-midi, tandis que Kounta furetait avec les garçons de son âge, en quête de choses à manger, Nyo

Boto l'appela et l'emmena voir Binta. Elle était assise au bord du lit, l'air épuisé, caressant doucement le bébé sur ses genoux. Kounta scruta pendant un moment la petite chose noire et ridée, et puis il vit que les deux femmes lui souriaient et remarqua que le gros ventre de Binta s'était soudainement dégonflé. Sorti de la case sans dire un mot, Kounta demeura un long moment pensif ; et, au lieu d'aller rejoindre ses camarades, il alla s'asseoir tout seul derrière la case de son père, pour réfléchir à ce qu'il venait de voir.

Pendant sept nuits, Kounta dormit dans la case d'Omoro — mais personne ne paraissait s'en soucier, car il n'y en avait plus que pour le bébé. Il commençait à croire que sa maman ne voulait plus de lui — la chose valait d'ailleurs aussi pour son papa. Mais, le soir du huitième jour, Omoro le convoqua devant la case de Binta, avec tous les villageois valides, pour l'imposition du nom au nouveau-né : il s'appellerait Lamine.

Cette nuit-là, Kounta dormit en paix, d'un bon sommeil, ayant retrouvé son lit, à côté de sa mère et du petit frère. Mais quelques jours ne s'étaient pas écoulés que Binta, ayant recouvré ses forces, prit l'habitude, après avoir préparé le premier déjeuner et servi Omoro puis Kounta, d'emmener le bébé chez grand-mère Yaïssa, où elle demeurait presque toute la journée. Kounta comprit, en voyant l'air soucieux de Binta et d'Omoro, que grand-mère Yaïssa était très malade.

A peu de temps de là, en fin d'après-midi, il était allé manger des mangues, enfin arrivées à maturité, avec les camarades de son kafo. Les enfants écrasaient la dure écorce jaune orangé du fruit contre une pierre puis, l'entamant d'un coup de dents, suçaient la douce pulpe sucrée. Ils étaient en train de ramasser à pleines corbeilles des mangles et des noix de cajous sauvages, lorsqu'ils entendirent un hurlement. La voix était familière à Kounta, et elle provenait de la case de sa grand-mère. Il frissonna, car c'était la voix de Binta, lançant une lamentation de mort comme il en avait tant entendu depuis quelques semaines. Aussitôt, d'autres voix de femmes s'élevèrent, s'enflant en un cri perçant qui montait à l'unisson du village. Il partit comme un fou vers la case de Yaïssa.

Au milieu des villageois qui se pressaient, Kounta put apercevoir le visage douloureux d'Omoro et la vieille Nyo Boto, sanglotante. Et puis s'élevèrent les coups frappés sur le tobalo, tandis que le djaliba récitait bien haut toutes les bonnes actions qui avaient ponctué la longue vie de grand-mère Yaïssa à Djouffouré. Kounta demeurait pétrifié, regardant sans les voir les jeunes filles du village qui, avec de grands éventails d'herbes tressées, soulevaient la poussière du sol, façon coutumière de saluer la mort. Personne ne semblait remarquer Kounta.

Tandis que Binta, Nyo Boto et deux autres femmes hurlantes pénétraient dans la case, la foule des villageois s'agenouilla, tête baissée. Tout autant de peur que de chagrin, Kounta éclata en sanglots. Des hommes apportèrent un madrier fraîchement débité et le placèrent devant la case. Les femmes vinrent déposer dessus le corps de Yaïssa, enroulé de la tête aux pieds dans un tissu de coton blanc.

A travers ses larmes, Kounta vit le cortège funèbre déambuler sept fois en cercle autour de sa grand-mère, priant et psalmodiant, tandis que l'alimamo chantait d'une voix plaintive qu'elle était en chemin pour aller vivre éternellement avec Allah et avec ses ancêtres. Pour lui donner des forces dans ce voyage, des jeunes hommes non encore mariés disposèrent tout autour du corps des cornes emplies de cendres fraîches.

Ce fut ensuite au tour de Nyo Boto et des autres vieilles femmes de se poster tout autour de Yaïssa, ramassées sur elles-mêmes et pleurant en se tenant la tête. Bientôt les jeunes femmes apportèrent les plus grandes feuilles de ciboa qu'elles avaient pu trouver, pour protéger les vieilles femmes de la pluie pendant la veillée funéraire. Et, tandis que celles-ci prenaient leur faction, les tambours du village transmettaient au loin, dans la nuit, les tristes nouvelles de grand-mère Yaïssa.

Dans le matin brumeux, il n'y eut, selon la coutume ancestrale, que les hommes de Djouffouré — ceux qui étaient valides — pour partir en cortège jusqu'au lieu d'inhumation, proche du village, où nul ne se serait hasardé en d'autres circonstances, car les Mandingues craignent et respectent les esprits des morts. Derrière ceux qui portaient grand-mère Yaïssa sur l'épais madrier marchait Omoro, avec le tout petit Lamine dans ses bras et tenant par la main Kounta, si apeuré qu'il ne pleurait pas. Venaient ensuite les hommes du village. Le cadavre raidi, dans son blanc linceul, fut déposé au fond d'une fosse fraîchement creusée, et l'on plaça par-dessus une grosse natte tressée. On la joncha de branches d'épineux, afin de tenir en respect les hyènes fouisseuses, et l'on combla le trou avec des pierres bien tassées, surmontées d'un monticule de terre.

Pendant de longs jours, Kounta ne put ni manger, ni dormir, ni se joindre aux camarades de son kafo. Il avait tant de chagrin qu'un soir Omoro l'emmena dans sa case, lui parlant plus doucement qu'il ne l'avait jamais fait ; il lui dit des choses qui aidèrent à soulager sa peine.

Il lui dit qu'il y avait, dans le village, trois groupes de gens. En premier, ceux que l'on voit : ils marchent, ils mangent, ils dorment, ils travaillent. Viennent en second les ancêtres — grand-mère Yaïssa était mainte-nant avec eux.

— Et les troisièmes, qui sont-ils ? demanda Kounta.

— Ceux-là, répondit Omoro, ils attendent de venir au monde.

7

Les pluies avaient cessé. Entre le ciel bleu vif et la terre spongieuse, l'air se chargeait de la senteur des fleurs et des fruits sauvages gorgés de suc. Dès le petit matin, s'élevait dans le village le bruit des pilons des femmes, écrasant le mil, le sorgho, les arachides — il ne s'agissait pas de la grande récolte, mais du fruit des graines qui, demeurées dans le sol depuis la récolte précédente, avaient poussé à leur tour. Les hommes partaient chasser l'antilope, dont ils se partageaient la viande et tannaient la peau. Les femmes s'activaient à ramasser les baies rougeâtres du mangkano, secouant les buissons sur des toiles étendues au sol, puis mettant les baies à sécher au soleil avant de les pilonner pour en extraire la délicieuse farine de fouto et en récupérer les pépins.

Car on ne laissait rien perdre. Ces pépins, cuits avec du millet, formaient un gruau douceâtre qui changeait plaisamment de l'habituelle semoule du matin. Le retour de l'abondance, chaque jour plus marqué, insufflait une nouvelle vie dans Djouffouré. Cela se voyait, cela s'entendait.

C'est d'un pas plus vigoureux que les hommes allaient inspecter leurs champs, supputant avec fierté la belle récolte qui s'annonçait, car les temps de la moisson étaient proches. Profitant de la rapide décrue de la rivière, les femmes partaient tous les jours en pirogue pour leurs rizières où elles arrachaient les dernières herbes au milieu des vertes rangées de hautes tiges. Et puis le village résonnait à nouveau des cris et des rires des enfants, retrouvant leurs jeux après la longue disette. Leur petit estomac lesté de repas nourrissants, la peau toute neuve maintenant que leurs cicatrices avaient séché, ils couraient et se dépensaient comme des possédés. Un jour, ils attrapaient de gros bousiers pour leur faire disputer une course, et le premier qui sortait du cercle tracé dans la terre avec le bout d'un bâton était salué par des hurlements de triomphe. Un autre jour, c'était aux termites que s'en prenaient Kounta et Sitafa Silla, son voisin et son meilleur ami : ils renversaient les hauts monticules de terre des nids pour le plaisir de voir grouiller frénétiquement les milliers d'insectes aveugles et dépourvus d'ailes.

D'autres fois, les enfants débusquaient de petits écureuils terrestres et les poursuivaient dans la brousse. mais leur passe-temps favori était encore de jeter des pierres et de vociférer contre les bandes ambulantes de petits singes bruns à longue queue, dont certains leur renvoyaient des pierres avant de bondir de branche en branche pour rejoindre, au faîte d'un arbre, la troupe hurlante de leurs congénères. Et puis, tous les jours, ils luttaient l'un contre l'autre, s'empoignant avec des grognements, roulant au sol et aussitôt debout, prêts à reprendre le combat, chacun rêvant au jour où, devenu l'un des champions de lutte de Djouffouré, il serait choisi pour les vaillants tournois qui les opposeraient, à l'occasion des fêtes des moissons, aux champions des autres villages.

Venaient-ils à passer auprès des enfants, les adultes affectaient de ne pas entendre Sitafa, Kounta et leurs camarades qui imitaient le rugissement du lion, le barrissement de l'éléphant, le grognement du cochon sauvage, de ne pas voir les petites filles qui jouaient entre elles à la maman, faisant la cuisine, s'occupant de leurs poupées, pilonnant le mil. En revanche, au plus fort de leurs jeux, jamais les enfants n'auraient manqué de témoigner à un adulte la déférence que leur mère leur avait inculquée. Le regardant poliment bien en face, les enfants demandaient : *Kerabé ?* (La paix est-elle avec vous ?) Et les adultes répondaient : *Kéra dorong.* (Rien que la paix.) Et, si un adulte leur tendait la main, les enfants la saisissaient à tour de rôle dans leurs menottes et puis attendaient, les paumes croisées sur la poitrine, que le passant s'en fût allé.

Chez lui, Kounta était élevé si sévèrement qu'il lui semblait ne pas pouvoir faire un mouvement sans que Binta le rappelle à l'ordre d'un claquement des doigts — bien heureux encore lorsqu'il s'en tirait sans une bonne fessée. Qu'il quitte un instant son plat des yeux pendant qu'il mangeait, et il lui arrivait une tape derrière le crâne. Qu'il rentre, après une journée de jeux, sans s'être bien étrillé des pieds à la tête, et il pouvait être sûr que Binta lui récurerait le cuir à l'aide de sa rêche éponge de tiges séchées et du savon qu'elle fabriquait elle-même, frottant si fort qu'on aurait dit qu'elle voulait l'écorcher.

Dévisager sa mère, ou son père, ou n'importe quel adulte lui aurait valu une taloche, tout comme la grave faute consistant à couper la parole à une grande personne. Et quant à dire autre chose que la vérité, cela lui paraissait inimaginable. Au demeurant, n'ayant jamais de raisons de mentir, il ne mentait jamais.

Bien que Binta semblât convaincue du contraire, Kounta faisait tout ce qu'il pouvait pour être sage et bientôt, avec ses camarades, il s'exerça à réviser le savoir-vivre domestique. Lorsque survenait entre eux un désaccord, ce qui était fréquent, s'envenimant parfois jusqu'à l'aigreur et les claquements de doigts réprobateurs, Kounta se levait et quittait l'assemblée, faisant preuve de cette dignité, de cet empire sur soi dont — comme le lui avait enseigné Binta — s'enorgueillissent les Mandingues.

Et pourtant, il n'y avait guère de soirs où Kounta ne soit fessé pour avoir taquiné son petit frère, généralement en lui faisant peur : en grondant sauvagement, en tombant à quatre pattes, comme un babouin, roulant les yeux et grattant le sol du poing. Quand elle était vraiment exaspérée, Binta criait :

— J'appelle les toubabs !

Et là, Kounta avait vraiment peur, parce que les grand-mères avaient souvent évoqué ces hommes à la peau blanche, poilus et rouges de visage, qui enlevaient les gens dans leurs grandes pirogues.

8

Le soleil couchant trouvait Kounta et ses camarades fatigués et affamés, mais pas au point de ne pouvoir encore lutter de vitesse pour grimper dans un petit arbre et tendre le bras vers le ballon rougeoyant prêt à disparaître. Et les enfants s'écriaient d'une seule voix :

— Demain, il sera encore plus beau !

Les grandes personnes de Djouffouré elles-mêmes se hâtaient de dîner et se rassemblaient au crépuscule, criant, claquant des mains et frappant les tambours pour saluer l'ascension du croissant de lune, symbole d'Allah.

Mais, cette nuit-là, les nuages masquèrent la nouvelle lune, et les villageois, inquiets, se dispersèrent. Les hommes allèrent implorer le pardon à la mosquée, car la nouvelle lune voilée signifiait que les esprits célestes étaient mécontents de ceux de Djouffouré. Les hommes, après avoir prié, menèrent leurs familles alarmées jusqu'au baobab du village, au pied duquel était déjà installé, devant un maigre feu, le djaliba, réchauffant jusqu'au point de rupture la peau de chèvre de son tambour de brousse.

Frottant ses yeux irrités par la fumée, Kounta se souvenait de ces messages tambourinés d'autres villages qui avaient parfois dérangé son sommeil. Dans ces cas-là, il était resté dans son lit, tendant l'oreille ; et les sons et les cadences ressemblaient tellement à ceux du langage qu'il comprenait finalement quelques mots : il s'agissait d'une famine, ou d'une épidémie, ou bien un village avait été razzié et incendié, et ses habitants étaient morts ou enlevés.

A côté du djaliba, suspendue à une branche du baobab, il y avait une peau de chèvre portant les signes qui parlent, inscrits en arabe par l'arafang. Aux lueurs intermittentes du feu, Kounta vit que le djaliba commençait à heurter différents endroits de son tambour avec la crosse de ses baguettes. Les sons se succédaient, rapides et brefs. S'il se trouvait dans les parages un magicien, disait le message, qu'il vienne débarrasser Djouffouré des esprits mauvais.

Sans oser lever les yeux vers la lune, les villageois se hâtèrent de rentrer chez eux et se couchèrent, emplis de crainte. Mais, toute la nuit, des tam-tams lointains répondirent, à intervalles, à l'appel de Djouffouré — les autres villages, eux aussi, réclamaient la venue d'un magicien. Kounta, grelottant sous sa peau de vache, en déduisit que, chez ces gens-là, la nouvelle lune était pareillement masquée par les nuages.

Le lendemain, les hommes de l'âge d'Omoro devaient aider leurs cadets à protéger leurs champs des incursions de babouins affamés et d'oiseaux, habituelles à la veille des récoltes. On enjoignit aux garçons du deuxième kafo de redoubler de vigilance en faisant paître leurs chèvres ; les mères et les grand-mères montèrent une garde plus active que de coutume autour des tout-petits et des nourrissons. Parmi les enfants du premier kafo, les plus grands, ceux de la taille de Kounta et de Sitafa, eurent pour consigne d'aller jouer hors du village, juste devant la haute clôture, et de bien surveiller si un étranger passait devant l'arbre des voyageurs. Mais ils ne virent personne ce jour-là.

Il arriva le lendemain — c'était un homme de très grand âge, appuyé sur un bâton et portant un gros baluchon sur son crâne chauve. Dès qu'ils l'eurent aperçu, les enfants refluèrent par la porte du village en poussant de grands cris. La vieille Nyo Boto, bondissant sur ses pieds, clopina jusqu'au grand tambour tobalo, et ses coups répétés ramenèrent si promptement les hommes des champs qu'ils étaient là lorsque le magicien entra dans le village.

Tandis que les villageois se pressaient pour l'accueillir, il s'avança jusqu'au pied du baobab et y déposa précautionneusement son baluchon. Il s'accroupit vivement et fit dégorger d'un vieux sac de cuir de chèvre tout un assortiment de choses séchées : un petit serpent, une mandibule de hyène, une dent de singe, un os d'aile de pélican, des pattes de volatiles et de bizarres racines. Jetant un coup d'œil autour de lui, il repoussa les villageois d'un signe impérieux ; ils agrandirent leur cercle, au milieu duquel le vieillard commença à trembler de tous ses membres — manifestement assailli par les esprits mauvais de Djouffouré.

Le magicien se tordit, le visage déformé, roulant follement les yeux, les mains agitées de soubresauts tandis qu'il forçait sa baguette récalcitrante à entrer en contact avec le tas de débris mystérieux. Au moment où, d'un suprême effort, il y parvenait, il tomba sur le dos, comme frappé par la foudre. Les assistants sursautèrent. Mais il se ranima lentement. Les esprits mauvais avaient été repoussés. Tandis qu'il se relevait à grand-peine sur ses genoux, les adultes de Djouffouré, épuisés mais soulagés, se précipitèrent dans leurs cases pour lui rapporter des présents. Le magicien les enfourna dans son baluchon, déjà gonflé des cadeaux recueillis ailleurs, et repartit très vite, car d'autres villages le réclamaient. Allah, dans sa miséricorde, avait une fois encore daigné épargner Djouffouré.

9

Douze lunes étaient passées et, avec la fin des grandes pluies, s'ouvrait à nouveau, en Gambie, la saison des voyageurs. Au long des sentiers reliant entre eux les villages, il arrivait assez de visiteurs — traversant Djouffouré ou s'y arrêtant — pour que les journées de Kounta et de ses camarades se passent pratiquement à faire le guet. Dès qu'un étranger se profilait, ils couraient en avertir le village et puis refluaient en trombe pour l'accueillir près de l'arbre des voyageurs. Ils lui faisaient escorte, le questionnant sans vergogne, essayant d'un œil fureteur de déceler sa mission ou sa profession. S'ils trouvaient un signe révélateur, ils abandonnaient brusquement le visiteur et se précipitaient pour aller en informer la famille qui, ce jour-là, offrait l'hospitalité dans sa case. Car la tradition voulait que, chaque jour, une famille différente soit désignée pour accueillir les visiteurs, leur assurant sans contrepartie le vivre et le couvert, pour tout le temps que durerait leur étape.

Ayant accédé au poste responsable de guetteur, Kounta, Sitafa et ceux de leur kafo commençaient à se montrer plus raisonnables. A présent, après le déjeuner matinal, ils allaient jusqu'à l'école de l'arafang et là, agenouillés en plein air, ils l'écoutaient bien sagement instruire les garçons du second kafo — de cinq à neuf pluies, la classe au-dessus de celle de Kounta. Il leur apprenait à lire les versets du Coran, et à écrire à l'aide d'une paille de mil trempée dans un mélange de jus d'orange amère et de suie recueillie au derrière des marmites.

Lorsqu'ils voyaient, après la classe, les écoliers partir en courant — le pan de leur doundiko de coton claquant au vent — pour aller faire paître dans la brousse les chèvres du village, Kounta et ses camarades s'efforçaient de paraître indifférents, mais, en vérité, ils enviaient tout autant les longues tuniques de leurs aînés que la tâche responsable qui leur était confiée. Ils n'en parlaient pas entre eux, mais Kounta n'était pas le seul à se sentir trop grand pour être encore traité en enfant et continuer à circuler tout nu. Ils se gardaient comme de la peste des nourrissons — Lamine, par exemple — et affectaient encore plus d'indifférence envers les tout-petits, sauf pour leur donner de bonnes tapes quand il n'y avait pas d'adulte dans les parages. Fuyant même les grand-mères qui, depuis toujours, s'étaient occupées d'eux, Kounta, Sitafa et ceux de leur bande commençaient à traînailler autour des grandes personnes de l'âge de leurs parents, dans l'espoir qu'on les remarquerait et leur confierait une commission quelconque.

Ce fut juste avant le début de la moisson qu'un soir, après dîner, Omoro dit négligemment à Kounta de se lever de bonne heure le lendemain pour l'aider à monter la garde aux champs. Le garçon en fut surexcité au point qu'il dormit à peine. Le matin, il avala en hâte son déjeuner et quand, au moment de partir, Omoro lui confia la houe, il crut exploser de joie. Dans les champs, Kounta et ses camarades s'employèrent à courir d'un bout à l'autre des plantations, poussant des cris et agitant des bâtons pour éloigner les cochons sauvages et les babouins friands d'arachides, qu'ils venaient déterrer avec force grognements. Jetant des mottes de terre et hurlant, ils chassaient les nuées babillardes de merles qui s'abattaient sur le mil, car les grand-mères avaient été prodigues en histoires de champs mûrs dévastés aussi rapidement par des oiseaux avides que par de gros animaux. Recueillant les quelques épis de mil ou les arachides que leurs pères avaient arrachés pour voir s'ils étaient mûrs, portant aux hommes des gourdes d'eau fraîche pour étancher leur soif, ils travaillèrent toute la journée, avec autant d'ardeur que de fierté.

Six jours plus tard, Allah décrétait l'ouverture de la moisson. Après la souba, ou prière de l'aube, les villageois et leurs fils — certains élus portaient de petits tam-tams et des tambours appelés soubabas — se rendirent dans les champs et là ils attendirent, tendant l'oreille. Enfin retentit le grand tobalo du village, et ils se ruèrent au travail. Le djaliba et les autres porteurs de tam-tam marchaient au milieu d'eux, frappant leurs instruments pour rythmer les travaux, et tous se mirent à chanter. Ceux du kafo de Kounta s'activaient à côté de leurs pères, secouant les pieds d'arachides pour les débarrasser de la terre. Il y eut une pause en milieu de matinée et puis, à midi, l'arrivée des femmes apportant le déjeuner fut saluée par des cris d'aise. Marchant en file et chantant des chants de moisson, elles déposaient le bassin qu'elles avaient apporté sur leur tête et y plongeaient de grandes cuillères pour emplir des calebasses qu'elles distribuaient aux joueurs de tam-tam et aux moissonneurs. Ceux-ci, après avoir mangé, firent la sieste jusqu'au nouveau signal du tobalo.

A la fin de cette première journée, les champs s'émaillaient de petites meules. Recrus de fatigue, couverts de sueur et de poussière, les villageois descendirent au ruisseau voisin. Là, s'étant déshabillés, ils bondirent dans l'eau, riant et s'aspergeant. Rafraîchis, tout propres, ils reprirent le chemin de la maison, en chassant les nuées vrombissantes de moustiques voraces. Plus ils se rapprochaient de la fumée des cuisines des femmes, plus leur appétit s'aiguisait à la perspective des viandes grillées qui, pendant tout le temps de la moisson, allaient faire l'essentiel de leurs trois repas quotidiens.

Un soir, après s'être gavé — comme les soirs précédents — Kounta remarqua que sa mère était en train de coudre. Elle ne lui dit pas ce qu'elle faisait, et il ne le lui demanda pas. Mais le lendemain matin, au moment où il prenait sa houe et se dirigeait vers la porte, elle lui dit d'un ton revêche :

— Alors, tu ne t'habilles pas ?

Kounta pivota sur lui-même. Et là, pendu à la paroi, il y avait un doundiko tout neuf. S'efforçant de cacher sa fébrilité, il l'enfila d'un air naturel et gagna le seuil sans se presser — mais, dehors, il partit en flèche. Ceux de son kafo étaient déjà tous là et, comme lui, habillés pour la première fois de leur vie, et ils bondissaient, ils criaient, ils riaient parce que, enfin, leur nudité était couverte. Ils étaient officiellement entrés dans le deuxième kafo. Ils devenaient des hommes.

10

Lorsque Kounta rentra, ce soir-là, dans la case de sa mère, il pouvait se flatter que tout Djouffouré l'avait vu dans son doundiko. Bien qu'il n'ait pas arrêté de travailler de la journée, il ne sentait pas la fatigue, et il savait qu'il ne parviendrait pas à s'endormir à son heure habituelle. Maintenant qu'il était un grand, Binta le laisserait peut-être veiller plus tard. Mais, une fois Lamine endormi, elle ne tarda pas, comme les autres jours, à l'envoyer se coucher — et qu'il n'oublie pas de suspendre son doundiko. Comme il se détournait pour obtempérer, avec autant de mauvaise grâce qu'il pouvait se le permettre sans s'attirer d'ennuis, Binta le rappela. Kounta s'attendait à une réprimande — ou peut-être à un petit sursis, si elle avait changé d'avis. Mais elle lui dit négligemment :

— Ton Fa veut te voir demain matin.

Il n'était pas question de demander pourquoi, et il se contenta de répondre :

— Bien, maman, en lui souhaitant une bonne nuit.

C'était une chance qu'il ne soit pas fatigué, car maintenant il ne pouvait plus dormir ; sous sa couverture de peau de vache, il demeurait à se torturer pour savoir quelle faute il avait commise — cela lui arrivait si souvent ! Mais rien ne lui venait à l'esprit, et surtout rien de si grave que Binta n'ait pu le corriger elle-même, parce qu'il fallait que ce soit terriblement sérieux pour qu'un père s'en mêle. Finalement, il cessa de s'inquiéter et s'endormit.

Au déjeuner du matin, Kounta était si abattu qu'il ne pensait même plus à la joie que lui causait son doundiko, lorsque le petit corps nu de Lamine vint, par mégarde, effleurer le vêtement. Kounta levait déjà une main vengeresse, mais un regard de Binta arrêta son geste. Le repas terminé, Kounta traînassa encore un moment, dans l'espoir que Binta lui en dirait un peu plus, mais, comme rien ne venait, il partit à pas lents pour la case d'Omoro devant laquelle il attendit, les mains croisées.

Enfin, Omoro parut sur le seuil et, sans rien dire, lui tendit une petite fronde neuve. Kounta sentit son cœur s'arrêter. Il restait interdit, ses regards allant de la fronde à son père.

— C'est pour toi, puisque tu es entré dans le deuxième kafo. Mais prends garde à ne pas tirer à tort, et à bien atteindre ce que tu vises.

— Oui, Fa, répondit Kounta, trop ému pour en dire plus.

— Et puis, maintenant que tu es de la seconde classe, poursuivit Omoro, tu vas devoir commencer à t'occuper des chèvres et à t'instruire. Aujourd'hui tu garderas le troupeau avec Toumani Touray. Lui et les grands garçons te montreront comment il faut s'y prendre. Écoute-les bien. Et demain matin tu iras à l'école.

Omoro rentra dans sa case et Kounta se rendit d'un bond aux enclos des chèvres, où il retrouva Sitafa et leurs camarades du deuxième kafo, tous habillés de leur doundiko neuf et serrant la fronde que leur père — ou, pour les orphelins, leur oncle ou leur frère aîné — avait confectionnée à leur intention.

Les grands garçons ayant ouvert les enclos, les chèvres en sortirent dans un concert de bêlements, pressées de retrouver leur pâture. Apercevant Toumani, le premier-né des meilleurs amis de ses parents, Kounta essaya de se rapprocher de lui, mais Toumani et ses camarades s'amusaient à pousser les chèvres dans la direction des petits qui s'éparpillaient pour leur échapper. Bientôt, pourtant, tout le monde se retrouva dans le sentier poussiéreux : les grands, réjouis de leur farce, menant les chèvres avec l'aide de leurs chiens ouolos, ceux du kafo de Kounta fermant la marche, un peu ahuris, et essayant de brosser leurs doundikos maculés sans lâcher leur fronde.

Aussi accoutumé qu'il ait été aux chèvres, Kounta

n'avait jamais remarqué qu'elles couraient si vite. A part quelques promenades avec son père, il ne s'était jamais autant éloigné du village qu'aujourd'hui, dans le sillage des bêtes qui les entraînaient vers une vaste étendue de brousse et de savane, bordée d'un côté par la forêt et, de l'autre, par les cultures des villageois. Les grands garçons mirent nonchalamment leurs troupeaux à brouter, chacun dans son coin, tandis que les chiens ouolos circulaient parmi les chèvres ou se couchaient à proximité.

Toumani se décida enfin à remarquer Kounta qui ne le quittait pas d'un pouce, mais en le regardant de toute sa hauteur, comme si l'enfant avait été un insecte.

— Tu sais ce que vaut une chèvre ? lui demanda-t-il (et, avant que Kounta ait pu admettre son ignorance, il lui lança :) eh bien, perds-en une, et ton père te l'apprendra !

Et Toumani se lança dans une série de mises en garde à l'usage du novice. Pour commencer, si par paresse ou inattention il laissait une chèvre s'écarter du troupeau, il pouvait arriver une foule de choses horribles.

— En premier lieu, dit Toumani en désignant la forêt, il y a là les lions et les panthères qui, en rampant dans les hautes herbes, peuvent brutalement bondir et mettre une chèvre en pièces. Mais le garçon qui se trouve à leur portée leur paraît encore plus savoureux.

Kounta écarquilla les yeux. Satisfait de l'effet produit, Toumani poursuivit en décrivant un danger bien pire encore que les lions et les panthères : les toubabs et leurs acolytes noirs, les slatis, qui arrivaient sous le couvert des hautes herbes, se saisissaient des gens et les emportaient au loin pour les manger. Cela faisait cinq pluies qu'il gardait les chèvres, disait-il, eh bien, pendant cette période, neuf garçons de Djouffouré avaient été enlevés, et beaucoup d'autres encore dans les villages voisins. Kounta n'avait connu personnellement aucun des disparus de Djouffouré, mais il se souvenait que, quand il avait entendu évoquer leur sort, la terreur l'avait empêché, pendant quelques jours, de s'éloigner des abords immédiats de la case maternelle.

Et, tandis qu'il tremblait de frayeur, Toumani ajouta que, même s'il n'était pas enlevé par un fauve ou par un toubab, il pouvait encore s'attirer de sérieux ennuis s'il laissait une chèvre s'échapper du troupeau; à supposer qu'elle pénètre dans un champ de mil ou d'arachides voisin, il n'arriverait jamais à la récupérer. Qu'il se lance à ses trousses avec son chien, les autres chèvres auraient vite fait de rejoindre la vagabonde, et l'on sait que ces bêtes-là peuvent dévaster une culture encore plus vite que les babouins, les antilopes ou les cochons sauvages.

A midi, Toumani partagea avec Kounta le repas que sa mère leur avait préparé. On n'était encore qu'au milieu de la journée, et pourtant tous les garçons du deuxième kafo regardaient déjà avec un nouveau respect ces chèvres qu'ils connaissaient depuis leur prime enfance. Après avoir déjeuné, certains des camarades de Toumani s'allongèrent sous des arbustes, et les autres allèrent étrenner contre les oiseaux les frondes de leurs élèves. Tandis que Kounta et ceux de son kafo essayaient, tant bien que mal, de surveiller les chèvres, les aînés leur criaient des conseils et des insultes, morts de rire devant les hurlements et les bonds des petits dès qu'une chèvre se permettait seulement de tourner la tête. Lorsque Kounta n'était pas en train de courir après les bêtes, il jetait des regards fébriles vers la forêt, repaire des mangeurs de petits garçons.

Vers le milieu de l'après-midi, alors que les chèvres

avaient presque leur content d'herbe, Toumani appela Kounta et lui dit sévèrement :

— Tu espères peut-être que je vais te ramasser ton bois ?

Il revint alors seulement à Kounta qu'il avait toujours vu les chevriers rentrer le soir avec un fagot sur la tête, pour les feux nocturnes du village. Kounta et ses camarades étaient débordés : surveiller les chèvres, épier la forêt et maintenant, en plus, ramasser des brindilles et des rameaux morts assez secs pour bien brûler ! Il réunit le plus gros fagot qu'il pensait être capable de charrier, mais Toumani, toujours critique, y ajouta quelques branchettes. Kounta ficela alors son bois au moyen d'une liane, doutant de pouvoir seulement le tenir sur sa tête, et à plus forte raison le rapporter jusqu'au village.

Sous l'œil des grands, les petits chargèrent tant bien que mal les fagots et partirent derrière les chiens ouolos et les chèvres, qui connaissaient bien mieux que leurs nouveaux gardiens le chemin du retour. Au milieu des rires railleurs de leurs aînés, Kounta et les autres s'épuisaient à rattraper leur fardeau chancelant. Jamais la vue du village ne parut plus plaisante à Kounta, à présent recru de fatigue. Mais à peine en avaient-ils franchi les portes que les grands garçons déclenchèrent un horrible charivari. C'était à qui hurlerait des conseils et des ordres et s'agiterait en tous sens, pour que les adultes sachent qu'ils accomplissaient bien leur tâche et que la journée passée à éduquer ces petits lourdauds avait été une rude expérience. Le fagot de Kounta atterrit pourtant à bon port dans la cour de Brima Cesay, l'arafang qui allait le prendre en main avec ceux de son kafo dès le lendemain matin.

Juste après le premier déjeuner, les nouveaux gardiens de troupeaux se rassemblèrent, non sans anxiété, dans la cour de leur maître. Chacun était muni, pour sa plus grande fierté, d'une tablette à écrire en peuplier, d'une paille de mil et d'un tronçon de bambou renfermant de la suie qui, mélangée avec de l'eau, ferait de l'encre. L'arafang leur ordonna de s'asseoir, les traitant comme s'ils étaient encore plus stupides que leurs chèvres. Les mots étaient à peine sortis de sa bouche qu'il se répandait parmi eux, les cinglant d'une badine vengeresse, parce qu'ils n'avaient pas obéi assez vite à son ordre. Aussi longtemps qu'ils assisteraient à ses leçons, les prévint-il d'un air menaçant, celui qui oserait ouvrir la bouche sans y avoir été invité ferait à nouveau connaissance avec la badine — et il la brandissait férocement devant eux — et serait renvoyé chez ses parents. Les retardataires connaîtraient le même châtiment. Les cours auraient lieu après le premier déjeuner et l'après-midi, quand ils auraient ramené les chèvres.

— Vous n'êtes plus des enfants, dit l'arafang, vous avez maintenant des responsabilités. Veillez à les assumer.

Ayant établi ce point de discipline, il annonça qu'il inaugurerait la classe de la soirée en leur lisant quelques versets du Coran, qu'ils devraient retenir et réciter avant de passer à autre chose. Puis il les renvoya, car ses grands élèves, les anciens chevriers, arrivaient. Ceux-ci paraissaient encore plus nerveux que le kafo de Kounta, car c'était le jour des examens terminaux en récitation du Coran et calligraphie arabe, déterminants pour leur passage dans le troisième kafo.

Pour la première fois de leur vie, Kounta et ses camarades de kafo se trouvaient livrés à eux-mêmes. Ils réussirent à faire sortir les chèvres des enclos et à les mener, en file passablement dispersée, sur le chemin de la pâture. Les chèvres n'allaient pas pouvoir manger autant que de coutume avant un bon moment, car elles ne pouvaient pas faire le plus mince écart pour brouter une touffe d'herbe fraîche sans que les enfants les rabattent avec des hurlements. Mais Kounta se sentait encore plus harcelé que son troupeau. Qu'il essaie de méditer un instant sur le sens des changements survenus dans sa vie, et aussitôt il devait exécuter ceci, aller là-bas. Les chèvres à faire paître, l'arafang durant la matinée et la soirée, quelques exercices de maniement de la fronde à la tombée du jour — il n'avait plus jamais le temps de réfléchir sérieusement.

11

La récolte du mil et des arachides était terminée ; maintenant venait celle du riz. Les hommes n'aidaient pas leurs épouses, et même les petits garçons comme Sitafa et Kounta n'aidaient pas leurs mères — le riz était exclusivement l'affaire des femmes. Les premières lueurs de l'aube trouvèrent Binta, Djankay Touray et les autres ployés dans leurs champs mûrs, coupant les longues tiges dorées qui seraient mises à sécher pendant quelques jours, sur la chaussée. Ensuite, on en remplirait les pirogues et on les rapporterait au village, où les mères de famille et leurs filles les rangeraient en gerbes dans le grenier familial. Mais, une fois le riz engrangé, les femmes ne se reposaient pas pour autant : elles allaient aider les hommes à récolter le coton, que l'on avait laissé sécher jusqu'à la dernière limite sous le grand soleil, pour obtenir la meilleure qualité de fil.

Tous attendaient la fête des moissons — sept jours de

réjouissances — et les femmes se dépêchaient pour habiller de neuf leur famille. Kounta dut garder plusieurs soirs de suite cette vermine piaillarde de Lamine, pendant que Binta filait son coton — il n'avait pas le choix. Mais le plaisir lui fut donné d'accompagner sa mère chez Dembo Dibba, la tisserande du village. Fasciné, Kounta la regarda manœuvrer son métier branlant qui transformait les fuseaux de fil en bandes de toile de coton. A la maison, Binta chargea Kounta de préparer une lessive concentrée en versant doucement l'eau sur de la cendre de bois ; puis elle y mêla des feuilles d'indigo finement broyées pour obtenir une teinture bleu foncé dans laquelle elle foula son étoffe. Toutes les femmes de Djouffouré s'affairaient pareillement à teindre leurs cotonnades et elles les mettaient à sécher sur les buissons, ce qui entourait le village d'une guirlande de couleurs vives : rouge, vert, jaune, bleu.

Si les femmes filaient et cousaient, les hommes n'étaient pas en reste, car chacun avait une tâche bien définie à accomplir avant la fête des moissons — et avant que la saison chaude interrompe les gros travaux. La haute clôture de bambou enfermant le village devait être relevée en divers endroits, et remplacée là où chèvres et bœufs l'avaient abattue en s'y frottant les flancs. Il fallait réparer les cases de torchis endommagées par les grandes pluies et renouveler les couvertures de chaume. L'on bâtissait aussi des cases pour les couples qui allaient se marier, et la tâche dévolue aux enfants — dont Kounta — était de piétiner la terre mêlée d'eau pour en faire une boue épaisse et lisse, dans laquelle les hommes façonneraient les murs des nouvelles habitations.

Comme on avait commencé à remonter du puits de l'eau un peu boueuse, un homme y descendit et constata que les petits poissons placés dans le puits pour manger les insectes étaient morts dans l'eau fangeuse. L'on décida de creuser un nouveau puits. Kounta se trouvait là lorsque les hommes, l'ayant déjà excavé jusqu'à hauteur d'épaule, mirent au jour dans la paroi des sortes d'œufs d'argile d'un blanc verdâtre. Ceux-ci furent aussitôt portés aux femmes enceintes, qui les dévorèrent. Binta lui expliqua que cette argile fortifierait les os du bébé.

Abandonnés à eux-mêmes, Kounta, Sitafa et leurs camarades sillonnaient le village en jouant au chasseur avec leurs frondes neuves. Ils menaient un tapage à faire fuir une pleine forêt d'animaux, tirant sur tout ce qu'ils voyaient — et, heureusement, atteignant assez rarement leur cible. Même les tout-petits du kafo de Lamine gambadaient pratiquement sans surveillance, car les grand-mères de Djouffouré étaient plus occupées que quiconque. Et on les trouvait souvent tard dans la soirée encore affairées à confectionner les coiffures des jeunes filles pour la fête des moissons. Avec de longues fibres tirées de feuilles de sisal en décomposition, ou de l'écorce de baobab détrempée, elles tressaient des chignons, des nattes ou des perruques complètes. Plus grossières, les coiffures en sisal coûtaient beaucoup moins cher que celles en baobab, dont les fibres douces et soyeuses étaient si longues à tresser qu'une perruque pouvait valoir le prix de trois chèvres. Mais les marchandages étaient longs et bruyants, car les clientes savaient que les grand-mères rabattaient leurs prétentions si la vente était précédée d'une bonne heure de discussions bien animées. En plus de son habileté à confectionner des perruques, Nyo Boto avait un autre mérite aux yeux des femmes du village : elle ne se gênait pas pour battre en brèche l'antique tradition prescrivant que les femmes témoignent du plus grand respect envers les hommes. Tous les matins, elle s'installait confortablement devant sa case et, le buste nu sous le soleil qui réchauffait sa vieille carcasse, elle s'affairait à tresser ses coiffures — et à guetter les hommes qui passaient.

— Regardez-moi ça ! disait-elle bien haut. Et ça se prétend des hommes ! de *mon* temps, oui, les hommes étaient des *hommes* !

Le passant — qui s'attendait aux sorties habituelles de Nyo Boto — pressait le pas pour échapper à sa langue acérée, et cela durait jusqu'au milieu de l'après-midi, quand elle s'endormait sur son ouvrage, avec des ronflements qui mettaient en joie les tout-petits confiés à sa garde.

Les fillettes du deuxième kafo, quant à elles, aidaient leurs mères et leurs grandes sœurs à ramasser des racines médicinales et des épices pour la cuisine, qu'elles rapportaient dans leurs corbeilles de bambou et étalaient au soleil pour les faire sécher. Pendant le pilonnage du grain, elles enlevaient la balle et le son. Elles aidaient aussi à laver le linge : elles le frottaient avec un savon rougeâtre de fabrication domestique — huile de palme et lessive de cendres — et puis battaient chaque pièce contre une pierre.

Le gros des travaux des hommes fut terminé quelques jours à peine avant la nouvelle lune — signal de la fête des moissons dans tous les villages de Gambie. Dans Djouffouré, on commençait à entendre les instruments de musique : koras à vingt-quatre cordes, tambours et balafons — ces xylophones dont les lames ont des calebasses pour caisses de résonance. Les musiciens du village répétaient au milieu de petites foules qui frappaient dans leurs mains ou se contentaient d'écouter. Ils recevaient aussi un renfort en la personne de Kounta, de Sitafa et de leurs camarades qui, une fois leurs chèvres rentrées, venaient souffler dans des flûtes de bambou, secouer des clochettes ou des hochets faits d'une calebasse contenant des cailloux.

Les hommes, qui pouvaient enfin se détendre, s'installaient pour discuter à l'ombre du baobab. Ceux de l'âge d'Omoro et leurs cadets se tenaient à distance respectueuse du Conseil des Anciens réuni, comme chaque année avant la fête, pour décider des affaires importantes du village. De temps à autre, deux ou trois jeunes gens se levaient ensemble, s'étiraient, et partaient en promenade dans le village, en se tenant par le petit doigt, selon le séculaire usage yayo des Africains.

Certains hommes, pourtant, passaient tout seuls de longues heures à sculpter patiemment des morceaux de bois de toutes tailles et de toutes formes. Kounta et ses amis en arrivaient parfois à oublier leurs frondes, tant les absorbait le travail des sculpteurs qui créaient des masques aux expressions terrifiantes ou mystérieuses — les danseurs les porteraient à l'occasion des festivités prochaines. D'autres façonnaient des figures humaines ou animales, avec les bras et les jambes collés au corps, les pieds bien à plat, la tête levée.

De toute la journée, Binta et les autres femmes ne trouvaient un peu de répit qu'en allant au puits, où elles se rafraîchissaient et s'accordaient quelques minutes de bavardage. Mais la fête était toute proche, et il leur restait encore tant à faire : terminer leur couture, nettoyer les cases, égorger les chèvres que l'on ferait rôtir. Et, avant tout, se faire belle pour briller à la fête.

Les grandes filles, que Kounta avait vues si souvent grimper gaillardement aux arbres, prenaient maintenant des airs timides et effarouchés qu'il trouvait ridicules. Et ces façons de marcher qu'elles affectaient ! Mais qu'avaient donc les hommes à se retourner sur ces créatures gauches, qui auraient été bien en peine de manier un arc ?

12

Kounta bondit en entendant résonner le tobalo aux premières lueurs de l'aube. Bientôt, avec Sitafa et ceux de son kafo, il courait vers le fromager sous lequel les tambourinaires du village frappaient déjà leurs instruments, vociférant et glapissant à leur adresse comme s'ils étaient vivants, leurs mains volant contre la dure membrane de peau de chèvre. Les villageois, dans leurs beaux vêtements neufs, esquissèrent d'abord de lents mouvements des membres et du corps, mais bientôt, possédés par le rythme, tous dansaient à l'unisson.

Kounta avait déjà assisté à bien des cérémonies de ce genre : semailles, moissons, départ des hommes pour la chasse, mariages, naissances, enterrements, mais jamais la danse ne l'avait entraîné comme aujourd'hui — d'une façon à la fois incompréhensible et irrésistible. Chaque adulte semblait exprimer avec son corps des choses qui n'appartenaient qu'à lui seul. Kounta eut du mal à en croire ses yeux quand, dans la masse tournoyante et bondissante des danseurs, dont certains portaient des masques, il aperçut la vieille Nyo Boto. Elle poussait des cris sauvages, se voilant le visage de ses mains et, soudain, bondissant en arrière, comme confrontée à un danger invisible. Saisissant un fardeau imaginaire, elle gigotait, cabriolait et elle finit par s'effondrer.

Kounta tournait ses regards en tous sens, contemplant les gens qu'il connaissait. Sous l'un des masques terrifiants, il reconnut l'alimamo, qui se jetait en avant et se tordait comme un serpent autour d'un tronc d'arbre. Il remarqua, parmi les danseurs, des gens encore plus vieux que Nyo Boto : mal assurés sur leurs jambes étiques, battant l'air de leurs bras ridés, clignant des yeux sous le soleil, ils avaient abandonné leur case pour participer aux réjouissances. Mais là où Kounta fut le plus étonné, c'est quand il vit son père : Omoro bondissait comme un chevreau, ses talons soulevaient la poussière. Poussant des cris perçants, il reculait, tous les muscles agités de soubresauts, puis plongeait en avant en se frappant la poitrine, il sautait, il tournait en l'air, il retombait en ahanant.

Les tambours ne semblaient pas seulement résonner dans les oreilles de Kounta mais aussi dans ses membres. Sans même s'en rendre compte, comme en un rêve, il sentit son corps trembler des pieds à la tête, ses membres s'agiter, et bientôt il était au milieu des danseurs, hurlant et sautant comme eux, oublieux de leur présence. Il s'écroula finalement, épuisé.

Quand il se releva pour gagner le bord de l'aire, ses genoux se dérobèrent sous lui. Et puis, jamais il ne s'était senti aussi bizarre. Hébété, effrayé et, en même temps, surexcité, il vit non seulement Sitafa, mais encore ceux de leur kafo danser parmi les grandes personnes, et il se joignit à nouveau à eux. Du plus jeune au plus âgé, les villageois dansèrent toute la journée. Les joueurs de tambour ne s'arrêtèrent ni pour boire ni pour manger, mais seulement pour reprendre leur respiration. Et, quand Kounta sombra dans le sommeil, les tambours battaient encore.

Le deuxième jour de la fête s'ouvrit, juste après le soleil de midi, par un défilé de ceux à qui étaient dus les honneurs. En tête venaient l'arafang, l'alimamo, les doyens, les chasseurs, les lutteurs, et puis ceux que le Conseil des Anciens avait désignés à la gratitude publique pour leurs hautes contributions depuis la fête de l'année précédente. Derrière eux venaient tous les autres villageois, chantant et applaudissant, conduits par les musiciens en une file qui serpentait entre les cases. Et, au moment où ils contournaient l'arbre des voyageurs, Kounta et ceux de son kafo se précipitèrent au-devant d'eux, échangeant des saluts et des sourires, et défilant eux-mêmes au son de leurs flûtes, de leurs clochettes, de leurs hochets. Les gamins, à tour de rôle, prenaient dans leur cortège la place d'honneur ; quand ce fut au tour de Kounta, il caracola, levant bien haut les genoux, se sentant très important. En passant devant les grandes personnes, il lut dans les yeux d'Omoro et de Binta qu'ils étaient fiers de leur fils.

Chaque femme avait préparé tout un assortiment de plats et tenait cuisine ouverte : le passant n'avait qu'à s'arrêter et à déguster. Kounta et ses camarades ne comptaient plus les délicieux plats de riz et de ragoûts dont ils s'étaient gavés. Il y avait même une abondance de viandes rôties — chèvres et gibier de la forêt ; et les corbeilles de bambou contenant toutes sortes de fruits étaient constamment regarnies par les jeunes filles.

Lorsqu'ils n'étaient pas en train de s'empiffrer, les garçons filaient vers l'arbre des voyageurs, intéressés par les étrangers qui arrivaient au village. Certains y passaient la nuit, mais la plupart ne demeuraient que quelques heures et repartaient pour la fête du village voisin. Les Sénégalais dressaient leurs étalages de pièces d'étoffe aux vives couleurs. D'autres apportaient de pesants sacs de noix de kola du Niger — la meilleure qualité — qui étaient vendues à des prix différents selon leur variété et leur grosseur. Des commerçants remontaient le bolong dans des bateaux chargés de barres de sel, qu'ils échangeaient contre de l'indigo, des peaux, de la cire d'abeille et du miel. Nyo Boto elle-même vendait — un cauri pièce — des petites bottes de racines de jonc odorant : frottés contre les dents, ces bâtonnets parfumaient l'haleine et rafraîchissaient la bouche.

Les commerçants païens ne s'arrêtaient pas à Djouffouré, car leurs marchandises, tabac et hydromel, n'intéressaient que les infidèles ; les Mandingues, étant musulmans, s'abstenaient de boire et de fumer. Parmi ceux qui ne s'arrêtaient guère non plus, pressés d'atteindre de plus grosses bourgades, il y avait beaucoup de jeunes gens des autres villages qui voyageaient pour leur plaisir — des jeunes gens de Djouffouré étaient pareillement partis pendant la saison des récoltes. Kounta et ses camarades accouraient au-devant d'eux sur le sentier qui contournait le village et leur faisaient escorte, curieux de voir ce que recelaient les petits paniers de bambou qu'ils portaient sur leur tête. C'étaient généralement des vêtements et de menus cadeaux pour les nouveaux amis qu'ils espéraient se faire au cours de leurs pérégrinations, avant de regagner leur village pour les prochaines plantations.

Tous les matins, le village se réveillait au son des tambours. Et chaque jour amenait de nouveaux musiciens itinérants — gens versés dans la récitation du Coran, le jeu du balafon et des tambours. S'ils étaient flattés de l'accueil que leur réservait la foule qui dansait, frappait dans ses mains, les acclamait et les comblait de cadeaux, ils demeuraient quelque temps avant de repartir pour le prochain village.

Quand arrivaient les griots conteurs, les villageois s'installaient autour du baobab et faisaient vite silence pour entendre les récits des anciens rois et des grandes familles, des guerriers et des grandes batailles, ainsi que les légendes du passé. Tantôt, aussi, un griot religieux vociférait des prophéties et des adjurations : il fallait apaiser Allah le Tout-Puissant, disait-il, et il s'offrait à procéder aux cérémonies nécessaires — déjà familières à Kounta — moyennant un petit cadeau. Ou encore un griot chanteur dévidait d'une voix haut perchée d'interminables strophes sur la splendeur passée des royaumes du Ghana, du Songhaï et du Mali ; souvent les gens du village le payaient pour qu'il vienne ensuite chez eux chanter les louanges de leurs vieux parents. Et les applaudissements éclataient lorsque l'on voyait émerger sur le seuil des cases les vieillards éblouis par le grand soleil, souriant de toute leur bouche édentée. Ayant accompli ses bonnes actions, le griot chanteur rappelait aux villageois qu'un message par le tambour de brousse — et une modeste offrande — le ramènerait à tout moment à Djouffouré pour chanter les louanges des leurs à l'occasion de funérailles, de mariages ou autres circonstances particulières. Et puis il repartait en hâte pour le prochain village.

Le sixième après-midi de la fête, le son d'un étrange tambour vint cingler Djouffouré. En entendant le message insultant qu'il transmettait, Kounta courut jusqu'au baobab où la foule indignée des villageois s'était réunie. Le tambour, manifestement tout proche, annonçait l'arrivée de lutteurs si valeureux que les prétendus lutteurs de Djouffouré n'avaient plus qu'à aller se cacher. Mais quelques minutes plus tard, aux acclamations des villageois, le tambour de Djouffouré répondait sèchement que ces téméraires étrangers cherchaient assurément à se faire estropier, sinon pire.

La foule courut alors jusqu'à l'aire de lutte. Les champions de Djouffouré enfilèrent leurs courts dalas munis, sur les côtés et sur les fesses, de « prises » faites de tissu roulé ; pour se rendre la peau glissante, ils s'enduisirent d'un mélange de feuilles de baobab pilées et de cendres de bois. Enfin, les cris des villageois annoncèrent l'arrivée des adversaires. Les puissants étrangers, vêtus seulement de leurs dalas, semblaient sourds aux quolibets de la foule. Trottant derrière leur tambourinaire, ils allèrent tout droit vers l'aire de lutte et se passèrent, eux aussi, une pâte onctueuse sur le corps. Mais quand les lutteurs de Djouffouré se montrèrent à leur tour, derrière leur tambour, les cris et les bousculades furent tels que les tambourinaires des deux camps durent implorer la foule de se calmer.

Puis les deux tambours annoncèrent : « Prêts ! » Ramassés sur eux-mêmes, le regard féroce, les adversaires se firent face deux à deux. « Empoignez-vous ! Empoignez-vous ! » ordonnèrent les tambours, et les adversaires commencèrent à se déplacer en cercle, tels des chats qui se mesurent. Les joueurs de tambour allaient de l'un à l'autre de leurs champions en frappant le nom de ses ancêtres, dont l'esprit le regardait.

Après des feintes et des esquives, les couples de lutteurs en vinrent finalement aux prises. Leurs pieds soulevaient un tel nuage de poussière que les spectateurs hurlants avaient peine à les distinguer. Les chutes et les dérapages ne comptaient pas ; il fallait, pour s'assurer la victoire, déséquilibrer l'adversaire, le soulever du sol et le projeter à terre. Les défaites — d'abord celle d'un lutteur de Djouffouré puis celle d'un des adversaires — furent saluées par les cris et les bonds de l'assistance, tandis que le tambour annonçait le nom du vainqueur. Derrière la foule déchaînée des villageois, Kounta et ses camarades luttaient entre eux.

Ce fut l'équipe de Djouffouré qui gagna la rencontre, avec une seule chute. On lui remit, en signe de triomphe, les cornes et les sabots d'un bœuf fraîchement égorgé. La viande elle-même fut rôtie en gros quartiers, et l'on pressa chaleureusement les braves adversaires de partager le festin. Les villageois félicitèrent les visiteurs de leur force, et les jeunes filles fixèrent des clochettes aux chevilles et aux bras de tous les lutteurs. Pendant le festin, les garçons du troisième kafo allèrent balayer et aplanir la terre rouge de l'aire de lutte, pour la séorouba qui allait suivre.

Tout Djouffouré s'y retrouva au moment où le soleil commençait à descendre, chacun dans ses plus beaux habits. Accompagnés en sourdine par les tambours, les deux équipes de lutteurs bondirent dans l'arène et se mirent à sauter en tous sens, retombant accroupis, faisant rouler leurs muscles et valser leurs clochettes, montrant leur force et leur souplesse aux villageois admiratifs. Brusquement, le martèlement des tambours s'accentua et les jeunes filles entrèrent dans l'arène, évoluant d'abord timidement parmi les lutteurs tandis que l'assistance frappait dans ses mains. Puis le rythme des tambours s'accéléra et les pieds des jeunes filles volèrent pour le suivre.

Enfin, trempées de sueur et hors d'haleine, elles sortirent l'une après l'autre en jetant dans la poussière leur tiko (foulard de tête) de couleur vive. Les villageois suivaient passionnément la scène, car si un jeune homme ramassait un tiko — ce qui prouvait qu'il avait particulièrement apprécié la danse de la jeune fille — c'est qu'il irait sûrement bientôt discuter avec le père de la belle de son prix matrimonial en chèvres et en vaches. Trop jeunes pour comprendre ce genre de choses, Kounta et ceux de son kafo pensèrent que l'émoi était terminé, et s'en furent jouer avec leurs frondes. Mais, au contraire, il ne faisait que commencer, car ce fut un lutteur de l'autre camp qui s'avança pour ramasser un tiko. C'était là un événement capital — et heureux — mais ce ne serait pas la première fois que le mariage enlèverait une jeune fille au village.

13

Le soleil était déjà brûlant, et pourtant l'on n'était qu'au début des cinq longues lunes de la saison sèche. Les oscillations de l'air surchauffé faisaient paraître plus grands les objets lointains, et les gens transpiraient presque autant dans leurs cases que dans les champs. Tous les matins, avant que Kounta parte mener les chèvres, Binta veillait à ce qu'il se frotte bien les pieds d'huile de palme mais, l'après-midi, il rentrait les lèvres parcheminées, la plante des pieds sèche et crevassée par le contact avec la terre brûlante. Certains de ses camarades revenaient avec les pieds en sang ; pourtant, le lendemain matin, ils retournaient sans une plainte — à l'exemple de leurs pères — dans la brutale fournaise du pâturage desséché.

Pendant le passage du soleil à son point culminant, les enfants, les chiens, les chèvres restaient prostrés, haletants, à l'ombre des arbustes. Les garçons étaient trop fatigués même pour chasser et faire rôtir des petits animaux comme ils en avaient l'habitude. Ils se distrayaient en bavardant, mais leur exaltation de chevriers novices était retombée.

Au moment où ils ramassaient leur bois, il semblait impensable que, le soir venu, on devrait se chauffer. Mais, une fois le soleil tombé, il faisait aussi froid qu'il avait fait chaud dans la journée et, après dîner, les gens de Djouffouré se serraient autour des feux crépitants. Il y avait le feu autour duquel les hommes de l'âge d'Omoro faisaient cercle en bavardant et, un peu plus loin, celui des anciens. Il y avait le feu des femmes et des jeunes filles et celui des grand-mères, qui racontaient leurs histoires de la veillée aux petits enfants du premier kafo.

Kounta et ses camarades avaient trop de fierté pour aller s'asseoir à côté des gamins nus du premier kafo — celui de Lamine. Aussi s'installaient-ils suffisamment loin pour ne pas être confondus avec ce groupe désordonné et ricanant, et cependant assez près pour entendre les histoires des grand-mères qui les captivaient toujours autant. Parfois, ils allaient écouter ce qui se disait autour des autres feux, mais les conversations tournaient plus ou moins autour de la chaleur. Kounta entendait les hommes âgés égrener leurs souvenirs de périodes où le soleil avait tué les plantes, grillé les récoltes ; les puits croupissaient ou se tarissaient ; les hommes se desséchaient comme les coques. Oui, disaient-ils, cette saison chaude est dure, mais moins que beaucoup d'autres dont nous avons mémoire. Kounta trouvait que les vieilles gens se souvenaient toujours de quelque chose de pire.

Et puis un jour vint où l'on eut brusquement l'impression de respirer du feu, tandis que, la nuit, les gens grelottaient sous leur couverture, transis jusqu'aux os. Et le lendemain matin la sueur leur coulait à nouveau du front, leur respiration se bloquait. L'après-midi du même jour, l'harmattan se mit à souffler. Aurait-ce été un vent violent, ou soufflant par rafales, qu'il aurait apporté un certain soulagement. Mais il était doux, continu, sec et chargé de poussière, et cela jour et nuit, pendant près d'une demi-lune. Et l'on savait d'expérience que ce vent persistant, ininterrompu, énerverait peu à peu les gens de Djouffouré. Bientôt, les parents crièrent plus que de coutume après leurs enfants, les corrigèrent sans raison vraiment valable. Et chez ces Mandingues peu enclins aux criailleries on entendait à toute heure du jour s'élever des querelles entre grandes personnes, surtout dans les jeunes ménages comme celui d'Omoro et de Binta. A tout moment, les voisins se précipitaient sur leur seuil pour voir accourir dans la case d'un couple les belles-mères respectives. Peu après, les hurlements s'exacerbaient, et paniers à couture, marmites, calebasses, tabourets et vêtements volaient à l'extérieur. Enfin, l'épouse et sa mère sortaient en trombe, ramassaient les trésors et se repliaient en catastrophe vers la case maternelle.

Deux lunes étaient déjà passées quand, aussi soudainement qu'il avait commencé, l'harmattan cessa. En moins d'une journée l'air devint tranquille, le ciel s'éclaircit. L'on vit, dans l'espace de la nuit, les femmes revenir auprès de leurs maris, les belles-mères échanger des petits cadeaux et prêcher la réconciliation dans le village. Cependant on n'était qu'au mitan des cinq longues lunes de la saison sèche. Les greniers étaient encore amplement garnis, mais les femmes cuisinaient parcimonieusement, car personne, pas même les enfants habituellement gloutons, n'avait grand appétit. Tout le monde était affaibli par la chaleur, on ne s'arrêtait plus beaucoup à discuter et chacun ne faisait que l'indispensable.

L'étique bétail du village était ravagé de plaies boursouflées là où les œstres avaient déposé leurs œufs. Les poulets qui peuplaient Djouffouré de leur caquetage étaient devenus tout calmes, leur carcasse efflanquée gisant dans la poussière, les ailes déployées, le bec ouvert. Les singes eux-mêmes se manifestaient rarement, car ils demeuraient à couvert dans la forêt. Et Kounta remarqua que les chèvres, de moins en moins enclines à paître dans la chaleur, étaient devenues nerveuses et maigres.

Pour une raison quelconque — peut-être était-ce la chaleur ou simplement parce qu'ils devenaient grands — Kounta et ses camarades, les gardiens de chèvres qui ne s'étaient pratiquement pas quittés dans la brousse pendant près de six lunes, commençaient à mener chacun à sa guise son petit troupeau. Il fallut à

Kounta plusieurs jours pour se rendre compte qu'il n'avait encore jamais été vraiment seul pendant aussi longtemps. Il regarda de loin les autres garçons, dispersés avec leurs chèvres dans la savane brûlée de soleil. Plus loin, il y avait les champs où les villageois coupaient les herbes qui avaient poussé depuis la dernière récolte. Ils en faisaient de grandes piles qui semblaient frémir dans la chaleur.

Kounta s'épongea le front en pensant que les siens ne connaissaient jamais que des difficultés : passes difficiles, complications, moments effrayants, menaçants même pour leur vie. Il songea aux journées brûlantes et aux froides nuits qui leur succédaient. Et puis, à nouveau, les pluies allaient venir, transformant le village en fondrière, inondant les sentiers à tel point que les gens devraient se rendre en canot d'un lieu à un autre. Ils avaient tout autant besoin de la pluie que du soleil, mais il y en avait toujours trop ou pas assez. Et, même quand les chèvres seraient grasses et les arbres chargés de fleurs et de fruits, il savait que la récolte de la dernière pluie se ferait rare dans les greniers familiaux, et qu'une nouvelle fois viendrait la saison de la faim — alors certains villageois en mourraient, comme sa chère grand-mère Yaïssa en était morte.

Sans doute y avait-il une bonne saison : celle des moissons, avec la fête qui les couronnait, mais elle passait trop vite et, à nouveau, venait la longue et chaude saison sèche, avec ce terrible harmattan — et Binta qui n'arrêtait plus de lui crier dessus et de battre Lamine, au point qu'il prenait presque en pitié sa vermine de petit frère. En ramenant ses chèvres au village, Kounta se remémorait ces histoires qu'il avait entendu si souvent raconter quand il était encore petit comme Lamine, sur les grands effrois et périls qui avaient constamment marqué la vie des ancêtres. Aussi loin que l'on remonte, pensait Kounta, les gens ont toujours eu la vie dure. Il en serait peut-être toujours ainsi.

A présent, l'alimamo dirigeait tous les soirs les prières à Allah pour qu'il envoie les pluies. Et puis, un jour, tout Djouffouré fut en émoi, car la brise commençait à soulever la poussière, ce qui signifiait que les pluies viendraient bientôt. Le lendemain matin, les villageois se rendirent tous aux champs pour y mettre le feu aux grands tas de mauvaises herbes qu'ils avaient rassemblés et qui brûlaient en dégageant d'épaisses volutes de fumée. Ruisselants de sueur, les villageois dansaient et poussaient des cris de joie malgré la chaleur quasi insupportable, et les enfants du premier kafo couraient et s'égosillaient en essayant d'attraper au vol, comme autant de porte-bonheur, les légers plumets de cendre.

Le lendemain, la brise commença à disperser les cendres dans les champs, enrichissant la terre qui porterait la prochaine récolte. Les cultivateurs se hâtèrent d'ameublir le sol à la houe et d'y tracer les longs sillons destinés à recevoir la semence — dans le cycle infini des saisons, Kounta vivait pour la septième fois le temps des plantations.

14

Deux pluies avaient passé, et à nouveau le ventre de Binta s'arrondissait tandis que son humeur s'aigrissait encore. Elle avait même la main si leste que Kounta était bien content, le matin, de partir garder les chèvres ; et l'après-midi, quand il les ramenait, il ne pouvait s'empêcher d'éprouver de la compassion pour Lamine, déjà assez grand pour faire des bêtises et recevoir des corrections, mais encore trop petit pour quitter tout seul la maison. Aussi un jour où, en revenant, il avait trouvé son petit frère en larmes, il demanda à Binta — non sans appréhension — s'il pouvait l'emmener faire une commission avec lui, et elle accepta sèchement. Devant une gentillesse aussi inespérée, le petit enfant nu était éperdu de joie, mais Kounta était si furieux d'avoir cédé à un bon mouvement qu'une fois hors de vue de Binta il lança au gamin un bon coup de pied et une taloche. Lamine se mit à hurler — et suivit son frère comme un petit chien.

Dès ce jour, Kounta trouva tous les après-midi Lamine l'attendant à la porte, dans l'espoir que son grand frère l'emmènerait encore. Et presque tous les jours, Kounta le traînait à sa suite — bien malgré lui, d'ailleurs. Binta manifestait un tel soulagement d'être débarrassée d'eux pendant un moment, que Kounta craignait maintenant de recevoir une correction s'il n'emmenait pas Lamine. On aurait dit un mauvais rêve, où le petit frère était collé dans son dos comme une sangsue géante du bolong. Mais Kounta remarqua bientôt que certains garçons de son kafo avaient, eux aussi, des petits frères attachés à leurs pas. Les gamins jouaient et gambadaient de leur côté, mais sans quitter de l'œil leurs grands frères qui, eux, affectaient de les ignorer. Parfois, les grands garçons prenaient la fuite en huant les petits qui se bousculaient pour les rattraper. Lorsque Kounta et ses camarades grimpaient aux arbres, les efforts des marmots pour les imiter étaient généralement suivis de dégringolades qui faisaient se tordre de rire les aînés. Finalement, on commençait à bien s'amuser avec les petits frères.

Quand il arrivait que Kounta soit seul avec Lamine, il s'occupait un peu plus de lui. Pinçant dans ses doigts une graine minuscule, il lui expliquait que le fromager géant de Djouffouré était né d'une aussi petite chose. Il attrapait une abeille et montrait à Lamine ce qu'était le dard ; puis il retournait l'insecte et expliquait que les abeilles recueillent le suc des fleurs et en font le miel dans leurs nids, tout en haut des grands arbres. Et Lamine commençait à poser des tas de questions à Kounta qui répondait patiemment la plupart du temps. Il y avait quelque chose de plaisant dans le fait que, pour Lamine, Kounta savait tout. L'aîné se sentait plus vieux que ses huit pluies. Malgré lui, il en venait à considérer son petit frère comme autre chose qu'une simple vermine.

Kounta s'efforçait de n'en rien montrer, mais en revenant l'après-midi avec les chèvres il avait plaisir à savoir que Lamine l'attendait. Un jour, il lui sembla que Binta souriait en les voyant partir ensemble. D'ailleurs, Binta lançait souvent au petit :

— Tiens-toi donc comme ton frère !

Cela ne l'empêchait pas, le moment d'après, de corriger Kounta pour une raison quelconque, mais moins souvent qu'autrefois. Binta disait aussi à Lamine que, s'il faisait des bêtises, il ne sortirait pas avec Kounta — et Lamine était sage pendant tout le reste de la journée.

Le jour où Lamine tomba en essayant de grimper à un petit arbre, Kounta lui montra comment s'y prendre. Il lui apprit à lutter (pour que Lamine puisse se faire respecter par un garçon qui l'avait humilié devant les camarades de son kafo) ; à siffler dans ses doigts (mais Lamine était loin d'égaler le sifflet perçant de Kounta) ; il lui montra les plantes dont Binta faisait ses infusions. Et, à propos des gros bousiers brillants qu'ils trouvaient tout le temps dans la case, il lui recommanda de les ramasser et de les reposer dehors délicatement, car faire du mal à ces insectes portait malheur. Et il était encore plus maléfique de toucher l'ergot d'un coq. Mais, malgré ses efforts, il ne réussit pas à faire comprendre à Lamine comment on pouvait déterminer l'heure d'après la position du soleil.

— Tu es encore trop petit, lui dit-il, mais ça viendra.

Kounta s'emportait à l'occasion, quand Lamine n'apprenait pas assez vite une chose simple ; ou il lui allongeait une claque, si le gamin était trop insupportable. Mais il le regrettait toujours, au point qu'il lui laissait parfois porter son doundiko pendant un petit moment.

Au fur et à mesure qu'il se rapprochait de son frère, Kounta ne ressentait plus aussi vivement la gêne de se trouver, avec ses huit pluies, séparé par un fossé des grands garçons et des hommes de Djouffouré. En effet, pas un jour ne s'était écoulé sans que quelque chose lui rappelât qu'il faisait toujours partie du deuxième kafo — de ceux qui couchent encore dans la case maternelle. Les grands garçons, qui en ce moment étaient partis pour leur initiation, n'avaient jamais eu que railleries et taloches pour Kounta et ses camarades. Les hommes — Omoro et les autres pères — les toléraient, sans plus. Et quant aux femmes, combien de fois, là-bas dans la brousse, Kounta n'avait-il pas pensé avec fureur que, dès qu'il serait un homme, il remettrait Binta à sa place en tant que femme — tout en lui montrant bonté et mansuétude, car, après tout, c'était sa mère.

Mais le plus agaçant, pour Kounta et ses camarades, c'était encore la façon qu'avaient les filles du deuxième kafo, qui avaient grandi avec eux, de leur rappeler en toute occasion qu'elles pensaient déjà au mariage. Que, pour elles, cela se passe à quatorze pluies et même moins, alors que les garçons devaient attendre d'avoir atteint leurs trente pluies ou plus, voilà ce qui irritait Kounta. De toute façon, ceux du deuxième kafo ne récoltaient jamais que des vexations, sauf quand ils étaient entre eux dans la brousse — et depuis peu, pour Kounta, quand il partait avec Lamine.

Chaque fois que lui et son frère cheminaient ensemble, Kounta se plaisait à imaginer qu'il emmenait Lamine en voyage, comme le faisaient parfois les pères avec leurs fils. Il se sentait maintenant obligé, d'une certaine façon, d'agir comme s'il était plus vieux que son âge, puisque Lamine le considérait comme un puits de science. Tout en marchant, Lamine pressait son aîné de questions :

— A quoi ressemble le monde ?

— Eh bien, disait Kounta, il n'est pas d'hommes ni de pirogues qui soient allés au bout. Et nul ne connaît tout du monde.

— Qu'est-ce que tu apprends chez l'arafang ?

Kounta récita les premiers versets du Coran en arabe et dit à Lamine :

— A toi, essaie un peu.

Alors Lamine essaya, mais sans succès — comme l'avait prévu Kounta — et son grand frère lui dit paternellement :

— Eh oui, il faut du temps.

— Pourquoi ne doit-on pas faire de mal aux hiboux ?

— Parce que les esprits de nos ancêtres défunts sont dans les hiboux. (Et Kounta parla un peu à Lamine de leur grand-mère Yaïssa.) Tu étais encore bébé, alors tu ne peux pas te souvenir d'elle.

— Cet oiseau dans l'arbre, qu'est-ce que c'est ?

— Un faucon.

— De quoi se nourrit-il ?

— De souris, d'oiseaux et de choses.

— Ah ! bon.

Kounta ne s'était jamais rendu compte qu'il savait une telle quantité de choses, mais parfois Lamine le questionnait sur des sujets dont il ignorait tout :

— Est-ce que le soleil est enflammé ?

Ou :

— Pourquoi papa ne dort-il pas avec nous ?

Dans ces cas-là, Kounta poussait un grognement et cessait de répondre, à l'exemple d'Omoro, quand lui-même l'avait trop fatigué de ses questions. Et alors Lamine demeurait silencieux, car le savoir-vivre mandingue interdit d'adresser la parole à qui ne veut pas converser. Parfois, Kounta feignait d'être plongé dans ses pensées. Sans mot dire, Lamine restait assis près de lui, et quand il se levait il faisait de même. Ou encore, quand Kounta ne savait pas répondre à une question, il faisait vite quelque chose pour détourner la conversation.

Et puis, à la première occasion, Lamine étant absent de la case, il demandait à Binta ou à Omoro la réponse dont il avait besoin. Il ne leur avoua jamais pourquoi il était devenu si curieux, mais ils avaient l'air de le savoir. Ils traitaient d'ailleurs Kounta comme s'il était devenu plus grand, puisqu'il avait pris la responsabilité de s'occuper de son petit frère.

Avant peu, Kounta put se permettre de rappeler sèchement Lamine à l'ordre en présence de Binta.

— Parle donc clairement ! exigeait-il en faisant claquer ses doigts.

Ou il lui envoyait une tape s'il ne mettait pas assez d'empressement à obéir à leur mère. Binta ne paraissait jamais remarquer quoi que ce fût.

Si bien que Lamine ne pouvait plus guère faire un mouvement sans que sa mère ou son frère l'aient à l'œil. Et Kounta n'avait qu'à poser à Omoro ou à Binta une des questions de Lamine pour s'attirer aussitôt la réponse.

— Pourquoi la peau de bœuf sur le lit de papa est-elle rouge vif ? Les bœufs ne sont pas rouges.

— C'est moi qui ai teint la peau avec de la lessive de cendres et du millet écrasé, répondait Binta.

— Où habite Allah ?

— Allah habite en ce lieu d'où nous vient le soleil, disait Omoro.

15

Un après-midi, Lamine demanda à Kounta :

— Des esclaves, qu'est-ce que c'est ?

Kounta grogna et cessa de parler. Apparemment perdu dans ses pensées, il se demandait tout en marchant ce que Lamine avait pu entendre au vol pour poser une telle question. Kounta savait que ceux qui étaient enlevés par les toubabs devenaient des esclaves, et il avait entendu des grandes personnes parler d'esclaves appartenant à des gens de Djouffouré. Mais il ne savait pas ce que pouvaient *être* des esclaves. Comme en tant d'autres occasions, la question gênante de Lamine le poussa à se renseigner.

Le lendemain, au moment où Omoro se préparait à aller chercher des troncs de palmiers pour construire à Binta un grenier neuf, Kounta demanda la permission de l'accompagner ; il était toujours heureux de pouvoir aller quelque part avec son père. Mais, ce jour-là, ils arrivèrent jusqu'à la sombre et fraîche palmeraie sans avoir échangé un mot. Et puis, brusquement, Kounta demanda :

— Fa, les esclaves, qu'est-ce que c'est ?

Omoro se contenta d'abord de grogner sans répondre, et il passa plusieurs minutes à aller d'un tronc à l'autre, examinant les différentes qualités de bois. Finalement, il dit à Kounta :

— Il n'est pas toujours facile de distinguer les esclaves des autres gens.

Tout en abattant le palmier qu'il avait choisi, Omoro dit à Kounta que les cases des esclaves étaient coiffées de nyantang djongo, et celles des gens libres de nyantang foro — Kounta savait que cette dernière était la meilleure qualité de chaume.

— Mais on ne doit jamais parler d'esclaves, dit très sévèrement Omoro.

La raison de cette interdiction échappait à Kounta, mais il fit semblant d'avoir compris.

L'arbre abattu, Omoro trancha les dures et épaisses palmes, tandis que Kounta y récupérait, pour son propre compte, quelques fruits mûrs. Il sentait que son père était aujourd'hui d'humeur à parler et il songea avec plaisir qu'il pourrait ainsi renseigner Lamine sur les esclaves.

— Pourquoi y a-t-il des gens qui sont esclaves et d'autres qui ne le sont pas ? demanda-t-il.

Omoro répondit que les gens devenaient esclaves de diverses façons. Il y avait ceux qui étaient nés d'une mère esclave — et il cita quelques habitants de Djouffouré, bien connus de Kounta. Certains d'entre eux étaient les parents de camarades de son kafo. D'autres, dit Omoro, avaient quitté leur village en temps de disette pour ne pas mourir de faim et, arrivés à Djouffouré, ils étaient devenus, à leur propre requête, esclaves de ceux qui acceptaient de les nourrir. D'autres encore — et il nomma quelques-uns des vieux de Djouffouré — étaient d'anciens ennemis faits prisonniers.

— Ils sont devenus esclaves parce qu'ils n'étaient pas assez braves pour mourir plutôt que d'être capturés, dit Omoro.

Il avait commencé à débiter le tronc en billes qu'un homme vigoureux comme lui pourrait charrier. Tous ceux qu'il avait cités étaient des esclaves, dit-il, mais ils n'en étaient pas moins respectés.

— Leurs droits sont garantis par les lois de nos ancêtres.

Et il expliqua que les maîtres étaient tenus de nourrir et d'habiller leurs esclaves, de leur fournir une habitation, une parcelle qu'ils mettaient en valeur en compte à demi, et aussi une épouse ou un époux. Seuls ceux qui se sont laissés aller à être méprisables sont méprisés, dit-il à Kounta.

Seuls ceux-là, qui étaient devenus esclaves par leur propre faute, les meurtriers, les voleurs et autres criminels, pouvaient être battus ou punis par leur maître, s'il estimait qu'ils l'avaient mérité.

— Est-ce que les esclaves doivent toujours demeurer esclaves ? demanda Kounta.

— Non. Beaucoup d'esclaves rachètent leur liberté grâce à ce qu'ils ont gagné en travaillant en compte à demi avec leurs maîtres, répondit Omoro en citant quelques habitants de Djouffouré qui l'avaient fait. D'autres avaient obtenu leur liberté en se mariant au sein de la famille de leur maître.

Tout en tressant une solide bricole de lianes fraîches, pour faciliter le transport des lourdes billes de palmier, Omoro raconta qu'on avait vu des esclaves devenir plus prospères que leurs maîtres. Certains même avaient possédé leurs propres esclaves, d'autres avaient atteint des positions éminentes.

— Comme Soundiata ! s'écria Kounta.

Il avait entendu maintes fois les grand-mères et les griots raconter les hauts faits du grand général esclave d'autrefois, dont l'armée avait vaincu tant d'ennemis.

Omoro eut un grognement approbateur, manifestement content que Kounta sache déjà cela, car c'était à peu près à l'âge de son fils qu'il avait lui-même appris beaucoup de choses sur Soundiata. Il poussa un peu l'examen :

— Et qui était la mère de Soundiata ?

— Sogolone, la Femme Buffle ! répondit fièrement Kounta.

Omoro sourit et, hissant sur ses vigoureuses épaules deux billes de palmier retenues par la bricole, il prit le départ.

Kounta le suivit tout en mangeant ses dattes et, sur le chemin du retour, Omoro lui raconta comment le grand empire mandingue avait été conquis par ce brillant général esclave, qui était né infirme et dont l'armée se composait, au départ, d'esclaves en fuite qu'il avait trouvés dans les marais et autres lieux de refuge.

— Tu apprendras beaucoup d'autres choses sur lui lors de ton initiation, dit Omoro.

A la seule pensée de ce moment, Kounta se sentit saisi de peur et, en même temps, d'impatience.

Omoro lui dit que Soundiata s'était enfui de chez son maître abhorré, comme tout esclave qui n'aime pas son maître. Il dit qu'à l'exception de ceux qui avaient été condamnés pour un délit, l'on ne pouvait vendre un esclave s'il n'acceptait pas le nouveau maître qu'on lui destinait.

— Grand-mère Nyo Boto est une esclave, elle aussi, ajouta Omoro, et Kounta faillit s'en étrangler de surprise.

Cela dépassait son entendement. Des scènes lui traversèrent l'esprit : la vieille Nyo Boto assise devant sa case, surveillant une douzaine de bébés nus tout en tressant ses paniers ou ses perruques, et lançant des piques aux adultes qui passaient — même aux anciens, si elle en avait idée. « Celle-là n'est l'esclave de personne », pensa-t-il.

L'après-midi suivant, une fois les chèvres renfermées

dans leurs enclos, Kounta ramena Lamine à la maison par un chemin qu'évitaient habituellement leurs camarades, et qui les mena devant chez Nyo Boto, où ils s'assirent en silence. Bientôt, devinant qu'elle avait une visite, la vieille femme parut sur le seuil. Il lui suffit de regarder Kounta, qui avait toujours été un de ses préférés, pour savoir que quelque chose le tracassait. Elle invita les garçons à entrer et s'affaira à leur préparer une tisane.

— Comment vont votre papa et votre maman? demanda-t-elle.

— Très bien. Merci de t'en enquérir, répondit poliment Kounta. Et toi, grand-mère, tu vas bien?

— Mais oui, très bien, répondit-elle.

Kounta demeura muet jusqu'au moment où elle servit la tisane. Et puis les mots jaillirent :

— Grand-mère, pourquoi es-tu une esclave?

Nyo Boto dévisagea Kounta et Lamine. Pendant quelques minutes, ce fut à son tour de demeurer silencieuse, puis elle dit :

— Je vais vous le raconter.

Une nuit, dans son village natal, dit Nyo Boto, très loin de là et il y avait très longtemps, quand elle était encore une jeune mère, elle avait été réveillée par les hurlements de terreur de ses voisins : dans tout le village, les toits de chaume s'écrasaient en flammes. Elle avait attrapé ses enfants, un garçon et une fille — leur père était mort peu avant, au cours d'une guerre tribale — et elle s'était précipitée dehors au milieu des autres : là, les attendaient des négriers blancs armés, aidés de leurs slatis noirs. Ils avaient combattu farouchement, et quelques-uns avaient pu s'échapper, mais les autres avaient été rassemblés en troupeau. Sous leurs yeux on avait tué les blessés, les vieillards, les enfants : tous ceux qui ne pouvaient voyager. Nyo Boto sanglotait.

— ... et mes deux petits et ma vieille mère.

Lamine et Kounta s'étreignaient les mains tandis qu'elle leur racontait comment les prisonniers terrifiés, attelés par une lanière de cuir qui leur serrait le cou, avaient été poussés à coups de fouet pendant de longs jours, dans l'intérieur des terres. Et, tous les jours, les prisonniers tombaient de plus en plus nombreux sous le fouet qui s'abattait sur leur dos pour les faire avancer plus vite. Et puis, après encore quelques jours, il en tomba encore plus, de faim et d'épuisement. La longue file des captifs traversait d'autres villages incendiés et dévastés, où des crânes et des ossements d'hommes et d'animaux gisaient dans les cases éventrées qui avaient abrité des familles. Quand ils avaient atteint le village de Djouffouré, à quatre jours de la plus proche station de vente des esclaves, sur le Kamby Bolongo, plus de la moitié des captifs étaient morts en chemin.

— Et c'est là qu'une jeune captive fut vendue pour un sac de maïs, dit la vieille femme. C'était moi. Et c'est pour ça que l'on m'a appelée Nyo Boto. (Kounta savait que cela signifiait « sac de maïs ».)

L'homme qui l'avait achetée était mort très vite, dit-elle, et elle était toujours demeurée là.

Lamine se tortillait d'émotion, et Kounta éprouvait plus d'amour et d'estime que jamais pour la vieille Nyo Boto qui restait là, à sourire tendrement à ces petits dont elle avait câliné, avant eux, le père et la mère.

— Quand je suis arrivée à Djouffouré, votre papa Omoro appartenait au premier kafo, dit Nyo Boto en regardant Kounta. Sa maman Yaïssa, ta grand-mère, était ma meilleure amie. Tu te souviens d'elle ?

Kounta répondit affirmativement et ajouta avec fierté qu'il avait raconté à son petit frère tout ce qu'il savait de leur grand-mère.

— C'est très bien ! dit Nyo Boto. Maintenant, il faut que je me remette au travail. Allez, mes enfants.

Kounta et Lamine la remercièrent de sa tisane et rentrèrent à pas lents chez Binta, chacun perdu dans ses pensées.

Le lendemain, quand Kounta rentra du pâturage, Lamine l'assaillit de questions à propos de l'histoire de Nyo Boto. Il voulait savoir si Djouffouré aussi avait déjà été incendié. Kounta répondit qu'il n'avait jamais entendu parler d'incendie, et qu'il n'y en avait pas de traces dans le village. Est-ce que Kounta avait déjà vu de ces hommes blancs ?

— Bien sûr que non ! s'écria-t-il.

Mais leur père lui avait raconté qu'un jour, avec ses frères, ils avaient vu les toubabs avec leurs bateaux, quelque part le long du fleuve.

Kounta changea rapidement de sujet de conversation, car il ne savait pas grand-chose des toubabs, et il avait besoin de réfléchir à la question. Il aurait bien voulu en *voir* un — mais évidemment à une distance respectueuse, parce que tout ce qu'il avait entendu raconter sur eux montrait bien que l'on n'avait jamais intérêt à s'en approcher.

Il n'y avait pas si longtemps qu'une jeune fille avait disparu alors qu'elle ramassait des herbes — et, avant elle, deux hommes qui étaient allés à la chasse — et tout le monde était sûr qu'ils avaient été enlevés par les toubabs. Kounta se rappelait très bien aussi ces moments où les tambours d'autres villages avaient annoncé que les toubabs venaient d'enlever quelqu'un, ou bien qu'ils étaient dans les parages, et alors les hommes s'armaient et renforçaient leur garde, tandis que les femmes prenaient les enfants et allaient se cacher loin dans la brousse, quelquefois pendant des jours, jusqu'à ce que les toubabs soient partis.

Le lendemain du jour où Lamine l'avait interrogé

sur les toubabs, en ramenant les chèvres au village, Kounta souleva la question parmi ses camarades, et bientôt chacun racontait ce qu'il en savait. L'un des garçons, Demba Conteh, dit qu'il avait un oncle très brave qui s'était un jour approché des toubabs au point de les *sentir* — et ils puent, d'une façon particulière. Tous avaient entendu dire que les toubabs enlevaient les gens pour les manger. Pourtant, d'après certains, les toubabs prétendaient qu'ils n'emmenaient pas les gens pour les manger mais pour les faire travailler dans de grandes fermes. A cela, Sitafa Silla opposa une réponse qu'il tenait de son grand-père :

— Mensonges de Blancs !

Dès qu'il en eut l'occasion, Kounta demanda à Omoro :

— Papa, tu veux bien me raconter quand toi et tes frères vous avez vu les toubabs sur le fleuve ? (Et il s'empressa d'ajouter :) Parce qu'il faut que Lamine apprenne exactement les choses comme elles se sont passées.

Il lui sembla surprendre un sourire sur le visage de son père, mais Omoro se contenta de grogner, apparemment peu désireux de parler. Seulement, quelques jours plus tard, il invita négligemment Kounta et Lamine à aller avec lui chercher des racines hors du village.

Lamine ne se tenait plus de joie, car c'était la première fois que le petit enfant nu allait quelque part avec son père. Sachant qu'il devait cette invitation à l'influence de Kounta, il s'accrochait fermement au doundiko de son grand frère.

Omoro raconta à ses fils que ses deux frères aînés, Djanneh et Saloum, avaient quitté Djouffouré après leur initiation ; on avait appris avec le temps qu'ils étaient fameux pour leurs voyages dans des contrées étranges et lointaines. Ils n'étaient revenus pour la première fois au village que lorsque le message tambouriné de Djouffouré les avait avertis, tout là-bas, de la naissance du premier fils d'Omoro. Pour assister à la cérémonie d'imposition du nom, ils avaient marché jour et nuit sur les pistes. Et, après une aussi longue absence, ils avaient eu la joie de serrer dans leurs bras quelques-uns de leurs anciens camarades de kafo. Mais ceux-ci avaient évoqué avec tristesse les autres, ceux qui n'étaient plus là — morts dans un village incendié, tués par les redoutables bâtons à feu, enlevés, disparus alors qu'ils étaient aux champs, à la chasse, en voyage — et tous à cause des toubabs.

Révoltés, ses frères lui avaient demandé de se joindre à eux, dit Omoro, pour aller épier les toubabs et voir s'il y avait un moyen de se défendre. Alors, ils avaient cheminé pendant trois jours le long des rives du Kamby Bolongo, en prenant soin de demeurer sous le couvert de la végétation. Et ils avaient enfin trouvé ce qu'ils cherchaient : une vingtaine de grands canots de toubabs ancrés sur le fleuve, si grands qu'un seul aurait pu contenir tous les gens de Djouffouré, chacun avec un large pan d'étoffe blanche attaché par des liens à une sorte de tronc d'arbre de la hauteur de dix hommes. Tout près s'étendait une île, et, sur l'île, s'élevait une forteresse.

Il y avait beaucoup de toubabs qui s'agitaient en tous sens, et ils étaient aidés par des Noirs, sur la forteresse et dans les petits canots. Ces derniers apportaient aux grands bateaux des chargements d'indigo, de coton, de cire d'abeille, de peaux. Mais le plus effroyable, raconta Omoro, c'étaient les coups et autres sévices infligés à ceux que les toubabs avaient capturés pour les emmener.

Puis Omoro demeura un bon moment silencieux, et Kounta sentit qu'il retournait dans sa tête ce qu'il lui restait à dire. Enfin, il se décida :

— A présent, les nôtres ne sont plus enlevés en aussi grand nombre.

Il expliqua que, quand Kounta était encore bébé, le roi de Barra, souverain de cette région de la Gambie, avait ordonné de mettre fin aux incendies des villages, au cours desquels les gens étaient capturés et massacrés. Et bientôt ils cessèrent, après que les soldats de quelques rois courroucés eurent brûlé les gros canots sur le fleuve et tué tous les toubabs qui s'y trouvaient.

— A présent, poursuivit Omoro, chaque bateau de toubabs qui entre dans le Kamby Bolongo tire dix-neuf coups de canon pour saluer le roi de Barra.

C'étaient maintenant des hommes mandatés par le roi lui-même qui fournissaient la plupart des gens qu'emmenaient les toubabs — généralement ceux qui avaient commis un délit, ou fait des dettes, ou qui étaient soupçonnés d'avoir comploté contre le roi, même s'ils n'avaient guère fait plus que murmurer. Lorsque les bateaux des toubabs remontaient le Kamby Bolongo pour acheter des esclaves, dit Omoro, le nombre des condamnations pour délit augmentait.

— Mais même un roi ne peut empêcher certains enlèvements de personnes, continua Omoro. Parmi ceux des nôtres qui ont disparu, trois rien qu'au cours des dernières lunes, certains vous étaient connus, et puis vous avez entendu les messages tambourinés des autres villages. Maintenant, écoutez-moi bien — et il regarda ses fils en détachant ses mots — car si vous ne suivez pas exactement mes instructions, vous risquez d'être enlevés pour toujours. (Saisis d'effroi, Kounta et Lamine se firent attentifs.) Ne restez jamais seuls si vous pouvez l'éviter, dit Omoro. Ne sortez jamais la nuit, si vous pouvez l'éviter. Et, de jour comme de nuit, si vous êtes seuls, ne vous approchez pas sans nécessité des hautes herbes et de la brousse. Toute votre vie, et même quand vous serez devenus des hommes, guettez bien le toubab. Souvent, il tire avec son bâton à feu, et alors on l'entend de loin. Et si vous voyez de grandes fumées là où il n'y a pas de villages, c'est probablement lui qui fait sa cuisine sur un grand feu. Il faudra bien étudier les marques qu'il laisse pour savoir dans quel sens il est allé. Comme il marche beaucoup plus lourdement que nous, vous distinguerez ses traces : il écrase l'herbe et les brindilles. Et, en vous approchant de l'endroit où il a été, vous vous apercevrez qu'il laisse une odeur. Il sent le poulet mouillé. Et beaucoup disent que le toubab propage à distance une sorte de nervosité. Alors, si vous ressentez quelque chose de ce genre, tenez-vous très tranquilles, pour pouvoir le détecter de loin. Mais, dit Omoro, connaître le toubab ne suffit pas encore. Beaucoup des nôtres travaillent pour lui. Ce sont des traîtres, des slatis. Et ceux-là, on ne peut les déceler. De toute façon, quand vous êtes dans la brousse, ne faites *jamais* confiance à un inconnu. (Kounta et Lamine l'écoutaient, figés de peur.) Je ne vous dirai jamais ces choses avec assez de force, continua leur père. Il faut que vous sachiez ce que vos oncles et moi nous avons vu subir à ceux qui avaient été enlevés. C'est toute la différence entre les esclaves qui vivent parmi nous et ceux que le toubab emmène pour en faire ses esclaves.

Il raconta qu'il avait vu les captifs enchaînés au bord du fleuve dans des enclos fermés par une solide palissade de bambou, et surveillés par une garde nombreuse. Lorsque des petits canots amenaient d'un grand canot un toubab à l'air important, on extrayait les captifs des enclos et on les plaçait sur la grève.

— Ils avaient la tête rasée et ils étaient tellement enduits de graisse qu'ils luisaient. Pour commencer, on les avait fait s'accroupir, et puis sauter et retomber accroupis, dit Omoro. Quand les toubabs en avaient eu assez, ils avaient donné un ordre, et à ces gens l'on avait ouvert la bouche de force, pour examiner leurs dents et leur gorge. (Effleurant d'un geste rapide le sexe de Kounta qui bondit sous la surprise, Omoro poursuivit :) Et puis ils sortaient et examinaient le foto des hommes. Et ils regardaient même les parties intimes des femmes.

Pour finir, les toubabs les avaient à nouveau tous fait accroupir et leur avaient appliqué un fer rouge sur l'épaule et dans le dos. Et puis, hurlant et se débattant, ces gens avaient été déversés dans le grand bateau au moyen des petits canots.

— Mes frères et moi en avons vu plus d'un qui tombait à plat ventre en griffant et mordant le sable, pour étreindre une dernière fois son sol natal, dit Omoro. Mais on les tirait et on les battait. Et quand ils étaient dans les petites pirogues, dit Omoro à Kounta et à Lamine, il y en avait encore qui résistaient aux coups de fouet et de gourdin, et qui se précipitaient dans les eaux au milieu de ces grands poissons féroces qui ont le dos gris, le ventre blanc, la gueule garnie de dents acérées, et bientôt leur sang teignait de rouge le fleuve. (Kounta et Lamine s'étaient pris par la main et se serraient l'un contre l'autre.) Il vaut mieux que vous sachiez ces choses, avant que votre mère et moi nous ayons à tuer le coq blanc. Vous savez ce que cela signifie ? dit Omoro.

Kounta réussit à faire un signe affirmatif et à parler :

— C'est quand quelqu'un a disparu, Fa ? demanda-t-il.

Il avait vu des familles éperdues implorant Allah, accroupies autour d'un coq blanc, le sang coulant de sa gorge tranchée, les ailes agitées de soubresauts.

— Oui, dit Omoro. Si le coq blanc meurt sur le ventre, l'espoir demeure ; mais s'il meurt sur le dos, alors, il *n'y a plus* d'espoir, et tout le village se joint à la famille pour adresser ses larmes à Allah.

— Fa, lança Lamine d'une voix tremblante, où les grands canots emportent-ils les gens enlevés ?

— Selon les anciens, à Djong Sang Doo, dit Omoro, un pays où les esclaves sont vendus à d'énormes cannibales appelés toubako koomi, qui les mangent. Nul n'en sait plus.

16

Lamine avait été tellement terrorisé par le récit de son père sur les enlèvements d'esclaves et les cannibales blancs que, cette nuit-là, il fit plusieurs cauchemars qui réveillèrent Kounta. Aussi le lendemain, en revenant des chèvres, décida-t-il de changer les idées de son petit frère — et les siennes — en lui parlant de leurs oncles, personnalités éminentes.

— Les frères de notre père sont aussi les fils de Kaïraba Kounta Kinté, dont je porte le nom, dit fièrement Kounta. Mais, ajouta-t-il, nos oncles Djanneh et Saloum étaient nés de Sireng. Sireng était la première épouse de notre grand-père, et elle était déjà morte quand il a épousé notre grand-mère Yaïssa.

Kounta disposait des brindilles sur le sol, chacune représentant un membre de la famille Kinté. Mais il voyait bien que Lamine ne comprenait pas. Alors, avec un soupir, il se mit à lui parler des aventures de leurs oncles, avec lesquelles son père l'avait lui-même si souvent tenu en haleine.

— Nos oncles ne se sont jamais mariés, dit Kounta, à cause de leur passion pour les voyages. Pendant des lunes et des lunes, ils ont cheminé sous le soleil, dormi sous les étoiles. Papa dit qu'ils sont allés jusque-là où le soleil brille sur des sables sans fin, dans un pays où jamais ne tombe la pluie.

Et puis ils avaient aussi visité une contrée où les forêts étaient tellement épaisses qu'il y faisait noir même en plein jour. Les gens qui y habitaient n'étaient pas plus grands que Lamine, et ils allaient tout nus comme lui — même les grandes personnes. Et ils tuaient d'énormes éléphants avec de toutes petites flèches empoisonnées. Ailleurs encore, dans un pays de géants, Djanneh et Saloum avaient vu des guerriers capables de projeter leurs lances de chasse deux fois plus loin que le plus valeureux Mandingue, et des danseurs qui sautaient encore plus haut que leurs têtes alors que déjà leur taille dépassait de six bonnes mains celle de l'homme le plus grand de Djouffouré.

Avant de se coucher, Kounta mima son histoire préférée devant Lamine fasciné : brandissant un sabre imaginaire et bondissant en tous sens, il en assenait de grands coups comme si Lamine était un de ces bandits contre lesquels leurs oncles et d'autres avaient livré quotidiennement combat lorsque, lourdement chargés de défenses d'éléphants, de pierres précieuses et d'or, ils avaient voyagé pendant maintes lunes jusqu'à la grande ville noire de Zimbabwé.

Lamine réclama encore d'autres histoires, mais Kounta lui enjoignit de dormir. Pour sa part, quand son père lui racontait des histoires de ce genre, Kounta restait ensuite éveillé dans son lit — comme Lamine allait rester éveillé — et, dans sa tête, il se représentait les histoires de ses oncles. Et parfois même il rêvait qu'il voyageait *avec* ses oncles vers ces étranges contrées, qu'il parlait avec ces gens qui ne ressemblaient pas aux Mandingues, qui vivaient et agissaient si différemment. Rien que d'entendre prononcer les noms de ses oncles, son cœur sautait dans sa poitrine.

Quelques jours plus tard, leurs noms parvinrent justement à Djouffouré d'une manière telle que Kounta eut du mal à maîtriser son excitation. Il faisait chaud, l'après-midi était tranquille, les villageois demeuraient assis devant leur porte ou à l'ombre du baobab quand, soudain, parvint un message tambouriné du village voisin. Tout comme les adultes, Kounta et Lamine tendirent l'oreille pour déchiffrer ce qu'il transmettait. Lamine lança une exclamation de surprise en entendant le nom de son père. Comme il était trop petit pour comprendre le reste, Kounta lui traduisit tout bas les nouvelles : à cinq jours de marche dans la direction du soleil levant, Djanneh et Saloum Kinté bâtissaient un nouveau village. Et ils attendaient leur frère Omoro pour la cérémonie de bénédiction du village, au moment de la nouvelle lune qui suivrait la prochaine.

Le tambour de brousse cessa de résonner. Lamine bouillait de questions :

— Ce sont bien *nos* oncles *à nous*? Où est cet endroit ? Est-ce que Fa va y aller ?

Kounta ne lui répondit pas et partit comme une flèche vers la case du djaliba. Déjà des villageois s'y pressaient — et puis arriva Omoro, suivi de Binta traînant son gros ventre. Devant l'assistance attentive, Omoro échangea quelques mots avec le djaliba et lui remit un présent. Le tambour de brousse était posé à côté d'un petit feu, sa membrane de peau de chèvre tendue à l'extrême. Bientôt la foule put voir les mains du djaliba voler sur son instrument pour transmettre la réponse d'Omoro : s'il plaisait à Allah, il arriverait dans le village de ses frères avant la nouvelle lune qui suivrait la prochaine.

Pendant quelques jours, Omoro ne put aller nulle part sans trouver autour de lui des villageois lui offrant leurs félicitations et leurs bénédictions pour le nouveau village, dont l'histoire garderait mémoire comme une fondation du clan Kinté.

Omoro n'était plus qu'à quelques jours du départ

lorsqu'une idée presque trop énorme pour être imaginable s'empara de Kounta. Y aurait-il la plus minime chance pour que son papa le laisse être du voyage ? Plus rien d'autre ne comptait pour Kounta. Ayant remarqué combien il était absorbé, les autres chevriers, et même Sitafa, le laissaient à ses pensées. Et il se montrait si irritable envers son petit frère éperdu d'adoration que Lamine n'osait plus l'approcher. Kounta avait conscience de sa méchante attitude et il en était honteux, mais c'était plus fort que lui.

Il savait que des garçons avaient parfois la chance d'être admis à accompagner en voyage leur père, leur oncle ou leur grand frère. Mais il ne s'agissait jamais de garçons n'ayant encore que huit pluies, sauf dans le cas d'orphelins, auxquels les lois des ancêtres accordaient des privilèges spéciaux. Ceux-là pouvaient partir à la suite d'un homme, et l'homme acceptait de partager avec lui ce qu'il avait — même si son voyage devait durer pendant plusieurs lunes — à condition que le garçon le suive exactement à deux pas de distance, fasse tout ce qu'il lui ordonnait, ne se plaigne jamais et n'ouvre la bouche que lorsqu'il lui adressait la parole.

Kounta savait qu'il ne devait laisser soupçonner son rêve à personne, et surtout pas à sa mère. Il était sûr que Binta ne se contenterait pas de le désapprouver mais encore qu'elle lui interdirait probablement d'en parler à nouveau, et ainsi Omoro ne saurait même pas à quel point il mourait d'envie de partir avec lui. Kounta savait que son unique espoir était de le demander lui-même à son Fa — s'il parvenait à se trouver seul avec lui.

Enfin, alors qu'il ne restait plus que trois jours avant le départ d'Omoro, Kounta qui désespérait mais demeurait en éveil vit son père sortir de la case de Binta au moment où lui-même emmenait ses chèvres après le déjeuner. Aussitôt, il se mit à manœuvrer les bêtes dans un sens et dans l'autre, pour arriver à rester sur place tant qu'Omoro ne serait pas assez loin pour échapper aux regards de Binta. Et brusquement il abandonna ses chèvres — car c'était maintenant ou jamais — fila comme un lapin et vint se planter devant son père, hors d'haleine, les yeux suppliants, la bouche sèche. Devant le visage étonné d'Omoro, il ne retrouvait plus un mot de ce qu'il s'était préparé à lui dire.

Pendant un long moment, Omoro regarda son fils, et enfin il lâcha :

— Je viens d'en parler à ta mère — et il s'en fut.

Kounta ne comprit qu'au bout de quelques secondes le sens des paroles de son père.

— Youhouh ! hurla-t-il.

Se jetant à quatre pattes, il se mit à bondir comme une grenouille. L'instant d'après, il repartait à toutes jambes vers ses chèvres et les menait rondement jusqu'au pâturage.

Quand il retrouva suffisamment ses esprits pour raconter à ses camarades ce qui lui arrivait, ils en éprouvèrent une telle jalousie que chacun partit dans son coin. Mais, à midi, ils n'y tenaient plus : il fallait qu'ils prennent leur part d'un événement aussi passionnant, d'une aussi merveilleuse chance. Mais c'était lui maintenant qui demeurait silencieux, car il venait de comprendre que, depuis l'arrivée du message tambouriné, son père avait pensé à lui.

A la fin de l'après-midi, comme il franchissait tout joyeux le seuil de la case maternelle, Binta l'empoigna sans mot dire et lui administra une telle grêle de calottes qu'il prit la fuite, sans oser demander ce qu'il avait fait de mal. Et il fut presque aussi choqué par son brusque changement d'attitude à l'égard d'Omoro. Une femme ne doit jamais se montrer irrespectueuse envers un homme, Lamine lui-même le savait. Et pourtant, alors qu'Omoro se trouvait très précisément à portée de voix, elle s'emporta bien haut contre ce voyage du père et du fils dans la brousse alors que les tambours de divers villages annonçaient régulièrement de nouvelles disparitions de personnes. Et elle pilait sa semoule avec un tel acharnement qu'on aurait cru entendre frapper des tambours.

Le lendemain, alors que Kounta se préparait à quitter la case au plus vite — pour échapper à une nouvelle raclée — Binta défendit à Lamine de sortir et se mit à l'embrasser, à le caresser, à l'étreindre comme elle ne l'avait plus fait depuis qu'il était bébé. Gêné, Lamine lançait des regards éloquents à Kounta, mais ils ne pouvaient rien y faire, l'un comme l'autre.

En revanche, une fois dehors, Kounta vit pratiquement tous les adultes le féliciter, en soulignant qu'il était le plus jeune garçon de Djouffouré à avoir jamais eu l'honneur d'accompagner une grande personne dans un aussi long voyage. Témoignant de sa bonne éducation, Kounta remerciait avec modestie, mais quand il fut dans la brousse, hors de vue des adultes, il caracola sous l'énorme baluchon qu'il avait apporté pour montrer à ses camarades comme il le tenait bien en équilibre sur sa tête — et comme il le tiendrait bien le lendemain matin, quand, à la suite de son père, il dépasserait l'arbre des étrangers. Le baluchon tomba trois fois pour autant d'enjambées.

En rentrant à la maison, préoccupé par de nombreuses choses qu'il avait à faire dans le village d'ici son départ, Kounta éprouva bizarrement la nécessité d'aller voir la vieille Nyo Boto avant tout le reste. Après avoir renfermé les chèvres, il s'échappa dès qu'il le put de la case de Binta et alla s'accroupir devant celle de Nyo Boto. Bientôt, elle parut sur le seuil.

— Je t'attendais, dit-elle, et elle l'invita à entrer. Comme chaque fois qu'ils étaient seuls ensemble, ils demeurèrent d'abord assis, sans rien dire. Il avait toujours aimé rester comme ça avec elle. Bien qu'il fût très jeune, et elle très vieille, ils se sentaient très proches l'un de l'autre, assis dans la pénombre de la case, chacun perdu dans ses pensées.

— Je vais te donner quelque chose, dit enfin Nyo Boto. (Elle fouilla dans le petit sac en peau de bœuf de couleur foncée qui pendait à côté de son lit et en tira un talisman brun qui devait se porter enroulé au bras.) Ton grand-père a béni ce talisman lorsque ton père est parti pour son initiation, dit Nyo Boto. Il a été béni pour l'initiation du premier fils d'Omoro — pour toi. Ta grand-mère Yaïssa me l'avait laissé pour que je te le remette avant ton initiation. Et c'est ce que va être ce voyage avec ton Fa.

Kounta regarda tendrement la chère vieille grand-mère, mais il ne sut comment lui dire qu'avec le talisman, aussi loin qu'il aille, il la sentirait près de lui.

Le lendemain matin, lorsque Omoro revint de ses prières à la mosquée, il attendit avec impatience que Binta ait fini d'ajuster soigneusement le baluchon sur la tête de Kounta. La nuit, elle avait sangloté — Kounta, qui était trop énervé pour dormir, l'avait entendue. Et voici que, brusquement, elle le serrait contre elle, si fort qu'il pouvait sentir les tressaillements de son corps, et il comprenait enfin à quel point sa mère l'aimait.

Avec son ami Sitafa, Kounta avait minutieusement répété ce que son père et lui faisaient maintenant pour de bon : Omoro — imité par Kounta — avança de deux pas devant sa case. Là, ils se retournèrent, ramassèrent la poussière de leurs empreintes et la mirent dans leurs carnassières ; ainsi étaient-ils assurés que leurs pas reviendraient en ce lieu.

Sur le seuil de sa propre case, Binta, en pleurs, regarda s'éloigner Omoro et Kounta en pressant

Lamine contre son gros ventre. Kounta voulut leur jeter un dernier regard, mais il vit que son père marchait tout droit, sans se retourner. Alors il l'imita, se rappelant qu'il est inconvenant qu'un homme montre son émotion. Ils traversèrent le village et, sur leur passage, les gens leur parlaient, leur souriaient, et Kounta fit de grands signes aux camarades de son kafo, qui avaient retardé la conduite des chèvres pour le voir partir. Il savait qu'ils comprenaient que s'il ne répondait pas à leurs paroles aimables, c'est que désormais toute expression orale était pour lui frappée d'interdit. Arrivés à l'arbre des voyageurs, ils firent halte, et Omoro ajouta deux étroites bandes d'étoffe aux centaines d'autres qui pendaient, délavées par les intempéries, aux basses branches, chacune correspondant à la prière d'un voyageur, appelant protection et bénédiction sur sa randonnée.

17

Pour arriver à observer les deux pas réglementaires de distance entre lui et Omoro, Kounta devait trotter. Il vit que pour chaque longue et souple foulée de son père il lui fallait faire deux pas rapides. Au bout d'une demi-heure de cette cadence, l'exaltation de Kounta avait molli à la mesure de ses enjambées. Sur sa tête, le baluchon s'alourdissait, et une pensée terrible le tenaillait ; et s'il était trop fatigué pour arriver à suivre ? Il se dit farouchement qu'il tomberait raide plutôt que d'abandonner.

Au bout d'un moment, il aperçut dans le lointain l'arbre des voyageurs d'un petit village. Il se demanda quel était ce village ; même si son père lui en disait le nom, ce serait un nom inconnu de lui. Et, de toute façon, Omoro n'avait ni desserré les dents ni regardé derrière lui depuis qu'ils avaient quitté Djouffouré. Bientôt Kounta vit se précipiter au-devant d'eux des gamins nus — le premier kafo ; en son temps, il avait fait comme eux. De loin ils criaient, faisaient des signes ; mais, quand Omoro et lui furent suffisamment proches, il les vit ouvrir de grands yeux devant un aussi jeune garçon voyageant avec son père.

— Où vas-tu ? babillaient-ils en faisant escorte à Kounta. Et lui, c'est ton père ? Vous êtes mandingues ? Quel est donc ton village ?

Malgré sa fatigue, Kounta éprouvait un sentiment de maturité, d'importance, et il demeurait impassible, à l'exemple de son père.

Une fois passé l'arbre des voyageurs, la piste se divisait généralement en deux : une branche traversait le village, et l'autre le contournait, pour que ceux qui n'avaient rien à y faire puissent l'éviter sans paraître discourtois. A la grande déception des enfants, Omoro et Kounta prirent le sentier détourné. Mais les adultes massés sous le baobab du village jetèrent à peine un coup d'œil aux voyageurs, captivés qu'ils étaient par un griot vantant la grandeur des Mandingues — à voix si forte que Kounta pouvait l'entendre. Il pensa qu'il y aurait affluence de griots, de chanteurs de louanges et de musiciens pour la bénédiction du village de ses oncles.

La sueur, à présent, lui coulait dans les yeux, et il battait des paupières pour atténuer ses picotements. Le soleil n'avait traversé que la moitié du ciel depuis qu'ils s'étaient mis en marche, mais il avait déjà si mal aux jambes, et sur sa tête le fardeau pesait si lourd qu'il se demandait s'il allait parvenir à résister. Il se sentit saisi de panique lorsque Omoro, s'arrêtant brusquement, déchargea son baluchon au bord d'un étang limpide. Pendant un moment, Kounta essaya de calmer le tremblement de ses jambes. Il agrippa son propre baluchon pour le poser à terre, mais celui-ci lui échappa et heurta le sol avec un bruit mou. Il se sentit mortifié, parce qu'il savait que son père avait entendu — mais Omoro était en train de boire, agenouillé devant la source, sans se soucier de son fils.

Kounta ne s'était pas rendu compte qu'il avait aussi soif. Il clopina jusqu'au bord de la mare et voulut s'agenouiller pour boire, mais il ne put plier les jambes. Il essaya encore une fois sans succès et dut se résoudre à se mettre à plat ventre, appuyé sur les coudes, pour approcher son visage de l'eau.

— Juste un tout petit peu. (Kounta sursauta, car c'étaient les premiers mots que prononçait son père depuis leur départ de Djouffouré.) Avales-en un peu, arrête-toi et recommence.

Kounta éprouvait un vague ressentiment envers son père. Il voulut répondre « Oui, Fa », mais aucun son ne sortit de sa bouche. Il avala une gorgée d'eau fraîche et se força à attendre, avec l'envie de s'effondrer. Ayant bu encore un peu, il se releva et s'assit au bord de la mare pour se reposer. L'initiation devait être quelque chose dans ce genre, songea-t-il fugacement. Et il sombra dans le sommeil.

Kounta se réveilla en sursaut — avait-il dormi longtemps ? Il ne voyait Omoro nulle part. Bondissant sur ses pieds, il aperçut près d'un arbre le gros baluchon de son père ; donc, il ne devait pas être loin. En scrutant les parages, il se sentit tout courbaturé. Il se secoua et s'étira : les muscles lui faisaient mal, mais cela allait déjà beaucoup mieux. Il s'agenouilla pour boire encore un peu et vit son image reflétée dans l'eau tranquille de la mare, un mince visage noir avec de grands yeux et une bouche largement fendue. Il dédia à son reflet un grand sourire, toutes dents dehors, ce qui le fit rire — et alors, levant les yeux, il vit Omoro, debout à côté de lui. Tout gêné, il se mit aussitôt sur ses pieds, mais son père semblait avoir l'esprit ailleurs.

Toujours sans échanger un mot, ils s'installèrent à l'ombre d'un bouquet d'arbres bruissant du caquète- ment des singes et des perroquets, et mangèrent quatre beaux pigeons ramiers qu'Omoro avait tirés avec son arc et rôtis pendant le sommeil de Kounta, accompa- gnés d'un petit morceau de pain tiré de leur bagage. Quand ils eurent fini de se restaurer, le soleil était aux trois quarts de sa course et la chaleur était tombée ; ils rattachèrent leurs baluchons, les chargèrent sur leur tête et reprirent la piste.

Ils avaient déjà parcouru une bonne distance lorsque Omoro dit :

— Le toubab amène ses canots à un jour de marche d'ici. Quand il fait jour comme maintenant, on peut le voir, mais il faut éviter la brousse et les hautes herbes, sans cela on risque d'être surpris. (Il effleura la gaine de son couteau, l'arc et les flèches.) Il faut que nous passions la nuit dans un village.

Kounta n'avait bien sûr rien à craindre, puisqu'il était avec son père, mais il avait entendu annoncer tant de disparitions et d'enlèvements qu'il eut un instant de frayeur. Tandis qu'ils cheminaient — en hâtant un peu l'allure — Kounta remarqua sur la piste des fientes de hyène, reconnaissables à leur blancheur qui vient de tous les os que broient ces animaux grâce à leurs puissantes mâchoires. Et ils virent, sur le côté du sentier, un troupeau d'antilopes figées à leur approche, regardant passer ces humains avant de se remettre à brouter.

— Des éléphants, dit peu après Omoro, et Kounta vit les taillis piétinés, les arbustes dépouillés de leurs frondaisons et quelques arbres à demi déracinés parce que les éléphants s'appuient contre les troncs pour atteindre de leur trompe les feuilles tendres de la cime.

Kounta n'en avait vu que rarement dans sa vie, car ils ne paissent jamais à proximité des villages et des hommes. Il se souvint pourtant qu'une fois, quand il était encore tout petit, il y avait des éléphants parmi les milliers d'animaux qui fuyaient devant un énorme incendie de brousse, dans un bruit de tonnerre ; mais la pluie d'Allah avait éteint le feu, et ni Djouffouré ni les villages voisins n'en avaient souffert.

Kounta avait l'impression d'entrer avec Omoro dans un pays différent du leur. Le soleil couchant éclairait des prairies plus denses qu'il n'en avait jamais vu, et au milieu d'arbres qui lui étaient familiers il y avait de grands bouquets de palmiers et de cactées. Ici, point de perroquets criards, point de ces jolis oiseaux siffleurs qui peuplaient les environs de Djouffouré ; il ne voyait dans les airs, à part les taons, que le vol circulaire des faucons guettant leur proie, ou le lourd battement des vautours en quête de charognes.

La boule orange du soleil avait presque rejoint la terre lorsque Omoro et Kounta virent au loin l'épaisse colonne de fumée d'un village. Mais, quand ils arrivèrent à l'arbre des voyageurs, Kounta lui-même se rendit compte qu'il se passait quelque chose d'insolite. Il n'y pendait qu'un tout petit nombre de bandelettes de prière — donc, ceux qui habitaient là n'en avaient guère bougé, et la plupart des voyageurs venus d'ailleurs avaient évité le village. Et il n'y avait pas d'enfants pour accourir au-devant d'eux.

En passant devant le baobab du village, Kounta vit qu'il était partiellement brûlé. Plus de la moitié des cases de terre étaient vides ; les détritus envahissaient les cours ; des lapins bondissaient çà et là et des oiseaux se roulaient dans la poussière. Appuyés contre le montant de leur porte ou couchés sur le seuil des cases, les villageois étaient presque tous vieux ou malades, et il ne semblait y avoir, comme enfants, que quelques nourrissons geignards. Kounta ne vit personne de son âge, ni de l'âge d'Omoro.

Quelques vieillards tout ridés leur réservèrent un pauvre accueil. Frappant le sol de sa canne, le plus âgé ordonna à une vieille femme édentée d'apporter aux voyageurs de l'eau et de la bouillie. « C'est peut-être une esclave », pensa Kounta. Et puis les vieillards se mirent à raconter ce qui était arrivé au village, et dans leur hâte ils ne cessaient de se couper mutuellement la parole. Une nuit, des négriers avaient enlevé ou tué tous leurs jeunes.

— De ton âge jusqu'au sien ! dit un vieillard en désignant d'abord Omoro puis Kounta, et nous, les vieux, ils nous ont épargnés ; nous nous sommes réfugiés dans la forêt.

Quand ils s'étaient enfin décidés à revenir, leur village abandonné s'en allait en pièces. Ils n'avaient pas encore de récoltes mûres, la nourriture et les forces leur manquaient.

— Nous ne survivrons pas sans nos jeunes, dit un des vieillards.

Omoro, qui avait écouté attentivement, prit lentement la parole :

— A quatre jours d'ici, il y a le village de mes frères, vous y serez les bienvenus, grands-pères.

Mais ils se mirent tous à secouer la tête, et le plus vieux répondit :

— Ce village est le nôtre. Pas un puits n'a une meilleure eau. Pas un arbre ne donne un plus plaisant ombrage. Pas une cuisine ne sent aussi bon que celle de nos femmes.

Les vieillards s'excusèrent de ne pas avoir une case d'hospitalité à leur offrir. Omoro les assura que lui et son fils aimaient à dormir sous les étoiles. Pour dîner, ils se contentèrent de leur pain, qu'ils partagèrent avec les villageois. Et la nuit, couché sur une jonchée de rameaux verts, Kounta songea à tout ce qu'il avait entendu. Et si ç'avait été Djouffouré, et tous ceux qu'il connaissait tués ou enlevés — Omoro, Binta, Lamine, lui-même — le baobab brûlé, les cours pleines de détritus ? Il se força à penser à autre chose.

Et, brusquement, la nuit fut déchirée par les cris d'une bête de la forêt saisie par un animal féroce — alors, il pensa à ces gens qui en attrapent d'autres. Il entendait aussi au loin le hurlement des hyènes, mais il avait toujours entendu hurler les hyènes, chaque nuit, par grandes pluies ou canicule, jours de disette ou de moisson. Il s'endormit en trouvant une sorte de réconfort dans leur cri familier.

18

Aux premières lueurs de l'aube, il fut réveillé en sursaut et bondit sur ses pieds. Debout à côté de sa litière de feuillage, une étrange vieille femme demandait d'une voix à la fois fêlée et aiguë ce qu'il était advenu de la nourriture qu'elle l'avait envoyé chercher deux mois plus tôt. Derrière Kounta, Omoro répondit doucement :

— Nous voudrions bien pouvoir te le dire, grand-mère.

Ils déjeunèrent, se lavèrent et quittèrent le village à pas pressés. Tout en marchant, Kounta se souvenait d'une vieille femme qu'il avait vue arpenter Djouffouré sur ses jambes chancelantes et arrêter les villageois pour leur dire d'un air heureux :

— Ma fille arrive demain !

Tout le monde savait que sa fille avait disparu bien

des pluies auparavant, et que le coq blanc était mort sur le dos, mais chacun lui répondait gentiment :

— Oui, grand-mère, demain.

Le soleil n'était pas encore très haut quand ils virent venir vers eux, sur la piste, une silhouette solitaire. La veille, en croisant deux ou trois voyageurs, ils s'étaient contentés d'échanger des saluts et des sourires — mais le vieil homme qui s'approchait avait clairement l'intention de leur parler. Désignant la direction d'où il venait, il dit :

— Vous pouvez voir un toubab. (Derrière Omoro, Kounta en eut le souffle coupé.) Il est suivi de beaucoup de gens qui portent ses bagages.

Le vieillard dit que le toubab l'avait arrêté au passage, mais seulement pour lui demander où commençait le fleuve.

— Je lui ai dit que le fleuve commence très loin de l'endroit où il finit.

— Il ne te voulait pas de mal ? demanda Omoro.

— Il s'est montré très aimable, dit le vieillard, mais le chat mange toujours la souris après avoir joué avec elle.

— Cela est bien vrai ! dit Omoro.

Kounta aurait voulu en savoir plus sur ce bizarre toubab qui cherchait des fleuves et non des gens, mais Omoro avait pris congé du vieillard et repartait sur la piste — comme toujours, sans regarder si son fils le suivait. Kounta, cette fois, apprécia son indifférence, car sans cela Omoro l'aurait vu maintenir des deux mains son baluchon sur sa tête en boitillant pour le rattraper. Ses pieds commençaient à saigner, mais ç'aurait été manquer à la dignité d'un homme que de s'en préoccuper, et à plus forte raison d'en parler à son père.

Pour la même raison, Kounta maîtrisa sa terreur lorsque, plus tard dans la journée, ils débouchèrent au détour du chemin sur une famille de lions — un grand mâle, une belle femelle et deux lionceaux déjà grandelets, paressant dans les herbes toutes proches. Pour Kounta, les lions étaient de redoutables animaux qui arrivaient furtivement et dévoraient les chèvres qu'on laissait s'écarter du pâturage.

Sans quitter les lions des yeux, Omoro ralentit l'allure et dit calmement, comme s'il sentait la peur de Kounta :

— A ce moment de la journée, ils ne chassent et ne mangent que s'ils sont affamés. Ceux-là sont bien gras.

Mais, tant qu'ils défilèrent devant les bêtes, il garda une main sur son arc et l'autre sur les flèches. Kounta retint son souffle mais continua du même pas, et lui et les lions s'entre-regardèrent jusqu'au moment où ils se perdirent de vue.

Il voulait encore penser aux lions et au toubab, lui aussi dans les parages, mais il avait tellement mal aux jambes que plus rien ne comptait. Il aurait pu y avoir trente lions en train de manger là où Omoro choisit de passer la nuit que Kounta les aurait ignorés. A peine était-il étendu sur une brassée de ramilles qu'il sombra dans un profond sommeil — et il lui sembla n'avoir dormi que quelques minutes lorsque, à l'aube, son père le secoua pour l'éveiller. Aussi contempla-t-il d'un œil admiratif Omoro qui, en un rien de temps, avait dépouillé, vidé et rôti deux lièvres pris aux pièges qu'il avait installés avant de s'endormir. Tout en dévorant la succulente viande, Kounta pensait aux heures que lui et les autres chevriers passaient à attraper et à cuire du gibier, et il se demandait où son père et les hommes comme lui trouvaient le temps d'apprendre tant de choses — car ils savaient apparemment tout.

Ses pieds pleins d'ampoules, ses jambes, son dos, son cou, il n'avait pas un endroit du corps qui ne fût douloureux en ce troisième jour de marche. Pour y résister, il se força à imaginer que c'était son initiation qui se déroulait, et qu'il était le dernier garçon de son kafo à trahir sa souffrance. Lorsque, juste avant midi, il marcha sur une épine acérée, il se mordit bravement les lèvres pour ne pas crier, mais il se mit à boittiller et à prendre un tel retard qu'Omoro décida de le laisser se reposer quelques minutes au bord du sentier, tout en déjeunant. Ensuite, cela alla d'abord mieux, car Omoro avait enduit sa blessure d'un onguent adoucissant, mais, dès qu'ils eurent marché pendant un petit moment, son pied lui fit à nouveau très mal et commença à saigner abondamment. Bientôt, pourtant, la terre en pénétrant dans l'entaille fit emplâtre, et le sang cessa de couler ; il réussit même à suivre Omoro parce qu'à force de marcher sur sa blessure la douleur s'atténuait. Et puis, sans en être vraiment sûr, il lui sembla qu'Omoro avait très légèrement ralenti l'allure. Quand ils s'arrêtèrent pour la halte de nuit, tout le tour de l'entaille était vilainement gonflé, mais son père y appliqua un cataplasme et, le lendemain matin, la plante du pied avait dégonflé et il pouvait s'appuyer dessus sans avoir trop mal.

Quand ils repartirent, Kounta remarqua avec soulagement que la zone d'épineux et de cactées qu'ils avaient traversée cédait progressivement devant une brousse assez semblable à celle de Djouffouré, avec encore plus d'arbres et de buissons de fleurs, et des nuées de singes criards et d'oiseaux multicolores comme il n'en avait jamais vu. L'air chargé de senteurs lui rappela ces moments où il emmenait Lamine ramasser des crabes au bord du bolong, et lui et son petit frère attendaient le passage des pirogues dans lesquelles sa mère et les autres femmes revenaient de leurs champs de riz, et ils leur faisaient de grands signes.

Chaque fois qu'ils arrivaient près d'un village, ils le

contournaient par le sentier s'embranchant avant l'arbre des voyageurs, mais les enfants du premier kafo accouraient toujours pour les accueillir et leur dire ce qui se passait de plus intéressant chez eux. Dans un de ces villages, notamment, les petits guetteurs se précipitèrent en criant :

— Moumbo djoumbo ! Moumbo djoumbo ! et, estimant leur devoir accompli, rentrèrent à toutes jambes dans le village.

Comme le sentier détourné longeait d'assez près l'agglomération, Omoro et Kounta virent un cercle de villageois et, au milieu, un personnage en costume et masque bâtonnant le dos nu d'une femme hurlante, que d'autres femmes maintenaient. Dans l'assistance, les femmes accueillaient chaque coup de bâton d'un cri perçant. Kounta savait, pour en avoir discuté avec les autres chevriers, qu'un mari excédé par une épouse acariâtre, querelleuse, pouvait aller discrètement engager dans un autre village un moumbo djoumbo ; celui-ci venait se poster à couvert et poussait à intervalles réguliers des cris terrifiants ; puis, sortant de sa cachette, il corrigeait publiquement l'épouse, après quoi les femmes du village filaient doux pendant quelque temps.

A un certain moment, les Kinté arrivèrent devant un arbre des voyageurs sans voir paraître un enfant, non plus d'ailleurs que personne d'autre, et pas un bruit ne leur parvint du village, à l'exception du tapage des oiseaux et des singes. Kounta se demanda si les négriers étaient passés par là aussi. Il attendit en vain qu'Omoro éclaircisse le mystère, mais ce fut la bruyante marmaille du village suivant qui s'en chargea. Montrant la piste, les enfants racontèrent que le chef du village s'était entêté à faire des choses que les villageois désapprouvaient ; alors une nuit — il n'y avait pas longtemps de cela — tandis qu'il dormait, les

gens étaient partis sans bruit avec toutes leurs possessions, et avaient trouvé abri dans d'autres villages,
chez des amis et des parents. Il ne restait plus qu'un
« chef vide », dirent les enfants, et voilà qu'il promettait de s'amender pourvu que les gens reviennent.

Comme la nuit était proche, Omoro décida de faire
halte dans le bourg suivant, et il trouva sous le baobab
une foule tout agitée par le même événement. Pour
beaucoup, leurs hôtes momentanés rentreraient chez
eux dans quelques jours, le temps que leur chef ait
compris ses erreurs. Tandis que Kounta se gavait de
ragoût d'arachides et de riz bouilli, Omoro alla s'entendre avec le djaliba pour qu'il envoie un message
tambouriné à ses frères. Il serait auprès d'eux au
prochain coucher du soleil, leur faisait-il dire, et il était
accompagné de son premier-né.

Kounta avait parfois rêvé d'entendre tambouriner
son nom à travers le pays, et voilà que cela arrivait. Ses
oreilles en conserveraient à jamais le son. Un peu plus
tard, couché dans la case de l'hospitalité, et bien qu'il
soit fourbu, Kounta songea à tous les autres djalibas
courbés sur leurs tam-tams et tambourinant son nom
d'un village à l'autre, jusqu'à celui de Djanneh et de
Saloum.

A présent que les tam-tams avaient parlé, ils ne
trouvaient plus seulement des enfants auprès de l'arbre des voyageurs, mais aussi quelques anciens et des
musiciens. Et Omoro ne pouvait décliner l'invitation
d'un doyen d'honorer son village d'une courte visite.
Alors les Kinté se remettaient un peu de leur voyage
dans la case d'hospitalité et puis ils allaient s'asseoir à
l'ombre du baobab ou du fromager où on leur offrait à
manger et à boire ; et les adultes s'attroupaient autour
d'Omoro pour le presser de questions tandis que
faisaient pareillement cercle autour de Kounta ceux du
premier, du deuxième et du troisième kafo.

Tandis que ceux du premier kafo le contemplaient avec une silencieuse révérence, ceux qui étaient des mêmes pluies que Kounta et de plus vieux aussi l'interrogeaient respectueusement — et non sans jalousie — sur son village natal et sur celui où il se rendait. Il leur répondait posément et, espérait-il, avec la même gravité que son père répondant aux questions de leurs pères. Quand ils repartaient, Kounta était sûr que ces villageois pensaient avoir rencontré un jeune homme qui avait passé pratiquement toute sa vie à voyager avec son père sur les longues pistes de la Gambie.

19

Ils s'étaient trop attardés dans le dernier village et, maintenant, il leur fallait forcer l'allure s'ils voulaient atteindre leur destination avant le coucher du soleil, comme Omoro l'avait promis à ses frères. Kounta était trempé de sueur et endolori, mais il arrivait à mieux tenir son baluchon en équilibre sur sa tête et il se sentait ragaillardi par les messages tambourinés qui se succédaient maintenant en série, annonçant l'arrivée de griots, de djalibas, d'anciens et autres notables, représentants de villages aussi lointains que Karantaba, Kootacounda, Pisania, Djonkakonda, pour la plupart inconnus de lui. Il y avait là, disaient les tam-tams, un griot du royaume de Wooli et même un prince envoyé par son père, le roi de Barra. Sur la chaude poussière de la piste, Kounta trottait malgré ses pieds crevassés, tout en s'émerveillant de la célébrité et de la popularité de ses oncles. Bientôt il dut encore presser le pas, non seulement pour suivre les grandes enjambées d'Omoro, mais parce que ces dernières heures de leur voyage semblaient ne jamais devoir finir.

Enfin, juste au moment où le soleil, à l'horizon, prenait une teinte rouge feu, Kounta aperçut à faible distance la fumée d'un village. Comme elle s'élevait en une large couronne, il sut que l'on brûlait des écales sèches de baobab pour éloigner les moustiques. Cela voulait dire que le village recevait des visiteurs de marque. Il eut envie de pousser des cris d'allégresse. Ils étaient arrivés ! Bientôt lui parvinrent les roulements de tonnerre du grand tobalo cérémoniel — sans doute le frappait-on pour saluer chaque nouvel arrivant. Il s'y mêlait les accents saccadés des petits tam-tams et les cris perçants des danseurs. Et puis, juste après un tournant de la piste, il vit le village surmonté de son panache de fumée. Omoro et Kounta aperçurent près d'un bosquet un homme qui se mit à leur faire des signes comme s'il avait été posté là pour attendre l'arrivée d'un homme accompagné d'un garçon. Omoro agita à son tour les bras et l'homme s'accroupit aussitôt devant son tam-tam pour annoncer : « Omoro Kinté et son premier-né ! »

C'est à peine si Kounta touchait terre. Bientôt parut à leur vue l'arbre des voyageurs, tout enguirlandé de bandes d'étoffe ; la piste, où jusque-là l'on ne pouvait cheminer qu'en file, avait été tellement foulée qu'elle était considérablement élargie — attestant la popularité et l'animation du village. Les tam-tams se déchaînèrent, toujours plus fort, et soudain parurent les danseurs, dans leurs costumes de feuilles et d'écorce, poussant des grognements, hurlant, bondissant en l'air, tournoyant et prenant la tête de la foule qui se déversait par la porte du village pour accueillir ces visiteurs de marque. Tandis que retentissait la profonde basse du tobalo, deux silhouettes se détachèrent de la foule en courant. Devant Kounta, le baluchon d'Omoro chut brusquement, et voici que son père fonçait dans leur direction. Instantanément, le baluchon de Kounta dégringola lui aussi, et le garçon partit comme une flèche.

Omoro et les deux hommes s'étreignaient et s'envoyaient des bourrades.

— Alors, c'est notre neveu ?

Ils enlevèrent Kounta de terre et l'embrassèrent avec de joyeuses exclamations. En les entraînant vers le village, la foule les pressait de toutes parts, criant des paroles de bienvenue, mais Kounta n'avait d'yeux et d'oreilles que pour ses oncles. Ils avaient assurément un air de famille avec Omoro, mais il remarqua qu'ils étaient moins grands, plus trapus et musculeux que son père. L'oncle Djanneh — l'aîné — avait une façon de plisser les yeux comme s'il regardait au loin, et l'un comme l'autre se déplaçaient avec une sorte de vivacité animale. Et aussi ils parlaient beaucoup plus vite que son père, qu'ils pressaient de questions sur Djouffouré et sur Binta. Enfin, Saloum tapota de son poing fermé le crâne de Kounta :

— Dire que nous ne l'avons vu que lorsqu'il a reçu son nom. Et maintenant, regardez-moi ça ! Tu as combien de pluies, Kounta ?

— J'ai huit pluies, répondit le garçon d'un ton respectueux.

— Eh bien, tu es presque à l'âge de l'initiation ! s'exclama son oncle.

Tout autour de la haute palissade de bambou défendant le village, l'on avait empilé des buissons d'épines séchées dans lesquels étaient dissimulés des piquets acérés qui déchireraient les pillards éventuels, hommes ou animaux. Mais Kounta ne remarquait pas plus cela qu'il ne prêtait vraiment attention à ceux de la même classe d'âge que lui. Pendant que ses oncles lui faisaient visiter, avec son père, leur beau village tout neuf, à peine entendait-il au-dessus de sa tête le tapage des perroquets et des singes ou, à ses pieds, les aboiements des chiens ouolos. Saloum leur montrait que chaque case avait sa propre cour, et leur expliquait que les greniers des femmes étaient élevés directement au-dessus de leur foyer de cuisine, pour que la fumée préserve des insectes nuisibles le riz, le sorgho et le mil.

A voir, à sentir, à entendre tant de choses passionnantes, Kounta en avait presque le vertige. Et tous ces dialectes mandingues qui frappaient son oreille, et dont il ne saisissait qu'un mot par-ci par-là, composaient pour lui une atmosphère à la fois fascinante et déroutante. Comme la plupart des Mandingues, sauf ceux qui étaient aussi instruits que l'arafang, Kounta ne connaissait pratiquement rien des langues parlées par d'autres tribus, même s'il s'agissait de proches voisins. Mais, à force de se poster près de l'arbre des voyageurs, il savait au moins reconnaître les tribus. Les Foulahs avaient le visage ovale, les cheveux longs, les lèvres épaisses, des traits assez marqués, les tempes rayées de scarifications verticales. Les Ouolofs étaient très noirs et de manières fort réservées, tandis que les Sérahoulis, moins grands, avaient la peau plus claire. Pour les Djolas, on ne pouvait pas les confondre : tout leur corps était couvert de scarifications et ils avaient une expression féroce.

Kounta reconnaissait bien tous les gens de ces tribus qu'il voyait là, dans le village neuf, mais il y en avait encore beaucoup plus qui lui étaient inconnus. Certains discutaient bruyamment avec les clients qu'ils rameutaient à grands cris. De vieilles femmes vantaient bien haut les peaux tannées qu'elles vendaient, et des jeunes filles marchandaient des coiffures de sisal ou de baobab. Autour de celui qui criait son « Kola ! Beau kola rouge ! » s'aggloméraient les amateurs reconnaissables à leurs dents — souvent rares — devenues orange à force de mâcher des noix de kola.

Au milieu d'une amicale bousculade, Kounta fut présenté à un défilé incessant de villageois et de personnages importants venus de toute sorte d'endroits passionnants. Il s'émerveillait d'entendre ses oncles parler à tant d'étrangers dans leur propre langue. Sachant qu'il pourrait retrouver à tout moment son père ou ses oncles, il se laissa porter par le mouvement de la foule et vint échouer parmi les musiciens et les danseurs. Et puis il arriva devant les tables installées à l'ombre du baobab et garnies par les femmes d'une abondance de victuailles. Il goûta le bœuf et l'antilope rôtis ainsi que le ragoût d'arachides, et estima que leur cuisine était bonne, certes, mais pas aussi succulente que celle des villageoises de Djoufouré pour la fête des moissons.

Voyant des femmes discuter avec animation près du puits, il obliqua dans leur sens, l'œil et l'oreille aux aguets, et apprit ainsi qu'à une demi-journée de marche l'on avait vu cheminer un très grand marabout, qui venait avec sa suite honorer le village neuf, parce qu'il avait été fondé par les fils du défunt homme de Dieu Kaïraba Kounta Kinté. Kounta se gonfla de fierté en entendant parler si hautement de son grand-père. Il continua à écouter les femmes, qui ne l'avaient pas reconnu. Elles discutaient à présent de ses oncles. Il serait temps, dit l'une d'elles, qu'ils cessent un peu de voyager pour se fixer, prendre femme, avoir des enfants. Et une autre ajouta :

— Ils n'auront que l'embarras du choix, avec toutes ces filles qui les voudraient pour époux.

La nuit était presque tombée lorsque Kounta, se sentant tout gauche, finit par s'approcher de garçons de la même classe d'âge que lui. Ils ne semblaient pas lui en vouloir d'être resté jusque-là avec les adultes. Ils avaient surtout très envie de lui raconter comment était né leur nouveau village.

— Nos familles se sont toutes liées d'amitié un jour ou l'autre avec vos oncles, au cours de leurs voyages. Toutes, pour une raison quelconque, ne se plaisaient plus chez elles.

— Mon grand-père n'avait pas assez de place pour avoir auprès de lui sa famille et les belles-familles de ses enfants, dit un garçon.

Un autre expliqua :

— Le riz poussait mal dans notre bolong.

Les oncles de Kounta avaient commencé à informer leurs amis qu'ils connaissaient un emplacement idéal et qu'ils songeaient à y édifier un village. Et bientôt les amis de Djanneh et de Saloum s'étaient mis en marche avec leurs familles, emmenant chèvres, poulets, animaux familiers, tapis de prière et autres possessions.

La nuit était tombée, et Kounta vit que l'on allumait les feux du village avec les fagots que ses nouveaux amis avaient ramassés dans la journée. Ils lui apprirent qu'en raison de l'événement, villageois et visiteurs s'assiéraient ensemble autour des feux, contrairement à la coutume qui voulait que les hommes, les femmes et les enfants aient des feux séparés. L'alimamo allait bénir l'assemblée, et puis Djanneh et Saloum viendraient au milieu du cercle pour raconter leurs voyages et leurs aventures. A côté d'eux se tiendrait le visiteur le plus avancé en âge, un patriarche du lointain village de Foulladou, sur le haut cours du fleuve. On disait qu'il avait plus de cent pluies, et qu'il déverserait sa sagesse sur ceux qui avaient des oreilles pour l'écouter.

Kounta courut rejoindre son père devant le feu à temps pour entendre la prière de l'alimamo. Ensuite, tous demeurèrent silencieux pendant quelques minutes. L'air était empli de la stridulation des grillons, les visages s'animaient de l'ombre dansante des flammes. Enfin, le vieillard parcheminé prit la parole :

— Des centaines de pluies avant même mon plus ancien souvenir, on raconta au delà des vastes eaux qu'il y avait en Afrique une montagne d'or. C'est cela qui a d'abord amené les toubabs en Afrique !

La montagne d'or n'existait pas, dit-il, mais plus d'or qu'on n'en pourrait décrire avait été trouvé dans les fleuves et extrait de profondes mines dans le nord de la Guinée et, plus tard, dans les forêts du Ghana.

— Jamais on n'a dit à un toubab d'où venait l'or, ajouta le vieillard, car, dès qu'un toubab sait quelque chose, bientôt tous l'apprennent.

Ce fut ensuite au tour de Djanneh. Dans bien des endroits, il y avait quelque chose de presque aussi précieux que l'or, dit-il, et c'était le sel. Lui et Saloum avaient vu de leurs propres yeux échanger du sel contre un poids égal d'or. Dans de lointaines étendues de sable, il fallait creuser le sol pour trouver le sel sous forme de grosses barres, et ailleurs certaines eaux en s'évaporant laissaient une bouillie salée qui séchait au soleil en formant des blocs.

— Il a existé une *ville* de sel, dit le vieillard, la ville de Taghaza, dont les habitants avaient bâti leurs maisons et leurs mosquées en blocs de sel.

— Raconte-nous les étranges animaux bossus dont tu nous as déjà parlé, l'interrompit audacieusement une vieille femme en s'adressant à Saloum.

Elle rappelait grand-mère Nyo Boto à Kounta.

Une hyène hurla au loin dans la nuit, et les gens se penchèrent sur le feu dansant. Saloum prit la parole :

— Ces bêtes que l'on appelle des chameaux habitent une étendue de sable sans fin. Ils y trouvent leur chemin en se guidant sur le soleil, les étoiles et le vent. Pendant trois lunes, Djanneh et moi avons voyagé sur ces animaux, en nous arrêtant juste de temps en temps à des points d'eau.

— Mais en nous arrêtant souvent pour repousser des bandits ! dit Djanneh.

— Une fois, nous avons fait partie d'une caravane de douze mille chameaux, poursuivit Saloum. En réalité, c'était une troupe de petites caravanes qui voyageaient ensemble pour se protéger des bandits.

Kounta remarqua que Djanneh déroulait un grand morceau de cuir. D'un air impatient, l'ancien fit un signe à deux jeunes gens qui se hâtèrent de jeter des rameaux secs dans le feu. A la lueur de la flambée, Kounta et les autres purent voir Djanneh suivre du doigt un bizarre dessin.

— Voici l'Afrique, dit-il.

Il décrivit de l'index le tracé de la « grande eau », à l'ouest, puis celui du « grand désert de sable », plusieurs fois grand comme toute la Gambie, leur dit-il, en la leur montrant dans le coin inférieur gauche du dessin.

— Sur la côte nord de l'Afrique, dit Saloum, les bateaux des toubabs apportent de la porcelaine, des épices, des étoffes, des chevaux et d'innombrables choses faites de main d'homme. Et puis ces marchandises sont convoyées vers l'intérieur à dos de chameaux ou d'ânes, jusqu'à des villes comme Sijilmasa, Ghadamès et Marrakech, poursuivit-il en les désignant sur la carte. Et en ce moment même, tandis que nous sommes là, des tas d'hommes lourdement chargés sont en train de traverser d'épaisses forêts, emportant sur leur tête nos marchandises africaines : ivoire, peaux, olives, dattes, noix de kola, coton, cuivre, pierres précieuses, pour remplir les bateaux des toubabs.

Kounta en avait la tête qui tournait, et il se jura qu'un jour lui aussi s'aventurerait vers des endroits aussi passionnants.

« Le marabout ! » De son poste avancé sur la piste, le guetteur tambourinait la nouvelle. Aussitôt se forma le cortège d'accueil. En tête, Djanneh et Saloum, les fondateurs du village; puis le Conseil des Anciens, l'alimamo, l'arafang; ensuite les notables d'autres villages, dont Omoro; et Kounta fut placé parmi les jeunes en rang de tailles. Les musiciens les conduisirent jusqu'à l'arbre des voyageurs, réglant leur allure pour y arriver en même temps que le saint homme. Kounta regardait de tous ses yeux ce vieillard à la barbe blanche tranchant sur une peau très noire s'avancer en tête d'une longue suite visiblement harassée. Hommes, femmes et enfants portaient tous sur leur tête de grosses charges, à l'exception des quelques hommes conduisant le bétail et plus d'une centaine de chèvres.

Avec des gestes vifs, l'homme de Dieu bénit le cortège d'accueil agenouillé et fit signe à tous de se relever. Puis il bénit particulièrement Djanneh et Saloum, et, tandis que Djanneh lui présentait Omoro, Saloum appela de la main Kounta, qui se précipita auprès d'eux.

— Voici mon premier-né, dit Omoro, et il porte le nom de son saint grand-père.

Kounta entendit sans les comprendre, à l'exception du nom de son grand-père, les mots arabes que le marabout dévidait au-dessus de lui, il sentit les doigts du saint homme lui effleurer la tête aussi doucement qu'une aile de papillon, et il fila reprendre sa place parmi les jeunes, tandis que le marabout faisait connaissance avec ceux du cortège, conversant comme s'il était un homme ordinaire. Les jeunes du groupe de Kounta commencèrent à sortir du rang pour contempler la longue file des épouses, enfants, disciples et esclaves qui fermaient la marche.

Les épouses et les enfants du marabout se retirèrent très vite dans les cases d'hospitalité. Les disciples s'assirent sur le sol, déballèrent leurs baluchons pour en tirer livres et manuscrits — propriété de leur maître, l'homme de Dieu — et se mirent à lire à haute voix pour ceux qui s'étaient formés en cercle autour de chacun d'eux. Kounta remarqua que les esclaves n'avaient pas suivi les autres dans le village. Ils étaient restés à l'extérieur de la palissade, accroupis à proximité du bétail entravé et des chèvres mises à l'enclos. C'était la première fois qu'il voyait des esclaves demeurer à l'écart des autres gens.

L'homme de Dieu pouvait à peine faire un mouvement tant la foule agenouillée le pressait de toutes parts. Villageois ou visiteurs de marque se prosternaient pareillement, le front dans la poussière, l'implorant de les entendre, quelques-uns allant jusqu'à oser toucher son vêtement. Certains le suppliaient de venir célébrer un office religieux dans leur village, qui en était privé depuis longtemps. D'autres lui soumettaient des questions de droit car, dans l'islam, loi et religion sont une même chose. Des pères lui demandaient quel nom significatif donner à leurs nouveaunés. Ceux d'un village qui n'avait pas d'arafang sollicitaient de l'homme de Dieu l'envoi d'un de ses étudiants pour instruire leurs enfants. Les étudiants en question s'affairaient justement à vendre des petits carrés de peau de chèvre, que de multiples mains tendaient ensuite au saint homme pour qu'il y inscrive son signe. Cousus dans un talisman comme celui que Kounta portait au bras, ils assureraient un étroit et constant rapport avec Allah. Kounta en acquit un moyennant les deux cauris qu'il avait apportés de Djouffouré et se mêla à la foule qui se pressait autour du marabout.

Il lui vint à l'idée que son grand-père avait dû être comme cet homme de Dieu, qui avait le pouvoir d'intercéder auprès d'Allah pour que la pluie sauve un village de la disette, comme Kaïraba Kounta Kinté avait un jour sauvé Djouffouré. Grand-mère Yaïssa et la vieille Nyo Boto lui en avaient parlé maintes fois. Mais il ne comprenait qu'à présent la grandeur de son aïeul — et de l'islam. Tout en attendant parmi les autres de faire inscrire la sainte marque sur son petit carré de peau, Kounta se dit qu'une seule personne saurait pourquoi il avait dépensé ses précieux cauris : Nyo Boto. En rentrant, il le lui remettrait et il lui demanderait de le garder jusqu'à ce qu'il soit temps de le coudre dans le précieux talisman qui serait réservé à son premier-né.

20

Dévorés de jalousie à l'égard de Kounta, et sûrs qu'il allait revenir tout gonflé de son importance, ceux de son kafo avaient tacitement décidé de l'accueillir, lui et ses voyages, avec la plus parfaite indifférence. Et c'est ce qu'ils firent, insoucieux du chagrin qu'ils lui causaient en le traitant comme s'il n'avait jamais quitté le village, allant jusqu'à interrompre leur conversation à son approche, et son meilleur ami Sitafa lui témoignant encore plus de froideur que les autres. Kounta en fut si bouleversé qu'il en oublia le nouveau petit frère, Souwadou, qui était né pendant sa randonnée avec Omoro.

Un midi où les chèvres paissaient tranquillement, Kounta résolut d'oublier la méchanceté de ses camarades et de se raccommoder avec eux. Comme ils étaient en train de déjeuner dans leur coin, il alla simplement s'asseoir parmi eux et commença à parler.

— J'aurais bien aimé que vous veniez avec moi, dit-il, et il se mit aussitôt à leur raconter son voyage.

Il leur dit quelles dures journées il avait connues, ses

muscles douloureux, sa peur devant les lions. Il décrivit les villages qu'ils avaient traversés et leurs habitants. A un moment, un des garçons bondit pour aller rassembler ses chèvres et en revenant il s'assit plus près de Kounta — comme par mégarde. Bientôt son récit fut ponctué par les grognements et les exclamations des autres et le temps passa si vite que, juste au moment où il en arrivait au village de ses oncles, ils s'aperçurent qu'il était temps de ramener les chèvres.

A l'école, le lendemain matin, les garçons durent faire un effort pour dissimuler leur impatience à l'arafang. Quand, enfin, ils se retrouvèrent entre eux, à faire paître les chèvres, ils se serrèrent autour de Kounta, et il commença à leur parler de toutes ces tribus et ces langues différentes qui se mêlaient dans le village de ses oncles. Il en était au milieu d'un des récits de contrées lointaines que Djanneh et Saloum avaient faits autour du feu — et tous étaient suspendus à ses lèvres — quand le calme des champs fut brusquement déchiré par les féroces aboiements d'un chien ouolo et les bêlements aigus d'une chèvre terrifiée.

Se dressant d'un bond, ils aperçurent à la lisière du pâturage une grande panthère à la robe fauve qui lâchait la chèvre qu'elle tenait dans sa gueule pour se jeter sur deux de leurs chiens. Les garçons demeuraient figés par la surprise et la peur lorsqu'ils virent la bête écarter un des chiens d'un puissant coup de patte et se ramasser pour fondre sur le second, qui sautait sauvagement à l'attaque, ses épouvantables grondements couvrant les aboiements des autres chiens et les cris des chèvres qui s'égaillaient dans toutes les directions.

Et puis les garçons se déployèrent, courant et vociférant pour rabattre les chèvres. Mais Kounta se lança comme un fou vers la chèvre de son père qui gisait sur le flanc.

110

— Kounta, *non* ! Arrête ! hurla Sitafa en essayant de l'agripper au passage.

Il n'y réussit pas, mais, quand le fauve vit les deux garçons se précipiter dans sa direction en vociférant, il partit à reculons puis, faisant volte-face, il fonça vers la forêt, talonné par les chiens.

L'odeur de la panthère et la vue du corps déchiré de la chèvre donnèrent des nausées à Kounta. Un sang noir coulait de son cou renversé ; elle avait la langue pendante, les yeux révulsés et, plus horrible que tout, le fauve l'avait éventrée et Kounta pouvait voir dans l'ouverture béante le petit qu'elle portait, encore animé d'une faible pulsation. Tout près d'elle, le chien ouolo gémissait de douleur en essayant de ramper vers le garçon malgré son flanc lacéré. Kounta vomit sur place et, en se retournant, il vit derrière lui Sitafa, bouleversé.

A travers ses larmes, il perçut la présence des autres garçons, qui regardaient le chien blessé et la chèvre morte. Puis tous s'écartèrent lentement sauf Sitafa, qui entoura Kounta de ses bras. Ils ne dirent pas un mot, mais la question planait : comment raconter cela à son père ? Enfin Kounta retrouva sa voix.

— Peux-tu surveiller mes chèvres ? demanda-t-il à Sitafa. Il faut que je remporte la peau à mon père.

Sitafa retourna auprès des autres garçons et, aussitôt, deux d'entre eux ramassèrent le chien gémissant et l'emportèrent. Kounta fit signe à Sitafa de s'éloigner avec ses camarades. S'agenouillant à côté de la chèvre morte, il prit son couteau et la dépouilla comme il avait vu si souvent Omoro dépouiller une bête. Puis il arracha des herbes pour en recouvrir le corps de la chèvre et de son petit, et s'en fut vers le village, en portant la peau humide. Il lui était déjà arrivé une fois d'oublier de surveiller ses chèvres, et il s'était alors juré que cela ne lui arriverait jamais plus. Et voilà que cela lui était arrivé de nouveau avec, cette fois, une chèvre tuée.

Il souhaitait désespérément que ce ne soit qu'un cauchemar, mais la toison prouvait qu'il était bien éveillé. Il souhaita en mourir, mais alors son déshonneur rejaillirait sur ses ancêtres. Allah le punissait de sa forfanterie, songea-t-il avec honte. Il s'arrêta, s'agenouilla dans la direction du levant et implora le pardon.

Quand il se releva, il vit que ceux de son kafo avaient rassemblé les chèvres et se préparaient à quitter la pâture en chargeant les fagots sur leur tête. Un des garçons portait le chien blessé, et deux autres chiens boitaient bas. Voyant que Kounta les regardait de loin, Sitafa déposa son fagot et fit mine de venir vers lui, mais Kounta l'arrêta d'un geste.

Sur le sentier des chèvres, il semblait à Kounta que chaque pas le rapprochait de la fin — de la fin de tout. Il était submergé par la honte et la terreur. Il allait être chassé. Il ne verrait plus Binta, Lamine et la vieille Nyo Boto. Même les leçons de l'arafang lui manqueraient. Il pensa à grand-mère Yaïssa ; à son grand-père, l'homme de Dieu dont il portait le nom, ce nom qu'il venait de déshonorer ; à ses oncles, les célèbres voyageurs qui avaient fondé un village. Il lui revint à l'esprit qu'il n'avait pas rapporté son fagot. Il songea à la chèvre dont il se rappelait parfaitement les manières capricieuses, et cette tendance qu'elle avait à s'écarter du troupeau. Et il pensa au chevreau qui ne naîtrait jamais. Mais rien n'arrivait à le distraire d'une seule pensée, la plus redoutable, celle de son père.

Soudain, son esprit vacilla et il demeura figé sur place, le souffle coupé : au loin sur le sentier, Omoro venait à sa rencontre en courant. Pas un des garçons n'aurait osé prendre sur lui de le prévenir ; comment **avait-il pu savoir ?**

112

— Tu n'as rien ? demanda Omoro.

Kounta demeura d'abord sans voix, puis il parvint à répondre :

— Non, Fa.

Mais déjà Omoro lui examinait le ventre et il put voir que le sang qui maculait le doundiko n'était pas celui de Kounta.

Se redressant, Omoro lui prit des mains la toison de la chèvre et la posa dans l'herbe.

— Assieds-toi, lui lança-t-il.

Kounta obéit en tremblant et Omoro s'assit en face de lui.

— Il y a une chose que tu dois savoir, dit Omoro. Tous les hommes commettent des fautes. Quand j'avais ton âge, j'ai laissé emporter une chèvre par un lion. (Relevant son vêtement, il lui montra sa hanche gauche, où une profonde cicatrice laissait une zébrure plus claire.) J'ai appris, et toi aussi, tu dois apprendre. Ne t'élance *jamais* au-devant d'un animal dangereux ! Tu m'entends ?

— Oui, Fa.

Omoro se mit debout, ramassa la peau de chèvre et la jeta dans les fourrés.

— Eh bien, n'en parlons plus.

En regagnant le village derrière Omoro, Kounta se sentait envahi par un tumulte d'émotions. Mais, plus fort que sa faute, plus fort que son soulagement, il y avait l'amour immense qu'il ressentait pour son père.

21

Kounta avait atteint sa dixième pluie. Depuis leur cinquième pluie, les garçons du deuxième kafo étaient allés deux fois par jour étudier chez l'arafang. A présent, leur instruction était terminée. Le jour des examens publics, les parents de Kounta et de ses camarades vinrent s'asseoir dans la cour de l'arafang, tout fiers d'occuper les premiers rangs, avant même les anciens du village. Puis l'arafang se planta devant eux et regarda ses élèves qui levaient la main pour être interrogés. Kounta fut le premier candidat choisi.

— Quelle était la profession de tes ancêtres, Kounta Kinté ? demanda-t-il.

— Il y a des centaines de pluies, au Mali, répondit Kounta avec assurance, les Kinté étaient forgerons, et leurs femmes fabriquaient des poteries et tissaient des étoffes.

A chaque réponse exacte d'un écolier, l'assistance manifestait bien haut son appréciation.

Puis l'arafang posa une question de calcul :

— Si un babouin a sept femmes, chaque femme ayant sept enfants et chacun des enfants mangeant sept arachides pendant sept jours, combien d'arachides le babouin a-t-il volées dans le champ d'un cultivateur ?

Les pailles de mil volèrent pour tracer les chiffres sur les écritoires de peuplier : ce fut Sitafa Silla qui cria le premier la bonne réponse, et les louanges qui montaient de la foule couvrirent les grognements de dépit de ses camarades.

Ensuite, chaque garçon écrivit sur sa tablette son nom en arabe. Et l'arafang éleva l'une après l'autre les tablettes pour que les parents et les spectateurs constatent par eux-mêmes le succès de son enseignement. Comme les autres enfants, Kounta avait eu encore plus de difficultés à lire qu'à écrire les signes qui parlent. Combien de fois n'avaient-ils pas souhaité, tandis que l'arafang leur tapait sur les doigts, que ce qui était écrit soit aussi facile à comprendre que les messages tambourinés — ceux-là, même Lamine et les autres petits pouvaient les déchiffrer comme si, de loin, quelqu'un leur parlait.

Puis les garçons se levèrent un par un à l'appel de l'arafang. Ce fut enfin au tour de Kounta.

— Kounta Kinté !

Tous les regards fixés sur lui, Kounta sentit qu'il faisait la fierté de sa famille installée au premier rang, et même celle de ses ancêtres là-bas, dans le champ des sépultures, derrière le village — et, par-dessus tout, celle de sa chère grand-mère, Yaïssa. Il lut à haute voix un verset de la dernière page du Coran, puis il pressa le livre contre son front en disant :

— Amen !

Les lectures terminées, le maître donna une poignée de main à chacun des garçons et annonça à voix forte que, maintenant qu'ils étaient instruits, ils appartenaient au troisième kafo. L'assistance se déchaîna en acclamations ; Binta et les autres mères s'empressèrent de découvrir les jattes et les calebasses qu'elles avaient apportées, toutes pleines de délicieuses choses, et la fête de fin d'études se termina par un festin.

Le lendemain matin, lorsque Kounta arriva aux enclos pour emmener paître les chèvres de sa famille, il trouva Omoro qui l'attendait. Lui montrant deux jeunes femelles, il lui dit :

— Ces deux-là sont ton cadeau de fin d'études.

A peine Kounta avait-il réussi à balbutier un remerciement qu'Omoro s'en fut, sans ajouter un mot, comme s'il donnait des chèvres tous les jours — et Kounta s'efforça de dissimuler sa fébrilité. Mais, dès qu'Omoro ne fut plus en vue, Kounta poussa un tel hurlement de joie que ses chèvres, affolées, partirent en flèche — le reste du troupeau se lançant à leurs trousses. Quand il eut réussi à les rejoindre et à les mener au pâturage, il trouva tous ses camarades qui l'avaient précédé et qui paradaient avec *leurs* chèvres. Ils les traitaient comme des animaux sacrés, les poussaient vers l'herbe la plus tendre, imaginant déjà les vigoureux chevreaux qu'elles donneraient, et ensuite les troupeaux de chevreaux, jusqu'à ce qu'ils possèdent un aussi beau troupeau que celui de leur père.

Avant la nouvelle lune, certains parents — dont Omoro et Binta — firent encore présent d'une troisième chèvre, cette fois à l'arafang, pour le remercier de l'enseignement dispensé à leur fils. Eussent-ils été plus riches qu'ils auraient été heureux de lui donner une vache, mais ils savaient que l'arafang comprenait que cela dépassait leurs moyens, et d'ailleurs les moyens de tous ceux de Djouffouré, qui n'était qu'un humble village. Certains parents — esclaves récents, qui n'avaient encore rien pu épargner — n'avaient même que leur labeur à offrir : ils travailleraient, pendant une lune, les champs de l'arafang.

Les lunes succédaient aux lunes, les saisons aux saisons — déjà une autre pluie avait passé, et ceux du kafo de Kounta avaient initié le kafo de Lamine à la garde des chèvres. Une période longtemps attendue était maintenant proche. Jour après jour, Kounta et ses camarades songeaient tout ensemble avec joie et inquiétude à la prochaine fête des moissons, que clôturerait l'enlèvement de ceux du troisième kafo — les garçons ayant entre dix et quinze pluies. Ils seraient emmenés loin de Djouffouré, ils demeureraient quelque part pendant quatre lunes et, quand ils reviendraient, ils seraient des hommes.

Kounta et les autres essayaient d'avoir à ce propos une attitude dégagée — comme si la chose ne les intéressait, ne les inquiétait pas. Mais ils ne pensaient qu'à cela, et ils épiaient le plus faible signe, le moindre mot des adultes pouvant avoir trait à l'initiation. Et tout au début de la saison sèche, après que plusieurs pères eurent quitté Djouffouré sans tapage et furent revenus aussi discrètement deux ou trois jours plus tard, les langues allèrent bon train parmi les garçons, d'autant plus que, d'après Kalilou Conteh, qui avait surpris une conversation de son oncle, on avait procédé à d'indispensables réparations dans le djoudjouo, le camp d'initiation qui, depuis presque cinq pluies — depuis la dernière initiation — avait souffert des intempéries et des animaux. Et puis les chuchotements entre les garçons s'exacerbèrent parce que leurs pères avaient discuté de la désignation, par le Conseil des Anciens, de celui qui dirigerait leur initiation — le kintango. Kounta et ses camarades avaient entendu maintes fois les pères, les oncles, les grands frères parler avec révérence du kintango qui avait veillé sur leur propre initiation.

Le temps des moissons allait commencer, et tous les garçons du troisième kafo se communiquaient fiévreusement leurs informations — ainsi leurs mamans les avaient mesurés : tour de tête, tour de poitrine. Kounta s'efforçait de refouler le souvenir qu'il avait de ce matin — cinq pluies plus tôt — où lui et ses camarades, les chevriers novices, avaient cru mourir de peur en voyant emporter par de terrifiants danseurs kankourangs masqués, vociférant et brandissant des lances, des garçons aveuglés par une cagoule blanche et hurlants tandis que les villageois leur lançaient sarcasmes et coups de pied.

Le tobalo annonça de sa profonde basse l'ouverture de la moisson, et Kounta rejoignit aux champs les villageois.

Il était content de devoir travailler aussi dur pendant une longue journée, parce que, comme cela, il ne pensait guère à ce qui allait arriver. Mais, une fois la moisson engrangée et la fête commencée, il s'aperçut que ce plaisir qu'il avait toujours éprouvé de la musique, de la danse, de l'abondance des victuailles, il n'arrivait pas à s'y abandonner. Au point même que, plus les réjouissances se déchaînaient, plus il se sentait malheureux ; et il passa plus ou moins les deux derniers jours de la fête tout seul, à faire des ricochets sur le bolong.

La nuit qui précéda l'ultime jour de la fête, Kounta était dans la case de Binta, en train de dîner de ragoût d'arachides et de riz, lorsque Omoro arriva derrière lui. Il eut à peine le temps d'apercevoir son père brandissant quelque chose de blanc que, déjà, la haute cagoule lui enserrait la tête. Kounta était figé de terreur. Il sentit que son père le prenait par le bras pour le mettre debout, et puis le poussait vers un tabouret. Kounta était content de pouvoir être assis, parce qu'il avait les jambes molles et la tête vide. Il s'entendit respirer d'une façon hachée et sut que s'il essayait de bouger il allait tomber du tabouret. Alors, il resta immobile, essayant de s'accoutumer à l'obscurité. Il était si terrifié qu'elle semblait doublement impénétrable. Sentant l'humidité de son souffle, il songea brusquement qu'Omoro avait dû, lui aussi, étouffer sous une cagoule semblable. Mais avait-il éprouvé la même frayeur ? Kounta ne pouvait le croire, et il fut honteux de déshonorer ainsi le clan Kinté.

Tout était très calme dans la case. Luttant contre la peur qui lui nouait l'estomac, Kounta ferma les yeux et se concentra pour tenter de saisir le moindre bruit. Il lui sembla entendre que Binta se déplaçait. Il se demanda où était Lamine, et aussi Souwadou, parce que, ceux-là, il les aurait certes entendus. Pour lui, une seule chose était sûre : ni Binta ni quiconque ne lui parlerait, et à plus forte raison ne lui retirerait sa cagoule. Et puis il songea que ce serait épouvantable si justement quelqu'un levait la cagoule, parce que l'on verrait alors qu'il était terrifié, et donc indigne d'être initié avec ceux de son kafo.

Puis il entendit au loin le tam-tam et les cris des danseurs. Il s'écoula encore un moment. Il se demanda quelle heure il était. Il se dit que l'on devait être arrivé à la soutoba, juste entre la nuit et l'aube, mais il entendit bientôt l'alimamo débiter la prière safo : il n'était encore que deux heures avant minuit. La musique se tut, et Kounta sut que les villageois avaient cessé leur célébration, et que les hommes se hâtaient vers la mosquée.

Les prières, selon l'estimation de Kounta, devaient être terminées, la musique n'avait pas repris, et il était toujours là, assis. Il tendit l'oreille, mais le silence était total. Finalement, il s'assoupit, et se réveilla en sursaut peu après. Il n'entendait toujours rien et, sous sa cagoule, il faisait plus sombre que par une nuit sans lune. Et puis lui parvint faiblement le jappement des hyènes. C'était toujours ainsi qu'elles préludaient, et ensuite seulement venaient ces longs hurlements qui duraient jusqu'au jour.

Kounta savait qu'au cours de la semaine faste des moissons le tobalo résonnait aux premières lueurs de l'aube. Il l'attendait — il attendait *n'importe quoi*. Il sentit la rage le gagner, mais le tobalo restait muet. Et, après s'être réveillé en sursaut à maintes reprises, il sombra dans un sommeil agité. Quand le tobalo retentit, il fit un grand bond. Sous la cagoule, la honte de s'être laissé aller à dormir lui brûlait les joues.

Le concert des koras et des balafons s'éleva devant la case. Kounta entendit déambuler et parler les gens, dans un tumulte sans cesse grandissant auquel se joignit le martèlement accéléré et bref des tambours. Et puis son cœur s'arrêta : quelqu'un s'était rué dans la case. Avant qu'il ait pu réagir, il se sentit agripper par les poignets et tirer brutalement dehors au milieu du vacarme assourdissant des tam-tams et des hurlements aigus de la foule. Des bourrades et des coups de pied s'abattirent sur lui. Il songea désespérément à la fuite mais n'eut pas le temps d'esquisser son geste : une poigne solide mais douce avait saisi sa main. Soufflant sous sa cagoule, Kounta se rendit compte que les coups avaient cessé et que les hurlements de la foule s'éloignaient. Les gens s'en étaient allés vers les cases des autres garçons, pensa-t-il, et la main qui le guidait devait être celle de l'esclave qu'Omoro avait engagé — comme tous les pères — pour conduire son fils au djoudjouo.

Chaque fois que l'on tirait un garçon de sa case, le tumulte de la foule s'enflait jusqu'à la frénésie, et Kounta éprouva au moins la satisfaction de ne pas voir les danseurs kankourangs qui lançaient des cris terrifiants en faisant d'immenses bonds et en brandissant leur lance. Grands et petits tambours — apparemment tous les tambours du village — mêlaient leurs battements tandis que l'esclave entraînait Kounta à une allure de plus en plus vive entre deux rangées de gens qui criaient :

— Quatre lunes ! et :

— Ils vont devenir des hommes !

Kounta sentait monter les sanglots. Une envie folle lui venait de toucher Omoro, Binta, Lamine — même ce morveux de Souwadou ; il ne pouvait supporter l'idée que quatre longues lunes allaient s'écouler avant qu'il revoie ceux qu'il chérissait à présent plus fort que jamais. Il comprit, aux bruits qu'il perçut, que lui et son guide avaient rejoint une file en marche, avançant à la cadence rapide des tam-tams. Comme le tumulte de la foule devenait plus indistinct, il sut qu'ils franchissaient la porte du village et il sentit les larmes lui inonder les joues. Il serra bien fort les paupières comme s'il voulait se dissimuler à lui-même qu'il pleurait.

Tout comme il avait senti la présence de Binta dans la case, il sentait à présent, presque comme une odeur, la peur de ses camarades de kafo marchant devant et derrière lui, et il sut qu'ils étaient aussi effrayés que lui. Cela allégea un peu sa honte. Tout en avançant en aveugle dans la blancheur de sa cagoule, Kounta songea qu'il laissait derrière lui beaucoup plus que son père, sa mère, ses frères, son village natal, et il en éprouva autant de tristesse que d'effroi. Mais il savait qu'il devait en être ainsi, comme il en avait été ainsi pour son père, comme il en serait ainsi, un jour, pour son fils. Il ne reviendrait que quand il serait un homme.

22

Ils devaient être tout près — à un jet de pierre — d'un bosquet de bambous fraîchement coupés. A travers sa cagoule, Kounta en percevait les odorants effluves. Ils avancèrent encore et leur senteur se fit de plus en plus forte ; ils arrivaient à une barrière, ils la franchissaient, mais ils étaient toujours en plein air. L'odeur venait donc d'une palissade de bambou. Les tambours s'arrêtèrent brusquement et les marcheurs firent halte. Pendant plusieurs minutes, Kounta et les autres demeurèrent immobiles et muets. Il tendit l'oreille, attentif au moindre son qui pourrait lui apprendre où ils se trouvaient, et à quel moment de la journée, mais il n'entendit que les jacassements des perroquets et des singes dans les arbres.

Soudain, on lui retira sa cagoule. Ébloui par la vive lumière de l'après-midi, il demeura immobile, battant des paupières. Il n'osait même pas tourner un peu la tête pour voir ses camarades, car devant eux se tenait la figure toute ridée et sévère de l'ancien Silla Ba Dibba. Kounta et les autres garçons le connaissaient bien, lui et sa famille. Mais Silla Ba Dibba agissait comme s'il ne les avait encore jamais vus — et même comme s'il ne souhaitait guère les voir ; il les scrutait avec autant d'intérêt que s'ils avaient été des vers de terre. Kounta sut qu'il serait leur kintango. Deux hommes plus jeunes l'encadraient : Ali Sisé et Sorou Toura. Kounta les connaissait bien, eux aussi ; Sorou était un des très bons amis d'Omoro. Kounta fut soulagé qu'Omoro n'ait pas été à la place de l'un des deux, car il aurait su ainsi combien son fils avait peur.

Comme on le leur avait enseigné, les vingt-trois garçons du kafo saluèrent leurs aînés en plaçant la paume sur leur cœur et en disant :

— La paix !

— Rien que la paix ! répondirent le vieux kintango et ses assistants.

Portant plus loin ses regards — mais en prenant bien garde de ne pas tourner la tête — Kounta vit qu'ils se trouvaient dans un camp entouré d'une haute palissade de bambou et parsemé de petites cases rondes aux murs de terre et aux toits de chaume. Les cases avaient été réparées ici ou là, sûrement par les soins des pères qui s'étaient absentés de Djouffouré pendant quelques jours. Tout cela, il l'embrassa des yeux sans bouger un muscle. Mais, l'instant d'après, il sursauta violemment.

— Des enfants ont quitté le village de Djouffouré, lança brusquement le kintango d'une voix forte. Ce sont des hommes qui doivent y retourner, et pour cela il faut extirper de vous toute peur, car une personne craintive est une personne faible, et une personne faible est un danger pour sa famille, pour son village et pour sa tribu.

Il les lorgna d'un air furibond, comme s'il n'avait jamais vu une aussi piteuse bande. En même temps, ses assistants se précipitèrent au milieu des garçons et les poussèrent par petits groupes vers les cases, comme des chèvres, en leur cinglant les épaules et le dos de leurs robustes badines.

Kounta et ses quatre compagnons se serraient craintivement dans la case vide, si terrifiés qu'ils ne sentaient même pas la brûlure des coups reçus, et si honteux qu'ils n'osaient pas échanger un regard. Au bout de quelques minutes, quand il apparut qu'ils allaient avoir un moment de répit, Kounta observa ses compagnons à la dérobée. Il aurait voulu être dans la même case que Sitafa. Il était lié avec tous les autres, bien sûr, mais pas aussi étroitement qu'avec son frère yayo, et son cœur se serra. « Mais ce n'est peut-être pas un hasard, raisonna-t-il. Ils ne veulent probablement même pas nous laisser cette petite consolation. Et est-ce qu'ils vont seulement nous donner à manger ? » commença-t-il à s'inquiéter en sentant son estomac gronder de faim.

Juste après le coucher du soleil, les assistants firent irruption dans la case. *Dehors* ! La badine s'abattit sur les épaules de Kounta et les garçons furent chassés pêle-mêle dans le crépuscule, se cognant à ceux qui se ruaient hors des autres cases ; à coups de badine, ils furent alignés en file, chacun tenant la main de celui qui le précédait. Quand ils furent tous en place, le kintango les fixa d'un regard menaçant et leur annonça qu'ils allaient faire une randonnée nocturne dans la forêt.

L'ordre du départ fut donné, et la longue file chaotique des garçons s'engagea dans le sentier, sous un déluge de coups. A la hauteur de Kounta une voix lança :

— Vous marchez comme des buffles !

Comme un garçon poussait un cri de douleur, les deux assistants demandèrent d'une voix forte :

— Qui a crié ?

Et, dans le noir, leurs badines n'épargnèrent personne. Après cela, les garçons se gardèrent de laisser échapper un son.

Bientôt, Kounta eut mal aux jambes — et encore marchait-il en souples foulées, comme le lui avait appris Omoro lors de leur voyage vers le village de Djanneh et de Saloum. Il se plut à penser que les autres avaient sûrement beaucoup plus mal que lui puisqu'ils ne savaient pas comment régler leurs enjambées. En revanche, il n'avait rien appris qui l'aidât à supporter la faim et la soif. Son estomac le tiraillait, la tête lui tournait quand on les fit enfin s'arrêter près d'un ruisseau. Les garçons se jetèrent à genoux et burent avidement dans leurs mains, troublant la surface de l'eau où, l'instant d'avant, se reflétait lumineusement la lune. Puis les assistants les écartèrent du ruisseau en leur défendant de trop boire en une seule fois et sortirent de leur baluchon quelques morceaux de viande séchée qu'ils leur lancèrent. Les garçons se jetèrent dessus comme des hyènes ; Kounta mâcha et avala si vite qu'il ne sentit même pas le goût des quatre bouchées qu'il avait réussi à arracher.

Tous les garçons avaient aux pieds de grosses ampoules ouvertes, Kounta comme les autres ; mais il se sentait si bien d'avoir bu et mangé qu'il y fit à peine attention. Assis au bord du ruisseau, lui et ses camarades de kafo se dévisageaient mutuellement à la lueur de la lune, trop fatigués pour parler. Kounta et Sitafa échangèrent de longs regards, mais la lumière était trop faible pour voir s'ils avaient l'air aussi malheureux l'un que l'autre.

Kounta commençait à peine à rafraîchir ses pieds brûlants dans le ruisseau quand les assistants du kintango les firent se reformer en file, pour le long trajet de retour vers le djoudjouo. Lorsqu'ils arrivèrent en vue de la palissade de bambou, peu avant l'aube, il avait les jambes tremblantes, la tête vide. Fatigué à mourir, Kounta chancela jusqu'à sa case, se cogna dans un de ses compagnons et, perdant l'équilibre, il tomba comme une masse et s'endormit sur place.

Pendant les six nuits qui suivirent, ils firent pareillement une marche, chaque fois plus longue que la précédente. Ses pieds à vif le faisaient terriblement souffrir, mais Kounta s'aperçut, la quatrième nuit, que d'une certaine façon la souffrance *ne comptait plus autant* pour lui, et il éprouva avec bonheur un nouveau sentiment : la fierté. Lorsqu'ils en furent à leur sixième marche nocturne, lui et les autres garçons découvrirent que, même dans la nuit noire, ils n'avaient plus besoin de tenir la main du précédent pour marcher en une file bien droite.

La septième nuit, le kintango leur donna sa première leçon : il leur montra comment les hommes pouvaient toujours se retrouver, même au plus profond de la forêt, en se guidant sur les étoiles. A la fin de la nouvelle lune, tous les garçons du kafo avaient appris à ramener la troupe au djoudjouo en suivant les étoiles. Une nuit où Kounta conduisait la file, il faillit écraser un rat de brousse qui détala aussitôt. Il en fut notablement fier, car cela indiquait que les garçons se déplaçaient si silencieusement que même un animal ne les avait pas entendus.

Mais les animaux, leur dit le kintango, étaient les meilleurs maîtres dans l'art de la chasse — l'une des plus importantes connaissances que devaient acquérir les Mandingues. Lorsque le kintango estima qu'ils avaient enfin maîtrisé les techniques de la marche, il emmena le kafo pendant une demi-lunaison au plus profond de la brousse, bien loin du djoudjouo ; ils y confectionnèrent des abris où ils dormaient dans l'intervalle des innombrables leçons destinées à faire d'eux des simbons émérites. Il semblait à Kounta qu'ils ne pouvaient plus jamais fermer l'œil sans qu'aussitôt les assistants du kintango les réveillent à grands cris pour l'exercice suivant.

L'assistant du kintango leur montrait une place où, peu avant, des lions s'étaient tapis pour attendre le passage des antilopes et s'étaient jetés sur elles ; après les avoir dévorées, ils étaient allés dormir plus loin. Puis ils remontaient les traces du troupeau d'antilopes jusqu'à ce qu'elles enseignent d'elles-mêmes aux garçons ce que ces bêtes avaient fait la veille de leur rencontre avec les lions. Le kafo inspectait les larges failles rocheuses où se cachaient les loups et les hyènes. Et ils commençaient à apprendre des astuces de chasseur qu'ils n'avaient jamais imaginées. Ils ignoraient totalement, par exemple, que le premier secret du simbon est de ne jamais se déplacer brusquement. Le vieux kintango raconta lui-même aux garçons l'histoire de ce chasseur stupide qui finit par mourir de faim dans une zone où abondait le gibier, parce qu'il se démenait en tous sens de façon si maladroite et si bruyante que les animaux prenaient la fuite sans qu'il se soit rendu compte qu'il les avait eus à sa portée.

Les garçons ne se trouvèrent pas moins maladroits que ce chasseur lorsqu'ils en arrivèrent à l'imitation des cris d'oiseaux et d'animaux. Ils déchiraient l'air de leurs sifflements et grognements, mais pas une bête, pas un oiseau ne se montrait. Alors le kintango et ses assistants, après les avoir fait se cacher, se répandaient à leur tour en appels qui semblaient pourtant les mêmes, mais alors bêtes et oiseaux se montraient bientôt, tendant l'oreille et cherchant le congénère qui s'était ainsi manifesté.

Un après-midi où les garçons s'exerçaient à l'imitation des cris d'oiseaux, un gros oiseau au bec puissant atterrit en glapissant sur un buisson.

— Eh! Regardez donc! s'écria en riant un des garçons.

Et tous furent saisis d'angoisse, car cela allait leur valoir une punition collective. Ce n'était d'ailleurs pas la première fois qu'il agissait sans réfléchir ; pourtant, le kintango réagit d'une façon surprenante. Il marcha sur le garçon et lui dit d'une voix dure :

— Rapporte-moi cet oiseau — et vivant !

Kounta et ses camarades retinrent leur souffle en le voyant se courber à ras de terre et s'approcher furtivement du buisson où le gros oiseau restait stupidement perché, agitant la tête en tous sens. D'un bond le garçon tenta de l'attraper, mais l'oiseau lui échappa et se mit à battre frénétiquement des ailes, élevant son gros corps au-dessus des ramilles. Le garçon fit encore un bond, puis un autre, et ils disparurent.

Kounta et les autres demeurèrent hébétés. Il n'y avait manifestement pas de limites à ce que pourrait leur ordonner le kintango. Pendant trois jours et deux nuits, ils poursuivirent leurs séances d'entraînement en se coulant de longs regards, en examinant la brousse environnante, curieux et inquiets du sort de l'absent. Autant ils lui en avaient voulu des corrections qu'il leur occasionnait, autant à présent il leur manquait.

Le matin du quatrième jour, ils venaient juste de se lever lorsque le guetteur du djoudjouo signala que quelqu'un arrivait au camp. Peu après parvenait son message tambouriné : c'était lui, le disparu. Ils se précipitèrent à sa rencontre avec des cris d'allégresse, comme si ç'avait été leur frère revenant de Marrakech. Amaigri, sale, couvert d'entailles et de meurtrissures, il vacillait sous leurs bourrades. Mais il réussit à esquisser un faible sourire, et il y avait de quoi : il tenait sous son bras l'oiseau, ailes, bec et pattes ficelés par une liane. Le volatile semblait encore plus mal en point que lui, mais il était vivant.

Le kintango parut et, tout en ne s'adressant qu'au garçon, il leur fit comprendre que ses paroles les concernaient tous.

— Tu as ainsi appris deux choses importantes : qu'il faut obéir à l'ordre reçu et fermer sa bouche. Cela entre dans la formation des hommes.

Kounta et ses camarades surprirent alors le premier regard véritablement approbateur jeté sur un des leurs par le vieux kintango, qui avait parfaitement su que, tôt ou tard, le garçon arriverait à attraper un oiseau trop lourd pour se déplacer autrement que par petits bonds et au ras des buissons.

Le gros oiseau fut promptement rôti et dévoré de bon appétit par tous à l'exception de celui qui l'avait capturé, car il avait sombré dans le sommeil. On le laissa dormir pendant toute la journée et encore pendant toute la nuit — une nuit que Kounta et les autres durent passer dans la brousse, pour une leçon de chasse. Le lendemain, pendant la première pause, le garçon raconta à ses camarades attentifs les tours et les détours de sa poursuite ; finalement, au bout de deux jours et une nuit, il avait fabriqué un piège et l'oiseau s'y était pris. Il l'avait bien ficelé, y compris le solide bec, et il avait réussi à rester encore éveillé un jour et une nuit pour regagner le djoudjouo — en se guidant sur les étoiles.

Après cela, les garçons furent un bon moment sans trouver grand-chose à échanger avec leur camarade. Kounta se disait qu'il n'était pas vraiment jaloux de lui, mais il était piqué que le garçon semblât estimer que son exploit — salué par le kintango — le mettait au-dessus de ceux de son kafo. Et, lorsque les assistants du kintango organisèrent un après-midi d'entraînement à la lutte, Kounta saisit l'occasion qui lui était donnée d'empoigner le garçon et de l'envoyer un bon coup à terre.

En entrant dans la seconde lune de leur initiation, ceux du kafo de Kounta étaient déjà assez expérimentés pour vivre aussi aisément dans la forêt qu'au village. Ils étaient à présent capables de détecter et de suivre d'imperceptibles signes laissés par les animaux, et ils étaient en train d'apprendre les rituels secrets et les prières des ancêtres grâce auxquels un très grand simbon pouvait se rendre invisible aux animaux. Ils ne mangeaient maintenant d'autre chair que celle des bêtes qu'ils avaient prises au piège ou tuées au moyen de leurs frondes et de leurs arcs. Ils savaient dépouiller un animal deux fois plus vite et le faire cuire au-dessus des foyers qu'ils avaient appris à allumer en frappant un silex contre de la mousse très sèche recouverte de minces ramilles craquantes, et qui ne dégageaient pratiquement pas de fumée. Ils mangeaient leur gibier rôti — parfois de simples rats de brousse — et couronnaient le repas d'insectes grillés dans la braise.

Parmi les plus précieuses leçons qu'ils reçurent, certaines n'étaient pas prévues. Un jour, pendant une pause, un garçon qui essayait son arc envoya malencontreusement une flèche dans un nid d'abeilles kourbouroungos, tout en haut d'un arbre. La nuée furieuse des insectes s'abattit sur les garçons qui, une fois de plus, eurent tous à souffrir par la faute d'un seul.

— Le simbon ne tire jamais une flèche sans savoir ce qu'elle atteindra, leur dit plus tard le kintango.

Il leur donna du beurre de karité à passer sur les douloureuses boursouflures, et puis il ajouta :

— Cette nuit, vous vous occuperez de ces abeilles comme il convient.

Alors, les garçons empilèrent de la mousse sèche au pied de l'arbre où était installé l'essaim ; la nuit venue, un des assistants du kintango y mit le feu, et l'autre jeta dans les flammes les feuilles d'un certain arbuste. Aussitôt s'éleva une fumée épaisse et âcre, et bientôt des milliers d'abeilles mortes tombaient en pluie de l'arbre. Le lendemain matin, leurs aînés montrèrent à Kounta et à ses camarades à faire fondre les rayons de cire — où s'attachaient encore des abeilles mortes — pour se gorger de miel. Lorsque les grands chasseurs ont besoin, au cœur de la forêt, de restaurer très vite leurs forces, ils mangent du miel — Kounta sentait très bien cet effet revigorant.

Mais ils pouvaient bien passer par les pires épreuves, accroître leurs connaissances et leurs capacités, le vieux kintango n'était jamais content. Il était si exigeant et si sévère que, chez les garçons, la peur le disputait généralement à la colère — à condition qu'ils ne soient pas trop fatigués pour éprouver l'une et l'autre. Qu'un garçon n'obéisse pas instantanément à un ordre, et tout le kafo recevait la raclée. Et il semblait à Kounta que, lorsqu'on ne les battait pas, c'était pour les éveiller brutalement en pleine nuit et les envoyer faire une marche — généralement en punition d'une faute commise par un seul. Tout ce qui les empêchait de passer leur fureur sur le coupable en question, c'est que s'ils se battaient entre eux, une nouvelle raclée suivait ; une des premières choses qu'ils avaient apprises dans leur vie, bien avant d'arriver au djoudjouo, c'était cela : jamais les Mandingues ne doivent se battre entre eux. Les garçons commencèrent finalement par entrevoir que chacun d'eux était responsable de ce qui arrivait à son groupe — de même qu'un jour chacun aurait à répondre de ce qui arrivait à sa *tribu*. Et puis, à l'exception de fautes occasionnelles, les manquements à la règle se firent de plus en plus rares parmi les garçons, les corrections diminuèrent en proportion, et la crainte que leur inspirait le kintango fut remplacée par un respect tel qu'ils n'en avaient jamais éprouvé qu'à l'égard de leur père.

Mais il ne se passait pas un jour sans que se présentât quelque chose de nouveau qui les rendait, une fois de plus, gauches et ignorants. Quel ne fût pas leur étonnement d'apprendre, par exemple, qu'un morceau d'étoffe plié de telle manière et suspendu à la porte d'un homme comme ci et comme ça indiquait aux autres Mandingues la date de son retour, ou que des sandales mises en croix devant une case exprimaient une infinité de choses que seuls les autres hommes comprendraient. Mais le secret le plus remarquable pour Kounta, c'était celui du sira kango, le langage réservé aux hommes et qui résultait d'une transformation des mots mandingues les rendant incompréhensibles aux femmes, aux enfants et aux non-Mandingues. Kounta avait souvent entendu son père dire ainsi quelque chose à un autre homme sans saisir le sens de ses paroles et sans oser lui en demander l'explication. Maintenant qu'ils connaissaient la langue secrète des hommes, Kounta et ses camarades l'employaient pratiquement toujours entre eux.

A la fin de chaque lune, les garçons déposaient un caillou dans un bol, pour savoir depuis combien de temps ils avaient quitté Djouffouré. Ils avaient déposé le troisième caillou depuis quelques jours lorsque, un après-midi où ils s'exerçaient à la lutte, ils virent soudain à la porte du djoudjouo un groupe d'une trentaine d'hommes. L'émotion les saisit en reconnaissant leurs pères, leurs oncles, leurs grands frères. Kounta bondit, n'en croyant pas ses yeux, inondé du bonheur de revoir Omoro après trois lunes. Mais il lui sembla être retenu par une main invisible, et il étouffa son cri de joie — avant même de remarquer l'air impassible d'Omoro.

Seul un de ses camarades se précipita au-devant de son père et celui-ci, sans un mot, saisit la badine d'un assistant du kintango et se mit à en cingler son fils, clamant sa fureur de le voir trahir son émotion, montrer qu'il n'était pas un homme. Puis le kintango lui-même leur lança l'ordre de s'allonger à plat ventre et les hommes défilèrent devant eux en abattant sur les dos tendus leur bâton de marche. Kounta était profondément bouleversé ; peu lui importait d'être battu, ce n'était qu'une des épreuves de l'initiation, mais il était malheureux de ne pas pouvoir se serrer contre son père, entendre sa voix, et il en avait honte car le désir même de telles douceurs était indigne d'un homme.

Ensuite, ils durent courir, sauter, danser, lutter, débiter leurs prières, pour montrer ce qu'ils avaient appris, et pères, oncles, grands frères les observèrent en silence puis s'en furent, en complimentant chaleureusement le kintango et ses assistants mais sans un regard pour les garçons qui demeuraient plantés, la tête basse. Et, dans l'heure qui suivit, ils recevaient une nouvelle correction, parce qu'ils avaient préparé le dîner de mauvaise grâce. Et le plus cuisant, c'est que le kintango et ses assistants se comportaient comme si la visite n'avait jamais eu lieu. Mais, au début de la soirée, au moment où les garçons luttaient avant d'aller se coucher — et ils n'y mettaient guère de cœur — l'un des assistants du kintango passa à côté de Kounta et lui dit dans un souffle :

— Tu as encore un petit frère, il a reçu le nom de Madi.

« Nous voilà quatre maintenant », pensa Kounta cette nuit-là. Quatre frères, quatre fils de sa mère et de son père. Il songea à la place qu'ils auraient dans l'histoire de la famille Kinté lorsque, dans des centaines de pluies, les griots la conteraient. Quand il regagnerait Djouffouré, lui, Kounta, serait le premier homme de la famille après Omoro. Non seulement était-il en train d'apprendre à être un homme, mais encore quantité d'autres choses qu'il pourrait inculquer à Lamine, comme il l'avait fait depuis son enfance. Tout au moins, il lui apprendrait ce qu'il était permis de savoir aux jeunes garçons ; et puis Lamine instruirait Souwadou, et Souwadou instruirait ce Madi qu'il n'avait pas encore vu. Et un jour, pensa Kounta en s'endormant, quand il serait aussi vieux qu'Omoro, il aurait lui aussi des fils, et tout recommencerait.

23

— Vous cessez d'être des enfants. Vous renaissez en tant qu'hommes, dit un matin le kintango au kafo rassemblé.

C'était la première fois qu'il employait à leur propos le mot « hommes » autrement que pour dire qu'ils n'en étaient pas. Après ces lunes passées à apprendre ensemble, travailler ensemble, être battus ensemble, leur dit-il, chacun d'eux commençait enfin à découvrir qu'il avait deux personnalités : l'une était au fond de lui ; l'autre, plus vaste, était celle où son sang et sa vie étaient communs avec ceux des autres. Il leur fallait d'abord apprendre cette leçon avant de passer à la prochaine phase de leur initiation : devenir des guerriers.

— Vous savez déjà que les Mandingues ne combattent que s'ils sont attaqués, dit le kintango. Mais, si l'on nous force à combattre, nous sommes les meilleurs guerriers.

Pendant une demi-lunaison, Kounta et ses camarades apprirent à faire la guerre. Le kintango ou ses assistants dessinaient dans la poussière la position des combattants au cours de grandes batailles mandingues du passé, et les garçons devaient simuler les mouvements stratégiques.

— N'encerclez jamais totalement l'ennemi, conseillait le kintango. Il faut toujours lui laisser une possibilité de s'échapper, sans cela il se battra avec l'énergie du désespoir.

Les batailles ne doivent s'engager qu'en fin d'après-midi, leur apprenait-il également, pour que l'ennemi défait puisse s'enfuir à la faveur de la nuit, afin de ne pas perdre la face. Et que les adversaires des deux camps se gardent bien de malmener les marabouts itinérants, les griots ou les forgerons ; car un marabout courroucé pouvait attirer la colère d'Allah ; un griot courroucé pouvait, par son éloquence, rendre encore plus féroce l'armée ennemie ; et un forgeron courroucé pouvait fabriquer ou réparer les armes de l'ennemi.

Sous la direction des assistants du kintango, Kounta et les autres garçons taillèrent des lances et des flèches barbelées — forme réservée aux guerres — et s'entraînèrent à les lancer dans des cibles de plus en plus petites. Acclamations et félicitations saluaient le garçon qui pouvait atteindre une tige de bambou à vingt-cinq pas. Ils coururent la forêt pour trouver l'arbrisseau à koona dont les feuilles, bouillies, donnent une décoction noire et épaisse qui sert à empoisonner les flèches.

A la fin de cette période d'entraînement au combat, le kintango leur parla de la plus grande guerre, et du plus grand guerrier, qu'aient connus les Mandingues, de ce temps où un ancien esclave, le fameux général Soundiata, le fils de Sogolone la Femme Buffle, vainquit les troupes de Soumaoro, le roi du Bouré, souverain si cruel qu'il portait des robes faites de peau humaine et décorait les murs de son palais avec les têtes décolorées des combattants ennemis. Et jamais les garçons n'avaient entendu conter son histoire avec tant de détails ni de façon aussi vivante.

Ils suffoquaient en entendant que, de part et d'autre, l'on avait perdu des milliers de tués et de blessés. Mais les archers des Mandingues s'étaient déployés autour des troupes de Soumaoro comme un gigantesque piège, faisant pleuvoir de tous côtés une grêle de flèches et les pressant si vigoureusement qu'elles avaient fui, en déroute et terrifiées. Pendant des jours et des nuits, dit le kintango — et c'était la première fois que les garçons le voyaient sourire — les messages tambourinés de chaque village avaient suivi la progression des Mandingues victorieux, chargés du butin pris à l'ennemi et poussant devant eux des milliers de captifs. Dans chaque village, les foules en liesse lançaient des huées et des coups de pied aux prisonniers qui avaient les mains liées dans le dos, le crâne rasé, la mine basse. Enfin, le général Soundiata avait convoqué une vaste assemblée du peuple et là, aux yeux de tous, il avait rendu aux chefs des villages vaincus la lance, insigne de leur rang ; et il avait établi avec ces villages des liens de paix qui devaient durer pendant cent pluies. Kounta et ses camarades allèrent se coucher la tête pleine de rêves, plus fiers que jamais d'être des Mandingues.

Au début de la lune suivante, un message tambouriné avertit le djoudjouo que des visiteurs y arriveraient sous deux jours. L'apparition de leurs pères, oncles, grands frères était si lointaine que *n'importe quelle* visite était la bienvenue pour eux, mais leur fiévreuse attente se renforça doublement lorsqu'ils apprirent que le message venait des lutteurs de Djouffouré, qui venaient les entraîner spécialement.

Le lendemain, en fin d'après-midi, le tambour

annonça leur arrivée, plus tôt que prévu. Mais le plaisir de voir des visages connus fut bientôt oublié pour les garçons, car, sans un mot, les lutteurs commencèrent à les empoigner et à les jeter au sol plus rudement qu'il ne le leur était jamais arrivé dans toute leur vie. Et ils étaient déjà tout meurtris et douloureux lorsque les lutteurs les divisèrent en petits groupes, pour qu'ils se mesurent entre eux d'après leurs instructions. Kounta n'avait jamais imaginé que les prises étaient aussi nombreuses ni aussi efficaces si on les exécutait bien. Et les champions n'arrêtaient pas de leur seriner que ce sont le savoir et l'adresse, et non la force, qui distinguent le champion du lutteur ordinaire. Cependant, pendant qu'ils leur montraient des prises, les garçons ne pouvaient s'empêcher d'admirer leurs muscles saillants au moins autant que leur habileté à les faire jouer. Ce soir-là, autour du feu, le tambourinaire de Djouffouré chanta les noms et les exploits des grands lutteurs mandingues du passé dont certains remontaient même jusqu'à cent pluies. Puis les champions repartirent vers Djouffouré, tandis que les garçons allaient se coucher.

Deux jours plus tard, un autre visiteur fut annoncé. Cette fois, la nouvelle fut apportée par un messager de Djouffouré — un jeune homme du quatrième kafo, que Kounta et ses camarades connaissaient bien; mais, tout pénétré de sa récente accession à l'âge viril, il ignora totalement ces enfants du troisième kafo. Sans faire mine de les voir, il courut jusqu'au kintango et lui annonça d'une voix essoufflée que Koudjali N'djaï, un griot célèbre dans toute la Gambie, viendrait passer une journée au djoudjouo.

Il arriva trois jours plus tard, accompagné de quelques jeunes gens de sa famille. Kounta n'avait jamais vu un griot aussi âgé, au point que le kintango paraissait jeune à côté de lui. Le vieillard fit signe aux garçons de s'installer en demi-cercle, et il leur raconta comment il était devenu ce qu'il était. Il leur dit que chaque griot emmagasine dans sa tête toute l'histoire des ancêtres au cours de longues années d'études qui commencent après l'initiation.

— Comment, sans cela, connaîtriez-vous les hauts faits des anciens : ces rois, ces hommes de Dieu, ces guerriers qui vécurent des centaines de pluies avant nous ? Les avez-vous rencontrés ? Non ! L'histoire de notre peuple, c'est là-dedans qu'elle passe au futur — (et le vieillard montra sa tête chenue).

Puis le vieux griot répondit à une question qu'ils se posaient tous mentalement : seuls les fils de griots peuvent devenir griots. C'était d'ailleurs leur *devoir* absolu. Après leur initiation, ces garçons — tels ses petits-fils qui étaient là, derrière lui — étudiaient et voyageaient avec d'éminents anciens qui leur répétaient encore et encore les noms et les récits historiques tels qu'ils les avaient reçus. Et un moment venait où le jeune homme connaissait d'une façon parfaite et jusqu'au plus infime détail l'histoire des ancêtres telle qu'elle avait été contée à son père et au père de son père. Et quand, à son tour, il avait des fils, il leur transmettait ces récits pour que les événements anciens vivent à jamais.

Les garçons, très impressionnés, se hâtèrent d'avaler leur dîner pour retourner auprès du griot, et jusqu'à une heure tardive celui-ci les enchanta des récits que son propre père lui avait transmis — à propos des grands empires noirs qui, des centaines de pluies auparavant, gouvernaient l'Afrique.

— Bien avant que le toubab ait mis le pied en Afrique, leur dit-il, il y avait l'empire du Bénin, dirigé par un roi tout-puissant que l'on appelait l'Oba, et dont la moindre volonté était aussitôt exécutée. Mais le gouvernement était en fait assuré par de fidèles conseillers de l'Oba, car celui-ci devait partager tout son temps entre les sacrifices pour apaiser les forces mauvaises et le soin de son harem qui comprenait plus de cent épouses. Mais, dit le griot, avant le Bénin, il y avait eu un royaume encore plus riche que lui, le Songhaï. La capitale du Songhaï était Gao, ville pleine de belles demeures habitées par des princes noirs et de riches marchands ; ceux-ci recevaient somptueusement les négociants de passage qui apportaient beaucoup d'or pour commercer avec eux. Et ce ne fut pourtant pas là le plus riche royaume, dit le vieillard.

Et il leur parla de l'antique Ghana où la cour du roi peuplait, à elle seule, toute une ville. Le roi Kanissaaï possédait mille chevaux ; à chacun d'eux étaient attachés trois domestiques, et ces bêtes avaient leur urinoir de cuivre personnel. Kounta n'arrivait pas à en croire ses oreilles.

— Et tous les soirs, poursuivit le griot, lorsque le roi Kanissaaï sortait de son palais, on allumait un millier de feux qui embrasaient le ciel et la terre. Et les serviteurs de ce grand roi apportaient assez de plats pour restaurer les dix mille personnes qui, tous les soirs, se rassemblaient là.

Il fit une pause, et des exclamations d'émerveillement fusèrent parmi les garçons, pourtant avertis qu'un silence total doit régner pendant le récit d'un griot ; mais ni lui ni le kintango ne semblèrent les avoir entendus. Le vieillard se mit dans la bouche une moitié de noix de kola, offrit l'autre au kintango qui l'accepta avec plaisir et, ramenant sa robe sur ses jambes car la nuit était froide, il reprit son récit.

— Et le Ghana lui-même ne fut pourtant pas le plus riche royaume noir ! s'écria-t-il. Le plus opulent et le plus ancien de tous, ce fut l'empire du Mali !

Comme tous les empires, le Mali avait ses villes, ses agriculteurs, ses artisans, ses forgerons, tanneurs, teinturiers et tisserands. Mais son immense richesse lui venait des longues routes du commerce de l'or, des épices, du sel, qui le traversaient.

— Quatre mois de voyage en longueur, quatre mois de voyage en largeur, voilà quelle était l'étendue du Mali, dit le griot, et la plus grande de ses villes fut la fabuleuse Tombouctou !

C'était le premier centre intellectuel de l'Afrique ; des milliers d'érudits s'y pressaient et un flot incessant de sages venaient y parfaire leur savoir, au point que certains grands marchands ne vendaient que des parchemins et des livres.

— Il n'est pas un marabout, il n'est pas un arafang dans le plus petit village qui ne doive en partie son savoir à Tombouctou, dit le griot.

Quand, pour finir, le kintango se leva et remercia le griot de leur avoir généreusement donné part aux trésors de son esprit, Kounta et les autres osèrent — pour la première fois depuis leur arrivée au djoudjouo — manifester de l'humeur, car l'heure du coucher était venue. Sans relever leur insolence, le kintango les renvoya dans leurs cases d'un ton sévère — mais ils eurent le temps de le supplier d'inviter à nouveau le griot au camp.

Ils en étaient encore à rêver et à discuter des merveilleux récits du griot lorsque — six jours plus tard — le bruit se répandit qu'un célèbre moro arriverait bientôt. Le moro, en Gambie, c'était le maître ayant atteint le plus haut degré d'éminence. Il n'y en avait qu'un très petit nombre, et leur savoir était si grand — après tant de pluies consacrées à l'étude — qu'ils n'enseignaient pas à des étudiants mais à d'autres maîtres, tel l'arafang de Djouffouré.

Le kintango lui-même s'affaira de façon inhabituelle pour recevoir le visiteur. Il ordonna aux garçons de nettoyer le djoudjouo de fond en comble, de ratisser le sol et de le balayer avec des branchages : les pas du moro devaient s'imprimer dans une poussière non encore foulée. Puis il rassembla les garçons et leur dit :

— Les conseils et les bénédictions de cet homme qui vient à nous ne sont pas seulement recherchés par le peuple, mais aussi par des chefs de village et des rois.

Le moro arriva le lendemain matin, accompagné de cinq étudiants, tous portant sur leur tête des baluchons dont Kounta savait qu'ils renfermaient de précieux livres et des manuscrits en arabe, comme ceux que l'on trouvait dans l'antique Tombouctou. Au moment où le vieillard franchit la porte du camp, Kounta et ses camarades s'agenouillèrent avec le kintango et ses assistants, le front dans la poussière. Quand le moro les eut bénis, eux et leur djoudjouo, ils se relevèrent et s'assirent respectueusement autour de lui tandis qu'il ouvrait ses livres et commençait à lire — le Coran, et puis des textes inconnus d'eux tels que la Taoureta, la Moussa, les Zabora Dawidi et le Linguééli La Issa, dont il leur dit que les « chrétiens » les appelaient le Pentateuque de Moïse, les Psaumes de David et le livre d'Isaïe. Chaque fois que le moro ouvrait ou fermait un livre, déroulait ou roulait un parchemin, il le pressait contre son front en murmurant « Amen ».

Quand il eut terminé de lire, le vieillard leur parla des grands événements et des grandes figures du Coran chrétien, que l'on appelait la Sainte Bible. Il les instruisit d'Adam et Ève, de Joseph et ses frères ; de Moïse, de David et de Salomon, du meurtre d'Abel. Et il évoqua les hommes éminents de l'histoire moins ancienne, tel Djoulou Kar Naïni, puissant roi d'or et d'argent dont le soleil avait brillé sur la moitié du monde, et que les toubabs appelaient Alexandre le Grand.

Le soir, avant de se préparer à partir, il leur fit réciter les cinq prières quotidiennes à Allah, pour juger de leur savoir, et il les instruisit minutieusement du comportement qu'ils devraient avoir dans la sainte mosquée de leur village, où ils pénétreraient pour la première fois quand ils rentreraient chez eux en tant qu'hommes. Puis lui et ses étudiants durent se hâter, car on attendait sa visite ailleurs, et les garçons l'honorèrent — selon les directives du kintango — en entonnant un chant des hommes.

Cette nuit-là, après le départ du moro, Kounta resta longtemps éveillé, en songeant que tant de choses — au fond, presque tout ce qu'ils avaient appris — étaient liées entre elles. Le passé avec le présent, le présent avec le futur ; les morts avec les vivants et avec ceux qui n'étaient pas encore nés ; lui, Kounta, avec sa famille, ses camarades, son village, sa tribu, son Afrique ; le monde des hommes avec celui des animaux et des choses qui poussent — tous, ils vivaient avec Allah. Kounta se sentait très petit, et en même temps très grand. « Peut-être, pensa-t-il, est-ce cela devenir un homme. »

24

Le moment était venu de cette chose qui faisait frissonner Kounta ou n'importe quel autre garçon rien que d'y penser : le kasas boyo, l'opération qui purifie un garçon et le prépare à engendrer de nombreux fils. Ils s'y attendaient, certes, mais ils furent pris au dépourvu. Un jour — il était presque midi — un assistant du kintango les fit ranger en ligne. L'exercice était coutumier pour eux, mais Kounta fut saisi de crainte en voyant le kintango lui-même sortir de sa case, ce qu'il faisait rarement au milieu de la journée, et les passer en revue.

— Sortez vos fotos, ordonna-t-il.

Ils hésitaient, ne pouvant — ou ne voulant — pas croire à un tel commandement.

— Allez ! cria-t-il.

Tout gênés, ils s'exécutèrent lentement, chacun écartant son pagne sans lever le nez.

Les assistants du kintango leur enroulèrent au bout du sexe une petite bande d'étoffe enduite d'un emplâtre vert fait de feuilles pilées.

— Bientôt, vos fotos n'auront plus de sensibilité, leur dit le kintango en les renvoyant dans leurs cases.

Serrés les uns contre les autres, ils attendirent jusqu'au milieu de l'après-midi, honteux et inquiets de ce qui allait se passer. Et puis on les fit sortir et voici qu'ils virent entrer dans le camp une troupe d'hommes de Djouffouré — les pères, les oncles, les frères qui étaient déjà venus, et d'autres encore. Omoro était parmi eux, mais cette fois Kounta feignit de ne pas voir son père. Les hommes vinrent se ranger en ligne devant les garçons et chantèrent :

— Ce qui va être fait... nous a été fait à nous aussi... ainsi qu'aux ancêtres avant nous... pour que vous aussi vous deveniez... des nôtres, nous les hommes.

Puis le kintango renvoya de nouveau les garçons dans leurs cases.

La nuit tombait lorsque monta brusquement, à l'extérieur du djoudjouo, la pulsation de nombreux tambours. On appela les garçons hors des cases et ils virent surgir dans le camp une douzaine de danseurs kankourangs dans leurs costumes de feuillage et leurs masques d'écorce. Ils se précipitèrent sur le groupe terrifié, brandissant leurs lances, bondissant et hurlant, puis disparurent aussi soudainement qu'ils étaient venus. Figés de peur, les garçons obéirent au kintango qui leur ordonnait de s'asseoir l'un à côté de l'autre, le dos contre la palissade de bambou du djoudjouo.

Les pères, les oncles, les grands frères se tenaient à proximité, et cette fois leur chant disait :

— Vous retournerez bientôt chez vous... et dans vos champs... et un jour vous vous marierez... et la vie jaillira de vos reins.

L'un des assistants du kintango appela un garçon et le poussa vers un long écran de bambou entrelacé. Kounta ne pouvait rien voir ni entendre de ce qui se passait derrière, mais, quelques instants plus tard, le garçon reparut, un linge taché de sang entre les cuisses. Il chancelait, et l'autre assistant le porta à moitié jusqu'à sa place contre la palissade. Un autre garçon fut appelé, puis un autre, et enfin :

— Kounta Kinté !

Kounta était pétrifié. Mais il se força à obéir à l'appel et passa derrière l'écran de bambou. Il y avait là quatre hommes, dont l'un le fit s'étendre sur le dos. Les hommes se penchèrent et, d'une poigne ferme, lui relevèrent les cuisses. Juste avant de fermer les yeux, Kounta aperçut le kintango courbé au-dessus de lui, un objet à la main. La douleur fut fulgurante. C'était encore pire que ce qu'il redoutait, et pourtant l'emplâtre avait dû atténuer la sensibilité. L'instant d'après il se retrouvait à l'extérieur, le sexe enserré dans un pansement ; un assistant le mena à sa place et il s'assit, faible et hébété, à côté de ceux qui venaient de subir la même chose que lui. Les garçons n'osaient pas se regarder, mais ce qu'ils avaient craint plus que tout était enfin passé.

Et puis leurs fotos se cicatrisèrent, et dans le djoudjouo l'atmosphère générale fut à la jubilation : plus jamais ils ne souffriraient l'indignité d'être, de corps et d'esprit, des enfants. A présent, ils étaient au seuil du monde des hommes, et ils vouaient à leur kintango une gratitude et un respect sans bornes. Lui-même changeait d'attitude à l'égard du kafo de Kounta. On voyait même parfois sourire ce vieillard chenu et ridé que, peu à peu, les garçons s'étaient mis à aimer. En s'adressant à eux, lui et ses assistants disaient désormais d'un air détaché :

— Vous autres, les hommes, mots qui semblaient à la fois incroyables et délicieux à entendre.

Bientôt arriva la quatrième nouvelle lune ; toutes les nuits, dépêchés personnellement par le kintango, deux ou trois garçons trottaient jusqu'au village endormi de Djouffouré. Se glissant comme des ombres dans les greniers maternels, ils y dérobaient du sorgho, de la viande séchée, du mil, et regagnaient le djoudjouo à toute allure, ployant sous leurs larcins, qu'ils feraient joyeusement cuire le lendemain — s'étant montrés, comme le voulait le kintango, « plus malins que toutes les femmes, même leur propre mère ». Le lendemain, les mamans de ces garçons se glorifiaient du raid de leur fils qu'elles avaient entendu fureter dans la nuit car, bien sûr, elles étaient restées éveillées.

L'atmosphère des soirées au djoudjouo avait également changé. Généralement, le kafo de Kounta s'asseyait en demi-cercle autour du kintango. Il ne quittait pas son air sévère, mais il leur parlait comme à des jeunes gens de son village et non plus comme à des petits garçons turbulents. Parfois, il énumérait pour eux les qualités d'un homme — parmi lesquelles venait, immédiatement après le courage, une totale honnêteté en toutes choses. A d'autres moments, il les entretenait des ancêtres. C'était le devoir des vivants de rendre un culte respectueux à ceux qui se trouvaient auprès d'Allah, leur disait-il. Il demanda notamment à chaque garçon de citer l'ancêtre dont il se souvenait le mieux ; Kounta cita sa grand-mère Yaïssa, et le kintango dit que chaque ancêtre qu'ils venaient de nommer intercédait auprès d'Allah en faveur des vivants.

Un autre soir, le kintango leur dit que dans un village tous les habitants comptaient pareillement pour celui-ci, du nouveau-né au patriarche. Maintenant qu'ils étaient des hommes, ils devaient apprendre à traiter chacun avec le même respect, et leur devoir primordial était de veiller au bien-être de tout homme, de toute femme, de tout enfant de Djouffouré comme s'il s'agissait du leur.

— Quand vous rentrerez chez vous, dit le kintango, vous serez les yeux et les oreilles de Djouffouré. Vous monterez la garde — aux portes du village, pour guetter les toubabs et autres sauvages, et dans les champs, comme sentinelles pour protéger les récoltes des ravageurs. La responsabilité d'inspecter les récipients de cuisine des femmes — y compris de vos mères — vous reviendra : vous vous assurerez qu'ils sont bien propres, et vous réprimanderez sévèrement celles qui y ont laissé de la saleté ou des insectes.

A cette seule idée, les garçons bouillaient d'impatience.

Bien qu'ils soient pour la plupart trop jeunes pour rêver déjà aux responsabilités qui leur incomberaient lorsqu'ils atteindraient le quatrième kafo, ils savaient qu'à ce moment-là, en tant qu'hommes ayant entre quinze et dix-neuf pluies, leur reviendrait l'éminent devoir de porter les messages de Djouffouré aux autres villages — comme ce jeune homme qui était venu annoncer la visite du moro. Mais ce que Kounta et ses camarades n'auraient jamais pu imaginer, c'est que les messagers en question n'attendaient qu'une chose : être assez vieux pour *cesser* d'être des messagers ; lorsqu'ils arriveraient au cinquième kafo, à vingt pluies, alors là ils auraient *vraiment* une charge importante ; aider les anciens en tant qu'émissaires et négociateurs dans toutes les relations avec les autres villages. Les hommes de l'âge d'Omoro — ayant dépassé trente pluies — voyaient progressivement leur rang s'élever, leurs responsabilités s'accroître jusqu'à atteindre enfin la vénérable dignité d'anciens. Kounta avait souvent vu avec fierté Omoro siéger à la frange du Conseil des Anciens ; un jour viendrait où son père entrerait dans le cercle intérieur, parmi ceux appelés à hériter les hautes charges des chefs révérés — tel le kintango — lorsque ceux-ci seraient appelés auprès d'Allah.

Kounta et les autres ne parvenaient plus à écouter aussi attentivement qu'ils l'auraient dû tout ce qui tombait de la bouche du kintango. Ils avaient du mal à se persuader que tant de choses s'étaient passées en quatre lunes et qu'ils allaient *vraiment* devenir des *hommes*. Les derniers jours leur parurent plus longs que toute la période de leur initiation, mais enfin arriva le moment — avec la quatrième lune haute et toute ronde dans le ciel — où les assistants du kintango firent aligner le kafo, peu après le dîner.

Était-ce l'instant tant attendu ? Mais les pères et les frères devaient sûrement assister à la cérémonie, or Kounta ne les voyait nulle part. Et où était passé le kintango ? Il regarda en tous sens et le découvrit aux abords de la porte du djoudjouo, juste au moment où, l'ouvrant toute grande, il se tournait vers eux en criant :

— Hommes de Djouffouré, regagnez votre village !

Pendant un moment ils demeurèrent figés sur place et puis ils foncèrent avec des clameurs de joie sur le kintango et ses assistants, les empoignant, les étreignant, tandis qu'ils feignaient de se choquer de leur insolence. Ici même, quatre lunes plus tôt, juste au moment où on lui enlevait sa cagoule, Kounta aurait eu peine à croire qu'un jour viendrait où il regretterait de devoir quitter le camp, et qu'il éprouverait de l'affection pour le sévère vieillard qui se dressait alors devant eux ; et pourtant, c'était ce qu'il ressentait à présent. Puis il reporta ses pensées vers le village, et l'instant d'après il franchissait la porte du djoudjouo et filait, au milieu des autres, sur le chemin de Djouf-fouré. Ils n'avaient couvert qu'une petite distance lorsque, comme répondant à un signal inexprimé, leurs cris s'apaisèrent, leur allure se ralentit — ils pensaient à ce qu'ils laissaient derrière eux, à ce qui s'étendait devant eux. Cette fois, ils n'eurent pas besoin des étoiles pour trouver leur chemin.

25

— Haïe ! Haïe !

Aux cris d'exultation des femmes, les villageois jaillirent hors des cases, riant, dansant, claquant des mains : dans le petit matin arrivait le kafo de Kounta, et ceux qui appartenaient déjà au quatrième kafo parce qu'ils avaient atteint leurs quinze pluies au djoudjouo. Les nouveaux hommes marchaient avec lenteur et dignité, muets, impassibles — du moins en arrivant. En voyant sa mère accourir vers lui, Kounta réprima une folle envie de se jeter dans ses bras et son visage s'éclaira, mais il continua à marcher du même pas mesuré. Binta se précipita sur lui en pleurs, l'étreignant, lui caressant les joues, murmurant son nom. Très vite, il se reprit et se dégagea car, à présent, il était un homme ; mais il feignit d'être mû par le désir de voir le petit braillard qu'elle portait sur son dos. Il saisit le bébé et l'éleva bien haut.

— Et voilà mon frère Madi ! cria-t-il d'un air joyeux.

Binta, rayonnante, escorta Kounta jusqu'à sa case. Il

n'avait pas lâché le bébé et en chemin il lui faisait des risettes, roucoulait, pinçait doucement les petites joues rebondies. Il se demandait ce que faisait Omoro et où était Lamine — mais, bien sûr, le petit frère était en train de garder les chèvres. Il demeura un bon moment assis dans la case avant de remarquer qu'un des plus grands enfants du premier kafo l'y avait suivi et restait à le dévisager en s'accrochant à la robe de Binta.

— Bonjour, Kounta ! dit le petit garçon.

C'était Souwadou ! Kounta n'en revenait pas. Quand il était parti pour son initiation, Souwadou était une petite chose geignarde que l'on avait toujours dans les jambes. Voilà qu'en quatre lunes il avait énormément grandi, et il commençait à parler ; il était devenu une *personne*. Rendant le nourrisson à Binta, il souleva Souwadou et le fit sauter et sauter encore vers le plafond de la case. Le petit frère s'en étranglait de joie.

Puis Souwadou partit voir les autres « hommes », et tout fut silencieux dans la case. Débordante de joie et de fierté, Binta n'éprouvait pas le besoin de parler. Kounta, au contraire, aurait voulu lui confier qu'elle lui avait terriblement manqué, lui faire part de son bonheur d'être rentré chez lui. Mais il ne trouvait pas ses mots. Et il savait que ce n'est pas le genre de choses qu'un homme dit à une femme — même à sa mère.

— Où est mon père ? demanda-t-il enfin.

— Il est allé couper les herbes pour le toit de ta case, répondit Binta.

Dans son excitation, Kounta en avait presque oublié qu'il aurait maintenant sa propre case, puisqu'il était un homme. Sachant où se trouvait, selon Omoro, la meilleure herbe à couverture, il se hâta d'aller le retrouver. Le cœur de Kounta bondit dans sa poitrine lorsqu'il vit s'avancer à sa rencontre son père qui l'avait aperçu de loin. Ils échangèrent une poignée de main virile, les yeux dans les yeux, se regardant pour la première fois d'homme à homme. Kounta défaillait presque d'émotion, et ils demeurèrent un moment silencieux. Et puis, du ton dont il aurait parlé du temps qu'il faisait, Omoro dit qu'il avait acquis pour Kounta une case que son précédent occupant avait abandonnée en se mariant, pour construire une habitation neuve. Aimerait-il aller voir la case maintenant ? Dans un souffle, Kounta répondit que oui. Et le père et le fils partirent côte à côte, Omoro assurant plus ou moins seul la conversation, car Kounta avait encore du mal à trouver ses mots.

Les murs de terre de la case nécessitaient au moins autant de réparations que le toit. Mais Kounta n'y prêta même pas attention — car c'était sa case, tout à l'autre bout du village par rapport à celle de sa mère. Il n'était pas question, bien sûr, de montrer sa satisfaction, et encore moins d'en parler. Aussi se contenta-t-il de dire à Omoro qu'il la réparerait lui-même. Qu'il s'occupe des murs, dit Omoro à Kounta, mais lui-même voulait finir la toiture qu'il avait commencée. Sans un mot de plus, il repartit couper ses herbes, le laissant planté là, tout heureux de la simplicité avec laquelle son père avait entamé leurs relations d'hommes.

Kounta passa la plus grande partie de l'après-midi à flâner dans Djouffouré, sans se rassasier de revoir les gens et les lieux familiers, aimés : le puits du village, l'école, le baobab et le fromager. A chaque instant, quelqu'un le saluait et il comprenait seulement enfin combien tous lui avaient manqué. Il retournait à pas lents vers sa nouvelle case lorsque le frappa un tumulte familier : bêlements des chèvres, aboiements des chiens, vociférations des garçons. C'était le second kafo qui revenait de sa besogne quotidienne dans la brousse. Lamine devait être parmi eux. Kounta le cherchait fiévreusement de l'œil. Et puis Lamine le vit et, avec un grand cri, il se précipita vers lui, rayonnant. Mais, arrivé à quelques pas de son frère, il s'arrêta brusquement, surpris par la froideur de son visage. Les deux frères demeurèrent plantés à se regarder, et finalement Kounta se décida :

— Bonjour.

— Bonjour, Kounta.

Et puis ils se regardèrent bien en face. Les yeux de Lamine étincelaient de fierté, mais Kounta y décelait aussi de la peine et de l'incertitude quant à l'attitude à adopter envers cette nouvelle figure de grand frère. Kounta pensait que les choses n'auraient pas dû se passer ainsi entre eux, mais un homme doit se faire respecter, même de son frère.

Lamine rompit le silence :

— Tes deux chèvres sont pleines.

La nouvelle ravit Kounta ; il serait donc bientôt propriétaire de quatre chèvres, de cinq même si l'une faisait deux chevreaux. Mais il n'eut pas un sourire, pas une expression de surprise.

— Excellente nouvelle, dit-il plus froidement encore qu'il ne le voulait.

Ne sachant quoi dire d'autre, Lamine repartit immédiatement, en criant à ses chiens ouolos de rassembler ses chèvres qui commençaient à vagabonder.

Binta aida Kounta à s'installer dans sa nouvelle case. Elle avait l'air compassé, le visage fermé. Ses vieux vêtements ne lui allaient plus, dit-elle, ajoutant avec tout le respect souhaitable qu'elle lui en coudrait des neufs dès qu'il aurait le temps, vu ses importantes tâches, de la laisser prendre ses mesures. Il n'avait guère d'autres possessions que sa fronde, son arc et ses flèches, aussi n'arrêtait-elle pas de murmurer :

— Il te faudra ceci. (Et encore :) Cela te servira, jusqu'à ce qu'elle ait réussi à le munir de l'indispensable : une couchette, quelques récipients, un tabouret et un tapis de prière qu'elle avait tissé pendant qu'il était au djoudjouo.

Kounta accueillait chaque présent d'un grognement, comme il l'avait si souvent entendu faire à Omoro, pour signifier qu'il ne voyait pas d'inconvénient à l'avoir chez lui. Mais lorsqu'elle s'offrit à chercher s'il n'avait pas de tiques dans les cheveux, parce qu'elle avait remarqué qu'il se grattait, il refusa sans aménité, et demeura sourd aux grommellements qui suivirent son refus.

Il ne réussit à s'endormir que vers minuit, tant il était préoccupé. Et il lui sembla qu'il venait à peine de fermer les paupières lorsqu'il fut réveillé par le chant des coqs et l'appel psalmodié de l'alimamo pour la prière de l'aube à la mosquée, la première à laquelle lui et ses camarades assisteraient avec les hommes de Djouffouré. Kounta s'habilla en hâte, prit son tapis de prière et rejoignit ceux de son kafo ; inclinant la tête et serrant le tapis de prière sous leur bras — l'air d'avoir fait cela toute leur vie — ils pénétrèrent dans la sainte mosquée à la suite des villageois. Et là, ils guettèrent chaque geste, chaque parole de leurs aînés, modelant sur eux leur attitude en prenant bien garde de ne pas réciter les prières trop fort ou trop doucement.

Après les prières, Binta apporta son déjeuner au nouvel homme. Elle déposa devant Kounta le bol fumant de bouillie — qu'il accueillit d'un grognement, sans plus — et repartit en hâte. Kounta déjeuna sans plaisir, furieux à l'idée qu'elle semblait contenir son hilarité.

Puis il alla rejoindre ses camarades, qui se faisaient les yeux et les oreilles du village avec une diligence que leurs aînés ne trouvaient pas moins plaisante. Les femmes ne pouvaient plus se retourner sans tomber nez à nez avec un des nouveaux hommes, exigeant d'inspecter tous les récipients de leur cuisine. Et puis, à force de farfouiller dans les cases et partout dans le village, ils trouvèrent des centaines d'endroits passibles de réparations — tout au moins conformément à leurs rigides critères. Une douzaine d'entre eux allèrent tirer de l'eau du puits, goûtant soigneusement ce que remontait la gourde, dans l'espoir d'y déceler salinité, ou boue, ou quoi que ce soit de malsain. Leur méfiance fut déçue, mais ils remplacèrent quand même les poissons et les tortues mangeurs d'insectes que l'on gardait dans le puits pour purifier l'eau.

Les nouveaux hommes étaient partout.

— De vraies puces, grogna la vieille Nyo Boto en les voyant arriver vers le ruisseau où elle battait son linge, et Kounta fila promptement dans une autre direction.

Il se garda aussi soigneusement de se présenter en tous lieux où pourrait se trouver Binta, tout en se disant que, bien qu'elle fût sa mère, il n'avait pas à la ménager particulièrement ; et s'il y avait lieu de la traiter avec rigueur, il le ferait. C'était une femme, après tout.

26

Djouffouré n'était qu'un tout petit village, et son kafo de nouveaux hommes était si diligent que bientôt Kounta ne put trouver un toit, un mur, une calebasse, une marmite qui n'ait été inspecté, réparé, nettoyé avant son passage. Mais il en était moins déçu qu'heureux, parce qu'il pouvait ainsi consacrer plus de temps à cultiver la petite parcelle que lui avait assignée le Conseil des Anciens. Les nouveaux hommes comme lui faisaient pousser le millet ou les arachides dont ils se nourrissaient, et ils troquaient l'excédent — avec ceux qui avaient eu des récoltes insuffisantes — contre des choses indispensables. Qu'un jeune homme se montre avisé dans ses cultures, son élevage et ses trocs — en échangeant, par exemple, une douzaine de chèvres contre une génisse qui lui donnerait des veaux — et il pouvait se trouver, à vingt-cinq ans, assez richement pourvu pour songer à prendre femme et avoir des fils.

En quelques lunes seulement, Kounta avait fait de si plantureuses récoltes qu'il avait plus que suffisamment monté son ménage, à tel point que Binta en grommelait audiblement en sa présence. Avec tous ces tabourets, ces vanneries, ces nattes, ces calebasses, ces gourdes et autres objets de toute sorte, murmurait-elle, il n'avait même plus la place de bouger dans sa case. Mais il eut la bonté de ne pas relever son insolence, car ce souple matelas de bambou doublé d'une natte de roseau tressé qui lui faisait un si bon lit, elle avait passé une demi-lune à le confectionner.

Outre plusieurs talismans obtenus grâce à ses trocs, Kounta conservait dans sa case d'autres puissantes sauvegardes spirituelles : des essences parfumées de plantes et d'écorces dont, comme tous les Mandingues, il se frottait le front, les bras et les cuisses au moment du coucher. Ces essences magiques protégeaient le dormeur des esprits mauvais. Et puis ainsi il sentait bon, détail auquel Kounta commençait à songer, de même qu'à son apparence extérieure.

Mais, depuis quelques lunes, il y avait une chose qui le piquait dans son orgueil viril, l'exaspérait même, et tous ceux de son kafo ressentaient la même chose. Lorsqu'ils étaient partis pour l'initiation, ils laissaient derrière eux une bande gloussante de petites filles maigrichonnes dont les jeux étaient presque aussi brutaux que les leurs. Et voilà qu'au retour d'une absence de quatre lunes seulement, les nouveaux hommes avaient retrouvé ces fillettes, avec qui ils avaient grandi, faisant des mines, paradant en tous sens avec leurs petits seins ronds comme des mangues, leurs mines dédaigneuses, et cette façon de faire tinter boucles d'oreilles, perles et bracelets. Ce comportement stupide n'était pas encore ce qui irritait le plus Kounta et ses camarades, mais elles semblaient exclusivement préoccupées d'intéresser des hommes plus vieux qu'eux d'au moins dix pluies. Ces jeunes filles d'âge nubile — quatorze et quinze pluies — ne témoignaient que mépris ou ironie à l'égard des nouveaux hommes. Kounta et ses camarades en vinrent à être si écœurés des airs et des manières de ces filles qu'ils résolurent de s'en désintéresser totalement, tout comme des soupirants que leurs agaceries attiraient.

Mais, certains matins, Kounta se réveillait avec le foto tout dur. Bien sûr, cela lui était déjà souvent arrivé, même quand il avait encore l'âge de Lamine ; mais c'était maintenant une sensation toute différente, profonde et puissante. Et il ne pouvait se retenir d'y porter la main et de le serrer très fort. Et Kounta ne pouvait pas non plus s'empêcher de penser à une chose que lui et ses camarades avaient entendu dire — le foto des hommes pénétrait dans les femmes.

27

Il semblait à Kounta que Binta trouvait pratiquement chaque jour une occasion de l'irriter. Sans qu'elle l'exprimât par ses gestes ou ses paroles, Kounta sentait sa réprobation — à tel regard, telle intonation. Et c'était pire quand apparaissait chez lui une chose qu'il ne tenait pas d'elle. Un matin, en lui apportant sa bouillie, elle faillit lâcher l'écuelle fumante en le voyant revêtu du premier doundiko cousu par d'autres mains que celles de sa mère. Furieux de se sentir coupable, car il se l'était procuré en échange d'une peau tannée de hyène, Kounta ne lui donna pas d'explication, mais il sentit qu'elle était ulcérée.

Dès ce jour, Binta ne lui apporta plus un repas sans chercher de l'œil ce qu'il pouvait y avoir de nouveau dans la case. Qu'apparaisse un tabouret, une natte, un seau, une assiette, un pot, son regard aigu le détectait aussitôt. Kounta rageait de la voir affecter cet air d'insouciance qu'il connaissait trop bien pour l'avoir vue agir avec Omoro, lequel savait aussi bien que Kounta aujourd'hui qu'elle brûlait de courir jusqu'au puits du village, pour y gémir bien haut de ses malheurs devant ses amies — comme toutes les femmes mandingues quand elles n'étaient pas d'accord avec leur mari.

Un matin, juste avant l'arrivée de Binta avec son repas, Kounta disposa exactement devant la porte de la case, c'est-à-dire en bonne place pour qu'elle trébuche dessus, une superbe corbeille dont lui avait fait présent Djinna M'Baki, l'une des veuves du village. Celle-ci était d'ailleurs un peu plus jeune que Binta. Un jour, son mari n'était pas revenu de la chasse — cela s'était passé lorsque Kounta était encore un chevrier du second kafo. Il la connaissait déjà de vue, car elle habitait tout près de chez Nyo Boto, à qui il rendait souvent visite. Et puis, après qu'il eut grandi, ils s'étaient parlé. Ses amis l'avaient agacé en supputant plaisamment les raisons qu'avait la veuve de lui offrir une aussi jolie corbeille. Lorsque Binta arriva chez Kounta et reconnut le style de vannerie propre à la veuve, elle sursauta comme devant un scorpion — pour se reprendre bien vite.

Elle ne fit évidemment aucune allusion à l'objet, mais Kounta savait qu'elle avait compris son propos. Il n'était plus un petit garçon, et il fallait qu'elle cesse de le traiter comme tel. Il sentait que c'était à lui de la faire changer sur ce point. Ce n'était pas le genre de choses dont il irait discuter avec Omoro — pas question de se donner le ridicule de demander à Omoro comment faire pour que Binta respecte son fils à l'égal de son mari. Kounta envisagea de parler de ce problème avec Nyo Boto, et puis il lui revint qu'à son retour de l'initiation elle l'avait accueilli froidement, car il était devenu un homme.

Alors, après réflexion, il décida de ne plus jamais mettre les pieds dans la case de Binta, cette case où il avait passé la plus grande partie de sa vie. Et puis, lorsque Binta lui apportait ses repas, il restait raide et silencieux. Elle posait les aliments sur la natte devant lui et repartait sans un mot, sans même un regard. Kounta en vint sérieusement à se dire qu'il devrait trouver un autre arrangement pour ses repas. Les nouveaux hommes comme lui étaient presque tous servis par leur mère, mais pour quelques-uns c'était leur sœur aînée ou leur belle-sœur qui cuisinait. Il se dit qu'au cas où Binta empirerait encore, il trouverait une autre femme pour lui faire ses repas — peut-être la veuve qui lui avait offert la corbeille de vannerie. Sans le lui avoir demandé, Kounta était sûr qu'elle accepterait volontiers — mais il n'était surtout pas question de lui laisser seulement entrevoir qu'il y songeait. Et, en attendant, lui et sa mère continuaient à se rencontrer au moment des repas — et à faire comme s'ils ne se voyaient pas.

Un matin de bonne heure, en revenant d'une nuit de garde dans les champs d'arachides, Kounta vit à bonne distance de lui trois jeunes hommes qui avançaient sur la piste — des voyageurs, à peu près de son âge. Il les héla, et puis courut vers eux. Ils dirent qu'ils étaient du village de Barra, à un jour et une nuit de marche de

Djouffouré, et qu'ils allaient chercher de l'or. Ils appartenaient à la tribu des Féloups, rameau des Mandingues, mais il dut faire effort pour les comprendre, et eux-mêmes durent pareillement l'écouter attentivement pour saisir ses paroles. Cela rappela à Kounta sa visite au village de ses oncles, avec Omoro, lorsqu'il n'arrivait pas à comprendre le parler de certaines gens qui n'habitaient pourtant qu'à deux ou trois jours de marche de Djouffouré.

Le but de leur randonnée piquait la curiosité de Kounta. Pensant que cela intéresserait aussi certains de ses amis, il proposa aux jeunes gens d'accepter pendant une journée l'hospitalité de son village. Mais ils déclinèrent courtoisement l'invitation. Ils devaient arriver là où l'on trouvait l'or au cours du troisième après-midi après leur départ de Barra.

— Mais pourquoi ne viendrais-tu pas avec nous ? demanda l'un d'eux à Kounta.

Kounta n'avait jamais rêvé à une pareille équipée. Il se trouva abasourdi par cette offre — non, merci, il appréciait hautement leur proposition, mais il avait tant à faire aux champs, et puis il y avait encore toutes ses autres tâches.

— Si tu changes d'avis, rejoins-nous donc, dit l'un des jeunes gens.

Et, s'agenouillant dans la poussière, ils tracèrent le chemin à parcourir pour trouver l'or — depuis Djouffouré, deux jours et deux nuits de voyage. Le père d'un des garçons était musicien itinérant, et il leur avait dit où se trouvait l'endroit en question.

Kounta fit escorte à ses nouveaux amis jusqu'à l'arbre des voyageurs. Les trois jeunes gens prirent le sentier qui contournait Djouffouré ; et ils se retournèrent pour faire de grands signes à Kounta. Celui-ci revint chez lui à pas lents. Il entra dans sa case et s'étendit sur son lit en réfléchissant profondément ; et, bien qu'il n'ait pas dormi de la nuit, il n'arrivait pas à trouver le sommeil. Après tout, pourquoi ne pas aller chercher de l'or, s'il trouvait un ami pour s'occuper de ses cultures ? Au fond, il n'avait qu'à demander à certains camarades de le relayer pour la garde, et ils accepteraient volontiers — comme il l'aurait fait lui-même.

Et puis, une idée lui vint qui le fit presque bondir de son lit : puisqu'à présent il était un homme, il pourrait emmener Lamine, comme son père l'avait emmené, *lui*, Kounta. Alors, pendant une heure, il arpenta sa case, tournant et retournant cette idée exaltante. Et d'abord, est-ce qu'Omoro autoriserait ce gamin de Lamine à faire une telle randonnée ? En tant qu'homme, Kounta trouvait passablement humiliant d'avoir à solliciter une quelconque autorisation ; mais si Omoro *refusait* ? De plus, comment ses trois nouveaux amis réagiraient-ils s'il arrivait avec son petit frère ?

Et puis, pensa Kounta, pourquoi être là à piétiner, pourquoi aller au-devant d'une éventuelle humiliation, simplement pour faire plaisir à Lamine ? Après tout, depuis qu'il était revenu de l'initiation, les liens entre eux s'étaient énormément relâchés. Mais il savait que, l'un comme l'autre, ils étaient insatisfaits de cet état de choses. Quel bonheur n'avaient-ils pas eu à être ensemble, avant que Kounta parte au djoudjouo ? Mais, à présent, Lamine passait son temps avec Souwadou, qui vouait à celui-ci la même admiration que Lamine vouait naguère à Kounta. Kounta sentait qu'au fond Lamine n'avait pas changé sur ce point, si même son admiration ne s'était pas renforcée. Seulement, une sorte de distance s'était inscrite entre eux parce que Kounta était devenu un homme. Et les hommes ne perdent pas leur temps avec les gamins. Même si lui et Lamine ressentaient autrement les choses, ils n'avaient aucun moyen de renouer leurs liens. Sauf, peut-être, si Kounta emmenait Lamine chercher de l'or avec lui.

— Lamine est sérieux. Il se tient bien. Et il s'occupe parfaitement des chèvres.

Ainsi Kounta aborda-t-il la question avec Omoro, sachant qu'il fallait attaquer de biais — dans une conversation, un homme ne va pas tout droit au but. Évidemment, Omoro le savait aussi bien que lui. Opinant lentement du chef, il répondit :

— Oui, cela est vrai.

Aussi calmement que possible, Kounta raconta alors à son père la rencontre avec ses trois nouveaux amis, et mentionna leur invitation à se joindre à eux pour chercher de l'or. Enfin, il lança :

— Ce serait bien, pour Lamine, de faire cette randonnée.

Omoro demeura impassible. Il laissa s'écouler un long moment avant de répondre.

— Le voyage est une bonne chose pour un garçon, dit-il (et Kounta sut qu'en tout cas son père n'allait pas refuser catégoriquement. Il sentait qu'Omoro avait confiance en lui, mais qu'en même temps il s'inquiétait, sans le manifester plus vivement que nécessaire). Cela fait bien des pluies que je n'ai pas voyagé dans cette région. Je ne me souviens plus très clairement des pistes.

Le ton d'Omoro était parfaitement neutre. Mais Kounta savait que son père — qui n'oubliait jamais rien — le sondait pour voir s'il connaissait vraiment le chemin de l'or.

S'agenouillant dans la poussière, Kounta y traça la route avec son bâton, comme si elle lui était familière depuis des années. Il figura par des cercles les villages que suivait la piste et ceux qui s'en trouvaient à une certaine distance, de part et d'autre. Omoro, qui s'était lui aussi mis à genoux, dit à Kounta, une fois le tracé terminé :

— Le mieux est de passer par le plus grand nombre de villages. Cela allonge le chemin, mais on est plus en sécurité.

Kounta approuva de la tête, en espérant paraître plus sûr de lui qu'il ne l'était en réalité. Il pensa soudainement que ses trois nouveaux amis, en voyageant ensemble, pouvaient parer mutuellement aux fautes des autres — s'il y avait lieu. Mais lui, accompagné et responsable de son jeune frère, ne recevrait aucune aide s'il avait des ennuis.

Puis Omoro traça un cercle autour du dernier tiers de la piste.

— Dans cette zone, on ne parle guère mandingue, dit-il.

Se souvenant de ce qu'on lui avait enseigné au cours de son initiation, Kounta répondit :

— Je me guiderai sur le soleil et les étoiles.

Un long moment passa, et Omoro dit finalement :

— Je vais aller chez ta mère.

Kounta sentit son cœur bondir dans sa poitrine. Cela voulait dire que son père consentait à son projet, et qu'il estimait devoir informer lui-même Binta de sa décision.

Omoro ne s'attarda guère dans la case de Binta. A peine l'avait-il quittée pour regagner la sienne qu'elle se précipita dehors, se tenant la tête à deux mains, image de la désolation.

— Madi ! Souwadou ! hurla-t-elle, et ils quittèrent le groupe des enfants pour accourir vers elle.

Des mères et des jeunes filles sortirent de leurs cases et prirent leur course derrière Binta qui se ruait vers le puits en remorquant ses deux garçons et en poussant des cris perçants. Une fois là, elles s'attroupèrent autour de Binta qui sanglotait et gémissait qu'il ne lui restait plus que deux enfants, car les deux autres seraient bientôt la proie des toubabs.

Incapable d'attendre une minute de plus pour leur apprendre la nouvelle du voyage de Kounta et de Lamine, une fillette du second kafo courut jusqu'au pâturage où les garçons de son kafo gardaient les chèvres. Peu après, les gens de Djouffouré ne purent se retenir de sourire en voyant un gamin délirant de joie débouler dans le village, poussant des cris d'allégresse à en réveiller les ancêtres. Rattrapant Binta juste devant sa case, Lamine — qui était encore plus petit qu'elle d'une tête — l'étreignit, lui planta de gros baisers sur le front, la souleva de terre en tournoyant, tandis qu'elle poussait des clameurs pour qu'il la lâche. A peine l'eut-il reposée qu'elle courut ramasser son gourdin et lui en appliqua un bon coup. Il esquiva à temps une seconde attaque et se précipita chez Kounta. Il fit irruption dans la case sans avoir frappé — inimaginable intrusion dans la demeure d'un homme. Mais à peine eut-il entrevu le visage du garçon que Kounta décida de passer sur la chose. Lamine restait là, planté devant son grand frère. Il remuait les lèvres, essayant de dire quelque chose ; en fait, il tremblait de tous ses membres, et Kounta dut se maîtriser pour ne pas le saisir et l'étreindre, dans l'élan d'amour qu'il sentait passer entre eux. Il s'entendit lui-même dire, d'un ton presque revêche :

— Je vois que tu es déjà au courant. Nous partons demain, après la prière du matin.

Homme ou pas, Kounta évita soigneusement de passer dans les parages de Binta en allant faire de rapides visites aux amis qui allaient s'occuper de ses cultures et prendre ses tours de garde en son absence. Il pouvait d'ailleurs savoir où elle se trouvait, car elle se répandait en gémissements dans tout le village en traînant par la main Madi et Souwadou.

— Il ne me reste que ces deux-là ! clamait-elle à pleine voix.

Mais elle savait — et tout le monde, à Djouffouré, le savait — que rien de ce qu'elle pourrait dire, faire, ou ressentir n'importait, car Omoro avait parlé.

28

A l'arbre des voyageurs, Kounta fit une prière pour que leur voyage soit préservé de tout péril, et, pour qu'il soit fructueux, il pendit par une patte un poulet à une basse branche. Puis lui et Lamine s'engagèrent sur la piste, laissant derrière eux la bête qui battait des ailes et poussait des cris. Kounta n'avait pas besoin de se retourner pour savoir que Lamine s'efforçait de suivre son allure, de garder son baluchon en équilibre sur sa tête — et de ne pas attirer l'attention de Kounta sur ses efforts.

Au bout d'une heure, ils passèrent devant un arbre de petite taille, aux ramures déployées, tout enguirlandé d'une infinité de perles. Cela indiquait l'existence, à proximité, de quelques-uns des rares Mandingues qui étaient des kafirs, c'est-à-dire des païens qui prisaient le tabac ou fumaient des pipes à tuyau de bois et fourneau d'argile, et consommaient un breuvage alcoolisé à base d'hydromel. Kounta avait envie de l'expliquer à Lamine, mais il était plus important de lui inculquer la discipline de la marche en silence. Vers midi, Kounta sut que Lamine devait avoir les pieds et les jambes douloureux, et aussi le cou, à cause de son lourd fardeau. Sans doute est-ce en endurant la souffrance qu'un garçon se fortifie le corps et le cœur. Mais, en même temps, Kounta savait qu'il fallait le laisser se reposer, car, si le gamin s'effondrait de fatigue, cela le blesserait dans sa fierté.

La piste traversait un petit bois, et Kounta serra fermement sa lance, comme on le lui avait appris. Il continua d'avancer avec prudence — et puis s'arrêta et tendit l'oreille. Derrière lui, les yeux écarquillés, Lamine n'osait plus respirer. Bientôt cependant, le grand frère se détendit et reprit sa marche. Kounta avait reconnu — non sans soulagement — des voix d'hommes conjuguées dans un chant de travail. Bientôt lui et Lamine débouchèrent dans une clairière où une douzaine d'hommes étaient en train de tirer une pirogue arrimée par des cordes. Ces hommes avaient abattu un tronc d'arbre, en avaient évidé l'intérieur par brûlage et dégrossi l'extérieur avec des outils tranchants. A présent, il leur restait à faire tout le long chemin jusqu'au fleuve. Après chaque pesée sur les cordes, ils entonnaient une phrase de leur chant, se terminant toujours par : « Tous ensemble ! » et, bandant leurs forces, ils le tiraient un peu plus loin. En passant, Kounta échangea avec eux de grands signes, tout en se disant qu'il lui faudrait par la suite expliquer à Lamine qui étaient ces hommes, et pourquoi ils étaient venus tailler leur pirogue dans une forêt lointaine plutôt que de choisir un arbre au bord du fleuve. Ces hommes étaient du village de Kéréouan, où l'on fabriquait les meilleures pirogues mandingues, et ils savaient que seuls les arbres de la forêt donnent un bois qui flotte bien.

Kounta songea avec une chaude émotion aux trois jeunes hommes de Barra qu'il allait retrouver. Ils étaient pour lui comme des frères, alors qu'ils se connaissaient depuis si peu de temps. Peut-être cela venait-il de ce qu'ils étaient tous des Mandingues. Ils s'exprimaient d'une façon différente de la sienne, mais ils n'étaient pas différents *à l'intérieur*. Comme eux, il avait décidé de quitter son village pour chercher la fortune — et aussi l'aventure — et puis chacun rentrerait chez soi avant l'arrivée des grandes pluies.

Lorsque vint le moment de la prière alansaro, vers le milieu de l'après-midi, Kounta abandonna le sentier et gagna le bord d'un ruisseau serpentant au milieu des arbres. Sans regarder Lamine, il déposa son baluchon et se pencha au-dessus de l'eau pour s'asperger le visage et boire quelques gorgées. Au milieu de sa prière, il entendit tomber le baluchon de Lamine. En se relevant, sa prière terminée, il allait le réprimander, mais il se contint en le voyant se traîner jusqu'au ruisseau. Il prit pourtant un ton dur pour lui dire :

— Ne bois qu'un petit peu à la fois !

Tandis que Lamine se désaltérait, Kounta décida de lui accorder une heure de pause, pas plus. Quand il aurait avalé un peu de nourriture, pensa-t-il, Lamine pourrait continuer la marche jusqu'à la prière fitiro, celle du crépuscule ; à ce moment-là, ils dîneraient solidement et s'accorderaient une très nécessaire nuit de repos.

Mais Lamine était trop épuisé pour manger. Il gisait à plat ventre devant le ruisseau, endormi. Kounta vint lui examiner la plante des pieds, mais il ne s'était pas encore blessé au point de saigner. Après avoir lui-même fait un somme, Kounta tira de la viande séchée de son baluchon et réveilla Lamine. Les deux frères mangèrent leur part de viande et se remirent en chemin. Kounta reconnaissait tous les détours de la piste et les points de repère qu'avaient indiqués les jeunes gens de Barra. Aux abords d'un village, ils virent deux grand-mères et deux fillettes accompagnées de quelques enfants du premier kafo qui s'affairaient, avec des gestes vifs, à attraper des crabes dans un ruisseau.

Peu avant le crépuscule, alors que Lamine rattrapait

de plus en plus fréquemment son baluchon chancelant, Kounta vit, au-dessus de sa tête, une grosse pintade mâle qui tournoyait avant de se poser. Il fit brusquement halte et se mit à couvert, tandis que Lamine tombait à genoux sous un buisson. Pinçant les lèvres, Kounta imita l'appel de cet oiseau à la saison de l'accouplement, et bientôt surgirent, avec des frissonnements d'ailes et des dandinements, plusieurs femelles dodues. Le cou tendu, la tête agile, les pintades cherchaient leur congénère mâle, lorsqu'une flèche décochée par Kounta transperça l'une d'elles. Lui arrachant la tête, il laissa la bête se vider de son sang et la mit à rôtir ; pendant ce temps, il confectionna un abri pour la nuit et fit la prière. Il mit aussi à griller des épis de maïs sauvage qu'il avait cueillis en chemin et ne réveilla Lamine qu'au dernier moment. A peine celui-ci eut-il englouti son dîner qu'il s'endormit de nouveau sous l'auvent de branchage installé par Kounta, au sol tapissé d'une moelleuse mousse.

Kounta demeura assis dans l'air tranquille de la nuit, les bras autour des genoux. Le jappement des hyènes s'éleva — elles n'étaient pas loin. Il s'amusa pendant un moment à reconnaître les autres bruits de la forêt. Et puis il entendit monter au loin le triple appel mélodieux d'une corne. C'était l'alimamo du prochain village qui annonçait la prière du soir en soufflant dans une défense d'éléphant. Il aurait voulu que Lamine entendît comme lui ce cri obsédant, presque humain, mais il vit avec un sourire qu'il dormait comme une masse. Alors, Kounta pria et s'endormit.

Ils arrivèrent en vue du village en question peu après le lever du soleil, et, en entendant le martèlement cadencé des pilons des femmes, Kounta se sentit monter aux lèvres la saveur de la bouillie matinale ; mais ils ne s'arrêtèrent pas. Ils rencontrèrent bientôt un autre village où ils virent, en le contournant, les hommes sortant de la mosquée et les femmes qui s'affairaient autour de leur foyer de cuisine. Plus loin encore, Kounta aperçut de loin un vieillard assis au bord de la piste. Il était plié en deux, brassant en tous sens une jonchée de cauris sur une natte de bambou et marmonnant. Soucieux de ne pas l'interrompre, Kounta allait continuer son chemin, mais le vieillard leva la tête et les héla.

Il leur dit, d'une voix chevrotante et aiguë :

— Je viens du village de Kootacounda, dans le royaume de Wooli, là où le soleil se lève au-dessus de la forêt de Simbani. Et vous, d'où venez-vous ?

Kounta répondit qu'ils venaient de Djouffouré, et le vieillard hocha la tête en disant qu'il en avait entendu parler. Il consultait ses cauris, expliqua-t-il, pour savoir ce qui allait lui arriver sur le chemin de Tombouctou.

— Que je veux voir avant de mourir, ajouta-t-il. Les voyageurs accepteraient-ils de l'aider ?

— Nous sommes pauvres, mais nous partageons de grand cœur avec vous, grand-père, répondit Kounta.

Et, déposant son baluchon, il en sortit de la viande séchée qu'il offrit au vieillard. Celui-ci la serra dans sa robe en le remerciant.

Puis, les regardant attentivement, il demanda :

— Vous êtes frères, et vous êtes partis en randonnée ?

— Oui, grand-père, répondit Kounta.

Ramassant deux cauris, le vieillard dit à Kounta :

— C'est très bien ! Ajoute celui-ci à ta carnassière ; (et, tendant l'autre à Lamine :) garde-le pour le mettre sur ta carnassière quand tu seras un homme.

Les frères le remercièrent, et il appela sur eux la bénédiction d'Allah.

Ils marchaient depuis un bon moment lorsque

Kounta estima qu'il était temps de rompre le silence qu'il imposait à Lamine. Alors, sans s'arrêter ni se retourner, il lui expliqua :

— Vois-tu, petit frère, une légende dit que la ville où se rend le vieillard doit son nom à des Mandingues qui y étaient venus et qui, y voyant un insecte inconnu d'eux, l'appelèrent « Toumbo Koutou », c'est-à-dire « nouvel insecte ».

Lamine demeurant muet, Kounta se retourna ; l'enfant était loin en arrière, s'efforçant de reficeler son baluchon qui s'était éventré en tombant. En revenant sur ses pas, Kounta comprit qu'à force de remettre en équilibre sur sa tête le fardeau chancelant, Lamine en avait relâché les attaches. Tandis qu'il réarrangeait le baluchon, il s'aperçut que son frère avait les pieds en sang, comme cela était inévitable, il se garda d'en parler. Les larmes vinrent aux yeux de Lamine lorsqu'il rechargea son fardeau — et ils repartirent. Kounta s'en voulait terriblement de ne pas avoir senti que Lamine n'était plus derrière lui — et si le garçon était resté en chemin ?

Peu de temps après, Lamine poussa un cri étouffé. Croyant qu'il avait marché sur une épine, Kounta se retourna : son frère avait les yeux levés vers une grosse panthère aplatie sur une branche en surplomb au-dessus de la piste — un instant plus tard, et ils auraient passé dessous. La bête lança un crachement, et puis se coula paresseusement dans les branches de l'arbre et disparut. Kounta reprit la marche, mais il était inquiet, furieux, honteux. Comment était-il possible qu'il n'ait pas vu la panthère ? Il y avait toutes chances pour que la bête elle-même n'ait pas voulu être détectée ; elle n'aurait pas sauté sur eux, car, à moins d'être terriblement affamés, les félins attaquent rarement de jour, et en plus n'attaquent pratiquement jamais les hommes sauf s'ils sont traqués, provoqués ou blessés. Mais il revoyait brusquement sa chèvre éventrée par une panthère, lorsqu'il était chevrier. Et il pouvait presque entendre la voix du kintango :

— Le chasseur doit avoir les sens aiguisés. Il doit entendre ce que les autres n'entendent pas, sentir ce qu'ils ne sentent pas. Il doit voir dans l'obscurité.

Mais il avait laissé vagabonder sa pensée, et c'était Lamine qui avait vu la panthère. Ses plus graves ennuis lui étaient venus de cette mauvaise habitude, et il devait absolument s'en débarrasser. Sans ralentir l'allure, il ramassa un caillou, cracha trois fois dessus et le lança loin derrière eux dans le sentier qu'ils avaient foulé, laissant ainsi en arrière les esprits du malheur.

Au fur et à mesure qu'ils avançaient sous le soleil brûlant, le paysage se modifiait : aux arbres de la forêt succédaient les palmiers à huile et, en longeant des ruisseaux assoupis et boueux, ils contournaient des villages poussiéreux, étouffés de chaleur. Comme à Djouffouré, des bandes de gamins du premier kafo criaient et caracolaient, les hommes s'attardaient sous le baobab et les femmes bavardaient près du puits. Mais Kounta s'étonna de voir que ces gens laissaient les chèvres errer autour d'eux, avec les chiens et les poules, au lieu de les mener paître à l'extérieur ou de les renfermer dans un enclos comme dans son village. Il en conclut qu'ils devaient être différents de ceux de Djouffouré, et bizarres.

Ils traversèrent une région nue, à l'exception de baobabs aux bizarres silhouettes qui constellaient le sol sableux de leurs graines sèches. Quand venait le moment de la prière, ils faisaient une pause, mangeaient légèrement, et Kounta vérifiait les attaches du baluchon de Lamine ; les pieds du gamin ne saignaient presque plus. Et, après être passés par tous les embranchements indiqués par les jeunes gens de Barra, ils arrivèrent devant l'énorme baobab creux qu'ils avaient décrit. Pour que l'arbre soit finalement mort, il devait avoir vécu des centaines de pluies, pensa Kounta, et il raconta à Lamine ce que ses amis lui avaient dit :

— A l'intérieur de cet arbre repose un griot.

Il lui expliqua que les griots ne sont jamais enterrés comme les autres gens, mais déposés dans des baobabs creux, car ces arbres et les récits renfermés dans la tête des griots sont pareillement éternels.

— Nous approchons, maintenant, dit Kounta, et il regretta de ne pas avoir encore fabriqué le tambour auquel il songeait depuis si longtemps, car il aurait pu alors s'annoncer à ses amis.

Le soleil était déjà très bas lorsqu'ils atteignirent les fosses argileuses. Les trois jeunes gens étaient là.

— Nous sentions que tu viendrais, s'écrièrent-ils, tout heureux de le voir.

Quant à Lamine, ils l'ignorèrent, comme ils auraient ignoré leur frère du deuxième kafo. Ils bavardèrent avec animation, et les trois jeunes gens montrèrent fièrement les minuscules grains d'or qu'ils avaient trouvés. Le lendemain, Kounta et Lamine se mirent à l'ouvrage au point du jour. Ils détachaient de grosses mottes d'une argile gluante et les jetaient dans de grandes calebasses pleines d'eau. Il fallait ensuite faire tourner le mélange et, après avoir laissé s'écouler lentement l'eau boueuse, explorer soigneusement le fond de la calebasse du bout du doigt pour y trouver les grains d'or qui pouvaient s'y être déposés. De temps en temps ils en recueillaient un de la taille d'un grain de millet, ou un peu plus gros. Ils travaillaient fiévreusement, sans un mot. Lamine en oubliait ses courbatures. Les précieux grains d'or étaient déposés, l'un après l'autre, dans le tuyau d'une grande plume d'aile de pigeon, bouché une fois plein par un brin de coton.

Kounta et Lamine avaient déjà amassé six pleins tuyaux lorsque les jeunes gens annoncèrent qu'ils avaient terminé leur propre quête. A présent, ils allaient pousser vers l'intérieur du pays, pour trouver des défenses d'éléphants. Il arrive, leur avait-on dit, que les vieux éléphants se cassent une défense en essayant de déraciner les arbustes et les gros buissons dont ils se nourrissent. Ils avaient aussi entendu parler de cimetières secrets d'éléphants — pour celui qui les découvrait, c'était la fortune. Kounta voulait-il les accompagner ? Quelle tentation pour lui ! Cela semblait encore plus passionnant que de chercher de l'or. Mais avec Lamine c'était impossible. Le cœur gros, il les remercia de leur offre — mais il devait rentrer chez lui avec son frère. Ils se séparèrent après de chaleureuses déclarations d'amitié, non sans que Kounta leur ait fait promettre de s'arrêter à Djouffouré lorsqu'ils regagneraient Barra.

La route du retour parut plus courte à Kounta. Lamine avait les pieds encore plus ensanglantés qu'à l'aller, mais il hâta le pas une fois que Kounta lui eut confié les petits tuyaux d'or, en lui disant :

— Ils vont faire plaisir à ta mère.

Le bonheur de Lamine n'était pas plus grand que celui qu'éprouvait Kounta d'avoir emmené son frère en voyage, comme Omoro l'avait fait pour lui — et comme Lamine emmènerait un jour Souwadou, et Souwadou emmènerait Madi. Alors qu'ils étaient déjà en vue de l'arbre des voyageurs de Djouffouré, il entendit le baluchon de Lamine heurter le sol. Il se retourna, furieux, mais devant l'expression suppliante de son frère il se contenta de lui lancer sèchement :

— Entendu, tu reviendras le chercher plus tard !

Lamine ne répondit pas et fila aussi vite que pouvaient le porter ses maigres jambes.

Lorsque Kounta franchit la porte du village, une

foule bruyante de femmes et d'enfants s'était déjà attroupée autour de Binta qui, rayonnante de bonheur et de soulagement, plantait dans ses cheveux les six tuyaux d'or. Le regard de chaude tendresse qu'ils échangèrent n'était pas seulement celui des retrouvailles entre une mère et son grand fils revenant d'un voyage. Les femmes eurent bientôt fait d'informer tout Djouffouré de ce que les deux fils aînés des Kinté avaient rapporté.

— Il y a une vache sur la tête de Binta ! s'écria une grand-mère, et toutes les femmes de reprendre ces mots à l'unisson — car, en vérité, Binta avait sur la tête assez d'or pour acheter une vache.

— Tu t'es bien comporté, dit simplement Omoro lorsqu'ils se retrouvèrent face à face.

Mais l'émotion qui passait entre eux était encore plus forte qu'avec Binta. Au long des jours qui suivirent, les anciens qui rencontraient Kounta dans le village lui parlaient et lui souriaient d'une façon particulière, et il leur répondait posément et respectueusement. Même les camarades de Souwadou — les petits du deuxième kafo — saluaient Kounta comme un adulte, en disant :

— Paix ! les paumes croisées sur la poitrine.

Et il ressentit enfin la fierté d'être considéré comme un homme par sa mère, le jour où il entendit par hasard Binta dire :

— Les deux hommes que je nourris.

A présent, non seulement Kounta n'avait plus d'objections à recevoir ses repas de Binta, mais il la laissait même lui chercher les tiques dans la tête, service qu'elle avait été ulcérée de lui voir refuser.

Il lui rendait à nouveau visite dans sa case. De son côté, Binta était immanquablement souriante, et il lui arrivait de chantonner en faisant sa cuisine. Kounta lui demandait d'un air dégagé s'il pouvait lui être utile ;

elle acceptait volontiers, et il s'exécutait aussitôt. Si Lamine et Souwadou jouaient trop bruyamment, un seul regard de Kounta les ramenait au calme. Et encore, un des grands plaisirs de Kounta était de faire sauter Madi en l'air et de le rattraper au vol — pour la plus grande joie du marmot. Quant à Lamine, son grand frère venait immédiatement après Allah. Il s'occupait des sept chèvres de Kounta — excellentes reproductrices — comme si elles étaient en or, et l'aidait assidûment à cultiver sa parcelle de millet et d'arachides.

Lorsque Binta avait besoin d'être tranquille pour faire quelque chose, Kounta la débarrassait des trois petits et elle souriait sur le seuil de sa case en les regardant s'éloigner, Madi juché sur l'épaule de Kounta, Lamine sur ses talons — fier comme un coq — et Souwadou, envieux, fermant la marche. Kounta y prenait tant plaisir qu'il se surprenait à désirer une famille bien à lui. Mais pas avant que le moment n'en soit venu, se disait-il ; et ce moment était encore lointain.

29

Comme les nouveaux hommes étaient admis à le faire lorsque leurs devoirs leur en laissaient le loisir, Kounta et ceux de son kafo siégeaient dans le dernier cercle du Conseil des Anciens, qui se réunissait une fois par lunaison sous le vieux baobab de Djouffouré. En voyant les six anciens installés côte à côte sur des peaux de bête, Kounta trouvait qu'ils semblaient aussi vieux que l'arbre et comme sculptés dans l'ébène, tant le noir de leur peau tranchait sur la blancheur de leurs longues robes et de leurs calottes. En face d'eux prenaient place ceux qui avaient des difficultés ou des disputes à leur soumettre. Derrière les solliciteurs venaient, par rang d'âge, les aînés — Omoro en faisait partie — et, après eux, les nouveaux hommes du kafo de Kounta. Et, *encore derrière* ceux-là, c'était la place des femmes ; mais celles-ci s'y montraient rarement, sauf s'il s'agissait d'une affaire concernant un de leurs proches. Et pour que — suprême rareté — *toutes* les femmes soient présentes, il fallait vraiment que le débat puisse alimenter des commérages pimentés.

Pas une femme n'assistait au Conseil lorsqu'il se réunissait pour discuter de questions purement administratives, des relations de Djouffouré avec d'autres villages, par exemple. En revanche, le jour où se traitaient les affaires du village ou des litiges entre villageois, l'assistance était nombreuse et bruyante. Mais le silence se faisait instantanément dès que le doyen des anciens levait son bâton orné de perles pour frapper sur le tambour le nom du premier à comparaître — les plus âgés passaient en premier, et ainsi de suite. L'appelé se levait, exposait son affaire et se rasseyait. Les anciens, qui l'avaient écouté sans l'interrompre, pouvaient alors le questionner.

S'il s'agissait d'un litige, l'autre partie énonçait sa propre version des faits, était à son tour questionnée, et puis les anciens leur tournaient le dos et entamaient des délibérations qui pouvaient être fort longues. Parfois, l'un d'eux se retournait pour poser une question supplémentaire. Enfin ils faisaient à nouveau tous face à l'assistance ; sur un signe de l'un d'entre eux, l'appelé se levait, le doyen énonçait la décision du Conseil, et l'on tambourinait le nom suivant.

Même pour un nouvel homme comme Kounta, la plupart des affaires traitées étaient chose courante. Des gens qui venaient d'avoir un enfant demandaient un plus grand champ et une plus grande rizière pour le mari et pour la femme — requêtes qui étaient presque toujours aussitôt satisfaites, de même que l'attribution de terres cultivables aux célibataires comme Kounta et ses camarades. Au cours de leur initiation, le kintango leur avait enjoint de ne pas manquer une assemblée du Conseil des Anciens, sauf obligation majeure, car les décisions rendues les instruiraient progressivement jusqu'au moment où eux aussi seraient devenus des anciens. La première fois qu'il avait assisté au Conseil, Kounta avait regardé Omoro, assis bien en avant de lui, en se demandant combien de centaines de décisions son père avait emmagasinées dans sa tête alors qu'il n'était même pas encore lui-même un aîné.

A cette occasion justement, il y avait une question agricole en litige. Deux hommes revendiquaient la propriété des fruits que donnaient des arbres plantés par le premier sur une parcelle attribuée par la suite au second — la famille du premier ayant diminué en nombre. Le Conseil des Anciens adjugea les fruits au premier en disant :

— S'il n'avait pas planté les arbres, il n'y aurait pas eu de fruits.

Par la suite, Kounta vit souvent porter devant le Conseil certains types d'affaires. Ainsi il y avait la détérioration ou la perte, par celui qui l'avait emprunté, d'un objet précieux et tout neuf, au dire de celui qui l'avait prêté. Si l'emprunteur n'avait pas de témoins pour réfuter cette affirmation, il devait payer ou remplacer l'objet estimé à sa valeur d'article neuf. Kounta vit aussi des gens furieux qui en accusaient d'autres de leur avoir occasionné des malheurs par leurs maléfices. Un homme affirma être tombé gravement malade parce qu'un autre l'avait effleuré avec un ergot de coq. Une jeune épouse déclara que sa belle-mère avait dissimulé dans sa cuisine des rameaux de

174

bouréine — depuis, ce qu'elle cuisinait était immangeable. Et une veuve dit qu'un vieillard dont elle avait repoussé les avances avait semé sur ses pas des coquilles d'œuf, alors elle ne pouvait plus marcher sans avoir des ennuis — et elle en énuméra la longue liste. Si les motifs et les résultats de pratiques maléfiques étaient suffisamment avérés, le Conseil ordonnait que le magicien le plus proche soit aussitôt convoqué à Djouffouré par le tam-tam, pour venir annuler l'influence néfaste par ses propres pratiques, aux frais du malveillant.

Kounta vit des débiteurs contraints au remboursement, même s'il leur fallait pour cela vendre tout ce qu'ils possédaient ; et, s'ils ne possédaient rien, ils devaient servir d'esclaves au créancier jusqu'à extinction de leur dette. Il vit des esclaves accuser leurs maîtres de cruauté, ou de les nourrir mal, de les loger mal, ou encore d'avoir pris plus que la moitié du fruit de leur travail. D'un autre côté, des maîtres venaient accuser leurs esclaves de les frustrer de ce qui leur revenait en dissimulant une partie de leur production, ou de ne pas fournir assez de travail, ou de casser volontairement les outils agricoles. Kounta vit le Conseil peser soigneusement les preuves dans ces sortes d'affaires, et tenir également compte de la réputation de chacune des parties dans le village, et il n'était pas rare que celle de l'esclave fût bien supérieure à celle du maître !

Maître et esclave ne venaient d'ailleurs pas toujours devant le Conseil pour se plaindre. Kounta en vit par exemple demander conjointement que l'esclave soit autorisé à entrer par mariage dans la famille du maître. De toute façon, un couple ne pouvait pas se marier sans la permission du Conseil. Des liens de parenté trop proches entre éventuels mariés entraînaient immédiatement un refus ; mais, pour les autres, il y avait encore une période d'attente d'une lune entre la requête et la réponse, durant laquelle les villageois devaient aller discrètement informer l'un des anciens de tout ce qu'ils savaient — flatteur ou non — des futurs respectifs. Avaient-ils toujours fait preuve d'une bonne éducation depuis l'enfance ? Avaient-ils été une source anormale d'ennuis pour les autres, y compris pour leur famille ? Avaient-ils jamais montré une propension à agir de façon regrettable, par exemple à tricher ou à ne pas dire l'entière vérité ? La jeune fille était-elle irascible, raisonneuse ? Avait-on vu l'homme battre sauvagement ses chèvres ? Dans ce cas, le mariage n'était pas autorisé, car une telle personne risquait de transmettre ces traits à ses enfants. Mais Kounta savait déjà, bien avant d'assister au Conseil des Anciens, que la plupart des promis recevaient l'autorisation de se marier parce que leurs familles respectives s'étaient déjà elles-mêmes préoccupées de savoir tout cela avant de consentir à leur éventuelle union.

Les assemblées du Conseil apprirent cependant à Kounta que parfois les parents n'avaient pas réussi à savoir tout ce que les gens allaient confier aux anciens. Kounta vit ainsi refuser sans appel un mariage parce qu'un témoin apprit au Conseil que le futur, quand il était encore chevrier, lui avait dérobé une corbeille, en croyant ne pas être vu. Si le témoin n'avait pas alors dévoilé la faute, ç'avait été par pitié pour celui qui n'était encore qu'un gamin ; l'aurait-il fait, que le garçon aurait eu la main coupée, conformément à la loi. Kounta demeura figé lorsque le jeune voleur, fondant en sanglots, avoua en balbutiant son forfait devant ses parents horrifiés, tandis que la jeune fille qu'il voulait prendre pour épouse éclatait en hurlements. Le jeune homme disparut peu après de Djouffouré, et nul ne sut jamais rien de lui.

Après avoir assisté pendant plusieurs lunes aux assemblées du Conseil, Kounta en vint à penser que la plupart des problèmes exposés devant les anciens concernaient des gens mariés — et surtout lorsqu'un homme avait deux, trois ou quatre femmes. Le plus souvent, ces hommes venaient se plaindre d'un adultère, et lorsque des témoignages extérieurs ou autres preuves solides le corroboraient, l'homme contre qui plaidait le mari avait devant lui de bien pénibles perspectives. Que le mari bafoué soit pauvre et le coupable riche, et le Conseil pouvait décider que ce dernier offrirait, une par une, toutes ses possessions, jusqu'à ce que le mari offensé déclare :

— Cela me suffit — parfois lorsque l'autre aurait entièrement vidé sa case.

Mais lorsque, comme il arrivait le plus souvent, offenseur et offensé étaient pauvres, le Conseil pouvait décréter que le premier se ferait l'esclave du second pendant une période de temps estimée compenser, en valeur, le préjudice subi. Et Kounta n'entendit pas sans frémir, s'agissant d'un récidiviste de l'adultère, les anciens fixer le jour et le lieu où il recevrait sur le dos, de la main du dernier mari outragé, trente-neuf coups de fouet, selon l'antique règle musulmane, « de quarante, l'on retire un ».

A entendre les époux offensés exposer leurs griefs devant le Conseil, Kounta sentait s'attiédir ses idées de mariage. Les maris accusaient les épouses d'irrespect, de paresse, de refus du devoir conjugal lorsque venait leur tour, ou simplement d'être impossibles à vivre. Si l'épouse ne pouvait présenter de solides arguments contraires et des témoins pour les confirmer, le verdict des anciens prescrivait au mari d'aller placer trois objets appartenant à sa femme devant la case de cette dernière et de proférer trois fois devant des témoins :

— Je divorce d'avec toi !

Mais, pour les épouses, le grief le plus sérieux — et, si les villageoises en avaient eu vent, elles assistaient toutes à la séance — était que le mari ne se conduisait pas en homme, c'est-à-dire qu'il manquait de puissance virile au lit. Dans ce cas, les anciens nommaient en guise d'arbitres trois personnes de grand âge : une dans la famille de l'épouse, une dans celle du mari et une choisie parmi les anciens. Au jour dit, ces vieillards assistaient aux ébats conjugaux. Si deux d'entre eux donnaient raison à l'épouse, le divorce lui était accordé et sa famille conservait les chèvres qu'elle avait reçues pour prix de la fiancée ; mais s'ils étaient deux à estimer que le mari faisait correctement son devoir, non seulement celui-ci récupérait les chèvres, mais encore il avait le droit de battre sa femme et, s'il le désirait, de divorcer.

Mais une affaire entre toutes passionna Kounta et ses camarades, car elle concernait deux des garçons les plus âgés de leur kafo et deux des veuves de Djouffouré les mieux pourvues. La question avait suscité maints commérages et chuchotements, et le jour où elle fut portée devant le Conseil presque tout le village vint y assister. On commença, comme il se doit, par les décisions concernant les plus vieux solliciteurs. Puis fut appelée l'affaire Dembo Dabo et Kadi Tamba : il y avait plus d'une pluie que ces deux-là avaient divorcé, et voilà qu'ils se présentaient main dans la main, tout sourires, en demandant au Conseil l'autorisation de se remarier. Mais la déception se peignit sur leurs visages en entendant l'arrêt :

— Vous avez insisté pour divorcer ; vous n'êtes donc pas autorisés à vous remarier avant d'avoir eu, chacun de votre côté, un autre conjoint.

La décision suscita des exclamations étouffées dans les rangs éloignés, mais déjà le tambour annonçait la comparution suivante :

— Touda Tamba et Kalilou Conteh ! Fanta Bédeng et Séfo Kéla !

Les deux membres du kafo de Kounta et les deux veuves se levèrent. La plus grande des deux prit la parole au nom de tous, ayant apparemment bien préparé sa déclaration mais tout de même nerveuse.

— Touda Tamba avec ses trente-deux pluies, et moi avec mes trente-trois pluies, nous n'avons plus guère de chances de trouver à nous remarier, dit-elle, et elle demanda au Conseil de consentir à la tériya entre elles et Séfo Kéla et Kalilou Conteh, c'est-à-dire que chacune ferait la cuisine d'un des garçons et coucherait avec lui.

Les anciens leur posèrent diverses questions — les veuves répondant avec assurance, les amis de Kounta avec une timidité qui contrastait avec leur habituelle audace. Puis les anciens se retournèrent pour conférer entre eux. L'assistance attendit la décision dans un silence haletant. Enfin, ils firent face à l'assistance et le doyen prit la parole :

— Allah y consentirait ! Vous, les veuves, vous aurez ainsi l'usage d'un homme, et vous, les nouveaux hommes, acquerrez une expérience précieuse pour votre futur mariage.

De son bâton, l'ancien frappa deux coups secs contre le corps du tambour et lança un coup d'œil furieux en direction des femmes qui, dans le fond, bourdonnaient de commentaires. Quand elles eurent enfin fait silence, le nom suivant fut appelé :

— Djankeh Djallon !

Celle-ci passait en dernier, car elle n'avait que quinze pluies. Djankeh Djallon avait été enlevée par les toubabs et, quand elle avait réussi à leur échapper, tout Djouffouré avait dansé et festoyé pour saluer son retour. Seulement, quelques lunes plus tard, elle était enceinte, et les commérages étaient allés bon train car elle n'avait pas de mari. Jeune et forte comme elle était, elle aurait encore pu trouver un homme âgé qui la prît pour troisième ou quatrième épouse. Mais le bébé était venu au monde avec des cheveux bizarres et une peau anormalement claire. Depuis lors, les gens baissaient les yeux et s'empressaient de filer dès que Djankeh Djallon se montrait. Et maintenant, les yeux noyés de larmes, elle se tenait devant le Conseil : que devait-elle faire ? Cette fois, les anciens ne conférèrent pas entre eux. Le doyen répondit qu'il leur fallait peser la question — une question grave et difficile — jusqu'à l'assemblée de la prochaine lune. Et, là-dessus, les anciens levèrent la séance.

Troublé et quelque peu déçu par la façon dont elle s'était terminée, Kounta ne bougea pas pendant un bon moment. Ses camarades et le reste de l'assistance étaient déjà presque tous repartis vers leur case — en commentant avec animation les décisions du Conseil. Les idées se pressaient encore dans sa tête lorsque Binta lui apporta son dîner, et ils n'échangèrent pas un mot. Enfin, comme il était de garde cette nuit-là, il prit ses armes — lance, arc et flèches — et, accompagné de son chien ouolo, courut prendre son poste à l'extérieur du village. Mais il continuait à songer à toutes ces choses : le bébé à la peau claire et à la bizarre chevelure, l'homme étrange qui l'avait engendré, et est-ce que Djankeh Djallon aurait été mangée par les toubabs si elle n'avait pu leur échapper ?

30

Au-dessus des champs d'arachides baignés de lune, Kounta grimpa au poteau échancré d'entailles et s'installa sur la plate-forme de guet, jambes croisées. Il posa ses armes à côté de lui, y compris la hache avec laquelle, le lendemain matin, il couperait enfin le bois du tambour qu'il voulait confectionner depuis si longtemps. Au sol, son chien ouolo trottait dans tous les sens en humant les pistes. Kounta se souvenait des premières lunes où il avait monté la garde, il y avait de cela plusieurs pluies. Au plus léger bruit — un rat filant dans l'herbe — il empoignait sa lance. Toute ombre lui semblait un singe, tout singe une panthère, toute panthère un toubab. Et puis ses yeux et ses oreilles s'étaient aiguisés. Il parvint à distinguer le grondement du lion de celui du léopard. En revanche, il avait été longtemps incapable d'une vigilance de tous les instants. Lorsqu'il se laissait envahir par ses pensées, ce qui lui arrivait fréquemment, il en oubliait l'endroit où il se trouvait et la mission qu'il devait remplir. Mais il avait finalement appris à faire deux parts dans son esprit, l'une demeurant aux aguets, l'autre s'abandonnant à ses réflexions personnelles.

Cette nuit-là, il pensait à la tériya accordée par le Conseil des Anciens à ses deux amis. Cela faisait des lunes qu'ils en parlaient à Kounta et aux autres, mais personne ne croyait vraiment qu'ils présenteraient leur demande au Conseil. Et à présent c'était chose faite. En ce moment même, pensait-il, ils sont peut-être en train de pratiquer la tériya dans le lit des veuves. Il essayait de se représenter comment ça se passait.

Le peu que Kounta savait de ce que les femmes ont sous leur robe, c'était ce qu'on en racontait dans son kafo. Il n'ignorait pas qu'au cours des négociations en vue des mariages les pères devaient garantir que leurs filles étaient vierges pour obtenir le meilleur prix de la fiancée. Et encore autre chose, il était souvent question de sang à propos des femmes. Elles en perdaient tous les mois, et aussi quand elles accouchaient, et puis la nuit de leur mariage. Tout le monde savait que le lendemain matin les mères des nouveaux mariés venaient chercher dans un panier la cotonnade blanche sur laquelle ils avaient dormi ; elles allaient montrer le linge sanglant — preuve de la virginité de la jeune fille — à l'alimamo, et celui-ci faisait alors seulement le tour du village en tambourinant les bénédictions d'Allah sur cette union. Kounta savait aussi que, si le linge ne portait pas de traces de sang, le nouveau marié quittait avec fureur sa case et, les mères étant témoins, criait trois fois pour être entendu de tous :

— Je divorce d'avec toi !

Mais rien de cela n'existait dans la tériya. Simplement un nouvel homme dormait avec une veuve consentante et mangeait sa cuisine. Kounta s'attarda un moment sur la façon dont Djinna M'Baki l'avait ouvertement regardé après la clôture du dernier Conseil. Sa main se porta presque malgré lui à son foto durci, mais il combattit l'envie qu'il éprouvait de le frotter, car ç'aurait été comme s'il cédait au vouloir de cette veuve, circonstance dont la simple évocation le gênait. Il ne souhaitait pas vraiment échanger avec elle cette chose visqueuse, mais il avait absolument le droit, en tant qu'homme, de *penser* à la tériya — dont les anciens avaient montré qu'elle n'était pas chose honteuse.

Le souvenir lui revint de jeunes filles qu'il avait vues dans un village, en revenant avec Lamine de leur randonnée vers l'or. Toutes superbement noires, les seins hauts, les cheveux finement nattés, elles étaient une dizaine avec leurs robes collantes, leurs perles et leurs bracelets. Elles s'étaient comportées de façon si bizarre en le voyant passer que Kounta avait été long à comprendre que si elles feignaient de ne pas s'intéresser à lui, c'était parce qu'elles voulaient qu'il s'intéres-sât à *elles*.

« Avec les femmes, pensa-t-il, on s'y perd. » A Djouf-fouré, les filles de cet âge-là faisaient si peu attention à lui qu'elles ne se donnaient même pas la peine de *ne pas* le regarder. Était-ce qu'elles le connaissaient trop bien ? Ou parce qu'il était beaucoup plus jeune qu'il ne le paraissait — trop jeune pour être digne de leur intérêt ? Les filles de l'autre village avaient probable-ment pensé qu'un voyageur accompagné d'un petit garçon ne pouvait avoir moins de vingt ou de vingt-cinq pluies. Elles l'auraient dédaigné si elles avaient su qu'il n'en avait que dix-sept. D'un autre côté, la veuve qui avait jeté son dévolu sur lui n'ignorait pas sa jeunesse. Après tout, il avait peut-être de la chance de ne pas être plus vieux, pensa Kounta, parce qu'alors les filles de Djouffouré se comporteraient à son égard comme celles du village en question, et il savait qu'elles n'avaient en tête qu'une idée : le mariage. Au moins, à l'âge qu'avait Djinna M'Baki, elle ne pouvait plus prétendre qu'à la tériya. Mais pourquoi un homme se mariait-il s'il lui était possible, tout en restant célibataire, d'avoir une femme pour sa cuisine et pour son lit ? Il devait y avoir une raison à cela. Peut-être était-ce parce qu'un homme ne pouvait avoir des fils qu'en se mariant. Une bonne chose, les fils. Mais que pourrait-il leur apprendre tant qu'il n'aurait pas vécu assez longtemps pour savoir quelque chose du monde — pas seulement ce qu'il tenait de son père, et de l'arafang, et du kintango, mais ce qu'il en aurait exploré par lui-même, à l'exemple de ses oncles ?

Ses oncles n'étaient même pas encore mariés, alors qu'ils étaient plus vieux que son père, et que la plupart des hommes de leur âge avaient déjà une deuxième femme. Est-ce qu'Omoro y songeait, lui aussi ? L'idée fit sursauter Kounta. Comment sa mère prendrait-elle la chose ? En tout cas, étant la première femme, Binta pourrait assigner ses tâches à l'autre, veiller à ce qu'elle travaille dur et fixer l'ordre de leurs nuits avec Omoro. Les deux femmes se disputeraient-elles ? Non, il était sûr que Binta ne ressemblerait pas à la première femme du kintango, lequel avait rarement un moment de tranquillité tant elle criaillait et tarabustait ses autres épouses.

Pour éviter de s'ankyloser, Kounta déplia ses jambes et les laissa pendre au bord de son perchoir. Son chien ouolo était couché en bas, sous la lune qui lustrait son poil ras, mais Kounta savait qu'il ne dormait pas, le nez frémissant, l'oreille aux aguets, à l'affût de la plus faible odeur, du plus léger bruit pour se lancer, avec de féroces aboiements, contre les bandes dévastatrices de babouins. Peu de choses réjouissaient plus Kounta, au cours de ces longues nuits de surveillance, que d'être une bonne douzaine de fois dérangé dans ses rêveries par les lointains grondements d'un félin bondissant sur un babouin — et surtout quand un dernier cri étouffé du babouin annonçait qu'il était pris.

Mais, cette nuit-là, tout était calme. En fait, Kounta n'aperçut d'autre signe de vie qu'une lumière jaune, lointaine et intermittente : c'était un pasteur foulah agitant une torche d'herbe pour écarter un animal — probablement une hyène — de son troupeau de vaches. Les Foulahs connaissaient si bien le bétail que l'on allait parfois jusqu'à dire qu'ils conversaient avec leurs bêtes. Et Omoro avait raconté à Kounta que les Foulahs soutiraient quotidiennement un peu de sang au garrot des vaches et le buvaient, mélangé à du lait : cela représentait une partie de leur salaire de gardiens de troupeaux. Quels gens bizarres, pensait Kounta. Ce n'étaient pas des Mandingues, mais ils habitaient comme lui la Gambie. Alors, l'on devait trouver des gens — et des coutumes — encore bien plus bizarres dans les autres pays.

Au cours de la lune qui avait suivi sa randonnée avec Lamine, Kounta avait brûlé de reprendre la route — cette fois pour un *vrai* voyage. D'autres jeunes de son kafo projetaient de partir dès la fin des moissons, mais ils n'envisageaient pas d'aller très loin. Tandis que lui, Kountá, voulait visiter cette lointaine contrée appelée le Mali, ce pays qui avait été, d'après son père et ses oncles, le berceau du clan Kinté il y avait de cela trois ou quatre cents pluies. Ces ancêtres Kinté étaient de célèbres forgerons, des hommes qui avaient conquis le feu pour en faire des armes de fer qui avaient gagné des guerres, et des outils de fer qui avaient rendu les travaux des champs moins pénibles. Et ce nom originel de Kinté s'était transmis à tous leurs descendants et à tous ceux qui travaillaient pour eux. Et quelques membres de ce clan étaient allés s'installer en Mauritanie où était né le grand-père de Kounta, le saint marabout.

Pour que nul — et pas même Omoro — n'ait vent de son projet avant qu'il le juge bon, Kounta avait interrogé confidentiellement l'arafang sur la meilleure route à suivre pour aller au Mali. Celui-ci, ayant esquissé une carte dans la poussière, avait montré à Kounta l'itinéraire : en suivant pendant six jours les rives du Kamby Bolongo dans la direction vers laquelle on se tourne pour prier Allah, le voyageur atteindrait l'île de Samo. Passé ce point, le fleuve se resserrait, faisait un coude vers la gauche et amorçait une série de boucles serpentines où s'embranchaient une multitude de bolongs aussi larges que le fleuve lui-même, dont les rives marécageuses disparaissaient en certains endroits derrière la mangrove touffue qui pouvait atteindre la hauteur de dix hommes. Lorsque les berges étaient dégagées, dit l'arafang à Kounta, on y voyait des foules de singes, d'hippopotames, de crocodiles géants et jusqu'à des troupes de cinq cents babouins.

Pour faire ce difficile parcours, il faudrait à Kounta deux ou trois jours, et il arriverait alors devant une autre grande île au rivage bas et boueux se relevant en petites falaises tapissées de buissons et d'arbustes. Serpentant le long du fleuve, la piste passait par les villages de Bansang, Karantaba et Diabougou. Peu après ce dernier, il traverserait la frontière orientale de la Gambie pour entrer dans le royaume de Foulladou, et, au bout d'une demi-journée de marche, il arriverait au village de Fatoto. L'arafang avait remis à Kounta un petit morceau de peau sur lequel il avait écrit le nom d'un collègue qui lui indiquerait la route à suivre depuis Fatoto, soit environ douze à quatorze jours de marche à travers un pays appelé Sénégal. Au-delà, dit l'arafang, s'étendait le Mali avec le but de la randonnée de Kounta, Ka-ba, sa principale ville. Pour aller au Mali et en revenir, il lui faudrait environ une lune, à quoi s'ajouterait la durée de son séjour là-bas.

Kounta avait tant de fois dessiné et suivi ce chemin sur le sol de sa case — en l'effaçant avant l'arrivée de Binta avec le repas — que, de son perchoir au milieu des champs d'arachides, il le voyait presque se dérouler devant lui. Quand il songeait aux aventures qui l'attendaient le long de la piste et au Mali, il avait peine à contenir son impatience. Il était presque aussi impatient de parler de son projet à Lamine, non seulement parce qu'il brûlait de partager son secret mais parce qu'il avait décidé d'emmener le petit frère avec lui. Il savait la fierté qu'avait retirée Lamine de leur première randonnée. Or lui aussi, à présent, était passé par l'initiation, ce qui en ferait un compagnon de voyage plus expérimenté et sûr. Mais Kounta reconnaissait en lui-même que la principale raison qu'il avait d'emmener Lamine, c'était le désir de faire le voyage avec quelqu'un.

Kounta resta un moment à sourire tout seul dans le noir, en imaginant la tête de Lamine quand le temps serait venu de le mettre au courant. Il lâcherait la chose négligemment, comme s'il venait juste d'y penser. Auparavant, il lui faudrait en parler à Omoro, mais celui-ci ne s'inquiéterait pas exagérément. Il en serait au contraire profondément heureux, et quant à Binta, tout en se faisant du souci, elle serait moins bouleversée que la première fois. Kounta se demanda ce qu'il pourrait trouver à lui rapporter du Mali qui lui fût encore plus précieux que les tuyaux d'or. Peut-être des pots finement tournés ou une pièce de riche étoffe ; Omoro et les oncles de Kounta lui avaient appris que, dans le Mali des anciens temps, les femmes du clan Kinté étaient renommées pour leurs poteries et pour leurs étoffes tissées de superbes motifs ; peut-être les femmes Kinté fabriquaient-elles encore ces choses.

Il vint à Kounta l'idée qu'après son retour du Mali il pourrait préparer un autre voyage à effectuer au cours d'une pluie suivante. Il pourrait même arriver jusqu'à cette si lointaine contrée de sables infinis où les récits de ses oncles plaçaient de longues caravanes d'animaux bizarres, au dos bourrelé de deux bosses renfermant de l'eau. Grand bien fasse à Kalilou Conteh et à Séfo Kéla de la tériya avec leurs vieilles et laides veuves ; lui, Kounta Kinté, il ferait même le pèlerinage de La Mecque. A ce moment de ses pensées, comme il regardait dans la direction de la Ville sainte, Kounta vit un point de lumière jaune qui brillait bien au delà des champs : les pasteurs foulahs préparaient leur déjeuner du matin. Il ne s'était même pas aperçu qu'à l'est montaient déjà les premières lueurs de l'aube.

Au moment où il ramassait ses armes pour rentrer chez lui, il remarqua sa hache et se souvint qu'il avait prévu d'aller couper le bois de son tambour. Il songea qu'il pourrait y aller le lendemain, car sa veille l'avait fatigué. Mais, au fond, il était à mi-chemin de la forêt et, s'il ne le faisait pas maintenant, il allait traîner jusqu'à sa prochaine garde, qui ne viendrait que dans douze nuits. Et puis un homme ne cédait pas à la fatigue. Il remua les jambes pour voir s'il n'était pas engourdi et puis descendit le long du poteau, en plaçant ses pieds dans les entailles. En bas, son chien ouolo l'accueillit avec des frétillements de queue et des petits jappements joyeux. S'étant prosterné pour la prière souba, Kounta se releva en s'étirant, aspira une grande gorgée d'air matinal et prit sa course vers le bolong.

31

Tout en courant sous les premiers rayons du soleil, les jambes trempées de la rosée matinale, Kounta aspirait à pleines narines la senteur des fleurs sauvages. Déjà les faucons tournoyaient dans le ciel en guettant, au sol, une éventuelle proie, et le coassement des grenouilles animait les fossés en bordure des champs. Il vira brusquement pour ne pas déranger une volée de merles qui envahissaient les ramures d'un arbre comme autant de luisantes feuilles noires. Mais il aurait pu s'éviter cette peine, car à peine les avait-il dépassés qu'un croassement rauque et furieux lui fit tourner la tête : des centaines de corbeaux étaient en train de déloger les merles.

Sans ralentir l'allure, Kounta respirait profondément, et il avait encore assez de souffle pour sentir, en se rapprochant de la basse végétation qui couvrait les rives du bolong, la senteur musquée des palétuviers. A sa vue, les cochons sauvages se répandaient en grommellements qui déclenchaient aussitôt cris et hurlements chez les babouins, les gros mâles se hâtant d'entraîner derrière eux les femelles, elles-mêmes suivies de leurs petits. S'il avait été encore enfant, Kounta se serait arrêté pour grogner et sauter comme eux, parce que cela agaçait toujours les babouins qui montraient alors le poing et parfois même lançaient des pierres. Mais il n'était plus un petit garçon, et il avait appris à traiter toutes les créatures d'Allah comme il souhaitait lui-même être traité : avec respect.

De blanches envolées d'aigrettes, de cigognes et de grues prenaient l'air tandis qu'il avançait le long du bolong, dans l'enchevêtrement de la mangrove. Sur les berges glissantes, son chien ouolo courait en tous sens pour chasser serpents d'eau et tortues, qui disparaissaient dans la rivière sans même faire frissonner l'eau.

Comme chaque fois qu'il éprouvait le besoin de venir en ces lieux après son tour de garde nocturne aux champs, Kounta demeura un moment à contempler le paysage. Traînant derrière lui ses minces pattes, un héron gris volait si bas au-dessus des vertes eaux qu'elles frissonnaient à chaque battement d'ailes. L'oiseau cherchait de petites proies, mais Kounta savait que c'était ici le meilleur endroit de tout le bolong pour attraper le koudjalo, ce gros poisson que Binta faisait cuire avec des oignons, du riz et des tomates amères. Cette évocation lui aiguisait encore l'appétit, car il avait le ventre creux.

Kounta suivit le bolong et obliqua bientôt dans un sentier au bout duquel se dressait un vénérable palétuvier. C'étaient les pas de Kounta qui avaient tracé ce chemin, car l'arbre et lui étaient de vieilles connaissances. Il se hissa sur la plus basse branche et grimpa le long du tronc jusqu'à son perchoir favori, tout près de la cime. De là, en tournant le dos au soleil qui lui réchauffait les épaules, il pouvait voir dans la transparence du matin la boucle du bolong nappée d'oiseaux aquatiques encore endormis et, un peu plus loin, les rizières des femmes de Djouffouré, ponctuées par les abris de bambou des nourrissons. Dans lequel de ces abris Binta le déposait-elle, quand il était petit ? Il n'était pas un autre lieu où Kounta éprouvât comme ici, au petit matin, une telle impression de calme, de plénitude. Plus encore que dans la mosquée du village, il sentait que tout homme et toute chose reposent entièrement dans les mains d'Allah ; et aussi que tout ce qu'il pouvait voir, entendre, sentir du haut de son arbre se trouvait là depuis plus longtemps que de mémoire d'homme, et s'y trouverait toujours lorsque lui et ses fils et les fils de ses fils auraient rejoint les ancêtres.

En s'éloignant du bolong dans la direction du soleil, Kounta atteignit enfin les hautes herbes — aussi grandes que lui — entourant le petit bois où il allait trouver exactement le tronc qu'il souhaitait pour tailler la caisse de son tambour. S'il mettait dès aujourd'hui le bois vert à sécher, il ne faudrait pas plus d'une lune et demie avant qu'il soit prêt à être creusé et sculpté — à peu près au moment où lui et Lamine reviendraient du Mali. En entrant dans le bois, Kounta vit débouler quelque chose. C'était un lièvre qui filait vers les hautes herbes, et aussitôt le chien ouolo se lança à ses trousses. Sans doute était-ce moins pour le manger que pour le plaisir de la course, car Kounta savait qu'un chien ouolo vraiment affamé chasse silencieusement. Bientôt les aboiements se perdirent au loin — le chien reviendrait quand il serait lassé de son jeu.

Kounta s'enfonça vers le cœur du bois, où il aurait le

plus de chances de trouver des arbres au tronc lisse et rond, juste à la taille souhaitée. Le sol moussu était plaisant à fouler, mais, dans la pénombre des hauts arbres, l'air était froid et humide — le soleil étant encore trop bas pour percer l'épaisseur du feuillage. Il déposa armes et hache contre un arbre tordu et commença sa quête, allant d'un tronc à l'autre, se penchant parfois pour mesurer de l'œil et des mains celui qui conviendrait exactement au tambour dont il rêvait — et en tenant compte qu'au séchage le bois se resserrait légèrement.

Il était penché sur un tronc qui semblait faire l'affaire lorsqu'il entendit un craquement de branche qui déclencha, au-dessus de sa tête, les caquètements d'un perroquet. Il eut vaguement l'idée que c'était le chien qui revenait. Mais non, se reprit-il aussitôt, un chien adulte ne fait jamais craquer une branche et, en un éclair, il se retourna. Il eut à peine le temps d'apercevoir un visage blanc, un gourdin brandi, d'entendre un lourd piétinement derrière lui. *Le toubab !* Il lança son pied dans le ventre de l'homme et l'entendit grogner juste au moment où, lui frôlant le crâne, une chose lourde et dure s'abattait sur son épaule, comme un tronc d'arbre. Titubant sous le choc, Kounta fit volte-face — tournant le dos à l'homme qui gisait à ses pieds, plié en deux — et vit fondre sur lui deux Noirs tenant un grand sac et un autre toubab armé d'un bâton court ; il se défendit de ses poings, atteignant les Noirs au visage et aussi le toubab dont il réussit, par un saut de côté, à esquiver le bâton.

Cherchant désespérément une arme, Kounta bondit sur eux — à coups de tête, de genou, les griffant, visant les yeux — insensible au gourdin qui lui pilonnait le dos. Au moment où trois d'entre eux s'abattaient sur Kounta et l'entraînaient au sol sous leur poids combiné, il reçut dans les reins un coup de genou qui le traversa d'une douleur fulgurante. Suffoquant, il ouvrit la bouche et, rencontrant des chairs, il mordit, déchira, déchiqueta. Sentant sous sa main un visage, il enfonça sauvagement ses ongles dans une orbite et entendit hurler l'homme tandis qu'à nouveau le gourdin lui martelait le crâne.

Dans son hébétude lui parvinrent le grondement d'un chien et le hurlement d'un toubab suivi d'un jappement de douleur. Il réussit à se relever et tournoya follement, bondissant et se ployant pour esquiver les coups ; la vision brouillée par le sang qui lui coulait du crâne, il aperçut autour du corps du chien un Noir avec la main sur l'œil, un toubab tenant son bras qui saignait et les deux autres toubabs tournant autour de la bête, leurs gourdins levés. Hurlant de rage, Kounta se précipita sur l'un d'eux et arrêta, de ses avant-bras, le coup qui s'abattait. Étouffant à moitié, tant l'odeur du toubab était infecte, il essayait désespérément de lui arracher le gourdin. Comment avait-il pu ne pas les *entendre*, ne pas *sentir* leur présence, leur odeur ?

Et puis le Noir frappa à nouveau Kounta, qui lâcha le toubab et tomba à genoux. La tête prête à exploser, chancelant, rageant de sa propre faiblesse, Kounta se redressa, rugissant, battant l'air, aveuglé par les larmes, le sang et la sueur. C'était plus que sa vie qu'il défendait maintenant. Omoro ! Binta ! Lamine ! Souwadou ! Madi ! Le lourd gourdin du toubab l'atteignit à la tempe. Et tout devint noir.

32

Kounta était-il devenu fou ? Il se réveillait nu, enchaîné, entravé, allongé sur le dos entre deux hommes ; à la touffeur moite de l'atmosphère se mêlait une puanteur écœurante, et dans les ténèbres montait un effroyable concert d'hommes qui hurlaient, sanglotaient, priaient, vomissaient. Lui-même avait le torse et le ventre couverts de ses propres vomissures. Tout son corps n'était que souffrance, tant il avait enduré de coups depuis quatre jours. Mais le plus douloureux, c'était cette place entre les deux épaules où on lui avait appliqué un fer rouge.

Il sentit le gros corps velu d'un rat lui effleurer la joue, et le museau fouineur lui renifler la bouche. Grelottant de répulsion, Kounta claqua violemment des mâchoires et la bête fila. Enragé, il se tordit et rua en tous sens pour se débarrasser des fers qui lui retenaient les poignets et les chevilles. Aussitôt montèrent de ceux à qui il était attaché des cris de fureur et de violentes saccades. Alors, fou de rage et de douleur, il tenta de se redresser d'un coup, mais son crâne cogna violemment contre du bois. Haletant et grondant, lui et son voisin invisible s'assenèrent mutuellement des coups de leurs bracelets de fer et retombèrent finalement, épuisés. Les nausées reprirent Kounta, et il ne put s'empêcher de vomir encore une fois. De son estomac vide ne monta plus cette fois qu'un liquide amer qu'il laissa couler au coin de sa bouche en souhaitant mourir.

Il se dit que, s'il voulait garder ses forces et sa raison, il lui fallait redevenir maître de lui. Au bout d'un moment, sentant qu'il pouvait contrôler ses mouvements, il explora lentement et soigneusement de la main gauche son poignet et sa cheville retenus par les fers, et s'aperçut qu'ils saignaient. Il tira légèrement sur la chaîne ; elle semblait être reliée au poignet et à la cheville gauches de l'homme avec qui il s'était battu. L'homme étendu sur sa gauche et enchaîné à lui par la cheville n'arrêtait pas de geindre, et ils étaient si serrés qu'au moindre mouvement ils sentaient l'épaule, le bras, la jambe de l'autre. Kounta se releva précautionneusement et toucha de son crâne le plafond de bois contre lequel il s'était heurté : il n'y avait même pas la place de se tenir assis. Et derrière sa tête il y avait une paroi de bois. « Je suis pris au piège comme un léopard », pensa-t-il. Il refoula le sanglot qui lui montait à la gorge en revoyant ce moment de son initiation, déjà si lointain, où il avait attendu dans l'obscurité d'une case, juste après qu'on lui eut retiré sa cagoule en arrivant au djoudjouo. Il se força à écouter attentivement les cris et les gémissements qui s'élevaient tout autour de lui. Ici, dans le noir, il devait y avoir beaucoup d'hommes, certains à côté de lui, certains devant lui, proches ou éloignés, mais tous renfermés dans une même salle, s'il s'agissait d'une salle. En tendant l'oreille, il percevait encore d'autres cris, ceux-là plus étouffés et semblant monter de dessous les planches raboteuses où il gisait.

En écoutant mieux, il commença à pouvoir reconnaître les langues de ceux qui l'entouraient. Un Foulah clamait inlassablement en arabe :

— Ô Allah dans le ciel, aide-moi !

Et un homme de la tribu des Sérères égrenait d'une voix rauque ce qui semblait être les noms des siens. Mais Kounta entendait surtout des Mandingues, dont l'un vouait mille morts aux toubabs en sira kango, le langage secret des hommes. D'autres voix étaient trop mouillées de sanglots pour que Kounta pût saisir un mot et identifier leur origine, mais certains parlers bizarres devaient venir d'au delà des frontières de la Gambie.

Kounta se rendit compte en gisant là, l'oreille tendue, qu'il essayait de chasser de sa pensée le besoin irrésistible qu'il éprouvait de soulager son ventre, un besoin qu'il contenait depuis des jours. Mais il lui fut finalement impossible de se retenir plus longtemps et il sentit glisser entre ses fesses les excréments. Il sanglota de dégoût en sentant sa propre puanteur s'ajouter à l'infection ambiante ; le cœur soulevé, il vomit encore un peu de liquide, mais les nausées continuaient. Quels péchés avait-il pu commettre pour être ainsi puni ? Il supplia Allah de l'éclairer. Mais n'avait-il pas déjà suffisamment péché en ne priant pas une seule fois depuis ce matin où il était parti chercher le bois de son tambour ? Il était incapable de s'agenouiller, il ignorait la direction de l'est, mais il ferma les yeux et implora le pardon d'Allah.

Et puis il demeura un long moment inerte, en proie à trop de souffrances — lentement, il réalisa que l'une d'entre elles était la faim qui lui nouait l'estomac. Il n'avait rien mangé depuis le matin de sa capture. Il était en train d'essayer de se rappeler s'il avait jamais *dormi* depuis ce moment quand soudain il se revit, avançant sur une piste en forêt ; derrière lui marchaient deux Noirs et en avant venaient deux toubabs avec leur surprenant costume et cette longue chevelure à la couleur bizarre. Kounta ouvrit brusquement les yeux, secoua la tête ; il était inondé de sueur, son cœur s'affolait. Il s'était endormi sans s'en rendre compte, il avait fait un cauchemar. Ou alors, le cauchemar, c'était cette obscurité, cette fétidité ? Non, tout cela était aussi réel que ce qui s'était passé dans la forêt. Malgré lui, des scènes lui revenaient progressivement.

Il se souvenait qu'après avoir lutté désespérément contre les slatis noirs et les toubabs il s'était réveillé pour se trouver bâillonné, aveuglé par un bandeau, les mains attachées dans le dos et les chevilles entravées par des liens de corde — tout le corps traversé de fulgurantes douleurs. Tous ses efforts pour se libérer avaient entraîné une grêle de coups, et il avait senti le sang lui couler le long des jambes. On l'avait remis sur ses pieds et fait avancer en le piquant du bout d'un bâton, et il avait cheminé devant eux aussi vite que le lui permettaient ses entraves.

Arrivés au bord du bolong — dont il avait senti l'approche aux sons familiers et à l'élasticité du sol sous ses pieds — ils l'avaient poussé dans un canot. Toujours aveuglé par son bandeau, il avait entendu les ahanements des slatis qui ramaient et senti les coups des toubabs dès qu'il s'efforçait de se libérer. Après avoir accosté, ils s'étaient remis en marche et étaient arrivés la même nuit en un endroit où, après l'avoir jeté au sol, ils avaient attaché Kounta le dos contre une palissade de bambou et lui avaient brutalement retiré son bandeau. Il faisait sombre, mais il pouvait distinguer le visage du toubab au-dessus de lui et la silhouette des autres tout autour. Le toubab lui tendait un morceau de viande devant le visage. Il avait détourné la tête, les mâchoires serrées. Avec un sifflement de rage, le toubab l'avait saisi à la gorge en essayant de lui ouvrir la bouche de force. Mais Kounta avait résisté et le toubab l'avait brutalement frappé au visage.

Pendant le reste de la nuit, on l'avait laissé tranquille. Au lever du jour, il avait pu distinguer les autres, attachés comme lui à la palissade de bambou : il y en avait onze, six hommes, trois jeunes filles et deux enfants — surveillés par des slatis et des toubabs en armes. Les jeunes filles étaient nues ; et Kounta avait détourné ses regards, car c'était la première fois qu'il contemplait un corps de femme. Les hommes, nus eux aussi, les traits empreints d'une incommensurable haine, demeuraient immobiles et muets, les sanglantes marques du fouet imprimées dans leur peau. Mais les jeunes filles se répandaient en bruyantes lamentations : les leurs, disaient-elles, avaient été brûlés dans l'incendie de leur village ; l'une d'elles, le visage inondé de larmes, berçait un nourrisson imaginaire en lui susurrant des tendresses ; et la troisième hurlait à intervalles réguliers qu'elle allait retrouver Allah.

Fou de rage, Kounta essayait de briser ses liens. Un coup de gourdin s'abattit sur son crâne et il perdit connaissance. Quand il revint à lui, il vit qu'il était nu, comme les autres ; on leur avait rasé la tête et enduit le corps d'huile de palme rouge. Et vers midi deux nouveaux toubabs étaient arrivés. Les slatis, le visage fendu par un large sourire, s'étaient empressés de détacher les captifs et de les mettre en rang avec des hurlements. Kounta sentit ses muscles se contracter de rage et de peur. Un des nouveaux toubabs était courtaud, rond, la tête couronnée de cheveux blancs. L'autre était beaucoup plus grand que lui, massif et rébarbatif, le visage tout couturé de cicatrices — mais c'était devant cheveux-blancs que les slatis et les autres toubabs s'inclinaient avec des sourires.

Les embrassant du regard, cheveux-blancs fit signe à Kounta d'avancer ; terrorisé, celui-ci se rejeta en arrière et aussitôt un coup de fouet lui brûla le dos. Un slati l'attrapa par-derrière, et lui fit lever la tête. Cheveux-blancs s'approcha calmement de Kounta et, en écartant ses lèvres tremblantes, lui examina les dents. Kounta tenta de lui échapper, mais, sous le fouet qui s'abattait de nouveau, il obéit et se tint droit. Tremblant de tous ses membres, il sentit le toubab lui passer la main devant les yeux, lui palper le torse, le ventre. Au moment où les doigts se resserrèrent autour de son foto, il essaya de leur échapper en étouffant un cri. Il fallut la force de deux slatis et quelques coups de fouet pour le contraindre à se ployer en deux. Il sentit avec horreur des doigts lui écarter les fesses. Puis le toubab aux cheveux blancs repoussa brutalement Kounta et examina pareillement les autres, allant jusqu'à inspecter les parties intimes des femmes, malgré leurs gémissements. Ensuite, les coups de fouet et les hurlements reprirent pour faire courir les captifs tout autour de l'aire, puis bondir et retomber accroupis.

Après cela, le toubab aux cheveux blancs et le grand toubab balafré s'écartèrent pour parler à voix basse. Très vite cheveux-blancs revint et fit signe à un autre toubab en lui montrant quatre hommes, dont Kounta, et deux jeunes filles. Le toubab sursauta et lui désigna les autres d'un air pressant. Mais cheveux-blancs secoua la tête. En les voyant discuter avec animation, Kounta crut exploser de rage et il tira comme un fou sur ses liens. Enfin, cheveux-blancs écrivit d'un air mécontent quelque chose sur un morceau de papier et l'autre prit le papier avec colère.

Les slatis empoignèrent de nouveau Kounta qui se débattait et hurlait de fureur et le maintinrent assis, le dos tendu. Terrifié, il vit un toubab tirer du feu une longue tige de fer qu'avait apportée le toubab aux cheveux blancs. Vociférant, se tordant en tous sens, il ressentit brusquement une atroce douleur au creux des épaules. Et puis, à tour de rôle, montèrent pareillement les cris des autres. Enfin, on oignit d'huile de palme la bizarre marque *LL* que Kounta vit imprimée dans leur dos.

Une heure plus tard s'ébranlait dans le tintement des chaînes leur file clopinante, cinglés par les fouets des slatis dès qu'ils ralentissaient ou trébuchaient. Quand, en fin de soirée, ils arrivèrent vers deux pirogues dissimulées sous l'épais berceau de la mangrove couvrant les bords du fleuve, Kounta avait tout le dos et les épaules lacérés et sanglants. On les divisa en deux groupes et les slatis se mirent à ramer dans l'obscurité, les toubabs faisant pleuvoir des coups de fouet au moindre signe de résistance.

Lorsque Kounta vit se profiler dans la nuit une

grande masse sombre, il sut qu'il n'avait plus qu'une seule chance. Il bondit et tenta de se jeter à l'eau ; un concert de cris et de vociférations s'éleva, et le canot manqua de chavirer, mais Kounta fut retenu par les liens qui l'attachaient aux autres. Aussitôt, les fouets et les gourdins s'acharnèrent sur lui, les coups lui pleuvaient sur la tête, le ventre, les côtes, le dos, tandis que le canot continuait et venait heurter le flanc de la grande chose sombre. Il sentit qu'il avait le visage inondé de sang, et il entendit au-dessus de sa tête monter les exclamations de nombreux toubabs. On le ligota et il n'eut plus aucun moyen de résister. Il fut à moitié tiré, à moitié poussé le long d'une échelle de corde et il retrouva un restant de forces pour tenter encore une fois de s'échapper en se tordant et en se détendant brusquement ; mais, de nouveau, les fouets le cinglèrent et des mains l'agrippèrent au milieu des puissants relents de l'odeur des toubabs, tandis qu'éclataient des cris perçants de femmes et des imprécations de toubabs.

A travers ses paupières gonflées, Kounta aperçut tout autour de lui un barrage de pieds et de jambes ; protégeant du bras son visage ensanglanté, il parvint à lever un peu les yeux : le toubab aux cheveux blancs était en train d'inscrire des choses dans un petit livre. Puis on le remit sur ses pieds, on le poussa brutalement en avant sur une surface plane au milieu de laquelle il aperçut de grands poteaux empaquetés dans du gros tissu blanc. On le guida vers une ouverture suivie d'une sorte d'escalier raide qu'il descendit en chancelant ; en bas régnait une totale obscurité, envahie d'une incroyable puanteur et toute traversée de cris de douleur.

S'éclairant au moyen d'une petite flamme jaune qui brûlait dans un cadre de fer suspendu à un anneau, un toubab enchaîna Kounta par les chevilles et les poignets et le força à s'étendre entre deux hommes qui geignaient. Il fut aussitôt pris de vomissements. Malgré sa terreur, il comprit que les lumières qu'il voyait pointer ici et là signifiaient que les toubabs enchaînaient ailleurs ceux qu'ils avaient amenés avec lui. Il sentit ses idées glisser ; il pensa qu'il devait être en train de rêver. Et il lui fut miséricordieusement donné de sombrer dans le sommeil.

33

Kounta n'avait plus d'autre moyen de distinguer le jour de la nuit que de guetter l'ouverture du panneau d'écoutille. Au bruit du loquet, il levait la tête — seul mouvement qu'il pouvait faire sans tirer sur les chaînes et les fers. Il voyait descendre quatre silhouettes indistinctes de toubabs : deux d'entre eux, armés de fouets et portant des lumières, escortaient les deux autres qui remontaient les étroites allées en poussant un baquet contenant la nourriture. Ils en emplissaient des récipients de métal qu'ils déposaient entre chaque couple de compagnons de chaîne, à même les planches souillées. Jusque-là, Kounta avait serré obstinément les mâchoires à chaque distribution, préférant encore mourir de faim ; mais son estomac vide commençait à lui faire aussi mal que les coups qu'il avait reçus. Les lumières montraient qu'après s'être occupés de ceux du niveau de Kounta, les toubabs descendaient le reste de la nourriture à ceux d'en dessous.

De temps en temps, et généralement quand il devait faire nuit à l'extérieur, les toubabs amenaient dans la cale de nouveaux captifs et les poussaient à coups de fouet, sanglotant ou hurlant de terreur, et les enchaînaient dans les places encore vides.

Un jour, peu après la distribution de nourriture, Kounta perçut un bizarre son assourdi qui semblait vibrer au-dessus de sa tête. D'autres l'entendirent également, et instantanément les gémissements cessèrent. Kounta tendit l'oreille : on aurait dit des martèlements de pieds courant en tous sens. Et puis s'éleva tout près d'eux un autre son, comme si l'on hissait avec des grincements un très lourd objet.

A travers les planches raboteuses sur lesquelles il était étendu, Kounta sentit monter contre son dos nu une étrange vibration. Quelque chose semblait alternativement lui étreindre et lui gonfler la poitrine, et il demeura figé d'angoisse. Cela lui cognait dans la tête comme si tout son sang remontait. Et puis la terreur lui déchira les entrailles en comprenant que leur prison bougeait, qu'elle les emmenait au loin. Tout autour de lui, les hommes se mirent à hurler, implorant Allah et Ses esprits, se frappant la tête contre les planches, tirant sauvagement sur leurs chaînes cliquetantes. Au milieu de l'atroce tumulte, Kounta cria à pleins poumons :

— Allah, je T'adresserai tous les jours les cinq prières ! Écoute-moi ! Aide-moi !

Les sanglots, les cris de douleur, les prières continuèrent de se mêler, ne s'apaisant progressivement que parce que, l'un après l'autre, les hommes retombaient hors d'haleine dans l'obscure puanteur. Kounta *savait* qu'il ne reverrait plus jamais l'Afrique. Il sentait à présent nettement monter, à travers les planches, une lente oscillation, parfois assez forte pour le faire glisser contre l'un des deux hommes qui l'entouraient et dont il éprouvait un instant la chaleur contre son épaule, son bras, sa hanche. Il avait tant crié qu'il ne lui restait plus de voix, mais son esprit hurlait sans relâche : « Tuons les toubabs — et les traîtres noirs qui les aident ! »

Il était en train de pleurer sans bruit au moment où l'écoutille s'ouvrit pour livrer passage aux quatre toubabs qui cognaient contre les marches le baquet de nourriture. Il serrait les dents pour lutter contre la faim qui lui tordait l'estomac lorsque lui revint brusquement un enseignement du kintango : il faut que les guerriers et les chasseurs mangent convenablement car ils doivent être plus forts que les autres hommes. S'il se refusait à manger, il n'aurait pas la force de tuer les toubabs. Aussi, quand on déposa l'écuelle entre lui et son voisin, il plongea ses doigts dans l'épaisse bouillie. Cela avait le goût de la farine de maïs cuite avec de l'huile de palme. Le toubab dont il avait refusé la viande lui avait tellement serré la gorge que chaque bouchée lui faisait mal à avaler, mais il surmonta la douleur et vida le récipient. Seulement, la nourriture lui pesait comme une boule dans l'estomac, et bientôt il vomissait tout sur les planches. Il entendait d'ailleurs que d'autres étaient pareillement pris de nausées.

Tandis que les lumières arrivaient au bout du faux pont, cette sorte de longue étagère de planches sur laquelle il était étendu, brusquement montèrent un cliquetis de chaînes, le bruit mou d'une tête heurtant le bois et les hurlements hystériques d'un homme qui mélangeait bizarrement le mandingue et des mots ressemblant à la langue des toubabs. De grands éclats de rire partirent des toubabs qui distribuaient la nourriture et puis l'on entendit cingler leurs fouets, et les cris de l'homme se transformèrent en sanglotants balbutiements. Était-ce possible ? Kounta avait-il vraiment entendu un Africain parler toubab ? Des slatis seraient donc renfermés avec eux ? Il avait entendu dire que souvent les toubabs trahissaient eux-mêmes les traîtres noirs en les jetant à leur tour dans les chaînes.

Sur le niveau de Kounta, pas un bruit ne s'éleva

tandis que les toubabs descendaient au fond de l'entrepont, puis reparaissaient avec le baquet vide et remontaient en fermant derrière eux l'écoutille. Mais aussitôt tous les parlers se mêlèrent en un furieux bourdonnement. Puis, au bout de l'étagère de Kounta, il y eut un lourd cliquetis de chaînes, suivi d'un cri de douleur et d'imprécations hystériques dans le même parler mandingue. Kounta entendit la voix stridente de l'homme :

— Tu me prends pour un toubab ? et puis une série de coups violents et de cris désespérés.

Enfin les coups cessèrent et un cri perçant retentit dans le noir, suivi par l'horrible gargouillement d'un homme qu'on étrangle. Il y eut encore un bruit de chaînes, un heurt saccadé de talons nus contre les planches, et puis le silence total.

La tête en feu, le cœur battant, Kounta entendit monter tout autour de lui des clameurs :

— A mort, les slatis ! A mort !

Il reprit le cri à l'unisson, agitant sauvagement ses chaînes avec les autres — mais brusquement un raclement annonça l'ouverture du panneau d'écoutille et, dans le rai de jour qu'il laissait filtrer, il vit descendre un groupe de toubabs armés de fouets et portant des lumières. Ils avaient évidemment entendu le tumulte et, bien que celui-ci eût instantanément cessé, ils parcoururent les allées en vociférant et en abattant leurs fouets en tous sens. Quand ils furent remontés sans avoir remarqué le mort, l'entrepont demeura longtemps silencieux. Et puis, au bout de la rangée de Kounta, là où gisait le traître, s'éleva un petit rire sans joie.

La distribution de nourriture se fit dans une atmosphère tendue. Les toubabs manièrent le fouet plus que de coutume, comme s'ils sentaient que quelque chose n'allait pas. Sous le cuisant coup de lanière qui lui cinglait les jambes, Kounta se cabra en criant. Il savait que celui qui recevait un coup en silence était rossé jusqu'à ce qu'il crie. Puis il plongea à tâtons dans le plat et avala la bouillie insipide tout en suivant de l'œil les lumières qui se déplaçaient le long de son étagère.

Dans l'entrepont, chacun tendait l'oreille, et soudain un toubab appela les autres. Les lumières s'agitèrent, puis des exclamations et des imprécations retentirent et l'un des toubabs, remonté en hâte vers l'écoutille, en redescendit accompagné de deux autres. Kounta entendit détacher des fers et des chaînes. Et deux toubabs tirèrent le cadavre dans l'allée et le hissèrent jusqu'à l'écoutille, tandis que les autres continuaient à distribuer la nourriture.

Ils faisaient résonner leur baquet au niveau inférieur lorsque quatre autres toubabs descendirent l'échelle et allèrent directement à l'endroit où avait été enchaîné le slati. En se tordant le cou, Kounta pouvait les voir élever bien haut leurs lumières. Avec d'horribles jurons, deux d'entre eux se mirent à cingler un homme de leurs fouets. Sous l'atroce morsure des lanières, pas un cri ne lui échappait : rien que d'entendre la violence des coups, Kounta en était paralysé ; il entendait le malheureux entrechoquer ses chaînes dans l'agonie de sa torture — et dans sa farouche détermination de ne pas crier.

Les toubabs s'égosillaient en imprécations et les lumières passaient de l'un à l'autre, car ils se relayaient pour fouetter inlassablement l'homme. Et finalement celui-ci se mit à hurler — lançant d'abord une malédiction en foulah et puis des choses inintelligibles pour Kounta, bien qu'elles fussent également dans cette langue. Il revit en un éclair ces doux et aimables Foulahs qui gardaient les troupeaux des Mandingues — et les coups continuèrent de pleuvoir jusqu'à ce que le malheureux pût à peine geindre. Alors les quatre toubabs, suffoquant et hoquetant dans l'atmosphère nauséabonde, s'en furent sans cesser de tempêter.

Les gémissements tremblants du Foulah montèrent dans la cale obscure. Bientôt une voix claire retentit, qui disait en mandingue :

— Partageons sa souffrance ! Nous devons tous être ici comme un seul village !

C'était la voix d'un aîné, et cet aîné avait raison. La souffrance du Foulah, Kounta l'avait reçue comme la sienne propre. Il sentait la rage s'emparer de lui. Mais il éprouvait en même temps, sans pouvoir lui donner un nom, une terreur comme il n'en avait jamais connu, qui partait de la moelle de ses os. Une partie de lui-même souhaitait la mort, pour échapper à tout cela, mais non, il fallait qu'il vive pour la vengeance. Il se força à garder une immobilité totale. Il fut long à y parvenir, mais il sentit peu à peu l'abandonner sa tension, ses contractions, ses douleurs physiques même, sauf au creux des épaules, là où on l'avait marqué au fer rouge. Il s'aperçut alors qu'il pouvait mieux concentrer son esprit sur l'unique choix qui se présentait, à lui comme aux autres : ou ils mourraient tous dans ces ténèbres de cauchemar, ou ils maîtriseraient les toubabs et les tueraient.

34

Les piqûres et les démangeaisons devenaient intolérables. Dans la saleté, puces et poux de corps avaient proliféré par milliers ; tout l'entrepont en était infesté. Là où ils sévissaient le plus, c'était dans les endroits du corps garnis de poils. Kounta avait les aisselles et tout le bas-ventre en feu. Il n'arrêtait pas de se tordre pour gratter de sa main libre les régions que sa main enchaînée ne pouvait atteindre.

Il lui venait encore des idées de lutte, d'évasion ; et puis, l'instant d'après, des larmes de dépit lui montaient aux yeux, la colère l'empoignait et il devait lutter pour se calmer. Le plus terrible, c'était d'être absolument *immobilisé ;* il en aurait *mordu* ses chaînes. Il lui fallait s'occuper l'esprit ou les mains, sans cela il deviendrait fou — comme déjà, dans la cale, des hommes l'étaient devenus, à en juger par leurs cris incohérents.

A force de tendre son attention dans le noir, Kounta savait depuis longtemps reconnaître, à leur respiration, si ses voisins immédiats dormaient ou non. Alors, il entreprit de saisir les bruits plus lointains. En s'exerçant à écouter très attentivement les sons répétés, il découvrit que ses oreilles, en les captant, lui indiquaient de quel endroit ils émanaient ; c'était une sensation bizarre, presque comme si ses oreilles remplaçaient ses yeux. Au milieu du mélange de grognements et d'imprécations qui emplissait les ténèbres, il entendait de temps en temps un homme se frapper le crâne contre le plancher. Il y avait un autre bruit étrange et monotone. Par moments il s'interrompait, puis reprenait : on aurait dit le frottement de deux morceaux de métal l'un contre l'autre et, comme il persistait, Kounta en déduisit qu'un captif tentait ainsi d'user un maillon de sa chaîne. Il entendait souvent aussi des cris étouffés et des tintements métalliques : c'étaient deux hommes qui se battaient en se cognant mutuellement avec leurs fers.

Kounta avait perdu toute notion du temps. Sur la longue étagère où ils étaient entassés, l'urine, les vomissures et les excréments qui empuantissaient l'air s'étaient mélangés en une pâte qui nappait les planches. Il commençait à songer qu'il ne résisterait plus longtemps à cette horreur lorsque huit toubabs descendirent dans l'entrepont en hurlant des jurons. Ils n'apportaient pas l'habituel récipient de nourriture mais des sortes de houes à long manche et quatre grands baquets. Kounta remarqua avec étonnement qu'ils ne portaient pas de vêtements.

Ils furent aussitôt pris de vomissements bien plus violents que ceux qui soulevaient d'habitude les autres toubabs. Par équipes de deux, ils se répandirent dans les allées ; avec leurs houes, ils grattèrent les planches, ramenant à chaque fois des masses d'ordures qu'ils faisaient tomber dans les baquets. Dès qu'un baquet était plein, ils le tiraient jusqu'à l'escalier, le hissaient jusqu'à l'écoutille en le cognant contre les marches, puis redescendaient avec le récipient vide et recommençaient plus loin la même opération. Grimaçant horriblement, leurs corps pâles et poilus constellés d'immondices, les toubabs nus étaient secoués d'abominables haut-le-cœur. Et, quand ils eurent terminé leur travail, il régnait toujours la même puanteur étouffante dans l'espace surchauffé.

Le jour où se montrèrent d'autres toubabs que les quatre distributeurs de nourriture, Kounta devina, au bruit qu'ils firent en descendant l'escalier, qu'ils devaient être une vingtaine. L'effroi s'empara de lui. Il vit, en tournant la tête de part et d'autre, que les toubabs se postaient par petits groupes tout autour de l'entrepont, certains armés de fouets et de fusils, d'autres élevant leurs lumières à bout de bras à chaque extrémité des étagères où gisaient les hommes enchaînés. Kounta sentit son ventre se contracter en entendant de bizarres claquements métalliques suivis de lourds cliquetis de chaînes. Et puis une secousse lui ébranla la cheville droite, celle qui portait le fer, et il comprit avec terreur qu'un toubab le libérait. Pourquoi ? Quelle atrocité leur était encore réservée ? Il demeurait étendu sans un geste, ne sentant plus peser sur sa cheville le lourd bracelet de fer, entendant tout autour de lui se répéter les mêmes bruits métalliques. Et puis les toubabs se déchaînèrent en hurlements et en claquements de fouet. Kounta comprit qu'ils faisaient lever les hommes. Son cri d'angoisse se perdit dans le tumulte qui s'éleva soudainement, mélange de clameurs dans toutes les langues, tandis que les hommes se redressaient, que les crânes heurtaient le plafond de bois.

Deux par deux, les hommes descendaient l'allée en hurlant de douleur sous la morsure des lanières. Kounta et son compagnon de chaîne ouolof se serraient l'un contre l'autre, oscillant sous les coups qui les cinglaient. Des mains leur saisirent brutalement les chevilles, les tirèrent dans la fange gluante des planches, et ils se retrouvèrent debout dans la foule des autres. Les fouets des toubabs sifflaient, les hommes hurlaient. Se tordant en tous sens pour essayer d'esquiver les coups, Kounta aperçut des silhouettes qui se déplaçaient dans le rectangle éclairé du panneau d'écoutille. Les toubabs poussaient les hommes deux par deux vers l'escalier. Enchaîné au Ouolof par le poignet, Kounta avançait en titubant, comme si ses jambes ne lui appartenaient pas : nu, couvert de plaques d'ordure, terrorisé à l'idée qu'on allait le manger.

Depuis quinze jours qu'il vivait dans le noir, Kounta reçut la clarté en plein visage comme un coup de poing. Douloureusement étourdi, il se protégea les yeux de sa main libre. Il sentait, sous ses pieds nus, le sol osciller légèrement. Il avançait à tâtons, les yeux douloureusement blessés par la lumière qui parvenait à filtrer malgré l'écran de sa main et ses paupières closes, faisant d'inutiles efforts pour respirer, car ses narines étaient bouchées de morve. Alors, ouvrant toute grande sa bouche aux lèvres crevassées, il aspira une grande bouffée d'air marin — pour la première fois de sa vie. Mais ses poumons ne purent résister au choc et, l'instant d'après, il s'écroulait sur le pont, vomissant à côté de son compagnon de chaîne. Il entendit tout autour de lui les autres vomir, les chaînes cliqueter, les lanières siffler sur les chairs, et puis les cris de douleur au milieu des hurlements et des imprécations des toubabs et encore, venant d'en haut, de bizarres claquements.

Une lanière siffla contre le dos de Kounta qui se tassa sur lui-même et il entendit le cri étouffé du Ouolof qu'elle cinglait à son tour. Le fouet s'acharna sur eux jusqu'à ce qu'ils fussent parvenus à se remettre debout. Les paupières mi-closes, Kounta essayait de parer les coups ; et soudain d'atroces pensées le traversèrent en voyant que leur bourreau les poussait vers un endroit du pont où les toubabs étaient en train d'enfiler une longue chaîne dans les anneaux fixés à leur cheville. Les captifs étaient beaucoup plus nombreux qu'il l'avait estimé en bas, dans le noir — et il en allait de même pour les toubabs. Ces derniers paraissaient encore plus pâles et plus affreux sous le soleil, avec leurs visages grêlés, leurs bizarres cheveux longs jaunes, noirs ou rouges, certains même avec du poil sous le nez ou au menton. Certains étaient décharnés, et d'autres tout gras, plusieurs avaient le visage balafré ; à d'autres encore il manquait un bras, un œil, une jambe ; beaucoup avaient le dos labouré de profondes cicatrices et des bouches édentées.

Munis de fouets, de longs couteaux et d'une sorte de lourde barre de métal creuse à une extrémité, des toubabs étaient postés à intervalles le long du bordage, et derrière eux — vision incroyable pour Kounta — s'agitait à l'infini une eau bleue. En levant la tête, il vit que les claquements dont il n'avait pas compris l'origine venaient d'immenses pans de toile blanche se gonflant de vent au milieu d'immenses poteaux et d'une infinité de cordes. En tournant la tête, il pouvait apercevoir une palissade de bambou plus haute qu'un homme et fermant toute la largeur de l'immense canot. Juste au milieu de la clôture s'arrondissait la gueule noire d'un gros objet de métal à l'air redoutable, avec son long et mince tuyau, tandis que de part et d'autre pointaient des bâtons de métal comme ceux que tenaient les toubabs du bordage.

Ce fut au moment où l'on rattachait leurs fers de cheville à la nouvelle chaîne que Kounta put enfin voir vraiment son compagnon de chaîne ouolof. Lui aussi était enduit de souillures des pieds à la tête. Le Ouolof, qui semblait à peu près de l'âge d'Omoro, avait la physionomie typique de sa tribu, avec une peau très noire. Son dos, lacéré par le fouet, saignait de toutes parts et du pus coulait de la marque *LL* imprimée entre ses épaules. Kounta comprit, en rencontrant le regard du Ouolof, que celui-ci ne l'examinait pas avec moins d'étonnement. Le remue-ménage leur donna le temps de contempler aussi les autres hommes nus, dont beaucoup manifestaient leur terreur par des cris inarticulés. Kounta reconnaissait à leurs traits caractéristiques, leurs tatouages tribaux et leurs scarifications, des Foulahs, des Djolas, des Sérères et des Ouolofs, comme son compagnon, mais il y avait une grande majorité de Mandingues — et encore quelques autres dont l'origine lui était inconnue. L'émotion le saisit à la vue de celui qui avait tué le slati — il était sûr de ne pas se tromper. C'était bien un Foulah ; tout son corps n'était qu'une croûte de sang séché, car il avait été atrocement fouetté.

Les fouets claquèrent pour les pousser vers un endroit où se trouvaient déjà une dizaine d'hommes enchaînés sur lesquels on déversait des seaux d'eau de mer remontés par-dessus le bordage. Et puis, malgré leurs cris, les hommes furent frottés par les toubabs avec des brosses à long manche. Kounta se mit lui aussi à hurler sous le flot d'eau salée qui pénétrait comme du feu dans les sanglantes zébrures du fouet et dans la marque au creux de ses épaules. Mais lorsqu'on se mit à le frotter à la brosse, en insistant bien, pour décoller les plaques d'ordure, la douleur devint intolérable, car les durs brins pénétraient dans les sillons sanglants du fouet, arrachaient la peau, fouillaient la chair à vif. A leurs pieds, l'eau moussait rose. Puis on les repoussa jusqu'au milieu du pont, où ils s'effondrèrent, pressés les uns contre les autres. Kounta écarquilla les yeux devant le spectacle des toubabs se déplaçant comme des singes parmi les hauts poteaux pour tirer sur les cordes et déployer les immenses pans d'étoffe blanche. Malgré l'horreur de sa situation, il baignait avec bonheur dans la chaleur du soleil, et il ressentait un extraordinaire soulagement d'être enfin quelque peu débarrassé de sa gangue de souillures.

Soudain éclata un concert de cris qui fit se dresser les enchaînés. Nues, mais sans fers aux chevilles ou aux poignets, une vingtaine de femmes, pour la plupart de très jeunes filles, et quatre enfants débouchèrent de derrière la clôture du pont, poursuivis par deux toubabs brandissant leurs fouets. Kounta reconnut aussitôt les jeunes filles qui avaient été amenées à bord en même temps que lui — et la rage l'inonda de voir les regards allumés des toubabs devant leur nudité, certains osant même frotter ouvertement leur foto. Il ne se retint qu'à grand-peine de se jeter sur eux en dépit de leurs armes. Les poings serrés, il détourna les yeux et respira très fort, car son souffle se bloquait.

Et puis l'un des toubabs proche du bordage commença à plier et à déplier entre ses mains une chose qui rendait un son sifflant. Un autre se mit à frapper un tambour africain et plusieurs toubabs se rangèrent en file devant les captifs nus qui les contemplaient, les yeux écarquillés. Ils s'enroulèrent une corde à la cheville, à l'image de la chaîne qui liait les hommes nus. Et puis, le visage fendu dans un sourire, ils se mirent tous ensemble à faire de petits bonds au rythme du tam-tam et de la chose sifflante. Ils incitaient du geste les hommes enchaînés à sautiller comme eux et les toubabs armés les pressaient pareillement. Mais, devant l'immobilité des captifs, les sourires se transformèrent en rictus et les fouets sifflèrent de nouveau.

— Sautez ! hurla brusquement en mandingue une femme, la plus âgée. (Elle avait à peu près l'âge de Binta. Elle se lança en avant, bondissant en tous sens.) Sautez ! lança-t-elle d'une voix perçante aux femmes et aux enfants (et ceux-ci se mirent à bondir à l'unisson). Sautez pour tuer les toubabs ! hurla-t-elle en lançant des regards éloquents aux hommes nus et en agitant bras et jambes pour mimer la danse des guerriers.

Et peu à peu les hommes enchaînés, saisissant le sens de ses paroles, commencèrent à sautiller maladroitement, gênés par leurs entraves, la longue chaîne claquant contre le pont. La tête basse, le souffle coupé, Kounta voyait les jambes s'agiter, les pieds bondir — et il sentait ses propres jambes se dérober sous lui. Mais bientôt les jeunes filles, joignant leurs voix à celle de la femme, entonnèrent un chant. Et leur mélopée racontait que, toutes les nuits, les horribles toubabs les emmenaient dans des recoins obscurs du canot et usaient d'elles comme des chiens.

— *Toubab fa !* (Tuez les toubabs !) criaient-elles avec des sourires et des rires.

Et les hommes nus, tout en sautant, reprirent avec les femmes :

— *Toubab fa !*

A présent, les toubabs eux-mêmes souriaient, et certains claquaient des mains.

Soudain, Kounta se sentit la gorge serrée, les jambes molles, car voici que s'approchait le toubab aux cheveux blancs. Le petit homme trapu était accompagné du grand toubab balafré qui s'était trouvé lui aussi dans cet enclos où Kounta avait été inspecté, et fouetté et à moitié étranglé et marqué au fer rouge. Les hommes nus, eux aussi, les avaient vus s'avancer et, hormis le claquement aérien des grands pans de tissu, il se fit un silence total, car même les toubabs s'étaient figés.

Le balafré croassa un ordre et les toubabs s'écartèrent des enchaînés. A sa ceinture pendait un large anneau portant ces minces petits objets brillants que Kounta avait vu employer par les autres pour détacher leurs chaînes. Cheveux-blancs se mit à inspecter soigneusement les captifs. Là où il voyait que les zébrures du fouet s'étaient infectées, que du pus coulait des morsures de rat ou des marques de fer, il passait un peu de graisse que le balafré lui tendait dans une boîte. Et ce dernier lui-même aspergeait d'une poudre jaune les poignets et les chevilles qui, sous les bracelets, avaient pris une vilaine coloration grise et humide. Kounta se raidit de peur et de fureur en les voyant s'approcher de lui ; mais pas plus cheveux-blancs en appliquant de la graisse sur ses suppurations que le balafré en lui saupoudrant chevilles et poignets ne parurent le reconnaître.

Soudain, des cris éclatèrent parmi les toubabs : l'une des jeunes filles amenées en même temps que Kounta venait de s'élancer sauvagement parmi les gardes. Malgré leurs efforts pour l'agripper au passage, elle plongea en hurlant par-dessus le bordage. Il s'ensuivit un énorme tumulte au milieu duquel cheveux-blancs et le balafré saisirent des fouets et les abattirent avec une tempête d'imprécations sur le dos de ceux qui l'avaient laissée échapper.

Et puis les toubabs postés en haut dans les étoffes blanches hélèrent ceux du pont en leur désignant un point dans l'eau. Tournant la tête dans cette direction, les captifs nus aperçurent la jeune fille tressautant au milieu des vagues et non loin d'elle, deux nageoires sombres qui fendaient vivement l'eau. Un effroyable hurlement monta, l'eau s'agita, se couvrit d'écume et la jeune fille fut aspirée, tandis que les vagues se teintaient de rouge. Pour la première fois, pas un coup de fouet ne tomba sur les enchaînés tandis qu'on les poussait, muets d'horreur, dans l'obscurité de l'entrepont, et qu'on rattachait leurs entraves. Kounta fut pris d'étourdissement. Après l'air pur de l'océan et la vive lumière, la puanteur et les ténèbres lui semblaient pires que jamais. Bientôt montèrent les échos d'un lointain tumulte, et il devina que c'étaient les toubabs qui conduisaient sur le pont les hommes du niveau inférieur, terrifiés comme ils l'avaient été eux-mêmes.

Au bout d'un moment, une voix murmura dans l'oreille de Kounta :

— *Djoula ?*

Son cœur sauta dans sa poitrine. Il ne connaissait que quelques mots de la langue des Ouolofs, mais il savait que ceux-ci et d'autres tribus désignaient par ce nom les voyageurs et les commerçants, qui étaient habituellement des Mandingues. Kounta tourna la tête pour rapprocher sa bouche de l'oreille du Ouolof et murmura :

— *Djoula.* Mandingue.

Tendu, il attendit longtemps la réaction du Ouolof. Si seulement il avait su parler plusieurs langues, comme les frères de son père, pensa-t-il fugacement — mais il eut aussitôt honte de les avoir amenés, même en pensée, dans cet horrible lieu.

— Ouolof. Djébou Manga, murmura enfin l'homme, et Kounta comprit que c'était son nom.

— Kounta Kinté, chuchota-t-il à son tour.

Avides de communiquer, ils se lançaient de temps en temps un mot à voix basse, essayant de fouiller l'esprit de l'autre pour voir s'ils s'étaient compris mutuellement. Ils ressemblaient à des enfants du premier kafo apprenant à parler. Durant un intervalle de silence, Kounta se souvint que, lors de sa garde nocturne dans les champs d'arachides, le feu lointain d'un pasteur foulah l'avait réconforté et il avait souhaité pouvoir échanger des paroles avec cet homme qu'il n'avait jamais vu. C'était un peu comme si son souhait d'alors se réalisait, sauf qu'il s'agissait d'un Ouolof, qu'il n'avait jamais vu durant toutes les semaines où ils avaient été enchaînés l'un à l'autre, étendus côte à côte dans le noir.

Kounta fouillait sa mémoire pour retrouver tous les mots de ouolof qu'il avait pu entendre. Il savait que le Ouolof recherchait pareillement les expressions mandingues, et il en connaissait d'ailleurs un plus grand nombre que Kounta n'en connaissait en ouolof. Pendant un de leurs silences, Kounta sentit que l'homme allongé de l'autre côté, et qui ne s'était jamais manifesté autrement que par des gémissements de douleur, les écoutait attentivement. Il comprit, aux chuchotements qui s'élevaient un peu partout, que lui et son compagnon de chaîne n'étaient pas les seuls à essayer de communiquer, à présent que les hommes avaient pu s'entrevoir à la lumière. Désormais, les murmures ne cessèrent plus, sauf quand les toubabs descendaient distribuer la nourriture ou gratter la fange collée aux planches. Et le silence qui se faisait alors n'était plus le même qu'avant ; pour la première fois depuis qu'on les avait capturés et enchaînés, ces hommes se sentaient unis dans leur détresse.

35

La seconde fois où l'on fit monter les hommes sur le pont, Kounta regarda bien l'homme qui marchait derrière lui — son voisin lorsqu'ils étaient enchaînés dans la cale. C'était un Sérère, beaucoup plus vieux que lui ; il avait tout le corps lacéré de coups de fouet — le dos, le ventre, le torse ; certains sillons étaient si profondément creusés et si purulents que Kounta s'en voulut d'avoir parfois souhaité pouvoir le frapper afin de faire cesser ses gémissements perpétuels. Le Sérère soutint le regard de Kounta d'un air farouche et méfiant. Tandis qu'ils restaient à se dévisager, un fouet siffla — le toubab voulait faire avancer Kounta. Sous la violence du coup, il faillit tomber à genoux, et sa fureur se déchaîna. Avec un cri presque animal, il voulut s'élancer sur le toubab, mais il perdit l'équilibre et s'effondra sur le sol, entraînant avec lui son compagnon de chaîne. Au milieu des piétinements des captifs, le toubab se mit à cingler à toute volée Kounta et le Ouolof, la lanière mordant encore et encore les hommes à terre. Il lança violemment son pied dans les côtes de Kounta qui essayait de se dégager en roulant sur le côté. Lui et le Ouolof réussirent avec peine à se relever pour reprendre leur place dans la file de ceux que l'on allait asperger d'eau de mer.

Et bientôt l'atroce brûlure de l'eau salée sur ses plaies à vif le faisait hurler avec les autres, couvrant de leurs clameurs le son du tambour et de la chose sifflante qui faisaient sauter et danser les enchaînés devant les toubabs. Kounta et le Ouolof souffraient tellement des coups qu'ils avaient reçus qu'ils trébuchèrent à deux reprises, mais les toubabs, à coups de pied et de lanière, les forcèrent à sauter comme les autres. C'est à peine si, dans sa fureur, Kounta entendait les femmes chanter : *Toubab fa !* Et quand finalement on rattacha ses fers dans la cale obscure, il avait la tête enfiévrée d'idées de meurtre contre les toubabs.

A intervalles, les huit toubabs nus redescendaient dans la noire puanteur de l'entrepont pour gratter les planches où gisaient les captifs et remonter de pleins baquets d'excréments. Sans faire un mouvement, Kounta suivait d'un œil plein de haine le déplacement des lumières orange, écoutait tempêter les toubabs qui parfois tombaient dans les déjections glissantes — et si abondantes, avec les diarrhées qui se déclaraient chez les hommes, qu'elles coulaient à présent dans les allées.

La dernière fois qu'ils étaient montés sur le pont, Kounta avait remarqué un homme qui se traînait avec peine, car il avait une jambe vilainement infectée. Le petit toubab avait passé de la graisse sur la suppuration, mais cela ne l'avait pas soulagé, et l'homme n'arrêtait plus de pousser d'horribles cris dans le noir. La fois suivante, il fallut le soutenir pour arriver jusqu'au pont, et Kounta s'aperçut que sa jambe, qui avait d'abord eu une teinte livide, avait commencé à se putréfier et répandait une odeur infecte. Cette fois, les toubabs ne le firent pas redescendre avec les autres. Quelques jours plus tard, les chants des femmes apprirent aux captifs que l'on avait coupé la jambe de l'homme et que l'une d'elles était restée à le veiller ; mais il était mort la nuit précédente et son corps avait été jeté par-dessus bord. A partir de ce moment, les toubabs ramasseurs d'excréments apportèrent toujours avec eux des seaux de vinaigre dans lesquels ils jetaient des morceaux de métal chauffé au rouge. Les nuages d'âcre fumée qui s'en dégageaient masquaient pendant un moment la puanteur de la cale, mais bientôt celle-ci reprenait le dessus. Jamais sa peau ni ses poumons ne s'en débarrasseraient, pensait Kounta.

Les hommes parvenant à communiquer de mieux en mieux entre eux, les murmures qui emplissaient la cale dès le départ des toubabs prenaient constamment plus d'intensité. Le mot que l'un ne comprenait pas passait de bouche à oreille jusqu'à celui qui connaissait plusieurs langues, et il en donnait la signification par le même canal. Si bien que les hommes qui avaient servi de truchement apprenaient eux-mêmes des mots dans des langues qu'ils n'avaient jamais parlées. Quelquefois ils se cognaient la tête en se redressant brusquement, dans leur émoi de·pouvoir se comprendre mutuellement et de le faire à l'insu des toubabs. A force de chuchoter de bouche à oreille pendant des heures, un sentiment croissant de conspiration et de solidarité les unissait.

Lorsque les toubabs descendaient les chercher pour les conduire sur le pont, les enchaînés marquaient d'eux-mêmes le pas. Et quand on les ramenait dans la cale, ceux qui parlaient plusieurs langues s'arrangeaient pour prendre une autre place dans la file afin d'être entravés aux extrémités des étagères, ce qui permettait de transmettre plus rapidement leurs traductions. Les toubabs n'y prêtaient aucune attention, apparemment incapables ou insoucieux de distinguer un captif d'un autre.

Dans toute la cale circulaient questions et réponses.

— Où nous emmènent-ils ?

Les reparties fusaient amèrement.

— Qui en est jamais revenu pour le dire ?

— C'est parce qu'ils les ont mangés !

La question :

— Depuis combien de temps sommes-nous ici ? suscita des supputations qui pouvaient varier d'une lune.

Lorsqu'elle fut enfin traduite à un homme qui avait

218

pu compter les jours grâce à la lumière qui filtrait par une petite bouche d'aération près de sa tête, il dit qu'il avait compté dix-huit jours depuis le départ du grand canot.

En raison des irruptions de toubabs apportant la nourriture ou venant gratter les déjections, il fallait parfois toute une journée pour transmettre la réponse à une unique question. Les hommes cherchaient anxieusement à savoir s'il se trouvait quelqu'un de connaissance.

— Y a-t-il ici un homme du village de Barrakounda ? demanda un jour l'un d'eux. Et, au bout d'un long moment, une joyeuse réponse lui revint :

— Moi, Djabon Sallah, je suis là !

Un jour, Kounta put à peine contenir son excitation en entendant la question chuchotée à son oreille par le Ouolof :

— Y a-t-il ici un homme du village de Djouffouré ?

— Oui, Kounta Kinté ! renvoya-t-il, bouleversé.

Il osa à peine respirer en attendant la réponse. Mais les mots qui lui revinrent au bout d'une heure étaient :

— Oui, c'était ce nom-là. J'ai entendu son village tambouriner sa disparition.

Kounta fondit en larmes. Il voyait le cercle des siens autour du coq blanc qui mourait sur le dos, et puis le ouadanéla du village qui allait prévenir les gens de Djouffouré ; alors ils étaient tous venus entourer Omoro, Binta, Lamine, Souwadou et le tout petit Madi, pour pleurer avec eux tandis que les tambours transmettaient au loin le message qu'un enfant du village, appelé Kounta Kinté, avait disparu à jamais.

Pendant des jours fut soupesée la question : serait-il possible d'attaquer et de tuer les toubabs de ce canot ? Quelqu'un possédait-il une arme ou savait-il ce qui pourrait en tenir lieu ? Réponse négative. Et, sur le pont, avait-on remarqué parmi les toubabs des négligences ou des faiblesses sur lesquelles fonder une attaque surprise ? Ici encore, nul ne savait rien. Leurs seules informations utiles, ils les tenaient des femmes, qui les leur avaient transmises par leurs chants pendant qu'on les forçait à danser : il y avait une trentaine de toubabs dans le canot. Il leur semblait en avoir vu un plus grand nombre, mais les femmes étaient mieux placées qu'eux pour les compter. Elles leur apprirent aussi qu'il en était mort cinq depuis le départ du canot. On les avait cousus dans une cotonnade blanche et jetés par-dessus bord tandis que cheveux-blancs, le chef des toubabs, lisait tout haut dans une sorte de livre. Et encore : les toubabs se battaient souvent férocement entre eux, généralement à la suite de disputes quand venait leur tour d'user des femmes.

Bientôt, plus rien ne survenait sur le pont sans que les captifs en fussent rapidement avertis, pendant leur danse, par le chant des femmes, et une fois réenchaînés dans les ténèbres ils en discutaient entre eux. Et puis ils réussirent enfin à communiquer avec ceux qui étaient renfermés au-dessous d'eux. Au niveau de Kounta, l'on faisait silence ; dans les parages de l'escalier de descente, un homme lançait une question :

— Combien êtes-vous en bas ?

Au bout d'un moment, la réponse remontait et circulait de bouche à oreille :

— Environ soixante.

Se transmettre des informations, c'était devenu leur unique raison de vivre. Lorsqu'ils n'avaient pas de nouvelles à faire circuler, les hommes parlaient de ce qui leur était cher : famille, village, métier, cultures, chasses. Mais ils se divisaient de plus en plus souvent à propos de leur projet de révolte contre les toubabs. Pour certains, il fallait brusquer l'attaque, quelles qu'en soient les conséquences. D'autres, au contraire, préconisaient de guetter le moment opportun. De graves dissentiments surgissaient entre eux. Au beau milieu d'une de leurs discussions s'éleva soudain la voix d'un ancien :

— Vous tous, écoutez-moi ! Souvenez-vous que si nous sommes de tribus et de langues différentes, ici nous devons tous être unis, comme un seul village !

Des murmures d'approbation emplirent bientôt les ténèbres. Cette voix s'était déjà fait entendre en des moments particulièrement difficiles. C'était une voix pleine d'expérience, d'autorité, mais aussi de sagesse. Les enchaînés se chuchotèrent de l'un à l'autre qu'il avait été l'alcala de son village. Au bout d'un moment, il reprit la parole : il fallait, disait-il, qu'ils choisissent un chef et qu'ils préparent un plan d'attaque, sans cela il n'y avait pas pour eux le moindre espoir de maîtriser ces toubabs qui étaient bien organisés et fortement armés. De nouveau, des murmures d'approbation s'élevèrent.

La puanteur et l'ordure, les poux, les puces, tout cela pesait un peu moins à Kounta depuis que ce sentiment de solidarité était né entre eux. Et voici qu'une nouvelle rumeur alarmante circula : il devait y avoir un autre slati parmi les enchaînés du niveau inférieur. Une des femmes avait dit s'être trouvée dans le groupe de captifs que ce slati avait aidé à amener, les yeux bandés, sur le grand canot. Il faisait nuit quand on lui avait retiré le bandeau, racontait-elle dans son chant, mais elle avait vu les toubabs donner de l'alcool à ce slati, et il avait bu jusqu'à l'ivresse ; alors, avec de grands rires, les toubabs l'avaient assommé et enfourné dans l'entrepont. Et la femme ajouta que, sans qu'elle pût exactement décrire le traître, il était sûrement enchaîné au milieu des autres, en proie à la terreur d'être découvert et tué, comme l'autre slati dont il connaissait forcément le sort. Dans l'entrepont, les hommes arrivèrent à la conclusion que ce slati devait, lui aussi, savoir quelques mots de la langue des toubabs, et qu'il pourrait essayer de les avertir du projet d'attaque.

Tout en agitant ses fers pour chasser un gros rat, Kounta songeait qu'il avait été jusque-là très ignorant à propos des slatis. Ces hommes ne vivaient évidemment pas dans les villages, où il aurait suffi qu'on soupçonnât leur activité pour les mettre instantanément à mort. Combien de fois n'avait-il pas estimé, autour des feux nocturnes de Djouffouré, qu'Omoro et ses aînés s'absorbaient inutilement dans l'évocation de dangers auxquels Kounta et les autres jeunes gens savaient pertinemment qu'ils ne succomberaient jamais. Il comprenait à présent pourquoi les aînés se préoccupaient à tel point de la sécurité du village ; ils savaient beaucoup mieux que les jeunes combien les slatis rôdaient en Gambie. Quand il s'agissait des métis de toubabs, leur peau jaune les faisait reconnaître facilement ; mais tous n'étaient pas des métis. Kounta revoyait cette jeune fille de Djouffouré qui avait été enlevée par les toubabs ; elle s'était présentée devant le Conseil des Anciens pour savoir ce qu'elle devait faire, maintenant qu'elle avait un enfant à la peau claire ; il se demandait quelle avait pu être leur décision.

Il savait à présent, par les autres captifs, que certains slatis se contentaient de fournir des marchandises aux toubabs : indigo, or et ivoire d'éléphant. Mais des centaines d'autres aidaient les toubabs à incendier les villages, à enlever les gens. Ils attiraient les enfants en leur proposant des morceaux de canne à sucre, et ils les emportaient dans des sacs. Des hommes racontaient avec quelle impitoyable brutalité les slatis avaient conduit leur marche. L'un avait vu sa femme, enceinte, mourir en chemin. Le fils d'un autre, le corps lacéré par les fouets, avait été abandonné, se vidant de son sang. Plus Kounta apprenait d'horreurs, et plus sa rage grandissait, non seulement pour lui-même mais pour tous les autres.

Immobilisé dans le noir, il entendait la voix de son père enjoignant sévèrement à Lamine et à lui-même de ne jamais vagabonder seuls ; Kounta regrettait désespérément de ne pas avoir obéi aux mises en garde d'Omoro. Son cœur se serrait à la pensée qu'il ne lui serait plus jamais donné d'écouter son père, qu'il lui faudrait désormais réfléchir seul, quelle que soit la vie qui l'attendait.

— Tout ce qui arrive est la volonté d'Allah !

La phrase qu'avait prononcée l'alcala se transmettait d'un homme à l'autre, et quand elle parvint à Kounta, celui-ci tourna la tête vers son compagnon de chaîne ouolof et la lui chuchota. Mais il sentit, au bout d'un moment, que le Ouolof ne l'avait pas fait passer à son voisin ; d'abord étonné, il songea qu'il n'avait peut-être pas articulé assez clairement et il lui répéta tout bas le message. Et soudain le Ouolof réagit si violemment que toute la cale put l'entendre :

— Si ton Allah a voulu cela, je préfère le diable !

Des clameurs d'assentiment s'élevèrent ici et là dans le noir, et des disputes éclatèrent.

Kounta était bouleversé. Lui à qui sa foi en Allah était aussi chère que sa vie même, voici que, pendant tout ce temps, il avait été attaché à un païen. Jusque-là il le respectait — c'était un aîné amical et de bon conseil. Mais Kounta sentait que, désormais, toute camaraderie serait éteinte entre eux.

36

Sur le pont, les femmes venaient de chanter aux hommes qu'elles avaient réussi à voler quelques couteaux, et qu'elles les avaient cachés avec diverses autres choses qui pourraient servir d'armes. Dans l'entrepont, les hommes se divisaient cette fois en deux camps plus tranchés que jamais. Le chef du groupe partisan de brusquer l'attaque était un Ouolof tatoué à l'air farouche. Tous les captifs l'avaient remarqué sur le pont parce qu'il dansait sauvagement dans ses chaînes en montrant ses dents limées en pointe — et les toubabs qui prenaient son geste pour un sourire claquaient dans leurs mains pour l'accompagner. Ceux qui, au contraire, estimaient sage de préparer leur action et de choisir le moment opportun avaient à leur tête le Foulah cuivré qui avait été atrocement battu pour avoir étranglé le slati.

Parmi les partisans du Ouolof, quelques-uns clamaient qu'il fallait attaquer les toubabs au moment où il s'en trouvait un grand nombre dans l'entrepont, faisant valoir que les captifs voyaient mieux qu'eux dans le noir et que l'élément de surprise serait plus grand. Mais les autres se récriaient : dans ce cas, les toubabs seraient encore en force sur le pont, et ils tueraient les enchaînés comme des rats. Lorsque le ton de la discussion montait trop entre le Ouolof et le Foulah, l'alcala intervenait en les avertissant que leurs cris risquaient d'être perçus par les toubabs.

Pour sa part, Kounta était résolu à se battre à mort, quel que soit le projet arrêté. Il n'avait plus peur de mourir. Depuis qu'il savait qu'il ne reverrait ni les siens ni son village, c'était comme si la vie s'était retirée de lui. Son unique crainte, c'était de périr sans avoir tué au moins un toubab. Cependant, ses préférences — et celles de la majorité des enchaînés, il le sentait — allaient au prudent Foulah, à cet homme que le fouet n'avait pas réduit. Kounta savait à présent que la plupart d'entre eux étaient des Mandingues et pas un Mandingue n'ignorait que les Foulahs pouvaient vouer des années, leur vie entière s'il le fallait, à tirer une meurtrière vengeance de ceux qui les avaient gravement lésés. Qu'un homme s'enfuie après avoir tué un Foulah, et les fils de celui-ci n'avaient plus un instant de repos qu'ils ne l'aient retrouvé et mis à mort.

— Il faut que nous fassions bloc derrière le chef qui a nos suffrages, conseilla l'alcala. (De vifs murmures s'élevèrent parmi les partisans du Ouolof, mais il était évident que la majorité des hommes s'étaient déclarés pour le Foulah.) Il faut observer le moindre geste des toubabs avec l'œil du faucon. Et quand le moment sera venu, nous devrons nous comporter en guerriers.

Qu'ils aient l'air d'être contents de leur sort. Cela endormirait la méfiance des toubabs, et il serait alors plus facile de les prendre par surprise. Le Foulah disait aussi que chaque homme devait bien repérer tout ce qu'il pouvait empoigner en guise d'arme. Kounta se sentit très fier, car il avait remarqué, lors de leurs séjours sur le pont, une pioche amarrée sous le bordage — il la saisirait et la plongerait comme une lance dans le ventre du premier toubab qui se présenterait. Rien que d'y penser, ses mains se crispaient déjà sur le manche.

Toutes les fois que les toubabs ouvraient brusquement le panneau d'écoutille et dégringolaient parmi eux en hurlant et en brandissant leurs fouets, Kounta restait tapi, comme une bête de la forêt. Ce que le kintango leur avait enseigné au moment de l'initiation lui revenait : le chasseur doit apprendre ce qu'Allah a lui-même appris aux animaux, c'est-à-dire à se cacher et à épier les chasseurs qui cherchent à les tuer. Mais, aussi, il avait réfléchi pendant des heures au fait que les toubabs semblaient *prendre plaisir* à infliger des souffrances. Le dégoût le saisissait lorsqu'il se souvenait des rires des toubabs tandis qu'ils flagellaient les hommes — spécialement lorsque les malheureux étaient couverts de vilaines plaies — et puis ils brossaient d'un air écœuré le suintement qui avait rejailli sur leurs vêtements. Il se représentait aussi avec horreur les toubabs forçant les femmes dans les recoins obscurs du canot. Les toubabs n'avaient donc pas de femmes ? Était-ce pour ça qu'ils se jetaient comme des chiens sur celles des autres ? Apparemment, les toubabs ne respectaient rien ; n'avaient-ils ni dieu ni même d'esprits à adorer ?

La seule chose qui l'empêchât de penser aux toubabs, c'était l'invasion des rats. Ces bêtes ne cessaient de s'enhardir. Il sentait parfois leurs moustaches lui chatouiller les jambes, attirés qu'ils étaient par le sang ou l'humeur suintant d'une plaie. Et quant aux poux, ils s'acharnaient sur son visage, se fixaient au coin de ses yeux ou sous les narines, à cause des larmes ou de la morve séchées. Alors, Kounta se tortillait pour arriver à les attraper et à les écraser entre ses ongles. Mais, pire que la vermine et les rats, il y avait cette douleur lancinante aux épaules, aux coudes, aux reins, qui venait de leur frottement continu et prolongé contre des planches raboteuses. Sur le pont, il avait vu ces plaques à vif chez les autres et, en bas, il mêlait ses hurlements aux leurs quand le grand canot tanguait et roulait, car ces mouvements froissaient abominablement leurs chairs meurtries.

Et puis, certains captifs semblaient devenus des morts-vivants. Quand on les faisait sortir au jour, Kounta remarquait que plus jamais leur visage ne reflétait la peur, car vivre ou mourir leur était désormais indifférent. Ils réagissaient encore, mais avec lenteur, au fouet des toubabs. Une fois qu'ils avaient été brossés à l'eau de mer, ils demeuraient inertes, incapables même d'essayer de sauter comme les autres. L'air soucieux, le toubab aux cheveux blancs faisait signe aux gardes de les laisser s'asseoir, et ils

226

restaient la tête courbée entre les genoux, leur dos à vif couvert d'un suintement rosâtre. Alors, cheveux-blancs leur tirait la tête en arrière et leur entonnait de force un liquide qu'ils n'arrivaient pas à avaler sans s'étrangler. Certains retombaient sur le côté, privés de mouvement, et les toubabs devaient les transporter dans la cale. Kounta sentait que ces hommes avaient décidé de mourir.

Mais, obéissant au Foulah, Kounta et la majorité des captifs arboraient des mines réjouies pour danser dans leurs chaînes. Ils devaient se faire violence pour y parvenir, mais le résultat en était évident : les toubabs étaient plus détendus, les fouets moins actifs, les séjours des captifs sur le pont ensoleillé s'allongeaient. Après la torture de l'eau salée et du décapage à la brosse, Kounta et les autres demeuraient assis, épiant les moindres gestes des toubabs, notant de quelle façon ils se postaient le long du bordage, remarquant qu'ils ne lâchaient pratiquement jamais leur arme. Ce qui inquiétait le plus Kounta, c'était ce gros objet de métal qui pointait au milieu de la palissade dressée sur le pont. Il savait qu'il faudrait à tout prix s'en emparer ; il en ignorait l'usage, mais il sentait qu'il était capable de faire des ravages parmi les captifs — c'était justement pour ça que les toubabs l'avaient placé là.

Ce qui le préoccupait aussi, c'était la manœuvre de cette roue que quelques toubabs étaient constamment en train de tourner dans un sens et dans l'autre en regardant dans un petit rond de métal cuivré placé à hauteur d'œil. Il avait déjà fait passer à l'alcala la question :

— Qui dirigera le canot si ces toubabs sont tués ?

Et le chef foulah avait répondu qu'il faudrait les prendre vivants.

— Avec des lances contre la gorge, avait-il dit, ils nous ramèneront chez nous au péril de leur vie.

Kounta avait frissonné à l'idée qu'il pourrait revoir sa terre, son village, les siens. Et même si cela arrivait, avait-il pensé, jamais il n'oublierait ce que les toubabs lui avaient fait — pas la moindre bribe, aussi vieux qu'il vécût.

Mais une autre crainte tenaillait Kounta : et si les toubabs remarquaient que lui et les autres dansaient à présent d'une façon toute différente, qu'ils dansaient *vraiment ?* Ils ne pouvaient s'empêcher de traduire par leurs mouvements ce qui occupait entièrement leur esprit : rejeter fers et chaînes, frapper, étrangler, transpercer, tuer. Il leur arrivait, empoignés par leurs idées de carnage, de pousser des hurlements de triomphe. Mais, au grand soulagement de Kounta, les danses se terminaient sans que les toubabs eussent rien détecté, réjouis qu'ils étaient par l'entrain des captifs. Et puis, un jour, les enchaînés — et les toubabs — se figèrent soudainement : des centaines de poissons volants bondissaient au-dessus de l'eau comme des oiseaux argentés. Abasourdi, Kounta contemplait ce spectacle inconnu lorsqu'un cri le fit se retourner : le Ouolof tatoué arrachait à un toubab son bâton de métal. Il l'abattit comme un gourdin sur le crâne du toubab, dont la cervelle rejaillit sur le pont ; le temps que les toubabs reviennent de leur stupéfaction, et il en avait assommé un autre. Rugissant de rage, le Ouolof étendait au sol son cinquième toubab quand brilla l'éclair d'un grand couteau : sa tête vola, son corps s'effondra, le sang giclant à gros bouillons des chairs tranchées. Sur le visage, aux yeux grands ouverts, demeurait un air de surprise.

Aussitôt s'élevèrent des clameurs de panique et la scène fut envahie par les toubabs qui surgissaient des écoutilles et dégringolaient comme des singes du haut des cotonnades blanches. Les femmes hurlaient, les enchaînés se pressaient les uns contre les autres. Les bâtons métalliques crachèrent des flammes et de la fumée ; et puis le gros tube noir explosa dans un bruit de tonnerre, envoyant au-dessus de leurs têtes un nuage de fumée brûlante qui les fit s'abattre les uns sur les autres, pantelants de terreur.

De derrière la clôture surgirent cheveux-blancs et le balafré, fous de rage. Le balafré se jeta sur le premier toubab à sa portée et le frappa si violemment au visage que le sang jaillit de sa bouche et, brusquement, tous les toubabs n'étaient plus qu'une masse hurlante repoussant les enchaînés vers l'écoutille à coups de fouet, de couteau, de bâton à feu. Kounta avançait sans sentir la brûlure des lanières, guettant le signal du Foulah. Mais il eut à peine le temps de comprendre ce qui arrivait qu'ils étaient déjà tous entravés dans les ténèbres de l'entrepont, et le panneau d'écoutille se refermait en claquant.

Mais voici que, dans la confusion, un toubab était resté enfermé avec eux. Hurlant de terreur, il courait en tous sens, trébuchait, se cognait dans les étagères, tombait et, à peine relevé, recommençait à s'agiter dans le noir en poussant de véritables cris de bête. La voix d'un captif s'éleva : *Toubab fa !* et aussitôt d'autres reprirent après lui : *Toubab fa ! Toubab fa !* Le tumulte s'enfla progressivement et bientôt tous les hommes hurlaient en chœur. Des balbutiements pitoyables s'échappaient du toubab, comme s'il avait compris que les clameurs s'adressaient à lui, et Kounta l'écoutait sans pouvoir faire un geste ni articuler un mot. Il haletait, trempé de sueur, la tête en feu. Le panneau d'écoutille s'ouvrit brusquement et une douzaine de toubabs dégringolèrent dans les ténèbres de l'entrepont. Ils cinglèrent à plusieurs reprises le toubab avant qu'il pût leur faire comprendre qu'il était des leurs.

Dans une tempête de coups de fouet, les captifs

furent de nouveau détachés et poussés sur le pont : sous leurs yeux, quatre toubabs armés de gros fouets réduisirent en bouillie le cadavre décapité du Ouolof. Pas un son ne s'éleva des captifs dont les corps nus luisaient de sueur et de sang. Le cercle des toubabs, à présent loudement armés, contemplait les captifs en haletant, le visage empreint d'une rage meurtrière. Et puis les lanières sifflèrent pour les ramener en bas et les réenchaîner.

Pendant un long moment, on n'entendit même pas un chuchotement. Un flot d'idées et d'émotions assaillirent Kounta lorsqu'il eut réussi à reprendre ses esprits, mais, avant tout, il sentait qu'il n'était pas le seul à admirer le courage du Ouolof, qui était mort en guerrier. Il se souvint de sa trépidation intérieure, en attendant que le Foulah donnât le signal de l'attaque — mais il n'y avait pas eu de signal. Kounta était amèrement déçu : quoi qu'il en soit advenu, tout aurait déjà été terminé ; et justement, pourquoi ne pas mourir tout de suite ? Y aurait-il jamais un meilleur moment ? Pourquoi s'accrocher à une vie passée dans ces ténèbres puantes ? Il souhaita désespérément pouvoir communiquer de nouveau avec son compagnon de chaîne, mais le Ouolof était païen.

Les murmures de colère contre la défection du Foulah cessèrent dès que circula son dramatique message : ceux de son niveau attaqueraient lors de la prochaine montée sur le pont, au moment où les toubabs sembleraient le plus détendus.

— Beaucoup d'entre nous mourront, dit le Foulah, comme notre frère est mort pour nous. Mais nos frères enchaînés au fond nous vengeront.

Cette fois, les murmures se firent approbatifs. Kounta entendait dans le noir le crissement métallique d'une lime. Depuis des semaines, ceux qui l'avaient dérobée entamaient un peu plus leurs chaînes en recouvrant à chaque fois l'entaille d'ordure, pour la dissimuler aux toubabs. Il essayait de bien fixer dans sa tête les traits des toubabs qui tournaient la grande roue, puisqu'ils étaient les seuls à qui il faudrait laisser la vie.

Mais, au cours de la longue nuit qui suivit, un bruit encore inconnu de Kounta et des autres leur parvint. Il semblait venir du pont, juste au-dessus de leur tête. Tous firent rapidement silence et Kounta, en écoutant attentivement, en déduisit que des vents plus forts qu'à l'ordinaire faisaient claquer anormalement les grands pans d'étoffe blanche. Mais bientôt survint un nouveau son, comme si du riz tombait sur le pont ; alors, il devait s'agir d'une très grosse pluie. Et il fut sûr de ne pas s'être trompé en reconnaissant des roulements et des fracas de tonnerre, évidemment étouffés par l'épaisseur du bois.

Soudain, des pieds martelèrent le pont et le grand canot se mit à tanguer et à frémir. Dans toute la cale montèrent des cris de douleur, car chaque oscillation du roulis ou du tangage plaquait plus violemment les hommes sur les planches raboteuses qui leur arrachaient la peau des épaules, des coudes, des fesses, déjà si violemment entamée qu'ils en eurent très vite les muscles à vif. Kounta perdit presque connaissance sous les fulgurantes brûlures qui l'irradiaient de la tête aux pieds, et il ne perçut que comme un très lointain bruit le fracas de l'eau qui déferlait dans l'entrepont et les hurlements de terreur des captifs.

Des trombes d'eau se déversèrent sur les enchaînés jusqu'au moment où Kounta entendit que l'on tirait quelque chose de lourd sur le pont, comme une grande et rude étoffe. Au bout d'un moment, Kounta fut inondé de sueur ; il étouffait. Pour empêcher l'eau d'inonder l'entrepont, les toubabs avaient bouché toutes les ouvertures au-dessus des captifs, et il ne passait

plus un souffle d'air. La puanteur et la chaleur devenaient intolérables. Les hommes haletaient, vomissaient, secouaient frénétiquement leurs chaînes, poussaient des clameurs de panique. Kounta avait l'impression qu'on lui emplissait progressivement le nez, la
gorge, les poumons de coton ardent. Il essayait à toute
force d'aspirer un peu d'air pour pouvoir crier. Dans le
sauvage tumulte des hommes hurlant, suffoquant,
secouant frénétiquement leurs chaînes, Kounta ne
s'aperçut même pas que ses intestins et sa vessie
s'étaient vidés.

Les coups de boutoir des vagues ébranlaient la coque
et les captifs entendaient le bois craquer derrière leur
tête. Et puis les cris étouffés des hommes entravés au
niveau inférieur redoublèrent, car le grand canot
venait de plonger en arrière, tout ébranlé par les
tonnes d'eau qui le fouettaient. Il se redressa miracu-
leusement, sous les crépitements d'une pluie aussi
violente que de la grêle. Et l'abominable mouvement
se répéta encore et encore : sous la puissance des
masses d'eau, le grand canot tremblait, roulait, partait
en arrière, retombait — mais, dans l'entrepont, le
tumulte s'éteignait progressivement : l'un après l'autre, les hommes perdaient connaissance.

Kounta revint à lui sur le pont, étonné d'être encore
en vie. Tout d'abord, les lumières orange lui firent
penser qu'il était toujours dans l'entrepont. Mais il
aspira une grande bouffée d'air : il était bien dehors. Il
gisait sur le dos, traversé de douleurs si fulgurantes
qu'il ne pouvait retenir ses larmes, même devant les
toubabs. Au-dessus de sa tête, il en vit qui circulaient
comme des ombres à la lueur de la lune, accrochés aux
hauts poteaux ; ils semblaient s'efforcer de dérouler un
des grands tissus blancs. Et puis des bruits lui firent
tourner la tête : des toubabs sortaient de l'écoutille en
tirant les formes inertes d'hommes nus dont les fers

232

heurtaient les planches ; et les toubabs les déposaient à côté de Kounta et des autres, déjà empilés comme des bûches.

Le compagnon de chaîne de Kounta était agité de violents tremblements et, alternativement, il geignait et s'étranglait. Kounta lui-même ne put contenir ses nausées en voyant les toubabs, pressés par les imprécations de cheveux-blancs et du balafré, qui glissaient et tombaient dans les vomissures, tout en s'activant à remonter de la cale les corps inertes des enchaînés.

Le grand canot tanguait encore fortement, et les embruns venaient parfois inonder le gaillard d'arrière. Tout en courant ici et là, suivi par un toubab porteur d'une lumière, cheveux-blancs conservait difficilement son équilibre. De temps en temps, il se penchait sur un captif nu, lui tournait la tête, tandis que l'autre abaissait sa lumière ; cheveux-blancs le regardait attentivement, parfois même il lui saisissait le poignet. Dans certains cas, il lançait un ordre : alors, des toubabs ramassaient l'homme et le jetaient par-dessus bord.

Kounta savait que ces hommes étaient morts en bas, dans l'entrepont. Il se demandait comment Allah, Lui qui est partout et à tout moment, avait pu s'y trouver — et pourtant ? Mais n'était-ce pas se montrer encore pire que le païen gémissant à son côté que d'oser se poser une telle question ? Alors il songea qu'il lui fallait prier pour l'âme de ces hommes dont les corps avaient été jetés dans les vagues, et qui avaient déjà rejoint leurs ancêtres. Kounta les enviait.

37

A l'aube, le temps s'était dégagé et calmé, mais le bateau donnait encore fortement de la bande. Parmi les hommes, certains étaient toujours étendus sur le dos ou sur le côté, sans donner signe de vie ; d'autres étaient secoués d'épouvantables convulsions. Kounta avait cependant réussi, comme beaucoup, à se mettre assis — ce qui soulageait un peu l'atroce souffrance qui lui traversait le dos et les reins. Il contemplait d'un œil éteint le dos de ceux qui étaient près de lui ; tous avaient des escarres sanguinolentes, et il vit même, chez certains, pointer les os des épaules et des coudes. Il continua à regarder tout autour de lui : une femme gisait, les jambes largement écartées. Ses parties intimes semblaient barbouillées d'une bizarre pâte d'un jaune grisâtre, et le nez de Kounta saisit une odeur indescriptible, qui devait venir d'elle.

De temps en temps, un captif essayait de se relever. Certains retombaient, mais Kounta remarqua que le Foulah, leur chef, avait réussi à s'asseoir. Il saignait de partout, et ne semblait pas comprendre ce qui se passait autour de lui. Pour la plupart des autres, Kounta ne les reconnaissait pas. Ce devait être leurs frères enchaînés au-dessous d'eux. Le Foulah avait dit de ces hommes qu'ils vengeraient les morts du niveau de Kounta, lorsque ceux-ci auraient attaqué les toubabs. Attaquer. Kounta n'avait même plus la force d'y penser.

Il voyait la mort inscrite sur bien des visages, y compris celui de son compagnon de chaîne. Il n'aurait pu dire pourquoi, mais il savait que ces hommes allaient mourir. Le teint du Ouolof était devenu grisâtre, il avait une respiration hachée et sifflante. Ses os mêmes, que Kounta voyait pointer dans la chair à vif aux épaules et aux coudes, avaient une couleur grise. Comme s'il avait senti son regard, le Ouolof ouvrit les yeux. D'un doigt faible, Kounta effleura le bras du païen, mais celui-ci ne semblait plus rien éprouver.

Bien que souffrant toujours atrocement, Kounta se sentait légèrement ragaillardi par le chaud soleil. Mais il s'aperçut avec un frisson d'horreur qu'il était assis dans une flaque de sang — le sang qui avait coulé de son dos à vif. Les toubabs, qui paraissaient assez mal en point, s'activaient avec des balais et des seaux à nettoyer le pont des vomissures et des excréments ; d'autres remontaient d'en bas de pleins baquets de déjections qu'ils vidaient par-dessus bord. Les voyant en pleine lumière, Kounta remarqua vaguement qu'ils avaient une peau blême, beaucoup de poils et d'assez petits fotos.

Au bout d'un moment, il sentit monter à travers les grilles d'aération les odeurs mêlées du vinaigre bouillant et du goudron. Sur le pont, cheveux-blancs passait parmi les enchaînés avec son onguent. Là où les os trouaient les chairs, il appliquait des emplâtres enduits de poudre, mais ceux-ci étaient si vite imbibés de sang qu'ils ne tenaient pas en place. Et aussi il ouvrait de force la bouche des hommes — ce fut le cas pour Kounta — pour les faire boire à une bouteille noire.

Au coucher du soleil, ceux qui étaient capables de manger reçurent une petite écuelle de farine de maïs cuite avec de l'huile de palme. Et puis les toubabs leur apportèrent à chacun une louche d'eau qu'ils puisaient dans un grand tonneau placé au pied du plus haut poteau.

Au moment où les étoiles se montrèrent dans le ciel, on les réenchaîna dans l'entrepont. Les captifs du niveau inférieur qui étaient le plus mal en point furent installés au niveau de Kounta, dans les espaces laissés vides par la mort des autres, et leurs gémissements de douleur montèrent plus fort que jamais.

Pendant trois jours, Kounta demeura collé aux planches, hébété de souffrance, de vomissements, de fièvre, mêlant ses cris à l'atroce clameur générale. Comme beaucoup d'autres, il était secoué de profondes et rauques quintes de toux. Il avait tout le corps inondé de sueur, le cou enflé et brûlant. Il n'émergea qu'une fois de sa stupeur, en sentant les moustaches d'un rat lui effleurer la hanche ; lançant brusquement sa main libre, il attrapa la bête par la tête et les pattes avant. C'était trop inespéré. La rage qu'il contenait depuis si longtemps descendit dans son bras, dans sa main : il serra de plus en plus fort le rat qui se tordait en couinant et puis il sentit les yeux jaillir, le crâne s'écraser sous ses doigts. Alors sa main retomba inerte, laissant échapper le corps broyé.

Un ou deux jours plus tard, cheveux-blancs descendit lui-même dans la cale, cherchant — et trouvant — ici et là encore un nouveau cadavre qu'il faisait aussitôt détacher. Suffoquant dans la puanteur, il examinait les enchaînés sous les lumières que les toubabs élevaient bien haut, appliquait son onguent ou sa poudre, introduisait le goulot de sa bouteille noire dans la bouche de ceux qui avaient encore un souffle de vie. Kounta retenait ses hurlements chaque fois que les doigts lui passaient la graisse dans le dos, que la bouteille lui ouvrait les lèvres. Le simple contact de ces mains blêmes le révulsait ; il aurait encore préféré la brûlure du fouet. Et, dans le halo orange des lumières, les visages des toubabs formaient comme une tache pâle et floue qu'il ne pourrait pas plus oublier que l'infection dans laquelle il gisait.

Secoué de fièvre, baignant dans la fange, Kounta ne

savait plus s'ils étaient dans le ventre du canot depuis deux ou six lunes, peut-être même depuis une pluie. L'homme qui avait pu compter les jours grâce à la bouche d'aération était mort. Et il n'existait plus aucune communication entre les survivants.

Une fois, en sortant brusquement d'un demi-sommeil, Kounta éprouva une indicible terreur : il sentait que la mort était tout près de lui. Bientôt il s'aperçut qu'il n'entendait plus la respiration sifflante de son compagnon de chaîne. Pendant longtemps, il ne put se forcer à le toucher. Enfin, il étendit la main et la retira aussitôt, horrifié : le corps du Ouolof était froid et raide. Païen ou non, ils avaient parlé tous les deux, ils avaient été entravés côte à côte. Et maintenant Kounta était seul.

Lorsque les toubabs descendirent avec la bouillie de maïs, Kounta se tassa sur ses planches en les entendant se rapprocher de lui. Il sentit qu'on secouait le Ouolof. Et puis le récipient de nourriture heurta les planches entre lui et le cadavre, et les toubabs poursuivirent leur distribution. Kounta avait le ventre creux, mais il ne put rien avaler.

Ensuite, deux toubabs vinrent détacher le poignet et la cheville du Ouolof de ceux de Kounta. Hébété, incapable de bouger, il entendit tirer le corps dans l'allée et jusqu'en haut de l'escalier. Il voulut s'écarter de cet espace vide, mais, au premier mouvement qu'il fit, le raclement des planches contre sa chair à vif le traversa d'une douleur intolérable qui le fit hurler. Alors il ne bougea plus, attendant qu'elle se calme un peu, et dans sa tête résonnaient les lamentations funèbres des femmes du village de ce Ouolof, pleurant sa mort.

— *Toubab fa !* lança-t-il de toutes ses forces dans la ténébreuse puanteur, en agitant la chaîne au bout de laquelle cliquetait le fer vide du Ouolof.

Lorsqu'on les ramena de nouveau sur le pont, les yeux de Kounta rencontrèrent ceux d'un des toubabs qui les avaient battus ensemble, lui et le Ouolof. Pendant un instant ils se regardèrent intensément ; Kounta put lire la haine sur le visage du toubab, mais cette fois le fouet l'épargna. Tout surpris, il observa le pont et remarqua les femmes, qu'il n'avait pas revues depuis la tempête. Et son cœur se serra : il n'y en avait plus que douze — huit d'entre elles manquaient. Mais il vit avec soulagement que les quatre enfants avaient survécu.

Il ne fut plus question, cette fois, de décaper les captifs à la brosse, car leur dos n'était plus qu'une masse sanguinolente ; et ils dansèrent mollement, avec le tambour pour seul accompagnement : le toubab qui maniait la chose sifflante avait disparu. Les femmes chantèrent, malgré leurs souffrances, pour dire aux captifs que plusieurs autres toubabs avaient été cousus dans un tissu blanc et jetés par-dessus bord.

Avec une expression de grande lassitude, cheveux-blancs allait d'un captif à l'autre avec son onguent et sa bouteille quand, brusquement, un homme traînant à son poignet et à sa cheville les fers laissés vides par la mort de son compagnon se précipita vers le bordage. Mais, juste au moment où il sautait, un toubab le rattrapa par une chaîne et le tint suspendu au-dessus de l'eau. Sur le pont parvenaient ses cris étouffés et le choc de son corps contre le flanc du grand canot. Soudain, Kounta reconnut parmi les hurlements de l'homme quelques mots toubabs. Un murmure sifflant monta des enchaînés ; c'était l'autre slati, ils en étaient sûrs. Balancé au bout de la chaîne, il revenait cogner contre la coque en glapissant *Toubab fa !* et puis en lançant des supplications. Alors cheveux-blancs alla se pencher par-dessus le bordage, il écouta un instant et puis, d'un mouvement brusque, il arracha la chaîne des mains du toubab, et le slati tomba à l'eau en hurlant. Sans un mot, cheveux-blancs revint passer onguent et poudre sur les plaies, comme s'il ne s'était rien passé.

Les gardes ne maniaient plus aussi fréquemment le fouet, mais en revanche ils paraissaient terrifiés par leurs prisonniers. Chaque fois qu'ils amenaient les captifs sur le pont, les toubabs se formaient en cercle autour d'eux, en brandissant leurs bâtons à feu et leurs couteaux, comme si les enchaînés allaient attaquer à tout moment. Et cependant, pour ce qui était de Kounta, il n'était plus du tout question d'essayer de tuer les toubabs, malgré la haine brûlante qu'il leur vouait. Il était trop affaibli, trop malade pour qu'il lui importât de vivre ou de mourir. Il s'allongeait sur le côté, les yeux fermés. Il sentait les mains de cheveux-blancs lui passant son onguent sur le dos. Et puis, pendant un moment, plus rien ne comptait que la chaleur du soleil, la fraîche brise océane — la souffrance faisait place à une sorte de torpeur. Calmement, presque sereinement, il n'aspirait plus qu'à mourir et rejoindre ses ancêtres.

Dans l'entrepont, Kounta percevait parfois des chuchotements et il se demandait de quoi pouvaient parler les hommes. Et à quoi bon parler ? Il avait perdu son compagnon de chaîne, le Ouolof, et la mort avait emporté beaucoup de ceux qui traduisaient pour les autres. En outre, il n'avait plus la force de parler. Kounta se sentait chaque jour un peu plus mal, et quant à ce qui arrivait à certains d'entre eux, c'était encore pire. Leurs boyaux laissaient à présent couler une sorte de mucus d'un gris jaunâtre, parsemé de caillots de sang et abominablement nauséabond.

Lorsque les toubabs eurent été alertés par l'odeur putride et l'aspect des déjections, ils se montrèrent extrêmement nerveux. L'un d'eux grimpa en toute hâte jusqu'à l'écoutille et, au bout de quelques minutes, cheveux-blancs descendit dans la cale. Entre deux haut-le-cœur, il fit signe aux toubabs de détacher les captifs malades et de les emmener. Puis d'autres toubabs arrivèrent avec des lampes, des houes, des brosses et des seaux. Dans un torrent de vomissements et d'imprécations, ils grattèrent, frottèrent, décapèrent les étagères où avaient été couchés les hommes atteints de l'horrible écoulement. Puis ils y déversèrent du vinaigre bouillant et déplacèrent les voisins des malades en les casant dans des espaces libres.

Mais ce fut en vain : la sanglante épidémie continua de se propager — Kounta entendit les toubabs l'appeler « le flux ». Bientôt, d'intolérables douleurs lui transpercèrent le crâne et le dos, puis survint une fièvre ardente entrecoupée de sueurs froides et, finalement, il eut l'impression qu'il se vidait de ses entrailles en expulsant le malodorant liquide. Il défaillit de souffrance et se mit à hurler sans même réaliser le sens de ses paroles :

— Omoro ! Omar le deuxième calife, le troisième après le prophète Mahomet ! Kaïraba ! Kaïraba signifie paix !

Et puis il retomba sans voix, au milieu des pleurs et des sanglots montant de toutes parts. En deux jours, tous les captifs furent atteints du flux.

Les sanguinolentes déjections roulaient sur les planches, coulaient dans les allées, et les toubabs ne pouvaient plus éviter de s'y frotter, d'y patauger, en redoublant de vomissements et d'imprécations. Tous les jours ils menaient les captifs sur le pont tandis que d'autres descendaient nettoyer la cale au vinaigre et au goudron fumants. Kounta et ses compagnons sortaient de l'écoutille en titubant et s'effondraient aussitôt sur le pont bientôt souillé par les déjections liquides et le sang coulant de leurs dos à vif. Kounta avait l'impression d'être traversé de la tête aux pieds par les bouffées d'air frais, et pareillement, dans la cale, par l'odeur du vinaigre et du goudron — mais celle-ci ne parvenait pas à masquer la puanteur du flux.

Kounta se mit à délirer. Il revoyait sa grand-mère Yaïssa allongée dans son lit et lui parlant pour la dernière fois, quand il n'était encore qu'un petit garçon ; et il pensait à la vieille Nyo Boto et à l'histoire qu'elle racontait aux enfants du premier kafo — sur le crocodile pris au piège sur la rive du fleuve et le garçon qui l'avait délivré. Il gémissait, balbutiait, mais dès que les toubabs approchaient, il envoyait bras et jambes dans toutes les directions en essayant de les atteindre.

La plupart des hommes furent bientôt incapables de marcher ; les toubabs les soutenaient pour monter sur le pont, où cheveux-blancs leur appliquait inutilement son onguent. Tous les jours on enlevait des morts pour les jeter à l'eau ; quelques femmes, deux des enfants et plusieurs toubabs périrent aussi. Les toubabs avaient d'ailleurs à peine la force de se traîner, et celui qui manœuvrait la grande roue se tenait debout dans un baquet où le flux coulait directement de son ventre.

Et puis, un jour, Kounta et le petit nombre de ceux qui tenaient encore vaguement debout eurent la surprise, en arrivant sur le pont, de voir l'eau couverte à perte de vue d'un tapis d'algues dorées. Kounta savait que la mer ne pouvait pas s'étendre à l'infini : le grand canot allait donc passer par-dessus le bord du monde. Mais peu lui importait. Sans savoir de quelle façon elle viendrait, il sentait que sa fin était proche.

Il remarqua que le vent ne gonflait plus les grandes cotonnades blanches. En haut des poteaux, les toubabs s'efforçaient de les déployer dans un sens et dans l'autre en tirant sur les cordes. Et puis ils remontaient des seaux d'eau que les toubabs du pont remplissaient et les jetaient sur les pans de toile. Mais le grand canot n'avançait plus, et bientôt il se mit à tanguer doucement sur place.

Les toubabs semblaient hors d'eux ; cheveux-blancs hurlait même contre le balafré qui à son tour injuriait et frappait les autres toubabs ; et, quant à ceux-ci, ils se battaient de plus en plus souvent entre eux. En revanche, les enchaînés commençaient à être mieux traités, ils passaient presque toute la journée sur le pont, et les fouets ne sifflaient plus que rarement. Et, au grand étonnement de Kounta, ils recevaient même une grande mesure d'eau par jour.

Un matin, au sortir de l'écoutille, les hommes virent des centaines de poissons volants empilés sur le pont. Les femmes chantaient que les toubabs les avaient attirés en disposant des lumières sur le sol ; et toute la nuit ils avaient frétillé sur le pont sans pouvoir repasser par-dessus le bord. Ils furent mis à cuire avec le maïs, et la saveur du poisson frais enchanta Kounta, qui engloutit avidement sa part, arêtes et nageoires comprises.

Le jour où, après lui avoir aspergé le dos de sa poudre jaune et piquante, cheveux-blancs lui appliqua sur l'épaule droite un épais pansement, Kounta comprit que lui aussi avait un os pointant à travers la chair, comme la plupart des autres, surtout les plus maigres. Bientôt son épaule lui fit atrocement mal. Mais à peine avait-il réintégré l'entrepont que le pansement, gorgé de sang, se décollait. Qu'est-ce que cela pouvait faire ? Parfois sa pensée se fixait sur les horreurs qu'il avait endurées, ou sur sa haine des toubabs ; mais généralement il demeurait inerte, les yeux collés par une sorte de pâte jaunâtre, l'esprit vide dans les ténèbres et la puanteur.

Il entendait sans plus réagir des hommes crier, supplier Allah de les sauver. Il sombrait dans un sommeil agité et geignard, traversé d'un pêle-mêle de rêves : les champs de Djouffouré, les vergers, les poissons sautant à la surface du bolong, les quartiers d'antilopes rôtissant sur des braises, les calebasses d'infusions fumantes sucrées au miel. Il se réveillait en marmonnant des menaces incohérentes entrecoupées de pressantes supplications : qu'on le laisse voir une dernière fois sa famille. Omoro, Binta, Lamine, Souwadou, Madi — ils étaient comme une pierre dans son cœur. L'idée de la peine qu'il leur avait causée le torturait. Il essayait inutilement de penser à autre chose. Son esprit revenait toujours au même sujet. Ainsi, ce tambour qu'il voulait se confectionner, il se serait exercé à le frapper la nuit, en montant la garde aux champs d'arachides — pour que personne n'entende ses fautes. Mais alors il se rappelait ce jour où il était allé chercher le tronc qui conviendrait le mieux pour la caisse, et les horribles souvenirs revenaient l'envahir.

Kounta fut l'un des derniers à pouvoir encore quitter son étagère et monter l'escalier sans aide. Et puis ses jambes se dérobèrent et, à son tour, il fut à moitié porté, à moitié tiré jusqu'au pont. Il attendait le moment d'être nettoyé en gémissant doucement, la tête entre les genoux, les yeux collés de chassie. Les toubabs employaient maintenant une grosse éponge, car les hommes avaient le dos trop entamé pour supporter les durs crins de la brosse. Et encore Kounta était-il encore moins mal en point que beaucoup qui gisaient sur le côté, respirant à peine.

Seuls les enfants et les femmes semblaient en bonne santé ; les ténèbres et les fers, l'ordure, la puanteur, les poux, les puces, les rats, la contagion leur avaient été épargnés. L'aînée des femmes — à peu près de l'âge de Binta — était une Mandingue du village de Kéréouan appelée Mbouto ; elle avait une telle allure, une telle dignité que, malgré sa nudité, elle semblait parée d'une robe. Les toubabs eux-mêmes ne l'empêchaient pas d'aller réconforter les enchaînés. Elle passait d'un malade à l'autre avec des mots consolants, frottait doucement les fronts et les torses brûlants de fièvre.

— Mère ! Mère ! murmura Kounta sous la caresse de ses mains.

Et un autre captif, trop affaibli pour parler, essaya de grimacer un pauvre sourire.

Enfin, Kounta ne fut même plus capable de manger seul. Son épaule, son coude ne répondaient plus, envahis par la purulence. Souvent, à présent, les toubabs nourrissaient les captifs sur le pont, et un jour le balafré remarqua que la main de Kounta grattait le bord de l'écuelle sans pouvoir y plonger. Il lança un ordre et, aussitôt, un toubab introduisit un tube dans la bouche de Kounta et y fit couler la bouillie. Il avala, hoqueta, bava et puis s'étendit à plat ventre, épuisé.

Il faisait de plus en plus chaud et l'on étouffait même sur le pont. Au bout de quelques jours cependant, la brise se leva. De nouveau les grandes cotonnades blanches claquèrent et se gonflèrent, tandis que les toubabs s'affairaient comme des singes dans les hauts poteaux. Bientôt le grand canot fendait la vague dans un nuage d'écume. Le lendemain matin, la cale fut envahie beaucoup plus tôt que de coutume par un nombre inusité de toubabs. Dans une grande surexcitation, ils s'empressèrent de détacher les hommes et de les soutenir jusqu'au pont. Kounta émergea en titubant dans le petit matin et il vit ceux qui l'avaient précédé, et les toubabs et les femmes et les enfants tournés vers le bordage. Les toubabs riaient, s'exclamaient, gesticulaient. Kounta se risqua à regarder entre deux dos tapissés de croûtes...

Bien qu'encore brouillé par la distance, c'était indéniablement un morceau de la terre d'Allah qui se trouvait là-bas. Les toubabs avaient réellement un pays où poser leurs pieds — ce toubabo dou dont les ancêtres avaient dit qu'il s'étendait du levant au couchant. Kounta fut saisi de violents tremblements. La sueur lui dégouttait du front. Le voyage était terminé. Et il avait survécu. Mais bientôt le rivage ne fut plus qu'une ombre grise et fuyante à travers ses larmes — il savait que ce qui allait venir serait encore pire.

38

Réenchaînés dans les ténèbres de l'entrepont, les hommes demeuraient muets de frayeur. Dans le silence, Kounta entendait le bois du bateau craquer, la mer susurrer contre la coque, et le pas lourd des toubabs marteler le pont.

Soudain un Mandingue lança une fervente invocation à Allah, aussitôt reprise par les autres, et bientôt s'enfla un tumulte de prières, de louanges, de bruits de chaînes entrechoquées. Le panneau d'écoutille s'ouvrit sans que Kounta l'ait entendu, mais le dur faisceau de clarté le rendit brusquement silencieux. Battant des paupières pour essayer d'écarter la chassie, il entrevit vaguement que les toubabs mettaient une hâte inaccoutumée à les faire monter sur le pont. Reprenant leurs brosses à long manche, ils procédèrent à l'atroce décapage des corps rongés de plaies, sourds aux cris de douleur des captifs ; puis cheveux-blancs passa parmi eux avec sa poudre jaune. Là où les chairs étaient profondément entamées, il faisait signe à un assistant de passer une substance noire avec un large pinceau plat. Lorsque le pinceau toucha les fesses à vif de

Kounta, il s'écroula sur le pont, torturé de fulgurants élancements.

Il lui semblait être étendu dans un brasier ; entendant les hommes pousser des cris de terreur, il leva la tête : les toubabs préparaient les captifs à être mangés. Ils se mettaient à deux pour les maintenir agenouillés tandis qu'un troisième leur enduisait le crâne d'une mousse blanche et leur rasait les cheveux avec un mince objet brillant, qui leur faisait couler du sang sur le visage.

Quand vint son tour, Kounta se débattit en hurlant, mais un coup de pied dans les côtes lui coupa le souffle et il sentit, sur son crâne, le contact de la mousse et le raclement de l'objet brillant. Ensuite, les toubabs oignirent les enchaînés d'une huile qui leur rendit la peau brillante, puis ils leur firent enfiler un bizarre pagne avec deux trous pour passer les jambes, et qui leur dissimulait aussi les parties viriles. Enfin, sous la surveillance attentive de cheveux-blancs, ils furent enchaînés au bordage.

Le soleil était au plus haut de sa course. Kounta demeurait prostré. Il songea qu'au moment où ils mangeraient sa chair et suceraient ses os son esprit serait déjà auprès d'Allah. Il s'absorbait dans une prière muette lorsque claquèrent les voix de cheveux-blancs et du balafré ; ouvrant les yeux, il vit les toubabs grimper dans les poteaux. Mais, cette fois, ils tiraient sur les cordes avec une joyeuse animation. Bientôt les grandes cotonnades blanches se replièrent et descendirent mollement.

Une odeur nouvelle frappa les narines de Kounta ; c'était en fait un mélange d'odeurs étranges. Puis il crut percevoir des sons venant d'au delà de l'eau. Il n'aurait pu en dire la provenance. Mais bientôt ceux-ci se rapprochèrent, et Kounta se mit à gémir de terreur avec les autres. Plus les bruits montaient et plus s'enflaient les supplications et les cris inarticulés des captifs. Et finalement la brise apporta une odeur de corps de toubabs, de toubabs nombreux et inconnus. Au même moment, le grand canot heurtait quelque chose de dur et tanguait violemment ; puis il fut amarré par des cordes et demeura absolument immobile — pour la première fois depuis que les captifs avaient quitté l'Afrique, il y avait de cela trois lunes et demie.

Les enchaînés demeuraient figés de terreur. Les bras noués autour de ses genoux, les yeux fermés, Kounta semblait paralysé. Il retenait sa respiration pour ne pas sentir les écœurantes odeurs. Et puis, ayant perçu un ébranlement lourd contre le pont, il regarda à travers ses paupières demi-closes : deux nouveaux toubabs, pressant un tissu blanc contre leur nez, descendaient d'une large planche. Ils serrèrent la main de cheveux-blancs qui, visiblement soucieux de se ménager leurs bonnes grâces, était à présent tout sourires. Kounta implora intérieurement le pardon et la pitié d'Allah, car les toubabs du grand canot se précipitaient pour détacher les captifs et les faisaient lever avec des hurlements. Kounta et les autres s'agrippaient à leur chaînes — pour retenir ce qui était devenu comme une part d'eux-mêmes. Les fouets claquèrent sur les têtes, sur les dos, les forçant à lâcher prise et à se mettre debout.

Par-dessus le bordage, Kounta voyait, sur le quai, piétiner des dizaines de toubabs qui riaient en montrant le grand canot, tandis que d'autres accouraient de toutes parts pour se mêler à eux. A coups de fouet, les captifs furent formés en file et remontèrent en trébuchant la planche qui menait au quai. Kounta sentit ses genoux se dérober sous lui en touchant la terre des toubabs, mais les gardes, le fouet haut, les poussaient devant la foule narquoise. Un captif s'effondra en invoquant Allah, entraînant dans sa chute les hommes enchaînés devant et derrière lui. Et les gardes les firent se relever à coups de lanière, sous les clameurs surexcitées de l'assistance.

Un élan sauvage souleva Kounta : bondir — s'échapper ; mais les fouets continuaient à faire avancer la file des enchaînés. Ils passaient devant toute sorte de toubabs. Il y en avait dans de bizarres véhicules à deux ou quatre roues, tirés par d'énormes animaux ressemblant un peu à des ânes. Ailleurs, ils étaient massés autour d'un marché regorgeant de ce qui semblait être des fruits et des légumes disposés en grands tas colorés. Des toubabs en beaux vêtements regardaient les captifs avec dégoût, tandis que d'autres, en habits plus grossiers, les montraient du doigt et les huaient. Parmi ces derniers, Kounta remarqua qu'il y avait une toubab femelle, avec des cheveux raides et jaunes comme de la paille. Ayant vu avec quelle avidité les toubabs du grand canot recherchaient les femmes noires, Kounta ne constatait pas sans étonnement qu'ils avaient des femmes à eux ; mais, devant ce spécimen, il comprenait leur goût pour les Africaines.

Il vit du coin de l'œil un groupe houleux de toubabs qui regardaient deux coqs se battre. Et, à peine s'étaient-ils éloignés de ce tumulte, les captifs arrivèrent au milieu d'une foule qui criait et sautait en tous sens pour éviter un répugnant cochon braillant et luisant de graisse, pourchassé par trois garçons toubabs. Kounta ne pouvait en croire ses yeux.

Et soudain il tressauta violemment : en face de lui, trottant derrière un toubab, venaient deux Noirs qui ne se trouvaient pas sur le grand canot — un Mandingue et un Sérère, il ne pouvait s'y tromper. Ainsi, lui et ses compagnons n'étaient pas seuls dans ce terrifiant pays ! Et, puisque ces hommes étaient vivants, ils ne seraient peut-être pas mangés non plus. Kounta avait envie de se précipiter vers eux, de les serrer dans ses bras ; mais il lut la peur dans leur visage impassible, leurs yeux baissés. Et puis leur odeur frappa bizarrement ses narines. Il n'y comprenait plus rien : ces deux Noirs suivaient docilement un toubab qui ne les surveillait pas, qui n'était même pas armé — et ils ne tentaient pas de s'enfuir ou de tuer le toubab ?

Mais il ne put suivre sa pensée, car ils étaient arrivés devant la porte grande ouverte d'une vaste maison carrée ; elle avait des murs de briques de boue séchée et, sur les côtés, des espaces vides garnis de barreaux de fer. A coups de fouet, les gardes de la porte firent entrer les enchaînés et les poussèrent dans une grande salle. Kounta sentit sous ses pieds la dure fraîcheur du sol de terre battue. Le peu de jour qui filtrait par deux ouvertures grillées lui permit de distinguer cinq Noirs entassés contre un des murs. Ceux-ci ne levèrent même pas la tête lorsque les toubabs fixèrent à la cheville et au poignet des arrivants de gros fers reliés au mur par une courte chaîne.

Kounta se pelotonna à côté des autres, le menton appuyé sur ses genoux, abasourdi par tout ce qui venait de frapper ses yeux, ses oreilles, ses narines, depuis qu'ils étaient sortis du grand canot. Au bout d'un moment, un Noir entra dans la salle. Sans regarder les hommes, il déposa devant chacun d'eux une mesure d'eau et une écuellée de nourriture, et repartit aussitôt. Kounta ne mangea rien, mais il avait la bouche si sèche qu'il ne put se retenir de boire quelques gorgées ; l'eau avait un goût bizarre. Dans une sorte de torpeur, il s'attacha à regarder monter la nuit derrière les barreaux de fer.

Il se sentait progressivement envahi d'une indicible terreur. Il aurait encore préféré se retrouver dans les ténèbres du grand canot, parce que, là, il savait au moins ce qui allait arriver. Durant la nuit, un toubab entra à plusieurs reprises, et à chaque fois Kounta eut un mouvement de répulsion ; les toubabs répandaient une odeur étrange et forte. Les autres odeurs nauséabondes qui l'environnaient, il y était accoutumé : sueur, urine, saleté et déjections — car certains enchaînés s'étaient soulagés malgré eux au milieu de leurs compagnons.

Les prières, les imprécations, les gémissements, les cliquetis de chaînes cessèrent brusquement lorsque entra un toubab portant une lumière ; derrière lui, un autre toubab poussait à coups de fouet un Noir inconnu qui criait en toubab. Il fut, lui aussi, enchaîné au mur, et les toubabs repartirent. Muets et immobiles, Kounta et ses compagnons écoutaient monter ses plaintes.

L'aube approchait lorsque Kounta entendit résonner dans sa tête, aussi nettement qu'au moment de son initiation, la voix dure du kintango :

— Observez les animaux et instruisez-vous.

Bouleversé, il se dressa sur son séant. Était-ce un avertissement d'Allah ? N'était-il pas comme un animal pris au piège ? Parfois des animaux parvenaient à s'échapper. Mais lesquels ? Et finalement il trouva la réponse : non point ceux qui s'abandonnaient à leur fureur et finissaient par tomber épuisés, mais ceux qui avaient ménagé leurs forces en attendant calmement l'arrivée des hommes ; alors, ils profitaient d'un instant d'inattention pour les attaquer — ou pour s'enfuir.

Instantanément, son esprit se remit à fonctionner. C'était la première lueur d'espoir depuis leur complot pour tuer les toubabs du grand canot — la fuite. Il devait faire croire aux toubabs qu'il était vaincu. Ne plus rager, ne plus lutter, se montrer calme et docile. Seulement, même s'il réussissait à s'échapper, où pourrait-il se cacher ? Tout le pays autour de Djouffouré lui était aussi familier que l'intérieur de sa case, mais il ne connaissait rien de l'étrange contrée où il se trouvait. Il ne savait même pas s'il y avait des forêts chez les toubabs, et, à supposer que oui, y trouverait-il les indices que savent déchiffrer les chasseurs ? Kounta se dit qu'il lui faudrait résoudre chaque question en son temps.

Au moment où montaient les premières lueurs de l'aube, il sombra dans un sommeil agité. Il lui sembla qu'il venait à peine de fermer l'œil lorsque l'étrange Noir reparut avec ses récipients d'eau et de nourriture. La faim tordait l'estomac de Kounta, mais l'odeur écœurante de l'écuelle le fit s'en détourner. Il avait la bouche âcre, la langue enflée, la salive épaisse et visqueuse.

Il regarda ses compagnons ; ils semblaient ne plus rien voir, ne plus rien entendre, comme retirés en eux-mêmes. Il tourna la tête vers les cinq hommes qui se trouvaient déjà là au moment de leur arrivée. Ils portaient des vêtements de toubabs tout déguenillés. Deux d'entre eux avaient la peau marron clair : les anciens disaient que cette couleur résultait de l'engrossement d'une femme noire par un toubab. Et puis Kounta observa l'homme amené au cours de la nuit : il était tassé sur lui-même, avec des plaques de sang séché sur le crâne et sur son habit — et un bras cassé, à voir la façon dont il pendait.

Kounta tomba dans une longue somnolence, d'où le tira la distribution de nourriture. Cette fois, c'était un gruau brûlant, encore plus nauséabond que les rations précédentes. Il ferma les yeux pour ne plus le voir, mais, comme la plupart de ses compagnons s'empressaient de vider leur écuelle, il pensa que ce n'était peut-être pas si mauvais. Et puis, s'il devait jamais s'enfuir, il lui fallait recouvrer sa vigueur. Il devait se forcer à en manger un peu — rien qu'un tout petit peu. Il éleva le récipient jusqu'à sa bouche, en avala un peu, et encore un tout petit peu — et le vida en un clin d'œil. Furieux contre lui-même, il lutta contre les vomissements qui montaient. Son estomac devait garder la nourriture — s'il voulait vivre.

Dès lors, Kounta se força trois fois par jour à engloutir son affreuse écuellée. Le Noir venait quotidiennement nettoyer sous eux avec un seau et une houe. Et, tous les après-midi, deux toubabs enduisaient leurs plus graves plaies de liquide noir et parsemaient de poudre jaune les endroits moins entamés. Kounta s'en voulait de se tortiller et de crier de douleur comme les autres.

Il avait compté six jours et cinq nuits à travers la fenêtre à barreaux. Pendant les quatre premières nuits il avait entendu crier des femmes — c'étaient celles du grand canot, et elles n'étaient pas très loin. Lui et ses compagnons étaient restés à les écouter, brûlant de l'humiliation de ne pouvoir les défendre — pas plus que se défendre eux-mêmes, d'ailleurs. Mais, cette nuit-là, c'était pire : l'on n'entendait plus les femmes. Quelle nouvelle horreur avait pu leur être réservée ?

Il ne se passait guère de jour sans que l'on poussât brutalement dans leur salle un ou plusieurs de ces étranges Noirs en habit de toubab ; ils titubaient jusqu'à un mur et les toubabs les enchaînaient. Ensuite, ils demeuraient assis contre la paroi ou pelotonnés sur le sol, apparemment insensibles au lieu ou à ce qui allait leur arriver. Et puis, généralement moins d'un jour plus tard, arrivait un toubab à l'air important, pressant un chiffon contre son nez — et les nouveaux enchaînés éclataient en hurlements de terreur. Le toubab en question se mettait lui-même à hurler et à lancer des coups de pied contre le Noir ; et ensuite l'homme était emmené.

Dès qu'il sentait que son repas lui demeurerait dans l'estomac, Kounta s'efforçait de ne plus penser à rien et de dormir. Cette perpétuelle horreur, même quelques minutes de sommeil l'oblitéraient. Et puis, quelles que soient ses raisons, c'était la volonté d'Allah. Mais, lorsqu'il n'arrivait pas à sombrer dans le sommeil, c'est-à-dire la plupart du temps, il essayait de penser à autre chose qu'à sa famille et son village — parce que, sans cela, il était aussitôt secoué de sanglots.

39

Juste après le septième gruau matinal, deux toubabs apportèrent dans la salle des brassées de vêtements. Ceux-ci comportaient deux morceaux : un pour le bas du corps et un pour le haut. Ils détachèrent les hommes un par un et leur montrèrent comment enfiler chaque partie. Au contact du tissu, les plaies de Kounta, qui commençaient juste à se cicatriser, se mirent aussitôt à le cuire.

Bientôt une rumeur monta de l'extérieur et s'enfla très vite. De nombreux toubabs bavardaient et riaient près de la fenêtre à barreaux. Kounta et ses compagnons se raidissaient de terreur dans leurs habits de toubabs — qu'allait-il leur arriver ?

Les toubabs entrèrent pour détacher trois des cinq Noirs qui s'étaient trouvés dans la salle avant les captifs. Ces hommes se laissèrent emmener comme s'ils avaient l'habitude de ces choses et ne s'en souciaient plus. Et puis le bruit de la foule des toubabs s'apaisa et l'un d'eux se mit à crier. Kounta avait beau tendre l'oreille, il ne comprenait rien à ces bizarres exclamations :

— Un jeune mâle, sain de la tête aux pieds, pétant le feu !

Et puis, d'autres voix de toubabs l'interrompaient :

— Trois cent cinquante !

— Quatre cents !

— Cinq cents !

Et le premier toubab reprenait ses cris :

— Je voudrais entendre six cents ! Mais regardez-le donc ! Solide comme une mule !

Le visage baigné de sueur, la gorge nouée, Kounta frissonnait de terreur. L'arrivée de quatre toubabs — ceux qu'il connaissait plus deux autres — le paralysa. Les deux toubabs inconnus encadrèrent la porte, chacun armé d'un bâton court et d'un petit objet de métal. Les autres détachèrent les fers de Kounta et de ses compagnons en frappant avec une épaisse lanière de cuir ceux qui criaient ou s'agitaient. Kounta eut un sursaut de rage et de terreur à leur approche et la lanière de cuir l'assomma à moitié. Il sentit vaguement qu'on tirait sur sa chaîne et se retrouva dans la vive lumière du jour.

— Arrivés tout droit de leurs arbres !

Le toubab à la voix forte était debout sur une plate-forme de bois, face à des centaines d'autres qui gesticulaient. Il se dégageait de leur masse une odeur repoussante. Il aperçut parmi eux quelques Noirs, mais ceux-ci gardaient un visage inexpressif. Deux d'entre eux tenaient par leur chaîne deux hommes amenés de la grande salle. Le toubab à la voix forte passa rapidement en revue la file de Kounta et de ses compagnons en les regardant de la tête aux pieds. Puis il revint sur ses pas en leur aiguillonnant le torse et le ventre du manche de son fouet, sans cesser ses bizarres appels :

— Malins comme des singes ! On peut les dresser à tout !

Brutalement, il poussa Kounta sur la plate-forme, mais celui-ci fut incapable d'avancer d'un pas ; tremblant de tous ses membres, il demeurait comme frappé de stupeur. A toute volée, le manche du fouet le frappa aux fesses ; défaillant sous la fulgurante brûlure qui traversait ses chairs ulcérées, Kounta avança en titubant, et le toubab fixa l'extrémité de sa chaîne dans un objet de métal.

— Premier choix — jeune et agile ! cria le toubab.

Abruti de terreur, Kounta remarqua à peine que la foule des toubabs se serrait autour de lui. Il sentit qu'on lui ouvrait les lèvres avec des manches de fouet et des bâtons courts pour lui examiner les dents, que des mains le palpaient — les aisselles, le dos, le torse, les parties viriles. Et puis certains se reculèrent pour lancer leurs bizarres

— Trois cents dollars... Trois cent cinquante !

Le toubab à la voix forte riait d'un air méprisant.

— Cinq cents !... Six cents ! (Il semblait furieux.) Voilà un jeune négro de premier choix ! Ai-je entendu sept cent cinquante ? (Un toubab répéta le même cri. Le toubab à la voix forte le reprit à son tour et puis hurla :) Huit cents ! jusqu'à ce que, dans la foule, montât un cri semblable.

Et alors, une autre voix se fit entendre :

— Huit cent cinquante !

Plus un appel ne résonna. Le toubab à la voix forte détacha la chaîne de Kounta et le tira vers un toubab qui s'avançait. Kounta songea fugacement à prendre son élan pour s'enfuir — mais ses jambes ne le portaient plus.

Il vit un Noir arriver derrière le toubab qui le tenait par sa chaîne — c'était un Ouolof, il ne pouvait pas s'y tromper. Il lui lança un regard suppliant. *Mon frère, tu viens de mon pays...*, lui disait-il dans son langage muet. Mais le Noir ne semblait même pas le voir et, saisissant sa chaîne, il le tira au milieu de la foule, si violemment que Kounta le suivit en trébuchant. Sur leur passage, de jeunes toubabs riaient, huaient Kounta, le piquaient de leur bâton ; enfin, ils laissèrent les toubabs derrière eux et le Noir s'arrêta devant une grande caisse montée sur quatre roues et précédée par une de ces énormes bêtes semblables à des ânes, comme il en avait vu en descendant du grand canot.

Avec un grognement furieux, le Noir attrapa Kounta par les hanches et le hissa dans la caisse ; Kounta resta effondré sur le plancher, et il entendit que l'on fixait l'extrémité de sa chaîne sous un siège surélevé à l'avant de la caisse. Il sentait monter une odeur de grain de deux gros sacs empilés à côté de lui. Il gardait obstinément les yeux fermés ; il ne voulait plus rien voir, plus jamais — et surtout pas cet horrible slati noir.

Il se passa un long moment avant le retour du toubab. Kounta reconnut son odeur, l'entendit parler au Noir, et puis ils montèrent tous les deux sur le siège qui craqua sous leur poids. Le Noir lança une brève exclamation, fit claquer une lanière de cuir sur le dos de l'animal, et la caisse se mit à rouler.

Dans son ahurissement, Kounta n'entendait même pas la chaîne qui retenait sa cheville cogner contre le plancher. Il n'aurait pu dire combien de chemin ils avaient parcouru lorsque ses idées commencèrent à s'éclaircir. Alors, il souleva légèrement les paupières pour examiner la chaîne : elle était plus mince que celle qu'il portait dans le grand canot. Céderait-elle s'il ramassait ses forces et se lançait hors de la caisse ? Il leva prudemment les yeux vers le dos au-dessus de lui : le toubab était assis, raide, tout au bout de la planche, le Noir tassé à l'autre extrémité. Ils regardaient droit devant eux, comme si chacun avait été seul sur le siège. Et sous eux, dans l'ombre, la chaîne semblait solidement assujettie ; il décida d'attendre un meilleur moment pour sauter.

Les sacs de grain dégageaient une puissante odeur, mais Kounta sentait quand même le toubab et son cocher noir — et bientôt il sentit aussi d'autres Noirs, tout proches. Il entreprit de se redresser lentement, silencieusement, en appuyant son corps douloureux contre la paroi raboteuse de la caisse, mais il eut peur d'émerger au-dessus du bat-flanc et il ne put rien voir.

Comme il se laissait retomber, le toubab tourna la tête et leurs regards se croisèrent. Kounta se figea d'effroi, mais le toubab n'eut aucune réaction et reprit bientôt son attitude raide, face à la route. Enhardi par l'indifférence du toubab, Kounta se mit sur son séant. Il entendit au loin monter un chant, qui s'enflait en se rapprochant. Il vit devant eux, à petite distance, un toubab monté sur le dos d'un gros animal comme celui qui tirait la caisse. Le toubab tenait un fouet enroulé et, devant lui, marchaient en file une vingtaine de Noirs — dont quelques-uns à la peau marron clair — attachés par leurs bracelets à une chaîne qui allait jusqu'à l'animal.

Kounta s'efforçait de bien les voir. Les deux seules femmes du groupe étaient entièrement couvertes, tandis que les hommes avaient le torse nu, et ils avançaient en chantant avec une profonde tristesse. Kounta les écouta attentivement mais ne put comprendre un mot. Pas plus les Noirs que le toubab ne jetèrent un coup d'œil à la caisse roulante au moment où elle les dépassait. La plupart des Noirs avaient le dos sillonné de zébrures de fouet dont certaines étaient récentes. Kounta reconnut les tribus : Foulahs, Yoroubas, Mauritaniens, Ouolofs, Mandingues. Il était d'autant plus sûr de ne pas se tromper à propos de ces derniers que beaucoup avaient eu le malheur d'être engendrés par des toubabs.

Tout autour, des champs s'étendaient à perte de vue, diversement colorés par les cultures. Juste en bordure de route il reconnut une plantation de maïs. Comme à Djouffouré après la moisson, il n'était plus hérissé que de tiges brunes et dépouillées de leurs épis.

Peu après, le toubab se pencha pour sortir d'un sac placé sous le siège du pain et de la viande. Il en fit deux parts et les déposa entre lui et le Noir ; celui-ci souleva son chapeau et se mit à manger. A un moment, il se retourna vers Kounta qui ne perdait pas un de ses mouvements, le regarda longuement et lui tendit un morceau de pain. La bonne odeur de la pâte fit envie à Kounta, mais il tourna la tête. Le Noir haussa les épaules et se fourra le pain dans la bouche. Pour ne plus penser à la faim qui le tenaillait, Kounta regarda au-dehors. Tout au bout d'un champ, il aperçut des formes courbées — sans doute des cultivateurs ; mais ils étaient trop éloignés pour qu'il pût distinguer s'il s'agissait de Noirs. Et même leur odeur ne lui parvenait pas.

Au coucher du soleil, ils croisèrent une caisse semblable à la leur ; elle était conduite par un toubab et transportait trois enfants noirs du premier kafo. Sept Noirs marchaient enchaînés derrière la caisse : quatre hommes en guenilles et trois femmes vêtues de robes grossières. Kounta se demanda pourquoi ceux-là ne chantaient pas ; mais, en les croisant, il vit leurs visages marqués d'un profond désespoir. Où les emmenait donc le toubab ?

Dans le crépuscule, des petites chauves-souris voletaient en couinant, tout comme en Afrique. Le toubab dit quelque chose au Noir et bientôt la caisse tourna dans une petite route. Kounta s'assit et distingua à travers les arbres une grande maison blanche. La peur lui tordit les entrailles : était-ce là qu'on allait le manger ? Il se laissa retomber au fond de la caisse, comme inanimé.

40

Tandis que la caisse roulait vers la maison, le nez de Kounta puis ses oreilles lui apprirent qu'il y avait là des Noirs. En se dressant sur ses coudes, il distingua dans le crépuscule trois silhouettes qui s'approchaient du chariot. La plus massive balançait une petite flamme comme celles qu'avaient les toubabs du grand canot ; mais à la place du cadre de métal il y avait quelque chose de clair et de brillant — cela paraissait dur, mais on pouvait voir au travers. Il ne put toutefois poursuivre son examen, car les trois Noirs s'écartèrent pour laisser passer un nouveau toubab devant qui la caisse s'arrêta. Un des Noirs leva sa lumière pour éclairer le toubab qui descendait de la caisse, et les deux toubabs partirent ensemble vers la maison après avoir échangé de chaleureuses poignées de main.

L'espoir souleva Kounta. Est-ce que ces Noirs allaient le libérer ? Mais il comprit aussitôt son erreur en voyant leurs visages à la lueur des petites flammes qu'ils élevaient pour le regarder par-dessus la ridelle : ces Noirs riaient. Mais d'où venaient-ils donc pour mépriser un des leurs, pour servir de bétail aux toubabs ? Ils ressemblaient à des Africains, mais il était évident qu'ils ne venaient pas d'Afrique.

Celui qui conduisait la caisse roulante agita les guides en claquant la langue, et l'animal repartit. Les Noirs marchaient à côté de la caisse en riant et, quand elle s'arrêta de nouveau, ils levèrent leurs lumières. Le Noir descendit de son siège, tira brutalement sur la chaîne de Kounta, la détacha tout en grommelant d'un air menaçant et lui fit signe de sortir de la caisse.

Kounta se maîtrisa pour ne pas sauter à la gorge des

hommes. Le risque était trop grand ; l'occasion se présenterait plus tard. Tous les muscles douloureux, il se mit à genoux et se traîna en arrière. Impatientés par sa lenteur, deux des Noirs l'empoignèrent, le soulevèrent sans ménagement et le déposèrent violemment sur le sol. Aussitôt, le cocher rattacha la chaîne de Kounta autour d'un gros poteau au pied duquel il resta prostré, submergé de douleur, de terreur et de haine. Un des Noirs posa devant lui deux récipients de métal. La lumière permit à Kounta de voir que l'un contenait de l'eau et l'autre de la nourriture. Malgré l'aspect et l'odeur bizarres de cette dernière, Kounta avait envie de se jeter dessus. Mais il détourna les yeux, tandis que les autres le regardaient en riant.

Et puis les quatre hommes s'en furent avec leurs lumières, et Kounta resta dans le noir... Peu de temps après, un chien s'approcha de lui. Kounta l'entendit renifler et il sentait que cet animal n'était pas son ennemi. Mais soudain il perçut un bruit de mâchoires et le choc des crocs contre le récipient de métal. Et, bien qu'il se soit refusé lui-même à manger, Kounta fut envahi par la fureur et gronda comme un léopard. Le chien s'enfuit et s'arrêta un peu plus loin pour aboyer. Aussitôt il y eut un craquement de porte et quelqu'un accourut avec une lumière. C'était le cocher. Kounta le regarda avec une froide rage vérifier l'attache de la chaîne autour du poteau et l'anneau qui la reliait au fer enserrant sa cheville. Puis l'homme remarqua l'écuelle vide et parut satisfait. Il repartit en grommelant d'une voix rauque. Seul dans le noir, Kounta enrageait de ne pouvoir étrangler ce chien.

Finalement, il chercha le récipient d'eau à tâtons et en but quelques gorgées. Pourtant, il n'en fut pas réconforté : ses forces l'abandonnaient, il n'était plus qu'une coque vide. Il renonça momentanément à l'idée de casser sa chaîne — Allah s'était détourné de lui.

Mais pourquoi ? Qu'avait-il pu commettre de si affreux ? Il essaya de retrouver tous ses actes importants — bons ou mauvais — jusqu'à ce matin où il était allé couper le bois de son tambour et avait entendu craquer une branche — entendu trop tard. Au fond, chaque fois qu'il avait été puni, ç'avait été à cause d'un manque d'attention, de vigilance.

Étendu dans l'obscurité, il entendait les grillons, le frissonnement d'oiseaux nocturnes, le lointain aboiement des chiens — et, en une occasion, un couinement de souris suivi du craquement de ses os sous les dents de la bête qui l'avait attrapée. De temps en temps il se tendait follement dans son désir de fuite, mais il savait que, même s'il avait pu briser sa chaîne, le bruit aurait aussitôt réveillé ceux qui dormaient dans les cases voisines.

Il resta éveillé jusqu'au petit matin. Alors, malgré les élancements qui lui traversaient chaque muscle, il parvint à s'agenouiller pour la prière souba. Mais, au moment où il se prosternait, le front dans la poussière, il manqua basculer sur le côté ; la fureur le gagna en constatant qu'il était aussi affaibli.

Tandis que le ciel s'éclairait progressivement au levant, il but toute l'eau qui restait dans le récipient. Il venait à peine de le reposer lorsque parurent les quatre Noirs. Ils le hissèrent en hâte dans la caisse, qui roula de nouveau jusqu'à la grande maison blanche devant laquelle le toubab attendait. Celui-ci grimpa sur le siège et, très vite, la caisse roulante se retrouva sur la même route que la veille.

Dans le jour qui montait, Kounta regardait d'un œil éteint sa chaîne fixée sous le siège, et dont les anneaux raclaient le plancher. Puis il contempla haineusement le dos du toubab et celui du Noir. Comme il aurait voulu les tuer ! Mais il fallait rester calme, vigilant, attendre le bon moment sans dépenser inutilement son énergie ; la survie était à ce prix — et il avait déjà survécu à tant de choses.

Vers le milieu de la matinée ; il entendit battre du fer : c'était un forgeron, il ne pouvait pas s'y tromper ; les bruits montaient du petit bois devant lequel ils passaient. La caisse roulante longea ensuite une forêt très éclaircie par des coupes récentes ; Kounta vit les souches déracinées et, par endroits, une fumée grise indiquant que l'on brûlait des fourrés secs. Il se demanda si les toubabs étaient en train de fertiliser la terre pour les prochaines semailles, comme on le faisait à Djouffouré.

Il aperçut au loin, en retrait de la route, une petite case carrée qui semblait faite de rondins. Dans le champ qui s'étendait devant la case, un toubab marchait à pas lents derrière un bœuf marron. Il pesait sur les deux manches recourbés d'un gros objet qui éventrait la terre. Deux autres toubabs, minces et pâles, se tenaient à croupetons sous un arbre ; il y avait aussi trois pourceaux maigres qui tournaient autour d'eux en fouissant le sol, et quelques poules qui picoraient. Kounta vit, sur le seuil de la case, une femelle toubab aux cheveux rouges. Derrière elle surgirent trois petits toubabs qui criaient et faisaient des signes en direction de la caisse roulante. Apercevant Kounta, ils le montrèrent du doigt avec des rires stridents et il les regarda comme s'ils avaient été des petits de hyène. Ils coururent un bon moment à côté de la caisse et puis restèrent en chemin. Kounta comprit qu'il venait de contempler une famille de toubabs.

Il vit encore à deux reprises de grandes maisons blanches comme celle où ils s'étaient arrêtés pour la nuit. Dressant leur haute silhouette à l'écart de la route, elles étaient aussi élevées que deux maisons superposées ; chacune avait, dans sa partie basse, trois ou quatre énormes poteaux blancs, aussi gros — et presque aussi grands — que des arbres ; à proximité se groupaient de petites cases sombres — les habitations des Noirs, pensa Kounta ; et tout autour se déployaient des champs de coton, piquetés ici et là d'une touffe blanche qui avait échappé à la récolte.

A un moment, la caisse roulante dépassa deux bizarres marcheurs. Kounta crut d'abord qu'ils étaient noirs, mais, de plus près, il constata qu'ils avaient la peau cuivrée, une longue chevelure noire pendant dans le dos comme une corde, des pagnes et des chaussures semblant faits de peau. Armés d'arcs et de flèches, ils avançaient d'un pas agile. Ce n'étaient ni des toubabs ni des Africains ; leur odeur même était différente. D'où venaient donc ces gens ? Ils n'eurent pas un regard pour la caisse roulante qui les environnait d'un nuage de poussière.

Au coucher du soleil, Kounta fit intérieurement la prière du soir à Allah en tournant son visage dans la direction de l'est. Quand il eut terminé, le crépuscule tombait déjà. Ayant refusé toute nourriture depuis deux jours, il se sentait si faible qu'il demeura étendu au fond de la caisse, indifférent à tout ce qui se passait autour de lui.

Peu après, la voiture fit halte. Le cocher descendit pour suspendre une lumière sur le côté de la caisse, regrimpa sur le siège et ils poursuivirent leur chemin. Beaucoup plus tard, le toubab dit quelques mots au Noir et celui-ci répondit ; c'étaient les premières paroles qu'ils échangeaient de la journée. Ils s'arrêtèrent de nouveau ; dégringolant de son perchoir, le Noir vint lancer une sorte de couverture à Kounta, mais celui-ci ne bougea pas d'un pouce. Avant de partir, le toubab et le Noir s'emmitouflèrent eux-mêmes dans des couvertures.

Kounta était transi, mais il ne voulait pas leur donner la satisfaction de le voir céder. « Ils m'offrent une couverture, pensait-il, mais ils me tiennent enchaîné ; et les miens ne se contentent même pas de voir ce qu'on me fait sans réagir, mais ils vont jusqu'à faire la sale besogne à la place du toubab. » Il n'osait rêver de revoir jamais Djouffouré, mais, si cela lui était donné, il se jurait qu'il ferait savoir à toute la Gambie ce qu'était cette terre des toubabs.

Kounta était raide de froid lorsque la caisse roulante abandonna brusquement la grande route pour tourner dans une chemin étroit et cahoteux. Malgré ses membres douloureux, il redressa assez le buste pour fouiller l'obscurité ambiante : là-bas se dressait la silhouette imprécise d'une autre grande maison blanche. La même peur que la veille le traversa : quel sort lui réservait-on ? Mais il n'y avait ni toubabs ni Noirs pour les accueillir. La caisse s'arrêta ; le toubab sauta à terre, se dégourdit bras et jambes par des mouvements de flexion, dit quelques mots au cocher en désignant Kounta et partit vers la grande maison.

La caisse roula alors en direction d'un groupe de cases sans qu'un seul Noir se soit montré. Kounta feignait l'indifférence, mais tout son corps était tendu. Ses narines détectèrent l'odeur d'autres Noirs dans les parages ; cependant, nul ne vint à leur rencontre. L'espoir le saisit. Ayant arrêté la voiture, le Noir sauta maladroitement sur le sol et se dirigea lourdement vers la première case en balançant sa lumière. Il poussa la porte et Kounta guetta ses gestes, prêt à bondir dès qu'il aurait disparu à l'intérieur. Mais le Noir revint aussitôt vers la caisse, détacha la chaîne et, sans la lâcher, passa vers l'arrière. Kounta sentit que ce n'était pas encore le moment. Le Noir tira violemment sur la chaîne avec un cri brutal. Se relevant apparemment à grand-peine, Kounta recula à quatre pattes en feignant les plus grandes difficultés à se mouvoir. Comme il l'espérait, le Noir perdit patience ;

se penchant au-dessus de la caisse, il agrippa Kounta d'un bras vigoureux et le reposa sur le sol en levant un genou pour retenir sa chute.

D'une détente des reins, Kounta se projeta en l'air, rivant ses mains autour du cou de l'homme comme les mâchoires d'une hyène. La flamme roula à terre et le Noir vacilla en poussant un cri rauque ; aussitôt redressé, il battit l'air de ses grosses mains, frappant et griffant le visage et les avant-bras de Kounta. Mais Kounta réussit à resserrer encore son étreinte tout en se tordant pour esquiver le farouche martèlement des pieds, des poings, des genoux de l'homme. Et finalement celui-ci s'effondra avec un gargouillement étouffé, les membres flasques.

Kounta bondit et fila comme une ombre. Il courait, plié en deux, au milieu des tiges de coton qui lui fouettaient les jambes. Depuis si longtemps inactifs, tous ses muscles étaient traversés de douleurs déchirantes, mais l'air froid lui piquait agréablement la peau et il dut retenir les cris de joie qui lui montaient à la gorge — la joie sauvage d'être libre.

41

La forêt était bordée de ronciers dont les longues tiges s'accrochaient aux jambes de Kounta. Il s'y fraya un chemin en les écartant de ses bras et pénétra dans la forêt. Trébuchant, tombant, se relevant pour trébucher encore, il avançait toujours plus loin dans l'asile des arbres. Et puis brusquement, contrairement à ce qu'il croyait, ceux-ci devinrent plus clairsemés et il déboucha dans des fourrés bas. Devant lui s'étendait un immense champ de coton au milieu duquel se dressait encore une autre maison blanche, flanquée de petites cases sombres. Kounta se rejeta aussitôt dans la forêt, saisi de panique en comprenant qu'il avait simplement traversé un petit bois séparant deux grandes parcelles occupées par des toubabs. Tapi derrière un arbre, il entendait son cœur et sa tête battre follement, et il commençait à avoir les mains, les bras, les pieds en feu à cause des piqûres d'épines. Il vit, à la clarté de la lune, qu'ils étaient lacérés d'entailles sanglantes. Mais, ce qui l'alarma bien autrement, c'est que la lune descendait déjà dans le ciel : bientôt monterait l'aube. Il lui fallait décider promptement de ses prochains mouvements.

Mais à peine était-il reparti en trébuchant qu'il sut que ses jambes ne le porteraient plus longtemps. Il lui fallait arriver jusqu'au cœur du bois et s'y cacher. Alors, il se fraya un chemin, parfois à quatre pattes, les mains, les pieds retenus au passage par les tiges rampantes, et il atteignit enfin un épais taillis. Il avait l'impression que ses poumons allaient éclater ; il envisagea de grimper dans un arbre, mais le doux lit de feuilles où plongeaient ses pieds lui apprit que les arbres étaient dépouillés — il ne pouvait trouver refuge dans des ramures nues ; c'était donc au sol qu'il lui fallait se dissimuler.

Toujours en rampant, il finit par trouver le couvert d'un épais sous-bois — déjà, le ciel commençait à s'éclaircir. A part son souffle, il n'y avait pas un bruit ; cela lui rappela ses solitaires nuits de garde au-dessus des champs d'arachides, avec son fidèle chien ouolo. Et, juste à ce moment, il entendit au loin un aboiement. Il pensa d'abord, tout en tendant l'oreille, qu'il l'avait imaginé. Mais les aboiements reprirent — et, cette fois, deux chiens mêlaient leurs voix. Il lui fallait agir, et agir vite.

S'agenouillant en direction de l'est, Kounta implora

Allah de le délivrer ; à peine avait-il terminé que les profonds hurlements des chiens lui parvinrent de nouveau — et, cette fois, plus rapprochés. Mieux valait ne pas bouger de sa cachette ; mais bientôt s'élevèrent de nouveau les hurlements des chiens, cette fois plus proches encore, et ses membres l'entraînèrent presque malgré lui. Cherchant le refuge profond et sûr des fourrés, il se mit à ramper dans les ronces. Les cris des chiens le poussaient à avancer toujours plus vite malgré la torture des épines qui s'enfonçaient dans ses mains, ses bras, ses genoux. Mais les aboiements se rapprochaient implacablement et bientôt parvinrent aussi à Kounta les vociférations des hommes.

Alors, il se dressa et se mit à courir de toutes ses forces — une explosion lui ébranla les oreilles, ses genoux se dérobèrent sous lui et il s'écroula. Les chiens étaient si près que Kounta pouvait les sentir. A peine eut-il le temps de se redresser sur les genoux que les bêtes, surgissant des fourrés, se jetèrent sur lui, les babines retroussées dans de féroces grondements. Il s'effondra sous le choc et les chiens bondirent en arrière pour revenir aussitôt à l'attaque. Tout en grondant lui aussi, Kounta lançait sauvagement ses mains comme des griffes pour les tenir en respect tout en essayant de reculer peu à peu. Et puis il entendit les cris des hommes à la lisière des fourrés, une nouvelle explosion, cette fois très rapprochée, suivie de bruyants froissements de broussailles.

Kounta vit soudain se dresser, derrière les chiens, le Noir qu'il avait à moitié étranglé pour s'enfuir. Armé d'un énorme couteau, tenant dans l'autre main un bâton court et une corde, il avait l'air terrifiant. Cloué au sol, le corps déchiré et saignant, Kounta serrait les mâchoires pour ne pas crier : l'homme allait le hacher en morceaux. Mais soudain parut derrière l'homme le toubab qui avait emmené Kounta, le visage rouge et luisant de sueur. Et puis un second toubab, qu'il n'avait pas vu arriver, pointa son bâton à feu dans sa direction : il allait cracher du feu et exploser comme sur le grand canot. Soudain, le Noir se précipita furieusement sur lui en brandissant son bâton — mais le premier toubab l'arrêta d'un cri.

Le Noir stoppa net, tandis que le toubab donnait de la voix pour faire reculer les chiens. Sur un ordre du toubab, le Noir s'approcha en déroulant la corde. Le coup qu'il assena sur la tête de Kounta l'étourdit au point qu'il sentit à peine qu'on le ligotait et qu'on le poussait dans les fourrés. Il marchait dans une sorte de stupeur, perdait l'équilibre, s'écroulait et se relevait sous les lanières qui lui cinglaient le dos. Quand ils arrivèrent à la lisière de la forêt, il vit trois de ces animaux ressemblant à des ânes attachés près d'un bouquet d'arbres.

En approchant des bêtes, Kounta tenta encore une fois de s'échapper, mais une brusque secousse de la corde qui le retenait le fît s'effondrer, et un coup de pied lui ébranla les côtes. Le deuxième toubab l'entraîna par la corde jusqu'à l'endroit où les chevaux étaient attachés. Il jeta la corde par-dessus une branche basse et le Noir tira dessus : les pieds de Kounta touchaient à peine terre.

Le fouet du premier toubab siffla sur le dos de Kounta. Il se tordait en retenant ses cris sous les fulgurantes brûlures, chaque coup de lanière semblait le couper en deux. Finalement, il laissa éclater ses hurlements, mais le fouet continua de le déchirer. Lorsque les coups cessèrent, il avait pratiquement perdu connaissance. Il sentit vaguement que la corde se détendait et il s'écroula sur le sol ; on le releva et on le jeta sur le dos d'un animal ; il eut une fugitive impression de mouvement.

Quand il revint à lui, dans une sorte de case, il gisait

sur le dos, écartelé. Il n'aurait pu dire combien de temps s'était écoulé. Il avait les chevilles et les poignets enserrés dans des fers, et ceux-ci étaient rattachés par des chaînes à des poteaux plantés aux quatre coins de la case. Le moindre mouvement lui occasionnait une si atroce souffrance qu'il resta longtemps absolument immobile, haletant, le visage inondé de sueur.

Une petite ouverture carrée ménagée au-dessus de lui laissait entrer la lumière. En remuant seulement les yeux, il aperçut une bûche à moitié carbonisée et des cendres dans un renfoncement du mur. De l'autre côté, il y avait sur le sol une sorte de long sac de tissu d'où sortaient des feuilles de maïs ; il pensa que cela servait de lit.

Au crépuscule — il voyait s'assombrir l'ouverture au-dessus de lui — Kounta entendit un bizarre appel de corne. Peu après montèrent des bruits de voix et son nez perçut l'odeur d'un groupe de Noirs passant à proximité de la case. Et puis des effluves de cuisine lui parvinrent. Il n'était plus qu'une masse de souffrance : la faim qui lui tordait les entrailles, sa tête en feu, son dos lacéré par le fouet, ses bras et ses jambes déchirés par les épines. Il s'en voulait atrocement de ne pas avoir su choisir le moment propice pour s'enfuir, à l'exemple d'un animal pris au piège. Observer et mieux connaître cet étrange pays et les païens qui le peuplaient, voilà ce qu'il aurait dû faire avant tout.

Kounta avait fermé les yeux. La porte grinça, et il reconnut l'odeur du Noir avec qui il s'était battu et qui avait aidé à le rattraper. Il feignit de dormir — mais un coup de pied lui arriva brutalement dans les côtes et la douleur lui fit ouvrir les yeux. En grondant, le Noir déposa quelque chose à la hauteur de son visage, lui jeta une couverture et partit en claquant la porte.

A humer la nourriture, il en avait l'estomac presque

aussi douloureux que le dos. Il finit par ouvrir les yeux : il y avait de la bouillie et un morceau de viande sur une écuelle de métal, et une gamelle d'eau. Entravé comme il l'était, il ne pouvait se servir de ses mains, mais les récipients étaient assez près de sa tête pour lui permettre d'y plonger la bouche. Au moment où il allait mordre dans la viande, il reconnut l'odeur de l'immonde pourceau ; soulevé de nausées, il vomit de la bile dans le plat même.

Il passa la nuit dans une somnolence entrecoupée de moments de lucidité : alors, il s'interrogeait sur ces Noirs qui ressemblaient à des Africains mais qui mangeaient du pourceau. Cela signifiait qu'ils étaient étrangers — ou traîtres — à Allah. Il implora intérieurement le pardon d'Allah si jamais ses lèvres venaient à toucher involontairement cette chair immonde, ou s'il mangeait dans une assiette qui en avait contenu.

L'étrange corne résonna de nouveau peu après l'aube, suivie, comme la veille, du passage des Noirs et des odeurs de cuisine. L'abominable Noir revint lui apporter à boire et à manger. Mais, en constatant que Kounta avait vomi sur la nourriture intacte, il se répandit en imprécations et, ramassant l'assiette, il lui en frotta le contenu sur le visage. Puis il plaça à portée de sa bouche les récipients qu'il avait apportés et quitta la case.

Kounta était trop désemparé pour avaler quoi que ce soit ; il se dit qu'il se forcerait un peu plus tard. Mais bientôt la porte s'ouvrit, et les relents du toubab assaillirent ses narines. Il serrait bien fort les paupières, mais, en entendant le toubab grommeler furieusement, il craignit de nouveaux coups de pied et ouvrit les yeux. Devant lui, le visage empreint de fureur, se dressait l'horrible toubab qui l'avait emmené. Il fit comprendre par gestes à Kounta qu'il serait battu s'il ne mangeait pas, puis il ressortit.

Kounta réussit à étirer sa main gauche pour gratter la terre où le toubab avait posé le pied. Et, les doigts pressés sur le petit monticule, les yeux clos, il appela la malédiction éternelle des esprits mauvais sur le toubab et sur sa descendance.

42

Kounta avait compté quatre jours et trois nuits depuis qu'il était dans cette case. Et toutes les nuits il avait entendu chanter dans les cases voisines — même dans son village, il ne s'était jamais senti aussi africain que dans ces moments-là. Mais qui étaient-ils donc, ces Noirs, pour *chanter* sur la terre des toubabs ? Étaient-ils nombreux, ces êtres étranges qui semblaient ignorer qui ils étaient, ce qu'ils étaient — et ne pas s'en soucier ?

Il attendait particulièrement le lever du soleil. Il se remémorait les paroles d'un vieillard — un alcala — dans les entrailles du grand canot :

— Chaque jour, en voyant monter le soleil, nous nous souviendrons qu'il s'est levé dans notre Afrique, qui est le nombril de la terre.

Malgré les chaînes qui l'écartelaient, il avait trouvé qu'il pouvait bouger très légèrement le corps, ce qui lui permettait de voir un peu mieux les anneaux de fer, petits mais épais, qui fixaient les chaînes aux quatre poteaux. Ces derniers avaient à peu près la grosseur de son mollet ; il ne pouvait donc espérer les briser, non plus que les arracher du sol de terre battue, car leur sommet traversait le toit de la case. Il observa attentivement les petits trous pratiqués dans les bracelets qui lui retenaient les chevilles et les poignets ; les toubabs y avaient introduit une mince barre de métal qui, en tournant, avait produit un léger claquement. Il essaya de secouer les bracelets, mais les chaînes firent un tel bruit qu'il abandonna, de peur d'éveiller l'attention à l'extérieur.

Il voulut confectionner un fétiche pour se concilier les esprits bienveillants. De préférence à la terre du sol, il choisit de gratter la boue séchée qui restait attachée aux rondins ; ayant remarqué qu'elle renfermait des petits poils noirs, il en observa un attentivement : c'était une soie de pourceau ! Alors, il jeta vivement cette terre souillée et frotta comme il put sa main sur le sol pour la nettoyer.

Au cinquième matin, le Noir arriva peu après que la corne eut sonné le réveil. Kounta se raidit en voyant qu'en plus de son habituel bâton court il portait deux gros bracelets de fer. Il se courba pour emprisonner les chevilles de Kounta dans les lourds bracelets auxquels pendait une robuste chaîne. Il ne détacha qu'ensuite les chaînes qui avaient maintenu Kounta écartelé. Enfin libre de ses mouvements, Kounta se releva d'un bond, mais un coup de poing du Noir le renvoya aussitôt au sol. Comme Kounta essayait péniblement de se redresser, un pied botté lui arriva à toute volée dans les côtes. Fou de douleur et de rage, il tenta pour la troisième fois de se remettre debout et, de nouveau, le Noir le faucha avec encore plus de violence. Il était vidé de toutes forces — ces longs jours passés dans une totale immobilité l'avaient affaibli à un point qu'il ne soupçonnait pas. Kounta resta inerte, haletant — et il lut, dans le regard du Noir qui se dressait au-dessus de lui, qu'il le jetterait au sol aussi longtemps qu'il n'aurait pas compris qui était le plus fort.

Alors seulement le Noir fit signe à Kounta de se lever. Comme il n'arrivait même pas à se tenir à quatre pattes, l'homme le releva brutalement et le poussa en avant. Gêné par les lourds bracelets de fer, Kounta avança en clopinant. Tout d'abord, il ne vit rien, aveuglé par la violente lumière du jour. Et puis il commença à distinguer une file de Noirs qui trottaient devant un toubab monté sur cet animal semblable à un gros âne — il avait entendu qu'on appelait ça « cheval ». Kounta reconnut le toubab à son odeur : c'était celui qui l'avait tiré par la corde, quand les chiens l'avaient débusqué dans les fourrés. Les Noirs étaient une dizaine : les femmes étaient coiffées d'un chiffon rouge ou blanc, les hommes et les enfants d'un chapeau de paille défoncé. Certains même avaient la tête nue, et Kounta n'en vit pas un seul avec un talisman au cou ou au bras. En revanche, plusieurs hommes portaient un gros couteau, et tous semblaient se diriger vers les champs. C'étaient ceux-là qu'il avait dû entendre chanter la nuit. Il n'éprouvait que mépris à leur égard. Il compta les cases : il y en avait dix, y compris celle où il avait été enfermé. Elles semblaient avoir des murs fragiles — bien différents des parois de terre et des toits de chaume odorant qu'il connaissait dans son village. Elles étaient disposées en deux rangées de cinq — et Kounta remarqua qu'ainsi placées on les voyait toutes de la grande maison blanche.

Brusquement, le Noir planta son index dans le torse de Kounta en s'exclamant :

— Toi ! Toi, Toby !

Le visage de Kounta reflétait l'incompréhension — et le Noir répétait encore et encore les mêmes mots en lui enfonçant le doigt dans la poitrine. Kounta saisit lentement qu'il essayait de lui faire comprendre quelque chose dans la langue des toubabs. Comme il le regardait d'un air ahuri, le Noir se frappa la poitrine :

— Moi, Samson ! (et il répéta :) Samson ! (Puis, pointant de nouveau son doigt dans la poitrine de Kounta :) Toi, To-by ! To-by. Le maître l'a dit : Toby !

Quand il saisit enfin le sens des paroles de l'homme, Kounta se maîtrisa à grand-peine pour ne pas trahir sa fureur. Il aurait voulu hurler :

— Je suis Kounta Kinté, le premier-né d'Omoro, qui est le fils du marabout Kaïraba Kounta Kinté !

Devant l'apparente stupidité de Kounta, le Noir haussa les épaules en bougonnant et le conduisit, clopinant dans ses entraves, jusqu'à une case où se trouvait un grand baquet métallique plein d'eau ; il lui indiqua par gestes qu'il devait se laver, et jeta dans l'eau un bout de chiffon et une barre de pâte marron ; à son odeur, Kounta comprit que cela ressemblait au savon que fabriquaient les femmes de Djouffouré, en mélangeant à une lessive de cendres de bois de la graisse fondue. Sous l'œil mauvais du Noir, Kounta profita amplement de cette occasion qui lui était donnée de se décrasser. Ensuite son gardien lui jeta des vêtements de toubab et un chapeau de paille jaune en triste état. Kounta aurait voulu voir ces païens sous le torride soleil d'Afrique.

Puis le Noir le conduisit encore dans une autre case. Là une vieille femme lui servit à manger d'un air grincheux. L'écuelle de métal contenait une bouillie épaisse et le pain ressemblait à un gâteau mounko ; il fit descendre le tout en avalant son gobelet de bouillon chaud — sans doute du bœuf, à en juger par l'arôme et la couleur brune. Ils déambulèrent ensuite jusqu'à une case étroite et basse dont, même de loin, l'odeur indiquait l'usage. Le Noir baissa l'habit qui lui couvrait les jambes, se carra au-dessus du trou pratiqué dans le siège de bois et se mit à faire de bruyants efforts comme s'il se soulageait. Il y avait, dans un coin, un petit tas de rafles de maïs dont Kounta ne pouvait deviner l'emploi. Mais il comprit au moins que le Noir lui montrait les façons des toubabs — et il devait s'en instruire soigneusement s'il voulait réussir à s'enfuir.

En continuant leur chemin, ils passèrent devant un vieillard assis dans une curieuse chaise qui se balançait lentement tandis qu'il tressait des feuilles de maïs séchées — apparemment pour faire un balai. Sans lever la tête, le vieillard lui lança un regard non dénué d'aménité, mais Kounta l'ignora froidement.

Ramassant un de ces longs et solides couteaux que Kounta avait remarqués dans les mains des autres, le Noir tourna la tête vers les champs et lui fit signe de le suivre. Tout en clopinant dans les fers qui lui écorchaient les chevilles, Kounta regardait les champs devant lui : d'un mouvement incessant, les femmes et les enfants se baissaient pour ramasser et empiler les tiges de maïs desséchées que les hommes, en marchant devant eux, tranchaient à la volée au moyen de leurs grands couteaux.

Le dos nu des hommes luisait de sueur. Kounta y chercha sans la trouver leur marque au fer rouge — comme la sienne ; mais il ne vit que des cicatrices de coups de fouet. Le toubab arriva à leur hauteur sur son « cheval », dit quelques mots au Noir et lança un regard menaçant à Kounta.

Le Noir appela Kounta du geste, abattit une douzaine de tiges de maïs et lui fit signe de les ramasser et de les empiler à l'exemple des autres. Le toubab poussa son cheval tout près de lui et resta à le regarder, le fouet dressé, l'air farouche, montrant clairement ce qu'il allait faire si Kounta n'obéissait pas. Enrageant de son impuissance, Kounta ramassa deux tiges. Indécis, il entendit crisser le couteau du Noir devant lui. Alors, il se pencha et ramassa les tiges deux par deux. Il sentait le regard des Noirs occupés dans les rangées voisines, et il voyait les pieds du cheval du toubab. Il perçut le soulagement des Noirs, et la bête s'éloigna enfin. Sans lever la tête, il vit que le toubab circulait dans le champ, à l'affût de ceux qui ne travaillaient pas assez vite, et il leur cinglait le dos avec un cri de fureur.

Kounta aperçut au loin une route. Au cours de l'après-midi, il y vit passer un cavalier solitaire et, à deux reprises, un chariot. Il les distinguait mal d'ailleurs, les yeux brouillés par la sueur qui lui ruisselait du front — car la journée était chaude. De l'autre côté, c'était la forêt dans laquelle il avait tenté de se cacher. Il comprenait son erreur : ce n'était qu'un bois étroit, sans profondeur. Mais il dut cesser de regarder dans sa direction, car un désir irrésistible le poussait à bondir vers les arbres. D'ailleurs, comment l'aurait-il pu, avec ses lourdes entraves de fer ? Tout en travaillant, il réfléchissait qu'il lui faudrait trouver une arme quelconque, pour se défendre contre les chiens et les hommes. Il n'est pas digne d'être le serviteur d'Allah, celui qui ne se défend pas quand on l'attaque. Chiens ou hommes, buffle blessé ou lion affamé : jamais le fils d'Omoro Kinté ne reculerait.

Le soleil était déjà couché lorsque la corne retentit au loin. En voyant les autres Noirs se mettre en file, Kounta se disait qu'il ne devait plus penser à eux comme aux membres des tribus dont ils avaient les traits distinctifs ; ce n'étaient que des païens, indignes de se mêler à ceux qui étaient arrivés avec lui sur le grand canot.

Mais il fallait être aussi stupide que les toubabs pour faire travailler aux champs des hommes de sang foulah — même d'aussi piteux spécimens que ceux-là — au lieu de les mettre à garder le bétail ; tout le monde savait que les Foulahs étaient des pasteurs-nés, qu'ils *parlaient* avec leurs bêtes. Il fut interrompu dans ses pensées par un claquement de fouet du toubab sur son « cheval » : Kounta devait aller se placer en queue de file. Il obéit, et la grosse femme courtaude qui jusquelà fermait la marche s'empressa de laisser une distance entre elle et lui. Il avait envie de lui cracher dessus.

Ils se mirent en route — Kounta clopinant dans ses lourdes entraves dont le frottement lui avait déjà mis les chevilles en sang. Soudain, il entendit de lointains aboiements. Il frissonna, aussitôt ramené aux chiens qui l'avaient poursuivi et assailli. Et brusquement il se souvint de son chien ouolo qui était mort en le défendant contre les toubabs qui le capturaient — là-bas, en Afrique.

Rentré dans sa case, Kounta s'agenouilla dans la direction du levant. Il se prosterna, le front contre le sol de terre battue, et pria longuement, pour compenser les deux prières qu'il n'avait pu faire dans le champ — cela lui aurait assurément valu le fouet du toubab à « cheval ».

Quand il eut terminé, il se mit sur son séant et parla à voix basse en sira kango, adjurant les ancêtres, dans cette langue secrète des hommes, de l'aider à supporter son état. Pressant dans sa main deux plumes de coq qu'il avait ramassées le matin à l'insu de « Samson », il se demanda quand il aurait l'occasion de dérober un œuf. Avec les plumes de coq et de la coquille d'œuf finement broyée, il pourrait confectionner un puissant fétiche, pour demander aux esprits de bénir la poussière que ses derniers pas dans le village avaient foulée. Si cette poussière était bénie, un jour l'empreinte de ses pas reparaîtrait à Djouffouré, et les villageois, qui connaissaient les empreintes de chacun, se réjouiraient devant ce signe indiquant que Kounta Kinté était toujours vivant et qu'il reviendrait un jour chez lui. Un jour.

Il revivait pour la millième fois le cauchemar de sa capture. Cette branche n'aurait-elle craqué qu'un instant plus tôt, et il aurait pu bondir pour saisir sa lance. Des larmes de rage lui montèrent aux yeux. On l'avait traqué, assailli, capturé, enchaîné — depuis des lunes, il ne connaissait plus rien d'autre.

Mais non ! Il ne devait pas se laisser aller. N'était-il pas un homme ? A dix-sept pluies, il était trop vieux pour pleurnicher et s'attendrir sur lui-même. S'essuyant les yeux d'un revers de main, il s'étendit sur la mince paillasse de feuilles de maïs et chercha le sommeil — mais ce nom de « To-by » lui tournait dans la tête, et la rage le submergea de nouveau. Il déchargea sa fureur dans une violente détente des jambes — alors les bracelets de fer lui rentrèrent encore plus profondément dans les chevilles, et il se remit à sangloter.

Arriverait-il jamais à être un homme, comme Omoro ? Kounta se demanda si son père pensait encore à lui, si Binta avait reporté sur Lamine, Souwadou et Madi tout l'amour qu'elle lui donnait — avant. Il pensa à Djouffouré, son village qu'il chérissait par-dessus tout. Il en revoyait les gens, les choses, les scènes. Et il finit par s'endormir.

43

Kounta marchait de plus en plus difficilement, car les fers lui entamaient profondément les chevilles. Mais il se forçait à n'en rien montrer : s'il voulait retrouver la liberté, il devait exécuter tout ce qu'on attendait de lui comme un abruti. Seulement rien n'échappait à ses yeux, ses oreilles, ses narines — il guettait les armes utilisables, les défaillances des toubabs. Et un jour, leur méfiance endormie, ils lui retireraient les fers — alors, il s'enfuirait.

Tous les matins, quand avait résonné la corne du réveil, Kounta gagnait en boitillant la case de la vieille femme et avalait ce qu'elle lui servait — à l'exception de l'immonde viande du pourceau. Tout en mangeant, il fouillait de l'œil la cuisine, cherchant ce qu'il pourrait soustraire en guise d'arme, sans qu'elle en remarquât l'absence. Mais, en dehors des ustensiles noirs pendus à des crochets au-dessus de son foyer, il n'y avait rien d'autre que les écuelles de fer-blanc dans lesquelles il puisait avec ses doigts. Il avait vu la femme piquer sa viande avec un mince objet de métal brillant, terminé par trois ou quatre pointes. Cela ferait peut-être une arme, malgré sa petitesse — mais encore fallait-il qu'il pût s'en emparer quand elle avait le dos tourné.

Un matin, en mangeant son gruau, il vit la femme couper un morceau de viande avec un couteau qu'il ne connaissait pas encore. Il songeait à ce qu'il en ferait si c'était lui qui avait ce couteau sous la main lorsqu'un atroce hurlement de douleur déchira l'air. Cela répondait si exactement à ses pensées qu'il faillit en tomber de son siège. Il sortit en clopinant et vit que les autres étaient déjà alignés pour partir au travail — certains terminant à peine de mâcher leur déjeuner, par crainte du fouet qui punissait les retardataires. Et, à côté d'eux, un pourceau agitait convulsivement les pattes, le sang bouillonnant de sa gorge tranchée. Deux hommes soulevèrent le corps de la bête, le plongèrent dans une immense marmite d'eau bouillante et, l'ayant ressorti, ils en raclèrent tous les poils — Kounta remarqua que sa peau avait la couleur de celle des toubabs. Les hommes suspendirent le cochon par les pattes, l'éventrèrent et le vidèrent de ses entrailles. L'odeur infecte des boyaux prit Kounta à la gorge ; il partit aux champs avec les autres en s'efforçant de masquer la répulsion que lui inspiraient ces païens, mangeurs de chair immonde.

A présent, ils trouvaient au matin les tiges de maïs couvertes de givre et les champs envahis d'une brume qui ne se dissipait que lorsque le soleil devenait assez chaud. Kounta s'émerveillait de la puissance infinie d'Allah, car voici que dans cette terre des toubabs, de l'autre côté de la grande eau, le soleil et la lune se levaient et parcouraient le ciel comme en Afrique ; simplement le soleil n'était pas aussi chaud ni la lune aussi belle qu'à Djouffouré. Dans cette contrée maudite, il n'y avait donc que les gens pour n'avoir pas été créés par Allah. Les toubabs étaient inhumains et, quant aux Noirs, ç'aurait été folie d'essayer de les comprendre.

Au moment où le soleil était au plus haut dans le ciel, la corne appelait les hommes à se former en ligne. Arrivait alors un traîneau de bois au flanc duquel marchait la cuisinière et tiré par un très gros âne — ou un petit cheval ; Kounta savait que c'était une « mule ». La vieille femme procédait à la distribution : une galette de maïs et une gamelle de ragoût par personne. Ils avalaient leur pitance debout ou assis à même le sol et ingurgitaient une mesure d'eau, puisée dans le tonneau qu'avait également amené le traîneau. Kounta ne mangeait jamais le ragoût sans l'avoir bien reniflé, pour être sûr qu'il ne contenait pas de viande de porc. Mais il ne s'y trouvait généralement pas le moindre soupçon de viande — juste des légumes. En revanche, il avait plaisir à mordre dans la galette, parce qu'il avait vu les femmes écraser le maïs dans un mortier, comme en Afrique. La seule différence était qu'elles se servaient d'un pilon de pierre, tandis que celui de Binta était en bois.

On leur servait parfois des choses qu'il connaissait déjà chez lui : des arachides, des kandjos et des so-sos — mais ici ils appelaient ça gombos et haricots rouges. Et il remarqua que ces Noirs aimaient énormément un gros fruit qu'ils appelaient « pastèque ». Mais Allah n'avait pas donné aux gens de cette terre des choses qui poussaient partout et toutes seules en Afrique : mangues, cœurs de palmier, fruits de l'arbre à pain, et tant d'autres choses savoureuses.

De temps à autre, le toubab qui avait amené Kounta — le « maître », comme les autres l'appelaient — surgissait dans les champs et les regardait travailler du haut de son cheval. Coiffé d'un chapeau de paille blanche, il discutait avec le toubab qui commandait aux Noirs — le « régisseur » — en agitant une mince badine de cuir tressé. Et Kounta remarqua que le « régisseur » toubab ne faisait pas moins de mines souriantes et de tortillements que les Noirs, quand justement ils avaient affaire à lui ou au « maître ».

Jour après jour, il se passait des choses bizarres. Alors, Kounta les retournait dans sa tête avant de s'endormir. Ces Noirs ne semblaient avoir qu'une seule idée : satisfaire les toubabs pour échapper à leur redoutable fouet. Il en était malade de les voir s'agiter au travail dès que paraissait un toubab. Et alors, au moindre mot de celui-ci, ils filaient servilement. Des chèvres, des singes, on pouvait encore arriver à les faire marcher, mais des hommes ? Peut-être était-ce qu'ils n'avaient jamais rien connu d'autre que cette contrée — ils n'étaient pas nés en Afrique ; ils avaient toujours vécu dans des cases faites de rondins joints par de la boue mêlée de soies de pourceau. Ces Noirs, ils n'avaient jamais su ce que cela pouvait signifier de suer sous le soleil pour soi-même, et non pour un maître toubab.

Mais lui, Kounta, il ne deviendrait jamais *comme* eux — non, *jamais*.

Souvent, ce genre de pensées — ou ses projets de fuite — l'empêchaient de dormir pendant une grande partie de la nuit, mais il se réveillait toujours avant le chant du coq, auquel tous les volatiles faisaient bientôt écho. Ici, les oiseaux gazouillaient ou chantaient —

rien de commun avec les cris rauques des perroquets verts dont l'assourdissant tapage saluait le jour à Djouffouré. D'ailleurs, il n'y avait pas de perroquets — pas de singes non plus, pour emplir l'air matinal de leurs jacassements et jeter des branches sur les gens, du haut des arbres. Et Kounta n'avait pas vu une seule chèvre. En revanche, ceux d'ici gardaient dans des enclos les pourceaux — ils les appelaient « cochons » ou « porcs » — et ils allaient jusqu'à les *nourrir* !

Mais les cris des « cochons » n'étaient pas plus déplaisants à entendre que le parler des toubabs, et d'ailleurs ils lui ressemblaient. Il aurait donné n'importe quoi pour entendre une seule phrase en mandingue, ou même dans une autre langue d'Afrique. Il regrettait ses compagnons de chaîne du grand canot, même ceux qui n'étaient pas musulmans. Où avaient-ils été emmenés ? Dans des fermes de toubabs comme celle-ci ? Est-ce qu'eux aussi éprouvaient la nostalgie de leur langue natale et, en même temps, le sentiment d'être coupés de tout, totalement seuls, parce qu'ils ne connaissaient pas le parler des toubabs ?

S'il voulait comprendre les idées et les coutumes des toubabs pour arriver à s'enfuir, il lui faudrait apprendre leur bizarre langue. Il reconnaissait déjà quelques mots : « cochon, porc, pastèque, haricots rouges, régisseur, m'sieu », et surtout « oui, m'sieu maître » — il avait rarement entendu les Noirs dire autre chose que ces mots-là aux toubabs. La toubab femelle qui vivait avec le « maître » dans la grande maison blanche, c'était la « maîtresse ». Un jour, il l'avait aperçue de loin, en train de cueillir des fleurs près de la maison : c'était une créature osseuse et sa peau avait la couleur d'un ventre de crapaud.

Le sens d'autres mots toubabs qu'il avait entendus échappait encore à Kounta. Mais, sans rien en laisser paraître, il s'efforçait de le deviner et, peu à peu, il parvint à associer certains sons à tels objets ou tels actes. Il y avait pourtant un mot constamment employé par les Noirs et par les toubabs et dont il n'arrivait pas à percer la signification. Qu'est-ce que ça pouvait bien être qu'un « négro » ?

44

Quand il n'y eut plus rien à faire dans les champs de maïs, le « régisseur » assigna les tâches au jour le jour. C'est ainsi qu'un matin Kounta se trouva au milieu d'une plantation de gros légumes couleur de mangue trop mûre, ressemblant un peu aux grandes courges que les femmes de Djouffouré faisaient sécher et employaient comme récipients de cuisine. Les Noirs d'ici appelaient ça des « potirons ». Il en ramassa un plein « chariot » et repartit pour les décharger dans la grande bâtisse qu'on appelait « grange ». En chemin, il vit des Noirs qui sciaient un gros arbre en morceaux ; d'autres fendaient ces morceaux à la hache pour faire des billettes que les enfants empilaient en tas plus hauts qu'eux. A un autre endroit, deux hommes suspendaient sur de minces traverses des feuilles de tabac ; il avait déjà senti l'odeur de cette immonde plante aimée des païens au cours d'une randonnée avec son père.

A l'occasion de ses navettes entre le champ de potirons et la grange, il constata que, comme dans son village, on faisait sécher beaucoup de choses pour les conserver. Des femmes cueillaient et mettaient en bottes une plante à la robuste tige brune qu'elles appelaient « armoise ». Et certains légumes du potager étaient répandus sur de grandes toiles pour sécher à l'air, de même que la mousse ramassée par les enfants et ébouillantée — pour quel usage, Kounta n'en avait pas la moindre idée.

Son cœur se souleva en passant devant un enclos où il vit — et entendit — que l'on égorgeait des cochons. Il remarqua que l'on gardait même leurs soies — sans doute pour les mêler au mortier. Mais le plus écœurant, c'étaient leurs vessies emplies d'air, ficelées aux deux bouts et mises à sécher le long de la clôture — Allah seul savait à quelles fins païennes.

Quand il en eut fini avec les potirons, Kounta alla avec d'autres secouer des arbres pour en faire tomber les fruits — des sortes de noisettes. A leurs pieds, des enfants du premier kafo les ramassaient et en emplissaient des paniers. Kounta cacha sur lui une noisette et, une fois seul, il y goûta ; la saveur n'en était pas désagréable.

Ensuite, les hommes furent chargés de diverses réparations. Kounta en aida un autre à remonter une clôture. Les femmes s'affairaient à nettoyer de fond en comble la grande maison et les cases. Il les vit laver le linge : elles le faisaient d'abord bouillir dans une énorme marmite noire et puis le foulaient, tout trempé d'eau savonneuse, sur une plaque de métal ondulé. Ainsi, ces femmes ne savaient même pas que la seule façon de bien laver le linge est de le battre sur une pierre.

Kounta remarqua que le fouet du « régisseur » s'abattait moins souvent sur les Noirs. L'atmosphère lui rappelait un peu celle de Djouffouré, quand les récoltes étaient rentrées dans les greniers. Et parfois même, vers la fin de la journée, des hommes allaient jusqu'à se trémousser en chantant. Le « régisseur » poussait vers eux son cheval et brandissait son fouet, mais Kounta voyait qu'il feignait seulement la colère. Alors, les autres se mettaient à chanter avec eux, et enfin les femmes se mêlaient à leur chœur — seulement, leurs chants n'avaient aucun sens pour Kounta. Les façons de ces Noirs lui déplaisaient tellement qu'il était content d'entendre la corne annoncer l'heure de regagner les cases.

Le soir, il s'asseyait en travers de son seuil, la plante des pieds bien à plat sur la terre battue, pour atténuer le contact des fers contre les plaies suppurantes de ses chevilles. Il aimait sentir passer sur lui les légers vents qui s'élevaient parfois — le lendemain, il trouverait sous les arbres un tapis de feuilles rouges et dorées. Il revoyait les soirées de Djouffouré, après le temps des moissons : la fumée des feux de bois, les moustiques et autres insectes importuns, les longues conversations traversées de temps en temps par les lointains grondements des léopards, les hurlements des hyènes.

Ce que l'on n'entendait jamais ici, c'étaient les tambours. Sans doute les toubabs ne permettaient-ils pas à ces Noirs d'avoir des tambours. Mais pourquoi ? Était-ce par peur — parce qu'ils savaient que le rythme des tam-tams fouettait le sang des villageois jusqu'à faire danser follement même les tout-petits et les vieillards édentés ? Ou parce que leur cadence entraînait les lutteurs à de formidables exploits ? Ou parce que leur rythme obsédant pouvait déchaîner la fureur des guerriers contre l'ennemi ? Ou peut-être simplement parce que ç'aurait été un moyen, pour les Noirs, de communiquer d'une plantation à l'autre sans être compris des toubabs ?

Mais ces Noirs mécréants ne comprendraient pas plus que les toubabs le langage tambouriné. Non sans répugnance, Kounta devait parfois convenir que ces Noirs païens n'étaient pas irrémédiablement perdus. Sans le savoir, ils faisaient encore des choses purement africaines. Ainsi leur façon de s'exclamer : sons, gestes, mimiques — il connaissait cela depuis toujours. Et leur façon de se mouvoir était aussi celle des Africains. Et leurs rires quand ils étaient entre eux, des rires qui leur empoignaient tout le corps — à Djouffouré, les gens ne riaient pas autrement.

Kounta retrouvait encore l'Afrique dans la coiffure des femmes : des nattes bien serrées, attachées par un lien — seulement, les Africaines ornaient leurs nattes de perles de couleur. Kounta avait même vu des Noirs qui portaient leurs cheveux en courtes tresses, à la façon de certains Africains. Et, toujours comme en Afrique, les femmes s'enroulaient une étoffe autour de la tête — en revanche, elles ne savaient pas la nouer correctement.

Kounta voyait aussi que, comme chez lui, on apprenait aux enfants la politesse et le respect envers leurs aînés. Les mères transportaient les bébés sur leur dos, avec les petits mollets grassouillets qui leur battaient les côtés. Le soir, en prenant le frais, les vieillards se frottaient les gencives avec le bout bien assoupli d'une ramille — à Djouffouré, c'était avec une racine de jonc odorant. Et, même s'il ne pouvait comprendre comment cela leur avait été possible dans ce pays de toubabs, Kounta devait reconnaître que le goût de ces Noirs pour les chants et les danses était nettement africain.

Mais ce qui commençait vraiment à tempérer son ressentiment à l'égard de ces étranges Noirs, c'était que depuis une lune ils ne lui témoignaient de l'aversion que lorsque le « régisseur » ou le « maître » étaient dans les parages. Que Kounta survienne lorsqu'ils étaient uniquement entre eux, et la plupart lui faisaient aussitôt un signe de tête ; ils semblaient aussi se préoccuper du vilain aspect de sa cheville gauche. Bien entendu, il passait son chemin froidement, sans jamais répondre à la moindre avance — mais il lui arrivait de regretter de ne pas avoir rendu un salut.

Une nuit où, comme tant d'autres, il s'était réveillé, il sentit, en restant les yeux ouverts dans le noir, qu'Allah *voulait* qu'il fût ici, au sein de la tribu perdue d'une grande famille noire dont les racines remontaient aux premiers ancêtres. Mais ces Noirs-là, contrairement à lui, ne savaient absolument rien d'eux-mêmes ni du pays d'où ils venaient.

Il lui sembla percevoir la présence de son grand-père, le saint marabout. Il tendit les bras sans rien rencontrer devant lui, mais il se mit à lui parler à voix haute, implorant Kaïraba Kounta Kinté de lui faire connaître l'objet de sa mission, si tel était le cas. Il sursauta en entendant sa propre voix. Il n'avait plus proféré un son depuis son arrivée dans le pays des toubabs, sauf en invoquant Allah ou en hurlant de douleur sous le fouet.

Le lendemain, en rejoignant la file des hommes, Kounta fut sur le point de dire « Bonjour », comme il les entendait se saluer tous les matins. Mais, bien qu'il sût déjà assez de mots toubabs pour comprendre une bonne partie de ce qu'il entendait et pour se faire comprendre lui-même, quelque chose le poussa à n'en rien montrer.

Il lui vint à l'idée que ces Noirs dissimulaient leurs véritables sentiments à l'égard du toubab aussi soigneusement qu'il leur dissimulait *à eux* ses nouvelles dispositions. Combien de fois n'avait-il pas surpris leur changement de physionomie : souriante devant le toubab, pleine d'amertume dès qu'il avait tourné la tête. Il les avait vus briser volontairement leurs outils et feindre une totale candeur quand le « régisseur » se répandait en violents reproches. Et dans les champs, s'ils s'activaient fiévreusement dès que le toubab était dans les parages, ils mettaient en réalité deux fois plus de temps qu'il n'était nécessaire pour faire leur travail.

Kounta commençait aussi à s'apercevoir que ces

Noirs avaient une façon secrète de communiquer entre eux — comme les Mandingues avaient le sira kango. Parfois, aux champs, il surprenait un geste furtif, un mouvement de tête. Ou encore, un homme lançait une bizarre exclamation ; un autre la répétait, et puis encore un autre, mais toujours à des moments inattendus et jamais à portée de voix du « régisseur » à cheval. D'autres fois, alors que ce dernier se trouvait juste au milieu d'eux, ils se mettaient à chanter — Kounta ne comprenait pas les mots, mais il savait que c'était un message, comme ceux que les femmes transmettaient aux enchaînés par leurs chants, sur le grand canot.

La nuit, lorsqu'on ne voyait plus briller de lampes derrière les fenêtres de la grande maison, l'ouïe fine de Kounta percevait des froissements ténus : c'étaient un ou deux Noirs qui quittaient le « quartier des esclaves » — et il les entendait rentrer, quelques heures plus tard. Il se demandait où ils allaient et pourquoi — mais encore plus pourquoi ils étaient assez fous pour revenir. Et le matin, dans les champs, il essayait de deviner lesquels, parmi les hommes, avaient bien pu sortir. Il pensait qu'il pourrait arriver à faire confiance à ceux-là.

A deux cases de celle de Kounta, les Noirs venaient tous les soirs après « dîner » s'asseoir autour du feu de la vieille cuisinière. En les voyant s'assembler, il éprouvait une poignante nostalgie des veillées à Djouffouré. Bien sûr, ici c'était différent : les femmes étaient mêlées aux hommes et beaucoup d'entre eux, sans distinction de sexes, tiraient sur ces pipes à tabac païennes qui rougeoyaient de temps en temps dans l'obscurité grandissante. Assis sur le seuil de sa case, il tendait l'oreille, et le bruit de leurs voix lui parvenait — mêlé au chant des grillons et aux lointains ululements des hiboux dans la forêt. Il ne saisissait pas le sens de leurs paroles, mais l'amertume de leurs intonations ne lui échappait pas.

Ils étaient là une dizaine d'adultes et, dans le noir, il les reconnaissait à leur voix ; dans sa tête, il les associait à une tribu dont ils avaient les traits distinctifs. Il savait ceux qui avaient généralement un air dégagé, et ceux qui souriaient rarement — même devant le toubab, pour certains.

Les veillées se déroulaient presque toujours de la même façon. La première personne à prendre la parole était habituellement la femme qui faisait la cuisine dans la grande maison. Elle singeait les façons de parler du « maître » et de la « maîtresse ». Et puis, il y avait le grand Noir qui avait rattrapé Kounta dans sa fuite : lui, il imitait le « régisseur ». Et Kounta les entendait étouffer leurs rires, pour ne pas être entendus dans la grande maison.

Mais, quand ils avaient fini de rire, ils parlaient vraiment entre eux. Les mots échappaient à Kounta, mais il comprenait les intonations — découragées, obsédées, furieuses. Il lui semblait qu'ils évoquaient des choses qui leur étaient arrivées dans un précédent moment de leur vie. Les femmes, surtout, discutaient avec animation, et puis s'arrêtaient brusquement et sanglotaient. Petit à petit, les conversations s'apaisaient ; soudain une femme se mettait à chanter — *Nobody knows de troubles I'se seed* — et Kounta sentait la tristesse qui imprégnait ce chant.

Pour finir, la voix du plus vieux Noir s'élevait : c'était celui qui restait assis à se balancer dans une chaise en tressant des feuilles de maïs — c'était lui aussi qui soufflait dans la corne. Alors, les autres inclinaient la tête et ils marmonnaient — comme s'ils priaient. Kounta était sûr qu'ils ne priaient pas Allah. Mais il se souvenait que, dans le grand canot, le vieil alcala avait dit qu' « Allah connaît toutes les langues ». Pendant leur prière, le vieillard et les autres s'exclamaient de temps à autre :

— Oh ! Seigneur !

Est-ce que « Oh !Seigneur ! » c'était leur Allah, à ces Noirs du pays des toubabs ?

Avec les jours qui passaient, se levèrent des vents nocturnes plus froids que ceux qu'avait jamais connus Kounta ; les arbres se dépouillèrent de leurs feuilles. Un matin, au lieu de partir aux champs, les hommes furent envoyés dans la grange. Il y avait là le maître et la maîtresse ainsi que quatre toubabs en beaux habits. Les Noirs, divisés en deux groupes, furent placés devant de gros tas d'épis de maïs et luttèrent de vitesse pour les dépouiller de leurs feuilles — sous les acclamations et les encouragements des toubabs.

Et puis les toubabs et les Noirs mangèrent et burent à satiété — chacun de leur côté. Le vieux Noir que Kounta entendait prier le soir prit une sorte d'instrument de musique garni de cordes — un peu comme la kora africaine — et en fit sortir des sons bizarres en frottant les cordes avec une badine. Les autres se levèrent et se mirent à danser, tandis que les toubabs, rangés sur le côté, accompagnaient leurs sauvages contorsions en claquant des mains et en lançant des exclamations. Tout rouges d'animation, les toubabs se levèrent brusquement et, tandis que les Noirs s'écartaient, ils exécutèrent à leur tour une bizarre danse, accompagnés par le vieux Noir qui jouait comme un enragé ; tout autour, les Noirs bondissaient et claquaient des mains comme s'ils n'avaient jamais vu un plus beau spectacle.

Le soir, en réfléchissant dans sa case à tout ce qui s'était passé ce jour-là, Kounta crut comprendre que, d'une bizarre façon, à la fois forte et très profonde, les Noirs et les toubabs avaient *un certain besoin* les uns des autres. Non seulement pendant les danses dans les granges, mais en bien d'autres occasions, il lui avait semblé que les toubabs n'étaient jamais plus épanouis que lorsqu'ils se trouvaient avec les Noirs — même lorsque c'était pour les battre.

45

La cheville gauche de Kounta suppurait si vilainement que le bracelet de fer était tout couvert de pus jaune et visqueux ; le « régisseur » finit par remarquer à quel point il traînait la jambe et il dit à Samson de lui retirer ses fers.

Cela lui faisait encore très mal de bouger son pied, mais son bonheur d'être débarrassé des fers était tel que Kounta y songeait à peine. Et cette nuit-là, quand tout fut devenu tranquille, il prit la fuite. Il partit dans la direction opposée à celle qu'il avait suivie la première fois. Il traversa en boitillant un champ au-delà duquel s'étendait une forêt vaste et profonde. Il avait atteint un ravin et il rampait pour remonter la pente lorsqu'il entendit venir quelqu'un. Il demeura tapi, le cœur battant. L'homme marchait d'un pas lourd, se rapprochait, et soudain montèrent des appels rauques :

— Toby ! Toby !

C'était la voix de Samson. Kounta empoigna le grossier épieu qu'il s'était façonné. Il se sentait étrangement calme, presque engourdi. La silhouette massive fourrageait dans les buissons, sur la crête du ravin. Il sentit que Samson était inquiet pour lui-même, si Kounta réussissait à s'enfuir. Il se rapprochait de plus en plus — ramassé sur lui-même, Kounta demeurait d'une immobilité de pierre. Et soudain ce fut le moment. De toutes ses forces il lança l'épieu, mais son geste lui arracha un sourd grognement de douleur qui alerta Samson ; celui-ci se jeta de côté et l'épieu ne fit que le frôler.

Kounta tenta de prendre sa course, mais ses pauvres chevilles ne le portaient plus ; et à peine s'était-il retourné, prêt au combat, que Samson se jetait sur lui ; il avait l'avantage de la taille et de la force, et Kounta s'effondra. Samson le releva et commença à lui marteler la poitrine et le ventre ; Kounta se tordait pour esquiver ses poings en se défendant des ongles et des dents. Et puis il s'écroula de nouveau, comme frappé par une massue. Il ne pouvait plus faire un mouvement.

En haletant pour retrouver son souffle, Samson lui lia solidement les poignets avec l'extrémité d'une corde et, saisissant l'autre bout, il tira Kounta en direction de la plantation dans un intarissable flot d'injures, lui décochant de sauvages coups de pied dès qu'il trébuchait ou chancelait. Kounta le suivait en titubant. Étourdi de douleur et d'épuisement, furieux contre lui-même, il songeait sombrement à l'atroce correction qu'il allait recevoir en rentrant. Pourtant, quand ils arrivèrent peu avant l'aube, Samson se contenta de lui lancer un ou deux coups de pied supplémentaires et s'en fut, le laissant comme une loque sur le sol.

Kounta était à bout de forces et il tremblait de tous ses membres, mais il se mit à mordre dans la corde qui lui liait les poignets ; il avait l'impression qu'on lui arrachait les dents, mais il persévérait, la déchiquetant brin par brin. Seulement, au moment où elle cédait, la corne matinale se fit entendre. Kounta sanglotait : il avait échoué encore une fois. Alors, il pria Allah.

Au cours des jours qui suivirent, ce fut comme s'il y avait entre lui et Samson un pacte secret de haine.

Kounta savait que Samson le surveillait étroitement ; il savait qu'il n'attendait qu'un bon prétexte pour s'en prendre à lui d'une façon que ne désapprouverait pas le toubab. Kounta ripostait en exécutant tous les travaux qui lui étaient commandés comme si rien ne s'était jamais passé — mais plus vite et mieux qu'avant. Il avait remarqué que le « régisseur » s'occupait moins de ceux qui travaillaient le plus dur et qui gardaient toujours un grand sourire. Kounta ne pouvait se résoudre à sourire, mais il notait avec une sombre satisfaction que le fouet restait d'autant plus calme qu'il se montrait plus actif.

Un soir, après le travail, il aperçut en passant près de la grange un gros coin de fer à demi caché sous le bois scié et fendu dans la journée. Il scruta rapidement les alentours : personne en vue. D'un geste vif, il ramassa le coin et, le dissimulant dans sa chemise, il s'empressa de regagner sa case. Il creusa le sol de terre battue à l'aide du coin, et déposa celui-ci dans le trou ; puis il ramena soigneusement la terre et la tassa avec une pierre : le sol paraissait n'avoir jamais été touché.

Il ne put dormir de la nuit, tenaillé par l'inquiétude : et si, le lendemain, en s'apercevant de la disparition du coin, on fouillait les cases ? Heureusement, nul ne signala l'absence du coin. Il ne savait d'ailleurs pas très bien quel usage il pourrait en faire lorsqu'il tenterait une nouvelle fois de s'enfuir. En revanche, il lui fallait absolument s'emparer d'un de ces longs couteaux que le « régisseur » distribuait le matin à certains hommes. Seulement, il voyait bien que le soir le « régisseur » les récupérait et les comptait soigneusement. Mais un couteau comme ça lui permettrait de se frayer un chemin dans les fourrés, de pénétrer au plus profond de la forêt et, s'il le fallait, de tuer un chien — ou un homme.

Presque une lune plus tard, par un froid après-midi

au morne ciel gris, Kounta coupait à travers champs pour aller aider un homme à réparer une clôture lorsqu'il se mit à tomber du ciel quelque chose qui ressemblait à du sel. Cela avait commencé doucement, mais bientôt tout l'air fut empli d'espèces de gros flocons blancs. Un peu plus loin les Noirs s'exclamaient :

— La neige ! (Alors, ça devait s'appeler comme ça.)

Il en ramassa un peu : c'était très froid au toucher ; il lécha ses doigts : c'était encore plus froid sur la langue, mais sans aucun goût. Il renifla : cela ne sentait rien non plus. Et, en plus, cela se transformait aussitôt en eau. Pourtant, la « neige » restait sur le sol puisque les champs étaient tout blancs.

Mais, quand il arriva à l'autre bout du champ, la « neige » avait déjà cessé de tomber et la mince couche blanche fondait sur la terre. Sans rien laisser paraître de son étonnement, Kounta salua d'un signe de tête le Noir qu'il venait aider. Ils commencèrent à réparer la clôture en tendant une sorte de ficelle métallique — le Noir appelait ça du « fil de fer ». Ils arrivèrent à un endroit presque entièrement dissimulé par les hautes herbes ; pendant que l'homme les fauchait avec son couteau, Kounta jaugeait de l'œil la distance qui le séparait de la forêt. Il savait que Samson n'était pas dans les parages et que le « régisseur » s'occupait des travaux dans d'autres champs. Il redoubla d'activité : il ne fallait pas que l'homme pût se douter de ce qu'il avait en tête. Mais il retenait son souffle en tenant le « fil de fer » bien tendu ; à côté de lui, l'homme se penchait sur son ouvrage. Le couteau était resté sur le sol — à quelques pas derrière eux.

Avec une invocation muette à Allah, Kounta leva bien haut ses mains nouées et les abattit de toutes ses forces sur la nuque de l'homme, qui s'écroula sans un cri. Kounta lui ligota les chevilles et les poignets avec le « fil de fer ». Un instant, il songea qu'il devrait le tuer ; mais non, ce n'était pas l'abominable Samson. Ramassant le couteau, il fonça en direction des arbres. Il se sentait tout léger, comme s'il courait en rêve.

Mais il revint bien vite à la réalité, car derrière lui l'homme hurlait à pleins poumons. Kounta songea avec fureur qu'il aurait dû le tuer et il força l'allure. Au lieu de se jeter directement dans les fourrés, il suivit un moment la lisière du bois. Il fallait d'abord aller le plus loin possible. Cela lui donnerait le temps de trouver une cachette sûre pour se reposer jusqu'à la nuit — et il poursuivrait sa course à la faveur de l'obscurité.

Il serait capable de vivre dans la forêt. Il avait appris à le faire en Afrique, et il savait maintenant beaucoup de choses sur le pays des toubabs. Il attraperait au collet des lapins ou d'autres rongeurs, et il les ferait cuire sur un feu qui ne produirait pas de fumée. Il prenait soin de courir juste à la limite des taillis, qui le dissimulaient sans ralentir son allure. A la tombée de la nuit, il estima qu'il avait couvert une bonne distance. Néanmoins il continua, traversant des fossés, escaladant des ravins, remontant pendant un moment le cours d'un ruisseau. Il ne fit halte qu'à la nuit noire et se cacha dans d'épais fourrés d'où il pourrait cependant s'enfuir rapidement s'il le fallait. Étendu dans l'obscurité, il demeurait aux aguets, l'oreille tendue pour détecter le plus lointain aboiement. Mais tout était absolument calme. Était-ce possible ? Allait-il vraiment réussir, cette fois ?

Et soudain quelque chose de léger et de froid lui effleura le visage. La « neige » recommençait ! Il en fut bientôt entièrement recouvert ; autour de lui, il n'apercevait que blancheur. La « neige » tombait sans bruit, sa couche s'épaississait, elle allait ensevelir Kounta. Il était déjà transi jusqu'aux os. Il fallait trouver un meilleur abri — se dressant brusquement, il reprit sa course.

Il avait déjà parcouru une bonne distance lorsqu'il trébucha et s'affala ; il ne s'était pas fait mal, mais, en se relevant, il vit avec horreur qu'il avait laissé de profondes traces dans la « neige ». Et, en plus, l'aube était proche. L'unique moyen de s'en tirer, c'était d'arriver le plus loin possible. Il essaya de forcer encore l'allure, mais le souffle lui manqua. C'est qu'il avait déjà couru pendant la plus grande partie de la nuit ; le long couteau commençait à peser ; il aurait dû servir à fendre les fourrés — de quelle utilité était-il dans la « neige » ?

A l'est se discernaient les premières lueurs du jour, et il entendit, très loin en arrière, monter faiblement le son de la corne matinale. Il changea de direction, mais il se sentait le cœur serré : il ne trouverait jamais de refuge dans toute cette blancheur.

Quand il entendit les cris des chiens, la fureur le submergea. Il courait comme un léopard traqué, et les aboiements montaient, de plus en plus sonores ; alors qu'il regardait pour la dixième fois par-dessus son épaule, il vit les bêtes. Les hommes devaient les suivre de près. Une détonation déchira l'air. Kounta accéléra encore sa course — mais déjà les chiens le rattrapaient. Alors, faisant volte-face, Kounta se ramassa sur lui-même en grondant. Les bêtes se lancèrent sur lui, cherchant à le happer de leurs crocs. Il bondit : d'un seul coup de sa lame il éventra un chien et, d'un revers du couteau, il fendit le crâne de l'autre.

Puis Kounta prit à nouveau la fuite. Bientôt, il entendit les hommes qui poussaient leurs chevaux dans les taillis, et il s'enfonça dans un profond fourré où ces bêtes ne pouvaient pénétrer. Une détonation claqua, et encore une autre — une fulgurante douleur lui traversa la jambe. Il débola, se releva en vacillant.

Les toubabs hurlaient et tiraient de nouveau, il entendait les balles frapper les troncs au-dessus de sa tête. « Qu'ils me tuent donc, pensa-t-il ; je mourrai en homme. » Mais une balle lui transperça une seconde fois la jambe et il s'effondra, comme balayé par un gigantesque poing. Il demeura cloué au sol, grondant farouchement : le « régisseur » et un autre toubab s'approchaient, fusils braqués. Il tenta de bondir pour qu'ils tirent sur lui et que tout soit fini, mais il ne put même pas se soulever sur sa jambe blessée.

L'autre toubab pointa son arme sur la tête de Kounta, tandis que le « régisseur » lui arrachait ses vêtements, le laissant nu dans la neige que rougissait le sang coulant de sa jambe blessée. Dans un tonnerre d'imprécations, le « régisseur » lança son poing dans le visage de Kounta, l'assommant à moitié. Et alors les deux hommes l'attachèrent face à un tronc, les poignets liés de l'autre côté.

Et le fouet se déchaîna : les lanières lui entamaient profondément la chair ; le « régisseur » ahanait en appliquant chaque coup qui déchirait le corps tressaillant. Kounta ne put bientôt plus retenir ses cris, mais l'atroce châtiment continua jusqu'au moment où il perdit connaissance. De longues entailles sanglantes lui zébraient les épaules et le dos, certaines si profondes qu'elles mettaient les muscles à nu. Kounta eut l'impression qu'il tombait, il sentit le froid de la neige contre sa peau et tout devint noir.

Quand il revint à lui, il était dans sa case — masse pantelante et torturée. Le moindre mouvement le faisait hurler de douleur ; et on lui avait remis les fers. Mais, plus horrible que tout, il était enroulé de la tête aux pieds dans un grand linge enduit de graisse de pourceau — son odorat ne pouvait s'y tromper. Quand la vieille cuisinière parut avec une écuelle, il voulut cracher sur elle, mais cela lui déclencha des vomissements. Il crut lire de la compassion dans les yeux de la femme.

Deux jours plus tard, des bruits de festivités le réveillèrent de bonne heure. Il entendit que les Noirs, massés devant la grande maison, criaient :

— Cadeau de Noël, maître ! et il se demanda ce qu'ils pouvaient bien avoir à fêter.

Comme il aurait voulu mourir ! Son âme aurait alors rejoint les ancêtres. C'en aurait été fini de cette interminable détresse dans le pays des toubabs, si étouffant, si puant qu'il n'y respirait qu'un air souillé. Et puis la fureur l'envahissait contre ce toubab qui ne l'avait pas fouetté comme un homme, qui avait osé le mettre nu. Quand il serait rétabli, il se vengerait — et il s'enfuirait une fois de plus. Ou il mourrait.

46

Lorsque Kounta ressortit pour la première fois de sa case, de nouveau entravé, les Noirs s'écartèrent de lui en roulant des yeux inquiets, comme s'il était un animal sauvage. Il n'y eut, pour le regarder en face, que la cuisinière et le vieillard qui sonnait de la corne.

Samson demeurait invisible. Où il pouvait bien être passé, Kounta n'en avait pas la moindre idée, mais c'était tant mieux. Et puis, quelques jours plus tard, il revit l'abominable Noir — le dos zébré de marques de fouet toutes fraîches. Tant mieux encore. Mais Kounta n'eut pas à attendre longtemps pour refaire à son tour connaissance avec la lanière du « régisseur ».

Il savait très bien qu'on le tenait à l'œil. Alors, toujours muet, il obéissait promptement aux ordres, il travaillait correctement. Dans les champs, il dissimulait sa profonde mélancolie ; mais, à la fin de la journée, il regagnait avec elle sa misérable petite case. Dans sa solitude, il se mit à conduire des conversations imaginaires, le plus souvent avec les siens. Cela se passait généralement dans sa tête, mais il lui arrivait de parler tout haut.

— Fa, disait-il, ces Noirs ne sont pas comme nous. Leurs os, leur sang, leur force, leurs mains, leurs pieds ne leur appartiennent pas. Ils ne vivent et ne respirent que pour les toubabs, et non pour eux-mêmes. Ils ne possèdent rien — leurs propres enfants ne sont pas à eux. Ils sont nourris et élevés afin de servir encore d'autres toubabs, et non d'aider leurs parents. Mère, disait-il encore, ces femmes s'enroulent la tête d'une étoffe, mais elles ne savent pas la nouer ; elles cuisinent peu de plats où n'entre la chair ou la graisse de l'immonde pourceau ; et beaucoup d'entre elles ont été dans la couche des toubabs, car leurs enfants ont la maudite couleur des mulâtres.

Et il discutait avec ses frères, Lamine, Souwadou et Madi, essayant de bien leur expliquer que, dans toute leur sagesse, les anciens ne parviendraient pas à leur inculquer que le plus féroce animal de la forêt est encore moitié moins dangereux que le toubab.

Et ainsi passaient les lunes. Bientôt les aiguillons de « glace » fondirent. Et il ne fallut pas longtemps avant de voir l'herbe pointer ses pousses vertes dans le brun-rouge de la terre, les arbres se couvrir de bourgeons, d'entendre de nouveau le ramage des oiseaux. On laboura les champs, on ensemença les interminables sillons. Et le soleil se mit à taper si fort que Kounta devait piétiner sur place, lorsqu'il avait à s'arrêter, pour ne pas se brûler la plante des pieds.

Il attendait son moment tout en vaquant à ses tâches. Il avait l'impression que les Noirs le tenaient eux aussi à l'œil, même en l'absence du « régisseur » ou d'un quelconque toubab. Il fallait justement endormir la méfiance des toubabs. Kounta devait pouvoir y arriver, puisque ceux-ci regardaient les Noirs comme des choses et non comme des êtres. Les toubabs ne réagissaient que lorsque ces choses se manifestaient. Il choisit donc l'effacement — ne pas se faire remarquer, tout était là.

Kounta se méprisait intérieurement, mais il imita les autres Noirs devant les toubabs. Sourire et danser d'une jambe sur l'autre — de cela, il était incapable ; mais il s'efforça de paraître coopératif et déploya une grande activité. En écoutant attentivement les conversations, soit aux champs, soit à la veillée, il avait déjà appris beaucoup de mots toubabs. Alors il montrait que, s'il ne pouvait encore parler, il comprenait bien ce qu'on lui disait.

Sur la terre des toubabs, le coton poussait vite — c'était la principale culture de la plantation. En peu de temps, les fleurs devenaient de dures petites boules vertes qui éclataient en libérant de blancs flocons. Aussi loin que Kounta portât son regard, les champs n'étaient plus que blancheur — à Djouffouré, les parcelles de coton étaient bien plus petites. Le moment de la récolte était venu, et la corne matinale sonnait de plus en plus tôt. Les « esclaves », puisque c'était ainsi qu'on les appelait, étaient à peine levés que déjà claquait le fouet du « régisseur ».

Dans les champs, Kounta observait attentivement les autres : en se tenant ployé, le long sac dans lequel on enfournait à chaque pas des graines de coton était plus facile à tirer. Une fois le sac rempli, on allait le vider dans le chariot posté au bout du champ. En faisant deux pleins sacs par jour, Kounta se situait dans la moyenne des cueilleurs de coton ; mais quelques Noirs — enviés et détestés — s'échinaient afin de complaire au toubab ; leurs mains volaient si vite qu'elles en devenaient indistinctes. Ceux-là arrivaient à remplir trois sacs par jour.

Les chariots de coton rentraient à la plantation pour déverser leur chargement dans un hangar. Mais Kounta remarqua que le tabac récolté dans les champs voisins partait dans une autre direction, et les chariots ne revenaient parfois qu'au bout de quatre jours. Kounta nota aussi qu'il passait un grand nombre de chariots de tabac sur la grand-route, certains même avec un attelage de quatre mules. Sans savoir où ils se rendaient, il devina que ce devait être assez loin, car Samson et d'autres convoyeurs revenaient épuisés de leur randonnée.

Ces voitures partaient peut-être assez loin pour l'emmener vers la liberté — idée fantastique ! Pendant les jours qui suivirent, Kounta eut du mal à dissimuler sa surexcitation. Il écarta très vite la possibilité de se cacher dans un des chariots de la plantation : il n'arriverait jamais à se glisser dans un chargement à l'insu de tous. Ce qu'il lui fallait, c'était un chariot roulant déjà sur la grand-route et venant d'une autre plantation. Cette nuit-là, Kounta sortit comme pour aller se soulager dans la cahute, et, s'étant assuré qu'il n'y avait personne en vue, il se rendit jusqu'à un endroit d'où il apercevait la grand-route sous le clair de lune. C'était bien ça : les chariots de tabac roulaient aussi de nuit. Il voyait la lumière suspendue à leur flanc s'éloigner en dansant et disparaître.

Il mit au point chaque minute de son projet, il étudia dans le plus menu détail tout ce qui concernait les chariots de tabac du voisinage et leurs déplacements. Aux champs, ses mains volaient pour ramasser le coton ; il arrivait même à esquisser un sourire lorsque se montrait le « régisseur ». Et pendant tout ce temps, son projet prenait forme. Une nuit, il rejoindrait la route, il sauterait à l'arrière d'un chariot et s'enfouirait sous les feuilles de tabac : les conducteurs ne pour-raient l'entendre à cause des cahots ; et ils ne pour-raient pas non plus le voir grâce à l'obscurité et à la hauteur du tabac empilé dans leur dos. Il était soulevé de dégoût à la seule idée de toucher, de respirer cette plante païenne dont il avait toute sa vie évité le contact, mais il était sûr qu'Allah lui accorderait son pardon, puisque c'était là son unique chance de fuite.

47

Peu de temps après, il se rendit un soir derrière les « cabinets » — les esclaves appelaient comme ça la cahute où ils faisaient leurs besoins — et tua d'un coup de pierre un lapin venu du bois voisin, où ces animaux pullulaient. Il en découpa la chair en fines tranches qu'il fit sécher comme on le lui avait appris au cours de son initiation, pour avoir des provisions de route. Puis, à l'aide d'une pierre bien lisse, il redressa et aiguisa une lame de couteau rouillée — fruit d'une heureuse trouvaille — et la fixa dans un manche qu'il avait taillé à l'avance. Mais le plus important pour son entreprise, c'était l'amulette qu'il avait préparée : une plume de coq pour attirer les esprits, un crin de cheval pour la force, une fourchette de poulet pour la réussite, le tout cousu — avec une épine en guise d'aiguille — dans un lambeau de toile à sac. Bien sûr, cette amulette aurait dû être bénie par un homme de Dieu, mais cela valait encore mieux que pas d'amulette du tout.

Bien qu'il n'eût pas dormi de la nuit, non seulement il n'éprouvait aucune fatigue mais il dut se maîtriser, pendant le travail aux champs, pour ne rien montrer de son excitation. Car il allait partir le soir même.

Après le dîner il regagna sa case; d'une main tremblante, il fourra dans ses poches le couteau et la viande de lapin séchée, et fixa solidement l'amulette à son bras droit. Il trépignait d'impatience en entendant les bruits familiers de la veillée des Noirs : à tout moment un incident fortuit pouvait survenir, qui ruinerait ses espérances. Mais les Noirs, recrus de fatigue par leur travail aux champs, ne s'attardèrent pas longtemps à chanter et à prier. Kounta patienta aussi longtemps qu'il le put, pour être sûr que tout le monde dormait enfin.

Puis, empoignant son couteau, il se coula dans la nuit noire. Il fonça à toutes jambes, plié en deux; il atteignit la route et plongea dans d'épais buissons qui se dressaient juste avant un tournant. Il se pelotonna sur lui-même, haletant. Et s'il ne passait plus de chariot, cette nuit? Et, pire encore, s'il y avait un homme posté à l'arrière du chargement? Tant pis, il lui fallait courir ce risque.

Il entendit venir un chariot plusieurs minutes avant de voir clignoter sa lumière. Les dents serrées, les muscles tressaillants, Kounta crut qu'il allait s'évanouir. Le chariot s'avançait au pas, mais finalement le moment arriva : il passa lentement devant la cachette de Kounta. Il y avait, sur le siège avant, deux silhouettes indistinctes. Retenant un cri d'allégresse, Kounta bondit. Il trotta un moment derrière la caisse cahotante et grinçante, en guettant un endroit où la route était défoncée, et brusquement il se détendit, s'agrippa des deux mains au hayon, fit un rétablissement et bascula dans la pile de feuilles de tabac. Il avait réussi à monter !

Il creusa frénétiquement son trou. Les feuilles étaient beaucoup plus tassées qu'il ne s'y attendait, mais il parvint à s'y dissimuler entièrement et à se ménager une ouverture suffisante pour respirer —

l'odeur de l'herbe immonde lui soulevait le cœur. Il fut long à trouver une bonne position, mais il réussit enfin à s'insérer confortablement dans la pesante masse, et le balancement du chariot, joint à la tiédeur des feuilles de tabac, le fit tomber dans une sorte de torpeur.

Un violent cahot le réveilla en sursaut, et aussitôt la peur d'être découvert s'empara de lui. Il ne connaissait ni la destination ni la durée du voyage. Et d'ailleurs, en arrivant, pourrait-il quitter le chariot sans être vu ? N'allait-il pas se retrouver une fois de plus traqué, capturé ? Pourquoi n'y avait-il pas songé plus tôt ? Il frissonna en revoyant les chiens, Samson, les toubabs avec leurs fusils. Au souvenir de ce qu'ils lui avaient fait la dernière fois, il comprenait que cette fois ce serait la *mort* si on le rattrapait.

Plus il retournait ces idées, et plus le tenaillait une envie folle d'abandonner immédiatement le chariot. Écartant les feuilles, il sortit la tête : sous le clair de lune, les cultures s'étendaient à perte de vue. Il ne pouvait pas sauter maintenant. La clarté de la lune l'aiderait, mais elle serait tout aussi propice à ses poursuivants. Et plus il faisait de chemin dans le chariot, moins les chiens arriveraient à le suivre à la trace. Il se tapit de nouveau dans sa cachette et essaya de se calmer ; mais toutes les fois que la caisse roulante faisait une embardée son cœur s'affolait dans sa poitrine : si elle allait s'arrêter ?

Beaucoup plus tard, il s'aperçut en écartant les feuilles que l'aube approchait. Alors, il prit sa décision. C'était tout de suite qu'il devait quitter le chariot — s'il se trouvait chez l'ennemi en plein jour, il n'aurait aucune chance de lui échapper. Il invoqua Allah, saisit son couteau d'une main ferme et se tortilla pour parvenir jusqu'à l'orée de son trou. Une fois parvenu à l'air libre, il attendit une nouvelle embardée du chariot. Cela lui parut une éternité et puis, soudain, vint le moment : d'un bond souple, il se retrouva sur la route et il se jeta aussitôt dans des buissons.

Kounta fit un grand détour pour ne pas passer à proximité de deux plantations avec leurs grandes maisons blanches et leurs sombres groupes de petites cases. Dans l'air tranquille, les sons des cornes du réveil portaient jusqu'à lui. Tandis que le jour se levait, il s'enfonçait toujours plus profondément dans le sous-bois d'une très grande forêt. Sous les arbres touffus il faisait frais, la rosée le revigorait ; le couteau pesait à peine dans sa main et il se taillait un chemin à grands coups de lame, ponctués de grognements de plaisir. Au début de l'après-midi, il arriva devant un ruisseau limpide tapissé de galets moussus ; en se penchant pour s'y désaltérer, il fit bondir des grenouilles effarouchées. Il examina les environs et décida de s'accorder un moment de repos. Assis au bord de l'eau, il y trempa un morceau de viande séchée et le mâchonna longuement. Sous ses reins, le sol était souple et moelleux ; il n'entendait rien d'autre que les crapauds, les oiseaux, les insectes. Il mangea en les écoutant et en contemplant les traînées d'or du soleil dans le feuillage au-dessus de sa tête ; il était heureux de ne pas avoir à courir jusqu'à la limite de ses forces — comme les autres fois, où on l'avait repris parce qu'il était épuisé.

Il poursuivit sa course pendant tout le reste de l'après-midi, fit une courte halte pour la prière du coucher du soleil et continua encore jusqu'au moment où l'obscurité et sa lassitude le contraignirent à s'arrêter. Il dormit sur un lit de feuilles et d'herbe ; par la suite, il se confectionnerait un abri — rameaux fourchus et couverture d'herbe — comme il avait appris à le faire lors de son initiation. Le sommeil vint très vite, mais il fut réveillé à plusieurs reprises par les moustiques voraces et il entendit de lointains grondements d'animaux sauvages chassant leurs proies.

Kounta se réveilla aux premières lueurs du jour, aiguisa le couteau et reprit sa fuite. Au bout d'un moment, il rencontra une piste ; manifestement, elle n'avait plus été foulée depuis longtemps, mais il ne s'en replia pas moins à toute vitesse dans la forêt. Il pénétrait de plus en plus profondément au cœur du bois touffu — son couteau s'abattant de part et d'autre pour lui frayer le chemin. Il rencontra des serpents — mais son séjour à la plantation lui avait appris que ces bêtes n'attaquent que si elles sont effarouchées ou acculées. Il suffisait donc de ne pas bouger pour les voir filer en ondulant. De temps en temps, il semblait à Kounta qu'il avait entendu un aboiement, et il frissonnait — car il craignait par-dessus tout l'odorat des chiens.

Ce jour-là, Kounta s'enfonça à plusieurs reprises dans des sous-bois si épais que son couteau n'était pas assez robuste pour lui ouvrir la voie ; alors, il devait revenir sur ses pas et trouver un autre chemin. Il dut s'arrêter à deux reprises pour aiguiser le couteau, qui s'émoussait de plus en plus vite — il comprit que c'était trop demander à une vieille lame que de trancher les bruyères, les ronces, les fourrés. Puis il fit une halte, mangea un peu de lapin séché — et des mûres — se désaltéra de l'eau retenue au creux de grandes feuilles en coupe. Cette nuit-là, il s'arrêta de nouveau près d'un ruisseau. A peine s'était-il allongé qu'il s'endormit, sourd aux cris des oiseaux et des bêtes nocturnes, insensible même au bourdonnement et aux piqûres des insectes attirés par son corps en sueur.

Le lendemain matin, il réfléchit enfin au but de sa fuite. Il ne savait ni où il se trouvait ni où le portaient ses pas. Le mieux était de se diriger vers le soleil levant en s'écartant soigneusement des lieux habités, des Noirs aussi bien que des toubabs. Les cartes de l'Afrique qu'il avait pu voir étant enfant montraient la grande eau à l'ouest. Il allait donc dans la bonne direction en marchant vers l'est. Mais, même s'il arrivait jusqu'à la grande eau sans être capturé, comment parviendrait-il à la traverser — à supposer qu'il trouve un bateau et qu'il sache vers quel rivage le mener ? Toutes ces idées le remplissaient d'une profonde frayeur. Alors, sans cesser de courir, il priait et palpait son talisman.

Cette nuit-là, couché sous un buisson, il songea au guerrier Soundiata, le plus grand héros des Mandingues, qui lui aussi avait été esclave et, de plus, infirme. Maltraité par son maître africain, il avait pris la fuite et s'était réfugié dans les marais ; là, il avait retrouvé d'autres esclaves en fuite, les avait organisés en une puissante armée et s'était taillé le vaste empire mandingue. Kounta songeait, en repartant au matin du quatrième jour, qu'il allait peut-être retrouver d'autres Africains, fugitifs comme lui dans ce pays des toubabs et aussi résolus à remettre leurs pas dans la poussière de leur terre natale. Et s'ils étaient assez nombreux, peut-être parviendraient-ils à construire ou à voler un grand canot. Et alors...

Soudain, quelque chose de terrible traversa le rêve de Kounta. Il s'arrêta net. Oh ! non ! Ce n'était pas possible ! Mais il ne s'était pas trompé : des aboiements montaient au loin. Il se jeta dans l'épaisseur du sous-bois, taillant à droite, taillant à gauche, trébuchant, s'affalant, se relevant, taillant, taillant encore. Et puis, après une dernière chute, la fatigue eut raison de lui : il resta pétrifié sur le sol, l'oreille aux aguets, étreignant de toutes ses forces le manche du couteau. Mais seuls les oiseaux et les insectes troublaient le silence.

Avait-il réellement entendu des chiens ? Il ne savait plus si son pire ennemi c'était le toubab ou sa propre imagination. Mais il ne pouvait se permettre d'agir comme s'il avait seulement imaginé les cris des bêtes, et il reprit sa course — il fallait avancer, avancer toujours plus loin. Pourtant, il dut bientôt faire une nouvelle halte — vidé par l'effort mais aussi par la peur. Il allait dormir un court moment avant de repartir.

Il se réveilla en sursaut, et la terreur l'envahit. Il faisait nuit noire ! Il avait dormi toute la journée ! Mais alors, qu'est-ce qui l'avait réveillé ? Et brusquement il entendit les aboiements, cette fois beaucoup plus proches. Éperdu, il s'enfuit à toutes jambes — et puis, au bout d'un moment, il s'aperçut qu'il avait oublié son couteau. Il revint frénétiquement sur ses pas, mais il battit en vain les fourrés : il savait que le couteau était là, ne pouvait qu'être là, mais il eut beau tâter partout le sol, fourrager à quatre pattes sous les rameaux, le couteau resta introuvable.

Les aboiements se rapprochaient, et il sentit ses entrailles se tordre. Sans son couteau, il allait être capturé — ou pire. A force d'explorer le sol en tous sens, ses mains rencontrèrent une pierre grosse comme le poing. Il la saisit et se lança dans le sous-bois.

Kounta courut toute la nuit. Il fendait les branches comme un fou, basculait dans les ronces qui s'attachaient à ses jambes, se relevait et se jetait de nouveau en avant, ne s'arrêtant que pour reprendre son souffle. Mais les chiens gagnaient du terrain, il les entendait toujours plus près et, peu après le lever du jour, il les vit derrière lui. Le cauchemar se répétait — il était de nouveau acculé. Alors, en débouchant dans une petite clairière, il se ramassa sur lui-même au pied d'un arbre, et les attendit — brandissant de la main droite une grosse branche qu'il avait cassée au passage et serrant désespérément la pierre dans sa main gauche.

Les chiens s'élancèrent sur Kounta, mais, poussant un cri terrible, il abattit férocement son gourdin. Les bêtes battirent en retraite et restèrent hors de portée, aboyant et écumant en se collant contre le sol. Et alors parurent deux toubabs à cheval. Kounta n'avait jamais vu ces hommes. Le plus jeune braqua son fusil, mais l'aîné arrêta son geste et, mettant pied à terre, se dirigea vers Kounta en déroulant calmement la longue mèche noire de son fouet.

Les yeux écarquillés de terreur, tremblant de tous ses membres, Kounta le regardait venir, et une succession d'images lui traversait l'esprit : les visages des toubabs dans la forêt où il voulait tailler la caisse de son tambour, ceux du grand canot, de la prison, du marché où on l'avait vendu, de la plantation, des bois où il avait été rattrapé, battu, flagellé, percé de balles. Le toubab leva son fouet et, de toutes ses forces, Kounta jeta la pierre. Entraîné par la violence de son geste, il roula au sol.

Le toubab lança un cri, une balle claqua à l'oreille de Kounta et les chiens se lancèrent sur lui. Il se tordit en battant des bras pour les repousser et vit en un éclair que le toubab avait le visage ensanglanté. Kounta grondait comme un animal sauvage lorsque les toubabs rappelèrent les chiens et s'avancèrent sur lui, fusil braqué. Il lut sur leur visage qu'il n'en réchapperait pas — mais plus rien ne comptait. Un toubab bondit sur lui et l'empoigna, tandis que l'autre le martelait de la crosse de son fusil, mais il résistait farouchement, se tordant, agitant bras et jambes, hurlant en arabe et en mandingue. Et ils n'eurent raison de lui qu'en l'assommant. Ils lui arrachèrent ses vêtements et l'attachèrent solidement contre un arbre. Il se raidit en comprenant qu'ils allaient le battre à mort.

Mais le toubab qui saignait s'arrêta brusquement, et son visage prit une expression étrange, presque souriante. D'une voix rauque, il lança quelques mots au plus jeune qui ricana et fit un signe de tête. Alors, l'homme retourna à son cheval et, prenant sous la selle une courte hache, il abattit un arbrisseau mort et le tira jusqu'à Kounta.

Le toubab qui saignait se planta devant Kounta en gesticulant. Il désigna alternativement de la main les parties viriles de Kounta et le couteau de chasse passé dans sa ceinture, et ensuite le pied de Kounta et la hache qu'il tenait en main. Au moment où il comprit ce que ces gestes signifiaient, Kounta se mit à hurler en lançant ses jambes en avant — et de nouveau le gourdin s'abattit sur son crâne. D'un geste instinctif, il mit ses mains devant son foto — car un homme n'est un homme que s'il a des fils.

Les toubabs ricanaient vicieusement. Le plus jeune glissa le petit tronc d'arbre sous le pied droit de Kounta en l'immobilisant au moyen d'un solide lien — et les efforts désespérés de Kounta pour dégager son pied furent vains. Alors, le toubab ensanglanté saisit la hache et aussitôt la lame s'abattit — tranchant la peau, les tendons, les muscles, les os. Il l'entendit même heurter le tronc avec un bruit sourd qui lui ébranla atrocement le cerveau. La douleur lui traversa brusquement tout le corp, son buste s'affaissa, bras en avant, comme pour retenir ce morceau de pied qui bondissait devant lui dans un jaillissement de sang — et tout devint noir.

48

Kounta demeura inconscient pendant toute une journée, avec de brefs intervalles de lucidité ; il gisait les yeux fermés, la mâchoire pendante, un mince filet de bave au coin des lèvres. Il revint à lui lentement et l'atroce douleur se réveilla — il avait l'impression qu'on lui déchirait la jambe droite, les fulgurants élancements lui remontaient dans tout le corps, lui cognaient dans la tête. Que lui était-il arrivé ? Soudain, la scène affleura à sa mémoire : le visage rouge et grimaçant du toubab, l'éclair de la lame, son choc sourd contre le tronc, le pied tranché qui sautait. L'émotion lui fit battre les tempes et il perdit de nouveau connaissance.

Lorsqu'il rouvrit les yeux, il resta un long moment à contempler une toile d'araignée au plafond. Puis, en tentant d'esquisser un mouvement, il se rendit compte que des liens lui retenaient le torse, les poignets, les chevilles ; en revanche, son pied droit et sa nuque reposaient sur quelque chose de doux, et il était vêtu d'une sorte de robe. Mais une autre chose venait encore de renforcer l'horreur de sa situation : il planait une odeur de goudron. Il avait déjà cru atteindre le fond de la souffrance — ce qui lui arrivait était pire que tout le reste.

Il était en train de marmonner une prière à Allah lorsque la porte s'ouvrit ; instantanément, il se tut. L'arrivant était un toubab inconnu de haute stature, qui portait un petit sac noir. Il avait une mine furieuse, mais sa colère ne semblait pas dirigée contre Kounta. Le toubab se pencha sur lui en battant l'air pour écarter les mouches. Placé comme il l'était, Kounta ne voyait plus que son dos ; soudain le toubab lui toucha le pied d'une telle façon qu'il se mit à hurler à pleins poumons en bandant son torse contre la corde qui le retenait. Enfin, le toubab se retourna, posa sa main sur le front de Kounta ; puis il lui tint le poignet pendant un long moment. Enfin il se redressa, contempla le visage convulsé de Kounta et lança un bref appel :

— Bell !

Peu après entra une femme à la peau noire, courte et ronde, avec un visage sévère mais non rébarbatif ; elle apportait une gamelle d'eau. Bizarrement, Kounta eut l'impression de la reconnaître — il l'avait vue en rêve, penchée au-dessus de lui pour lui faire avaler quelques gorgées d'eau. Le toubab prit quelque chose dans son sac noir, le fit dissoudre dans l'eau et le remit à la femme en lui disant quelques mots d'une voix douce. Alors, celle-ci s'agenouilla à côté de Kounta et lui soutint la tête pour le faire boire, à petites gorgées.

Ainsi relevé, il aperçut, au bout de sa jambe droite, le sommet d'un énorme pansement, tout brun de sang séché. Il tressaillit et voulut se dresser, mais ses muscles n'obéissaient plus. La femme lui lâcha la tête ; le toubab échangea quelques mots avec elle et ils partirent ensemble.

Kounta plongea aussitôt dans un profond sommeil. Il se réveilla dans la nuit, complètement égaré. Son pied droit semblait reposer sur un brasier ; il voulut lever la jambe, mais ce mouvement lui arracha un terrible cri de douleur. Un tourbillon d'images et d'idées indistinctes lui envahit l'esprit, si fugaces qu'il n'arrivait pas à en saisir une. Apercevant Binta, il lui dit qu'il était blessé mais qu'elle ne devait pas se tourmenter : dès qu'il irait mieux, il reviendrait à la maison. Puis il vit une troupe d'oiseaux volant très haut dans le ciel et une lance transpercer l'un d'eux. Il se sentit dégringoler en hurlant, sans rien pour se rattraper.

En se réveillant, il fut sûr d'avoir le pied dans un état épouvantable. A moins qu'il n'ait fait un cauchemar ? Il se sentait horriblement mal. Il avait tout le côté droit engourdi, la gorge sèche, les lèvres parcheminées par la fièvre ; il était trempé de sueur — d'une sueur à l'odeur fétide. Était-il possible qu'il y ait des hommes pour couper le pied d'un autre homme ? Et il revit l'horrible expression du toubab désignant son pied et ses parties viriles. Alors, la rage revint le submerger. Il fit un effort pour plier le pied et sentit une douleur fulgurante. Il attendit qu'elle se calme — mais elle ne se calmait pas. La souffrance était intolérable, et pourtant il était là à la supporter. Il s'en voulait de souhaiter que revienne le toubab avec ce produit qui lui avait procuré un certain soulagement.

Il tenta maintes fois d'arracher ses poignets aux liens assez lâches qui les retenaient de part et d'autre de sa couche. Il se tordait et gémissait de douleur lorsque la porte se rouvrit sur la femme ; elle portait une lumière jaune qui faisait luire sa peau noire. Souriant à Kounta, elle se livra à une mimique accompagnée de gestes et de bruits de gorge pour lui faire comprendre quelque chose. Montrant la porte, elle mima l'arrivée d'un homme de haute taille ; puis elle fit semblant de donner à boire à quelqu'un dont les geignements se transformaient en soupirs de soulagement. Kounta ne lui montra pas qu'il avait compris : le grand toubab était un guérisseur.

Alors, elle lui mit un linge mouillé et frais sur le front. Elle passa son bras sous la nuque de Kounta pour lui faire boire la soupe qu'elle avait apportée. Il avala la soupe, furieux de voir que cela faisait plaisir à la femme. Puis elle creusa légèrement le sol de terre battue et y ficha un long cylindre cireux dont elle enflamma le sommet. Voulait-il autre chose ? Lui fit-elle comprendre par gestes. Sans répondre, il la dévisagea d'un œil mauvais — et la femme finit par s'en aller.

Tout en essayant de rassembler ses idées, Kounta fixa la flamme jusqu'au moment où elle mourut en atteignant le sol. Dans l'obscurité, il se souvint du projet de massacre des toubabs, quand ils étaient sur le grand canot. Que n'était-il un guerrier au sein d'une grande armée noire, pour tailler en pièces les toubabs ! Mais c'était lui qui était en train de mourir, et, même si cela signifiait qu'il serait à jamais auprès d'Allah, il en tremblait de frayeur. Après tout, personne n'était jamais revenu du séjour d'Allah, pour dire ce qu'il en était — tout comme nul n'avait jamais regagné son village pour dire ce qu'il en était du pays des toubabs.

Lorsque Bell se montra de nouveau, elle sembla prise d'une grande inquiétude : le blanc de l'œil jaune et injecté de sang, Kounta avait les orbites profondément enfoncées dans un masque fiévreux. Il avait beaucoup maigri au cours de la semaine et il n'arrêtait plus de frissonner en geignant. Elle repartit aussitôt et revint dans l'heure : elle apportait d'épais linges, deux récipients fumants et deux couettes. A gestes rapides et comme furtifs, elle puisa dans un des récipients et prépara un gros cataplasme où devaient entrer des herbes infusées avec une substance âcre. Quand elle étendit le cataplasme sur la poitrine dénudée de Kounta, la brûlure fut telle qu'il essaya de se secouer pour s'en débarrasser ; mais Bell le retint d'une poigne ferme. Puis elle trempa les linges dans l'autre récipient fumant, les tordit et les plaça par-dessus le cataplasme. Elle termina en couvrant Kounta avec les couettes.

Et alors elle s'installa pour attendre. Bientôt Kounta ruissela de sueur ; de temps à autre, Bell lui essuyait les yeux du coin de son tablier et tâtait les linges brûlants. Et puis Kounta se détendit peu à peu, au point de demeurer totalement inerte. Bell retira les linges et le cataplasme, ramena les couettes sur Kounta et quitta la case.

Il se réveilla, trop faible pour pouvoir bouger un muscle et suffoquant de chaleur. Il sentit que la fièvre avait cédé — sans en éprouver la moindre gratitude. Il se demandait quand même où cette femme avait bien pu apprendre à le soigner comme elle l'avait fait. Cela ressemblait aux soins de Binta lors de ses maladies d'enfant — elle employait les herbes qui, depuis les ancêtres, croissaient au pays d'Allah. Et Kounta avait bien compris que cette femme, par ses gestes furtifs, lui montrait qu'elle n'employait pas les remèdes des toubabs. Il était sûr que le toubab n'en saurait jamais rien. Alors, il scruta imaginairement le visage noir de

la femme. Comment le toubab l'avait-il appelée ?
« Bell. »

Non sans répugnance, il dut reconnaître au bout
d'un moment qu'elle ressemblait à ceux de sa tribu. Il
essaya de se la représenter à Djouffouré : pilonnant le
mil, pagayant sur le bolong dans sa pirogue, rappor-
tant sur sa tête les gerbes de riz. Et puis il s'injuria tout
bas : comment osait-il rapprocher ces païens noirs, ces
mécréants du pays des toubabs, des gens de son
village ?

Puis ses souffrances s'atténuèrent. Maintenant, il
avait surtout mal quand il essayait de se libérer de ses
liens, pour être enfin à l'aise. Car les mouches s'acharnaient sur lui, bourdonnant autour du pansement de
son pied — ou de ce qu'il en restait. Parfois il arrivait à
les écarter d'une détente de la jambe, et puis elles
revenaient, plus importunes que jamais.

Et Kounta se demandait dans quel endroit il se
trouvait. Les sons extérieurs, les voix des Noirs lui
apprenaient qu'il était dans une nouvelle plantation.
Les effluves de leur cuisine lui parvenaient, et il les
entendait chanter et prier le soir, avant la corne du
coucher.

Tous les jours, le grand toubab venait changer le
pansement de Kounta : à chaque fois, cela faisait très
mal. Bell lui apportait à manger et à boire trois fois par
jour, et elle lui tâtait le front en souriant. Mais Kounta
ne devait surtout pas oublier que ces Noirs ne valaient
pas mieux que les toubabs. Peut-être ces Noirs-là et ces
toubabs-là ne lui voulaient-ils pas de mal ; mais c'était
tout de même un Noir — ce Samson — qui l'avait à
moitié tué de coups, et c'étaient des toubabs qui
l'avaient flagellé, et blessé par balle, et qui lui avaient
coupé le pied. Plus les forces lui revenaient et plus il
enrageait de rester là, impuissant, incapable même de
se mouvoir — lui dont les dix-sept pluies n'avaient rien

connu d'autre que de courir, de sauter, de grimper à son gré. C'était une situation monstrueuse, incompréhensible, intolérable.

Lorsque le toubab lui eut libéré les poignets, jusque-là liés à des piquets de part et d'autre de son corps, Kounta fut incapable de lever les bras. Pour en recouvrer progressivement l'usage, il commença par exercer ses doigts, les pliant et les dépliant pendant des heures, puis à serrer et desserrer les poings. Une fois qu'il put lever les bras, il réussit peu à peu à se tenir appuyé sur les coudes ; et il resta ainsi pendant un long moment, contemplant le gros pansement autour de son pied. On aurait dit un « potiron », mais il n'était plus aussi rouge que ceux qu'il avait déjà vu le toubab lui enlever. Pourtant, quand il voulut tenter de plier le genou droit, la douleur fut telle qu'il dut y renoncer.

Alors, dès que Bell reparut, il déversa sur elle sa fureur et son humiliation en l'invectivant en mandingue et en reposant violemment son gobelet de ferblanc. Et puis il se rendit compte qu'il venait, pour la première fois depuis son arrivée au pays des toubabs, de parler à quelqu'un. Et sa fureur redoubla au souvenir du chaud regard dont la femme avait accueilli ses vociférations.

Cela faisait près de trois semaines que Kounta était couché dans cette case lorsque le toubab lui fit signe de s'asseoir tandis qu'il lui défaisait son pansement. Près du pied, la bande était teintée par une sorte d'humeur jaune et Kounta serra les mâchoires quand le toubab arriva au dernier tour — le bout de sa jambe n'était plus qu'un moignon gonflé, couvert par une horrible croûte brune et épaisse. Kounta réprima un hurlement. Le toubab mit de la poudre sur le moignon et se contenta de l'enrouler d'une légère bande. Après quoi il s'en fut avec son sac noir.

Les deux jours suivants, ce fut Bell qui pansa Kounta

comme l'avait fait le toubab, tout en lui parlant d'une voix douce tandis qu'il se contractait et détournait la tête. Le troisième jour le toubab revint ; il apportait deux bâtons fourchus : à Djouffouré, Kounta avait vu des blessés marcher avec des bâtons de ce genre. Le toubab lui montra à placer les deux fourches sous ses aisselles et à sauter sur la jambe gauche, en gardant la jambe droite repliée.

Kounta refusa d'essayer devant le toubab et Bell. Lorsqu'il fut enfin seul, il se dressa tant bien que mal, et il resta longtemps appuyé contre le mur en attendant que se calment les élancements qui lui traversaient la jambe. Il transpirait abondamment avant même d'avoir réussi à se tenir sur les fourches. Étourdi et chancelant, presque collé au mur pour pouvoir se rattraper, il réussit à faire quelques pas — toute la difficulté était d'arriver à balancer le corps sans perdre l'équilibre, alors que sa jambe blessée le .faisait osciller.

Le lendemain, en lui apportant son déjeuner du matin, Bell remarqua les traces dans le sol de terre battue, et son visage s'éclaira fugitivement. Kounta se renfrogna, furieux contre lui-même de ne pas avoir fait disparaître ces signes révélateurs. Il refusa de manger en présence de la femme, mais, quand elle fut partie, il se hâta de tout avaler — ce qu'il fallait maintenant, c'était retrouver ses forces.

Au bout de quelques jours, il arrivait à se déplacer à son gré tout autour de la case.

49

Cette plantation était très différente de l'autre — cela frappa tout de suite Kounta le jour où il réussit à aller jusqu'à la porte de sa case et à rester debout sur le seuil, en équilibre sur ses béquilles. Les maisons basses où vivaient les Noirs avaient des murs badigeonnés à la chaux et paraissaient en bon état — la sienne comprise. Dans celle-ci, il disposait d'une petite table de bois et d'une étagère portant l'écuelle de fer-blanc, la gourde à eau, une « cuillère » et les autres ustensiles dont les toubabs se servaient pour manger ; il en avait enfin appris le nom : « fourchette » et « couteau » ; ils ne devaient pas être très malins pour avoir laissé de tels objets à sa portée. Et son matelas de feuilles de maïs, posé à même le sol, était bien plus épais. Il vit encore que certaines cases avaient, sur l'arrière, un petit potager, et la plus proche de la maison du toubab était précédée d'un grand rond de fleurs aux vives couleurs. Mais Kounta restait en alerte sur le pas de sa porte, et dès que quelqu'un se montrait il disparaissait précipitamment — et restait parfois des heures sans oser rouvrir la porte.

Son odorat lui fit connaître l'emplacement de la cahute des cabinets. Il se retenait aussi longtemps qu'il le pouvait, et quand il savait que les autres étaient aux champs il s'y rendait en clopinant sur ses béquilles, après s'être bien assuré que les alentours étaient déserts.

Il fallut deux semaines à Kounta pour oser s'aventurer un peu plus loin que les cabinets ou la case de la cuisinière du quartier des esclaves — qui, contrairement à ce qu'il avait cru, n'était pas Bell. Celle-ci avait cessé de lui apporter ses repas dès qu'il avait été capable de circuler, et elle n'était d'ailleurs jamais revenue le voir. Il se demandait ce qu'elle était devenue. Et puis, un jour où il était sur le pas de sa porte, Kounta l'aperçut ; elle sortait de la grande maison par la porte de derrière et se dirigeait vers la cahute. Mais elle ne le vit pas, ou feignit de ne pas le voir. Au fond, elle était bien comme les autres, il s'en était douté dès le début. Plus rarement, Kounta percevait le grand toubab, généralement au moment où il montait dans un buggy à capote noire, attelé de deux chevaux et conduit par un cocher noir, juché sur son haut siège.

Au bout de quelques jours, Kounta resta dehors même au moment où les autres revenaient des travaux des champs. Se souvenant de l'autre plantation, il se demandait pourquoi ces Noirs n'étaient pas escortés d'un toubab à cheval et armé d'un fouet. Ils passaient tout près de Kounta sans paraître le remarquer et disparaissaient dans leurs cases. Un peu plus tard, ils ressortaient et vaquaient à différentes tâches. Les hommes travaillaient dans la grange, les femmes trayaient les vaches et donnaient à manger aux poules. Quant aux enfants, ils charriaient des seaux d'eau et des brassées de bois ; à l'évidence, ils ignoraient qu'en faisant un fagot bien serré et en le portant en équilibre sur leur tête ils auraient pu en porter deux fois plus.

Avec le temps, Kounta se rendit compte que, si ces Noirs vivaient bien mieux que ceux de l'autre planta-tion, ils ne semblaient pas savoir plus qu'eux qu'ils appartenaient à une tribu perdue, qu'ils avaient été tellement vidés de toute forme de respect et d'estime pour eux-mêmes qu'ils semblaient trouver qu'ils vivaient comme on doit vivre. Ne pas être battus, manger à leur faim et avoir un toit au-dessus de leur tête : à cela se bornaient toutes leurs préoccupations. Rares étaient les nuits où Kounta trouvait aussitôt le sommeil. Généralement, il restait longtemps éveillé en songeant avec exaspération au malheur de ceux de sa race. Mais ils semblaient même ignorer qu'ils étaient malheureux. Alors, s'ils se satisfaisaient de leur triste état, pourquoi irait-il s'en soucier lui-même ? Pour sa part, il se sentait mourir à petit feu, mais, tant qu'il aurait un restant de volonté, il chercherait encore à s'enfuir, même s'il devait y laisser la vie. De toute façon, vivant ou mort, à quoi était-il bon maintenant ? Il ne s'était passé que douze lunes depuis qu'on l'avait arraché à Djouffouré — mais il se sentait infiniment plus vieux que ses dix-huit pluies.

Ce qui n'arrangeait pas les choses, c'est qu'on ne semblait pas avoir trouvé à l'employer utilement, bien qu'il fût à présent très capable de se déplacer sur ses béquilles. Il réussissait à donner l'impression qu'il s'occupait très bien tout seul, qu'il n'éprouvait ni le besoin ni l'envie de fréquenter quiconque. Mais Kounta sentaient que les Noirs n'avaient pas plus confiance en lui que lui-même n'avait confiance en eux. C'était surtout la nuit qu'il ressentait le plus douloureusement sa solitude. Couché dans le noir, les yeux grands ouverts, il avait l'impression que les ténèbres allaient l'engloutir. C'était comme une maladie qui le rongeait lentement. Il avait besoin d'amour — voilà ce qu'il fut surpris et honteux de découvrir.

Un jour où il se trouvait dans les parages au moment où rentrait le buggy du toubab, Kounta vit qu'un mulâtre était assis à côté du cocher. Le toubab descendit devant la grande maison et le cabriolet repartit, pour venir s'arrêter dans le quartier des esclaves. Le cocher aida l'homme à dégringoler du siège en le soutenant sous les aisselles, et Kounta vit alors qu'il avait une main emprisonnée dans une sorte d'argile blanche qui aurait durci. Sans savoir à quoi cela servait, il supposa que c'était à cause d'une blessure. Le mulâtre plongea sa main valide dans le cabriolet et en tira une boîte foncée de forme bizarre ; puis il suivit le cocher jusqu'à la dernière case de la rangée — Kounta savait qu'elle était inoccupée.

Cette arrivée piqua à tel point la curiosité de Kounta que, le lendemain matin, il béquilla jusqu'à la case en question. Le mulâtre était assis sur le pas de sa porte, ce que n'avait pas prévu Kounta. Ils se dévisagèrent en silence. L'homme finit par dire :

— Quoi qu' tu veux ? (Kounta n'avait aucune idée de ce que ces mots pouvaient signifier.) T'es un négro d'Afrique ? (Kounta reconnut le mot « négro », mais rien d'autre. Alors il resta à regarder le mulâtre.) Allez, dégage !

Kounta saisit l'âpreté du ton, comprit qu'il le renvoyait. Il manqua trébucher tant il se hâta de faire volte-face et de repartir vers sa case, vexé et furieux.

Plus il repensait à ce mulâtre et plus il enrageait. Comme il aurait voulu connaître les mots toubabs pour aller lui crier en pleine face :

— Moi, au moins, je suis noir, et non marron comme toi !

Dès lors, il ne jeta plus un regard dans la direction de la case du mulâtre. Mais il ne pouvait refréner sa curiosité sur ce qui pouvait bien s'y passer lorsqu'il voyait, après dîner, les Noirs se hâter d'aller retrouver le nouveau venu. Il tendait l'oreille, depuis le pas de sa porte : apparemment, c'était le mulâtre qui faisait toute la conversation. Parfois, les autres éclataient de rire ou le pressaient de questions. Kounta grillait de savoir qui était cet homme.

Un après-midi, environ deux semaines après son arrivée, Kounta arriva aux cabinets juste au moment où le mulâtre en émergeait. Il était débarrassé du gros fourreau blanc qui lui avait immobilisé la main et il tressait ensemble deux feuilles de maïs. Kounta passa devant lui en béquillant furieusement. Assis à l'intérieur, Kounta retournait dans sa tête toutes les insultes qu'il aurait voulu pouvoir lui lancer. Mais, en ressortant, il vit que le mulâtre l'avait attendu et le regardait aussi calmement que si rien ne s'était jamais passé entre eux. Sans cesser de tortiller et de tresser ses feuilles de maïs, il invita d'un signe de tête Kounta à le suivre.

Son geste était si inattendu — et si désarmant — que Kounta se retrouva marchant derrière lui jusqu'à sa case. Là, il s'assit sur le tabouret que lui désignait le mulâtre, et celui-ci s'installa en face de lui sans lâcher son ouvrage. Kounta se demanda s'il savait qu'il tressait à la façon des Africains. Au bout d'un moment, le mulâtre prit la parole.

— T'étais enragé, hein ? Une veine qu'ils t'ont pas tué. Z'auraient très bien pu, avec la loi pour eux. Comme quand c' Blanc m'a cassé la main pasque j'en avais assez d' violoner. La loi, elle dit que çui qui t' rattrape il peut te tuer, et il s'ra pas puni. Cette loi-là, tous les six mois on la lit dans les églises des Blancs. Moi, quand j' commence sur la loi des Blancs, j'arrête plus. Z'ont qu'à s'installer quèq' part, les Blancs, et hop, ils bâtissent une cour de justice, pour faire encore plus de lois ; et après ça c'est l' temple, pour prouver qu' c'est des chrétiens. Pour moi, cette Chambre des Bourgeois de Virginie, elle fait rien d'autre que d' passer encore plus de lois contre les négros. La loi, elle dit que l' négro il doit pas porter un fusil, il doit même pas porter un gourdin. La loi, pour toi, c'est vingt coups d' fouet s'ils t'attrapent sans papiers de route, dix coups si t'as r'gardé un Blanc dans les yeux, trente si t'as l'vé la main sur un chrétien blanc. La loi, elle dit que l' négro il peut prêcher que si un Blanc est là pour l'écouter ; qu'ils prennent seulement l'enterrement d'un négro pour un rassemblement, et l' négro il ira en terre tout seul — c'est la loi. La loi, elle te coupe une oreille si un Blanc jure que t'as menti ; les deux oreilles s'il jure que t'as fait deux mensonges. Tu tues un Blanc, et tu t' balances au bout une corde ; mais va tuer un négro et tu s'ras fouetté, rien de plus. La loi, elle donne à l'Indien qu'a rattrapé un négro qui s'ensauve tout l' tabac que c't Indien-là peut emporter. La loi, elle défend d'apprendre à lire et à écrire aux négros et aussi d' leur donner des livres. Y a même une loi qui défend aux négros d' frapper des tambours — tout c' qu'est africain, quoi.

Kounta sentit que l'homme n'ignorait pas qu'il n'avait pas compris un mot de ce qu'il disait, mais que cela lui faisait plaisir de parler et, en même temps, d'essayer de se faire comprendre un petit peu. En le regardant, en écoutant ses intonations, Kounta pouvait *presque* saisir le sens de ses paroles. Et le seul fait que quelqu'un fût là à lui parler comme à un être humain lui donnait tout à la fois envie de rire et de pleurer.

— Tu vois, pour ton pied, eh bien, c'est pas seulement le pied ou le bras qu'ils coupent, mais des fois c'est la queue et les noix. J'en ai-t-y vu des négros amochés comme ça, et z'étaient quand même au travail. J'ai vu battre des négros au point qu' les os ils leur trouaient la viande. Et des négresses aussi, avec un p'tit dans l' ventre — alors, on les battait au-d'ssus d'un trou, juste pour la place du ventre. Moi j'en ai vu, des négros, qu' le fouet leur avait arraché la peau, et là-d'ssus on leur frottait d' la térébenthine ou du sel et on les étrillait avec d' la paille. Des négros qu'avaient parlé d' révolte, on les f'sait danser sur des braises. J' crois qu'y a pas une chose qu'on leur a pas faite, aux négros. Et puis, si ça l' fait mourir, l' négro, y a pas crime pourvu qu' ce soye son maître qu'a fait la chose ou qui l'a commandée. Ça, c'est la loi. Et si tu trouves que c'est plutôt mauvais, faudrait qu' tu saches un peu c' qu'on leur fait à ces négros qu' les bateaux négriers ils amènent aux Antilles, dans les plantations de canne.

Kounta était encore là à l'écouter — et à essayer de comprendre — quand un gamin de la taille de ceux du premier kafo apporta le dîner du mulâtre. En voyant

Kounta, il repartit comme une flèche et lui rapporta une assiette remplie. Ils mangèrent en silence et puis, sachant que les autres allaient arriver, Kounta se leva pour partir ; mais le mulâtre lui fit signe de rester.

En trouvant Kounta installé dans la case du mulâtre, les autres ne cachèrent pas leur surprise — Bell surtout, qui arriva parmi les derniers. Comme tout le monde, elle se contenta de le saluer de la tête, mais Kounta crut la voir esquisser un sourire. Dans la pénombre grandissante, le mulâtre se mit à parler, et Kounta devina à ses inflexions qu'il racontait des histoires. Il comprenait que c'était la fin de l'histoire lorsque l'assistance éclatait de rire — ou pressait le mulâtre de questions. De temps en temps, son oreille saisissait un mot devenu familier.

Kounta rentra chez lui bouleversé de s'être trouvé au milieu de ces Noirs. Le sommeil fut long à venir, car il était harcelé par des idées contradictoires — et puis lui revinrent soudain les mots d'Omoro, un jour où il ne voulait pas laisser Lamine mordre dans la belle mangue qu'il tenait :

— Si tu serres la main, rien n'y pourra jamais pénétrer, mais toi, tu ne pourras jamais rien ramasser.

Mais, là où il en était réduit, son père l'aurait approuvé sans réserves : quoi qu'il arrive, il ne devait jamais devenir comme ces Noirs. Seulement, le soir, une bizarre envie lui venait de rejoindre les autres dans la case du mulâtre. Il résistait à cette tentation, mais à présent, tous les après-midi, il béquillait jusque chez le mulâtre, sachant que c'était le moment où il était seul.

— Mes doigts vont r'marcher pour le violon, dit un jour ce dernier en tressant ses feuilles de maïs. Une chance pour moi d'avoir été acheté par le maître, et puis qu'il m'a loué au-dehors. Dans toute la Virginie j'ai joué, moi, et ça rapportait gros, pour lui comme pour moi. Y a pas grand-chose que j'ai pas vu ou que j'ai pas fait, même si tu sais pas d' quoi j' parle. Les Blancs, ils disent que tout c' que savent les Africains, c'est d' vivre dans des cases de paille et d' passer leur temps à s' tuer et s' manger entre eux. (Il interrompit son monologue, comme s'il s'attendait à une réaction, mais Kounta restait à le regarder et à l'écouter en maniant son talisman.) Tu vois c' que j' veux dire ? Débarrasse-toi d' ces machins, dit-il en désignant le talisman. Laisse tomber. Tu t'en iras jamais, alors, tu f'rais mieux de r'garder les choses en face et de t'adapeter. T'entends, Toby ?

Le visage tordu de rage, Kounta lança :

— Kounta Kinté, étonné lui-même de sa réaction.

Le mulâtre était aussi étonné que lui.

— Eh là ! Mais tu sais donc parler ! Seulement, mon garçon, écoute-moi bien ! Ici, faut plus parler africain : les Blancs, ça les énerve, et les Noirs, ça leur fait peur. Ton nom, c'est Toby. Moi, on m'appelle le Violoneux. (Il se désignait lui-même en répétant :) Dis-moi ça, le Violoneux. (Kounta avait compris qu'il s'agissait de noms, mais il ne voulait surtout rien en laisser voir.) Le Violoneux ! J' suis un violoneux. T'as compris — un violoneux ?

Et, de la main droite, le mulâtre racla son bras gauche. Cette fois, Kounta n'eut pas à feindre l'incompréhension.

D'un air exaspéré, le mulâtre bondit de son tabouret et alla chercher dans un coin la boîte de forme bizarre que Kounta l'avait vu apporter. Il l'ouvrit et en sortit une chose brune de forme encore plus bizarre : elle semblait être légère à la main, avec son long manche et ses quatre cordes bien tendues d'un bout à l'autre. Kounta avait déjà vu cet instrument de musique dans l'autre plantation, à l'occasion de la fête dans la grange. Le mulâtre s'exclama :

— Violon !

Comme ils n'étaient que tous les deux, Kounta se risqua à répéter :

— Violon !

Le mulâtre eut l'air content. Il reposa le « violon » dans sa boîte et la referma. Puis, regardant tout autour de lui, il montra quelque chose en disant :

— Seau. (Kounta répéta le mot, en retenant bien à quoi il s'appliquait.) Bon, ça c'est : eau.

Et Kounta répéta :

— Eau.

Ils passèrent alors en revue une bonne vingtaine de mots. Le mulâtre montrait le violon, le seau, l'eau, le tabouret, les feuilles de maïs et divers objets. Kounta arrivait parfois à répéter exactement un mot ; pour d'autres, c'était plus difficile, et le mulâtre le reprenait ; mais Kounta était incapable d'articuler certains sons. Alors, le mulâtre s'entêtait jusqu'à ce qu'il y arrive. Au moment du dîner, l'homme concéda :

— T'es moins bête que t'en as l'air.

Il poursuivit son enseignement pendant des jours et des semaines. Le grand étonnement, pour Kounta, c'était de découvrir qu'il arrivait à comprendre le mulâtre, mais surtout à s'en faire comprendre sommairement. Mais ce qu'il voulait absolument arriver à lui dire, c'était que pour lui, Kounta, mieux valait mourir en homme libre que vivre esclave. Les mots lui manquaient pour s'exprimer, mais, en voyant le mulâtre froncer les sourcils et secouer la tête, il sut que celui-ci l'avait compris.

Ce fut peu après qu'en arrivant un après-midi chez le mulâtre Kounta trouva déjà installé un vieillard qui soignait parfois les fleurs, dans le jardin de la grande maison. Le mulâtre fit signe à Kounta de s'asseoir, et le vieillard prit la parole.

— Le Violoneux m' dit qu' t'as marronné quatre fois. Et tu vois c' que ça t'a valu. J'espère que t'as compris. Tu sais, t'es pas l' premier. Moi, dans ma jeunesse, l'a fallu que j' m'ensauve j' sais pas combien de fois et qu'ils m'arrachent presque l' cuir avant que j' me mette dans la tête qu'on a nulle part où aller. Tu traverses deux États, mais eux ils en parlent dans leurs journaux — alors, un jour ou l'autre, t'es rattrapé, t'es rossé à en crever et tu t' retrouves tout juste d'où tu viens. Ça s'est jamais vu, un négro qui pense pas à s'ensauver. Même l' négro qui file doux, il y pense. Seulement, j'ai jamais entendu dire qu'y en aye un qui s'en s'rait tiré. Faut te calmer et t'arranger avec c' que t'as, au lieu d' perdre ta jeunesse à mijoter des choses pas possibles. Tel que tu m' vois, j' suis vieux, j' vaux plus rien. Quand t'es né, j' commençais déjà à être c' que disent les Blancs : un bon à rien de feignant d'ahuri de négro. L' maître, il me garde pasque j' suis même plus bon à vendre et qu'il perd pas tout puisque j' fais l' jardin. Mais il va t' mettre à travailler avec moi, je l' sais par Bell.

Sachant que Kounta n'avait pratiquement rien compris au discours du jardinier, le Violoneux passa la demi-heure qui suivit à le lui expliquer patiemment, en employant des mots qui lui étaient déjà familiers. Kounta ne savait pas très bien comment accueillir les propos du jardinier. Il comprenait que ce dernier avait voulu lui donner un bon conseil — lui-même commençait à penser que toute fuite était impossible. Mais, même s'il devait abandonner cet espoir, jamais il ne renoncerait à être lui-même uniquement pour vivre à l'abri des coups. Et il était dévoré de rage et d'humiliation à l'idée de n'être plus, toute sa vie, qu'un jardinier infirme. Mais peut-être ne serait-ce que pour un temps, en attendant qu'il retrouve sa vigueur. Et puis cela lui détournerait l'esprit de ses malheurs et lui donnerait l'occasion de travailler la terre — même si ce n'était pas sa terre à lui.

Le lendemain, le vieux jardinier se mit à l'ouvrage avec son nouvel aide. Il coupait les mauvaises herbes qui semblaient pousser du jour au lendemain parmi les légumes, et Kounta l'imitait. Il échenillait les plants de tomates, débarrassait les pommes de terre des doryphores, et Kounta l'imitait. Ils s'entendaient bien, travaillaient côte à côte, mais ils se parlaient à peine. Le vieillard se contentait généralement d'indiquer sa tâche à Kounta au moyen de signes et de grognements. Pourtant, ce silence ne pesait pas à Kounta, cela le reposait même des conversations quotidiennes de l'intarissable Violoneux.

Le soir de sa première journée de jardinage, Kounta était assis devant sa porte lorsqu'il vit venir Gildon — l'homme qui confectionnait les harnais des chevaux et des mules et qui chaussait aussi les Noirs. Gildon lui tendit une paire de souliers qu'il avait faits, dit-il, spécialement pour lui sur l'ordre du « maître ». Kounta remercia l'homme, mais il lui fallut longtemps avant de se décider à essayer les souliers. Il finit quand même par les enfiler : ils lui allaient parfaitement. Tout le bout du soulier droit était bourré de coton et, en s'essayant à marcher sans ses béquilles, il avait l'impression que des milliers de petites aiguilles s'enfonçaient dans son pied mutilé. En continuant à s'exercer, il se rendit compte que son moignon était trop serré ; alors, il retira une petite partie du coton. Cette fois, il était bien plus à l'aise et il pouvait s'appuyer sur sa jambe droite sans trop souffrir. Alors, il déambula dans le quartier des esclaves en s'efforçant de dissimuler sa joie : il avait eu peur de marcher pour toujours avec des béquilles.

La même semaine, le maître rentra de voyage et, à peine descendu de son siège, Luther, le cocher noir, se précipita chez le Violoneux en faisant, au passage, signe à Kounta de l'y rejoindre. Là, il raconta quelque chose d'un air animé, avec un grand sourire. Alors le Violoneux expliqua à Kounta avec force gestes vers la grande maison que maintenant il appartenait au toubab, m'sieu William Waller.

— Luther dit que l' maître il t'a acheté à son frère, çui qui t'avait avant. T'es à lui à présent.

Comme il en avait coutume, Kounta s'efforçait de ne rien laisser paraître de ses sentiments. Il était furieux et humilié d'« appartenir » à quelqu'un ; mais il éprouvait aussi un profond soulagement : il ne retournerait pas dans la première plantation. Le Violoneux attendit le départ de Luther pour conclure, à l'intention de Kounta :

— Ici, les négros, ils disent que m'sieu Waller c'est un bon maître, et sûr que j'en ai connu des pires. Mais y en a quand même pas un de bon. Les maîtres, ils vivent tous de nous, les négros. Les négros, c'est leur plus grande richesse.

50

Quand il avait fini sa journée, Kounta regagnait sa case, faisait la prière du soir et puis il égalisait un coin du sol de terre battue et y traçait des caractères arabes avec le bout d'un bâton ; et il s'absorbait parfois jusqu'au dîner dans la contemplation de ce qu'il avait écrit. Ensuite, il effaçait tout, et venait le moment de la veillée chez le Violoneux.

Il reprit aussi l'habitude africaine de mesurer le temps écoulé en déposant, le lendemain de chaque nouvelle lune, un caillou dans une gourde. Pour commencer, il avait mis dans la gourde douze cailloux qui correspondaient aux douze lunes qu'il avait passées dans la première plantation ; il en avait ajouté six autres qui représentaient son séjour dans la nouvelle plantation ; ensuite il avait soigneusement compté deux cent quatre cailloux, équivalant à ses dix-sept pluies quand on l'avait arraché de Djouffouré, et il les avait glissés dans la gourde. En additionnant le tout, il calcula qu'il était dans sa dix-neuvième pluie.

Ainsi, il se sentait vieux, mais il était encore un jeune homme. Est-ce qu'il lui faudrait passer le restant de sa vie ici, comme le vieux jardinier, voir s'enfuir avec les années l'espoir et la fierté, jusqu'au moment où toute raison de vivre aurait disparu, où ce serait la fin ? Non, il n'accepterait pas de finir ses jours à se traîner dans un jardin sur des jambes tremblotantes. Dès la fin de la matinée, le pauvre homme n'en pouvait plus ; et l'après-midi, autant dire que Kounta faisait seul tout le travail.

Tous les matins, Bell arrivait au jardin avec son panier — Kounta avait appris qu'elle faisait la cuisine dans la grande maison — et elle choisissait les légumes pour les repas du maître. Mais elle ne jetait pas un regard à Kounta, même en passant juste à côté de lui. Cela l'intriguait et l'agaçait parce que, tout de même, cette femme l'avait soigné quotidiennement quand il était dans un si triste état, et puis, à la veillée chez le Violoneux, elle le saluait de la tête. Au fond, il la détestait ; et d'ailleurs, si elle l'avait soigné, c'était sur l'ordre du maître. Kounta aurait bien aimé savoir le sentiment du Violoneux sur cette question, mais son vocabulaire était trop restreint pour qu'il pût le lui demander — sans parler de la gêne qu'il en aurait éprouvée.

Un matin, le vieillard ne parut pas au jardin, et Kounta pensa qu'il devait être malade. Cela faisait quelques jours qu'il paraissait avoir encore moins de forces. Kounta se mit cependant à arroser et à désherber, parce que Bell risquait d'arriver à tout moment. Il irait chez le vieux jardinier un peu plus tard.

Et, effectivement, Bell arriva au bout de quelques minutes. Elle se mit à remplir son panier de légumes, toujours sans un regard pour Kounta qui s'était arrêté de biner pour la contempler. Mais, au moment de partir, elle parut hésiter et, après un coup d'œil circulaire, elle reposa le panier et s'en fut. Le message était clair : Kounta devait porter le panier jusqu'à la porte de service de la grande maison, comme le faisait d'habitude le vieil homme. Alors, il faillit exploser — il revoyait la procession des femmes de Djouffouré passant, avec un fardeau sur la tête, devant le fromager sous lequel les hommes se reposaient. Il fut sur le point de la planter là, et puis il pensa brusquement qu'elle était très proche du maître. Alors, tout en bouillant intérieurement, il ramassa le panier et suivit Bell sans mot dire. Arrivée à sa porte, elle débarrassa Kounta de son fardeau d'un air parfaitement indifférent. Et il retourna au jardin en piaffant d'exaspération.

Dès lors, Kounta eut à peu près seul la responsabilité du jardin. Le vieillard ne venait plus que rarement, quand il en trouvait la force. Il travaillait un petit moment et puis il regagnait sa case. Il rappelait à Kounta les vieux de Djouffouré qui faisaient semblant de travailler aussi longtemps qu'ils tenaient debout, avant de finir cloués sur leur paillasse.

Il n'y avait qu'une chose haïssable dans les nouvelles fonctions de Kounta : porter le panier de Bell. Il la suivait en bougonnant tout bas, lui donnait le panier sans douceur, et repartait au jardin à toute vitesse. Mais la brise lui apportait parfois jusque-là de délectables odeurs de cuisine qui lui mettaient l'eau à la bouche, même s'il détestait la cuisinière.

Le jour même où il venait de glisser une vingt-deuxième pierre dans sa gourde-calendrier, Bell, le visage aussi fermé que d'habitude, lui fit signe de la suivre dans la maison. Il posa le panier sur la table en essayant de dissimuler sa stupéfaction devant toutes ces choses bizarres qui garnissaient la cuisine. Au moment où il repartait, Bell lui effleura le bras et lui tendit un petit pain garni de quelque chose qui ressemblait à une tranche de bœuf froid. Devant son air étonné, elle lui dit :

— T'as jamais vu d' sandwich ? Ça mord pas, tu sais. C'est toi qui dois l' mordre. Allez, ouste, file.

Et puis, avec le temps, Bell ne se contenta plus de donner à Kounta quelque chose à emporter. Elle lui servait par exemple une platée de « galettes de maïs » accompagnées des délicieux petits fruits verts de la moutarde bouillis dans leur jus, ou encore des longues et minces cosses vertes du pois des champs. Quand il avait fini, il récurait toujours soigneusement l'assiette avec un chiffon avant de la lui rendre.

Un samedi après dîner, chez le Violoneux, Kounta s'était levé pour se dégourdir les jambes et il tournait autour de la case en se tapotant le ventre, lorsque le mulâtre, qui n'avait pas arrêté de parler pendant tout le repas, interrompit son monologue et s'écria :

— Eh là, tu commences à t' remplumer !

Et c'était vrai. Jamais, depuis son départ de Djouf-fouré, Kounta ne s'était senti aussi en forme.

Et justement le Violoneux était, lui aussi, entré dans une période meilleure : ses doigts avaient enfin retrouvé leur souplesse grâce à son incessant tressage de feuilles de maïs et, depuis peu, il jouait de nouveau du violon aux veillées. A la fin de chaque morceau, l'assistance l'applaudissait et l'acclamait, mais il disait d'un air mécontent :

— C'est pas ça du tout ! Sont pas encore agiles, ces doigts !

Plus tard, se trouvant seul avec lui, Kounta lui demanda, en articulant avec peine :

— C'est quoi, agile ?

Le Violoneux plia et déplia ses doigts, les remua en tous sens.

— Agile, c'est ça ! Agile ! T'as saisi ? (Kounta fit un signe de tête affirmatif.) Toi, t'es un veinard de négro, tu sais, continua l'homme. Tu t' la coules douce dans ce jardin. Y en a pas un qui travaille plus plan-plan, ou alors faut qu' ce soit dans une plantation autrement grande.

Kounta pensait avoir compris les paroles du Violoneux, et il n'appréciait pas du tout.

— Travaille *dur*, moi ! dit-il. (Et, avec un signe du menton en direction du Violoneux, il ajouta :) Plus dur qu' *ça*.

Un sourire fendit le visage du Violoneux.

— T'as raison, l'Africain !

51

Les « mois » passaient plus vite — ici, ils appelaient les lunes des « mois ». Bientôt, ce fut la fin de l'« été » et le moment des récoltes. Comme les autres, Kounta avait un surcroît de travail. Tous les Noirs — jusqu'à Bell elle-même — étant employés aux champs, voilà qu'il lui revenait — à lui, Kounta — de s'occuper des poulets, du bétail et des *cochons*. Et en plus il dut même, au moment où la cueillette du coton battait son plein, aller en prendre des chargements avec le chariot. Mais, à part le soin des pourceaux qui lui soulevait le cœur, Kounta n'était pas mécontent de travailler autant — cela lui faisait moins sentir son infirmité. Seulement, quand il titubait jusqu'à sa case, souvent à la nuit noire, il était parfois si fatigué qu'il n'allait même pas dîner. Il posait son chapeau, retirait ses chaussures — parce que son pied mutilé lui faisait très mal en fin de journée — s'effondrait sur sa paillasse de feuilles de maïs et, tirant sous son menton la couette de toile à sac bourrée de coton, il s'endormait aussitôt, dans ses vêtements humides de sueur.

Bientôt cependant, tout le coton fut rentré, puis les épis de maïs, et puis le tabac — avec ses grandes feuilles suspendues pour sécher. L'on avait tué les cochons, mis à fumer les morceaux de carcasse au-dessus d'un feu de hickory — bois qui brûle lentement. Déjà l'air fraîchissait. Et, dans toute la plantation, on se préparait au « bal des moissons », événement si important que le maître y assisterait. Chacun s'agitait fébrilement, et, quand Kounta apprit que l'Allah de ces Noirs n'avait aucun rapport avec leur fête, il décida d'y assister — mais en simple spectateur.

Les réjouissances battaient déjà leur plein lorsqu'il parvint à rassembler son courage pour aller voir de quoi il retournait. Il y avait là le Violoneux, qui avait retrouvé toute l'agilité de ses doigts, et un autre homme qui marquait la cadence en entrechoquant deux os de bœuf. Quelqu'un cria :

— Cake-walk !

Les couples se formèrent et les femmes mirent le pied sur le genou de leurs partenaires qui firent semblant de leur lacer la bottine. Brusquement, la voix du Violoneux s'éleva :

— Changez de partenaire !

Alors, de nouveaux couples se formèrent, et le Violoneux se mit à jouer comme un forcené. Kounta comprit que les pas et les gestes des danseurs reproduisaient les semailles, l'abattage du bois, la cueillette du coton, le balancement des faux, le ramassage des épis de maïs, l'engrangement du foin. Cela ressemblait tellement à la fête des moissons à Djouffouré qu'il se trouva bientôt frappant le sol de son pied valide — et puis il regarda autour de lui, gêné à l'idée qu'on ait pu le remarquer.

Mais personne ne s'occupait de Kounta. Tous les regards, à ce moment, se dirigeaient vers une mince jeune fille du quatrième kafo. Elle ondulait et tournoyait comme une plume, hochait la tête, roulait les yeux, agitait gracieusement les bras. Tous les autres danseurs s'étaient écartés, hors d'haleine, et son partenaire lui-même avait peine à suivre son rythme. Il finit par abandonner, et la jeune fille continua encore un peu toute seule ; enfin elle s'arrêta, haletante, et rejoignit l'assistance au milieu des acclamations. Le tumulte redoubla lorsque le maître lui remit un demi-dollar en récompense. Et m'sieu Waller s'en fut après avoir adressé un large sourire au Violoneux, qui le lui rendit en s'inclinant. La pause avait ragaillardi les danseurs — le cake-walk reprit de plus belle.

Sur sa paillasse, Kounta retournait dans sa tête tout ce qu'il avait vu et entendu lorsque l'on frappa à sa porte.

— Quoi c'est ? interrogea-t-il avec étonnement, car jamais personne ne lui rendait visite.

— Tu vas m'ouvrir cette porte, hé, négro !

C'était la voix du Violoneux.

Kounta ouvrit aussitôt. L'homme sentait l'alcool, mais Kounta ne dit rien, car le Violoneux avait visiblement envie de parler — même s'il était ivre, il ne fallait pas lui refuser ce plaisir.

— T'as vu l' maître, dit le Violoneux. Il savait pas que j' pouvais r'jouer si bien ! Tu vas voir s'il va pas m' faire jouer devant les Blancs, et puis après il m' f'ra jouer au-dehors ! (Éperdu de bonheur, le Violoneux s'installa sur le tabouret avec son instrument sur les genoux.) Écoute un peu ; moi, j'ai fait l' deuxième violon avec la crème ! Tu sais qui c'était, Sy Gilliat de Richmond ? Évidemment, tu peux pas savoir ! Eh bien, c' négro-là y a pas d' plus grand violoneux qu' lui, et moi j'ai violoné avec lui. Tu sais, il joue que pour les grands bals des Blancs, comme le Bal annuel des Courses, et tout un tas d'autres. J' voudrais qu' tu l' voies avec son violon doré et en habit de cour qu'il est, la perruque et tout. Et alors, des manières ! Et çui qui t'naît la flûte et la clarinette derrière nous, c'était London Briggs. Le menuet, le branle, le congo, la matelote, la gigue — les Blancs, ils avaient qu'à d'mander, et crois-moi qu'ils gigotaient un peu !

Et pendant une heure le Violoneux continua sur le même ton. Il parla des célèbres chanteurs esclaves qui travaillaient dans les manufactures de tabac de Richmond ; il évoqua de fameux musiciens esclaves qui jouaient de la « harpe », du « piano », du « violoncelle » — les noms ne renseignaient guère Kounta. Ils avaient appris à jouer de leur instrument rien qu'en écoutant des musiciens toubabs qui venaient d'un endroit appelé « Europe » — ces musiciens toubabs enseignaient la musique aux enfants des maîtres, dans les plantations.

Le lendemain, chacun s'affaira à son nouvel ouvrage. Les femmes fabriquaient le savon avec de la graisse fondue, une lessive de cendres et de l'eau ; elles mettaient ce mélange brun à bouillir dans un grand chaudron en le tournant avec un bâton et, quand il était à point, elles le versaient dans des casiers de bois où il refroidissait pendant trois jours ; alors, elles découpaient le savon en longues barres. Kounta vit d'un œil réprobateur que les hommes mettaient à fermenter des pommes, des pêches et des kakis pour en extraire un liquide à l'odeur fétide qu'ils appelaient « brandy » et qu'ils conservaient dans des bouteilles ou des tonneaux. D'autres faisaient une pâte à base d'argile rouge, d'eau et de soies de porc séchées et s'en servaient pour boucher les fissures de leurs cases. Les femmes regarnissaient les paillasses de feuilles de maïs ou de mousse séchée ; et un nouveau matelas de plumes d'oie fut confectionné pour le maître.

L'esclave chargé des travaux du bois fabriquait les grands baquets dans lesquels on lavait le linge. Celui qui confectionnait les harnais et les chaussures tannait des peaux de bœuf. Et les femmes teignaient de différentes couleurs les pièces de cotonnade blanche que le maître avait achetées pour y faire tailler des vêtements. Et, tout comme à Djouffouré, Kounta voyait les buissons et les clôtures s'émailler du rouge, du jaune, du bleu des étoffes mises à sécher.

Il faisait de plus en plus froid sous le ciel constamment gris, et puis revinrent la neige et la glace, que Kounta persistait à trouver aussi extraordinaires que désagréables. Les Noirs se mirent à discuter avec animation de « Noël » — un mot qu'il avait déjà entendu. Il était question de chants, de danses, de bons repas, de cadeaux — mais aussi de leur Allah. Alors, bien qu'il prît désormais un grand plaisir aux réunions chez le Violoneux, Kounta décida de rester chez lui pendant ces festivités païennes. Lorsqu'il revit le Violoneux, celui-ci lui lança un regard intrigué mais s'abstint de toute remarque.

Et puis ce fut à nouveau le printemps. Tout en procédant aux plantations du jardin, Kounta se souvenait de la luxuriance des champs de Djouffouré, à cette période de l'année. C'était la saison verte où, encore gamin du deuxième kafo, il gambadait derrière les chèvres. Ici, les petits Noirs aidaient à rassembler et à attraper des animaux bêlants qu'ils appelaient des

« moutons ». Et ils se disputaient à celui qui s'assiérait sur la tête de la bête gigotante tandis qu'un homme tondait la laine touffue et crottée. Le Violoneux expliqua à Kounta que cette laine allait être lavée et « cardée » à l'extérieur ; au retour, les femmes la fileraient et la tisseraient pour en confectionner des habits d'hiver.

Retourner la terre, la planter, la cultiver — de l'aube à la nuit, Kounta peinait au jardin. Au début du mois qu'ils appelaient « juillet », ceux qui travaillaient aux champs revenaient exténués, parce qu'ils devaient forcer la cadence pour terminer le sarclage du coton et du maïs. Le travail était dur, mais au moins l'on avait amplement à manger, car les greniers étaient encore loin d'être vides. Kounta se disait qu'au même moment, à Djouffouré, les gens en étaient réduits à manger des racines, des larves, de l'herbe, en attendant que les récoltes et les fruits soient arrivés à maturité.

Kounta apprit qu'ils devaient en avoir fini avant le deuxième « dimanche » de juillet, parce que c'était le moment où les Noirs des plantations de la région — le comté de Spotsylvanie — étaient autorisés à aller participer à une grande « assemblée de fidèles ». Et de fait, ce dimanche-là, les Noirs quittèrent la plantation à l'aube, entassés dans un chariot que m'sieu Waller leur permettait d'utiliser.

Comme cet événement avait un rapport avec leur Allah, Kounta n'était pas du voyage. Il restait si peu de monde que, s'il avait voulu essayer une nouvelle fois de se sauver, ç'aurait été le bon moment. Mais il savait qu'il n'irait pas bien loin avant d'être repris par des chasseurs d'esclaves. Et, bien qu'il ait honte de le reconnaître, il commençait à préférer la vie telle qu'on la lui laissait mener dans cette plantation à la mort certaine que lui vaudrait une nouvelle fuite. Dans le fond de son cœur, il savait aussi qu'il ne reverrait jamais son village, et que quelque chose de précieux et d'irremplaçable était en train de mourir en lui. Mais il n'abandonnait pas tout espoir ; sans doute ne reverrait-il jamais les siens, mais peut-être un jour serait-il en mesure de fonder sa propre famille.

52

Et voici qu'une autre année venait de passer — si vite que Kounta avait peine à le croire. En comptant les pierres de la gourde, il vit qu'il avait atteint sa vingtième pluie. C'était à nouveau la saison du froid, et « Noël » était dans l'air. Sans changer de sentiment à l'égard de l'Allah des Noirs, il se demandait si son Allah à lui verrait une objection à ce qu'il assiste — en spectateur — à leurs réjouissances.

Deux des hommes seraient absents. M'sieur Waller leur avait signé une « passe » d'une semaine — ils allaient voir leurs compagnes qui vivaient dans d'autres plantations ; l'un des hommes ne connaissait pas encore son enfant, né depuis sa dernière visite. Dans toutes les cases — sauf celle de Kounta — les préparatifs allaient bon train : on ornait de dentelles et de perles les habits de fête, on sortait des réserves noisettes et pommes.

Dans la cuisine de Bell, marmites et pots laissaient échapper des odeurs d'ignames bouillies, de lapin et de porc rôti — et d'autres bêtes encore, que Kounta ne connaissait pas avant d'arriver dans ce pays : dinde, racoon, opossum et autres. D'abord méfiant, Kounta ne put résister aux délicieux fumets et goûta à tout — sauf au porc, bien entendu. Mais il s'abstint de tâter de l'alcool que m'sieur Waller avait alloué aux Noirs :

deux tonneaux de cidre, un tonneau de vin, et un tonnelet de whisky qu'il avait rapporté de l'extérieur dans son buggy.

Kounta constata que certains avaient discrètement fait honneur à l'alcool, le Violoneux tout le premier. Et, comme si les gambades des buveurs ne suffisaient pas, les enfants se répandaient partout avec des vessies de porc séchées et gonflées, au bout d'une baguette ; et, quand ils les approchaient des feux, les vessies éclataient bruyamment au milieu des rires et des acclamations. Kounta trouvait ce divertissement stupide et répugnant.

Le jour de la fête, l'on festoya et but copieusement. De chez lui, Kounta regarda arriver les invités de m'sieur Waller pour le grand déjeuner. Et ensuite les esclaves vinrent chanter en chœur, sous la direction de Bell, devant la grande maison ; le maître ouvrit la fenêtre et leur sourit. Puis tous les Blancs sortirent et restèrent à écouter le chant des Noirs d'un air captivé. Un peu plus tard, le maître fit dire par Bell au Violoneux de venir jouer pour ses invités. Et le Violoneux alla jouer.

Voilà des Noirs qui obéissaient — cela, Kounta pouvait le comprendre, ils y étaient obligés ; mais ce qui le dépassait, c'était qu'ils paraissaient s'y *complaire*. Et puis, si ces Blancs aimaient leurs esclaves au point de leur donner des cadeaux, pourquoi ne les rendaient-ils pas vraiment heureux — en leur donnant la liberté ? Il se demandait d'ailleurs si certains Noirs n'étaient pas comme ces animaux domestiques qui sont incapables de survivre par eux-mêmes.

Chaque fois que le moment lui semblait propice, il glissait au Violoneux une nouvelle question, à propos de toutes ces idées qui le tracassaient. Mais il déposa encore deux pierres dans sa gourde avant un certain dimanche après-midi où il trouva l'homme dans une de ses rares périodes de mutisme. Kounta laissa passer un bon moment de silence et puis, comme il n'était pas question d'aller droit au fait, il ouvrit la conversation en disant qu'il avait entendu Luther, le cocher du maître, raconter que partout où ils allaient les Blancs ne parlaient que des « taxes ». C'était quoi, au juste, les « taxes » ?

— Les taxes, c'est de l'argent qu' les Blancs doivent payer en plus sur tout c' qu'ils achètent, répondit le Violoneux. Ce roi, d' l'aut' côté d' l'eau, il a mis les taxes pour être riche.

Kounta crut que le Violoneux était de mauvaise humeur, pour lui avoir répondu aussi laconiquement. Et puis, après un instant de silence, il rassembla son courage et lança la question qui le tracassait vraiment :

— Où toi, avant ?

Le Violoneux dévisagea longuement Kounta d'un air tendu. Et quand il parla, son ton était rogue.

— Les Noirs d'ici, tiens, ils sont tous à se l' demander ! Et y en a pas un qui l' saura ! Mais toi, c'est pas pareil. (Il regarda Kounta sans aménité.) Tu sais pourquoi c'est pas pareil ? Pasque tu connais rien à rien ! D'avoir été enl'vé et am'né ici et ton pied coupé, tu crois qu' t'as tout enduré ! Eh bien, crois-moi qu' t'es pas l' seul à avoir eu d' la misère. (Le Violoneux se pencha vers Kounta et parla d'une voix étouffée.) L' maître que j'avais, en Caroline du Nord, il s'est noyé. Comment qu' ça s'est fait, ça r'garde personne. La même nuit, moi, j'ai marronné ; il avait pas d' femme, pas d'enfants, alors on m'a pas r'cherché. J' suis allé m' cacher chez les Indiens, et puis, après, j' suis v'nu violoner en Virginie.

— Virginie, c'est quoi ? demanda Kounta.

— Mais tu sais vraiment rien de rien, non ? La Virginie, c'est la colonie où t'es.

— Colonie, c'est quoi ?

— Oh ! t'es donc encore plus bête que t'en as l'air. Y a treize colonies dans c' pays. Au sud de nous, c'est les Carolines, et au nord le Maryland, la Pennsylvanie, New York et un tas d'autres. Moi, j'ai jamais été là-haut, et les autres pas plus qu' moi. Paraît qu' c'est plein d' Blancs qui veulent pas d' l'esclavage et ces Blancs, ils nous libèrent. Moi, j' suis une sorte de négro à moitié libre. Faut qu' j'habite chez un maître, pour si les patterouilleurs me coincent. (Kounta faisait semblant de comprendre, pour couper à de nouvelles insultes.) T'as déjà vu des Indiens ? demanda le Violoneux.

— Un peu, répondit Kounta d'un ton hésitant.

— Z'étaient là avant les Blancs. Les Blancs, ils disent que c'est leur Colomb qu'a découvri c' pays. Mais si les Indiens z'étaient déjà là, c'est pas lui qui l'a découvri, hein ? Seulement l' Blanc, il estime que ceux qu'étaient là avant lui, ils comptent pas. Il dit qu' c'est des sauvages. (Le Violoneux attendit de voir si son trait avait été apprécié, puis il poursuivit :) Pasque tu viens d' l'Afrique, tu t' figures que tu sais tout sur la chasse et ces choses-là, mais j' te dis qu' les Indiens ils craignent personne pour la chasse et la hauriention. Y passent quèq' part une fois, et tout l' chemin leur reste dans la tête. Mais les mammies indiennes — les squaws, qu'ils les appellent — elles portent les p'tits sur leur dos, comme les mammies de ton Afrique. (Kounta ne put dissimuler son étonnement. Comment le Violoneux pouvait-il savoir cela ? Mais celui-ci sourit et continua sa leçon.) Y a des Indiens qui détestent les négros, et y en a d'autres qui nous aiment. Les Blancs, c' qui les ennuie l' plus avec les Indiens, c'est les négros et la terre. Les Blancs, ils veulent toute la terre des Indiens, et ils veulent surtout pas qu' les Indiens ils cachent les négros ! Mais les Africains d' chez toi et les Indiens d'ici, z'ont fait la même bourde — tu laisses entrer les Blancs chez toi, tu leur offres à manger, tu leur donnes un lit, et avant d' comprendre c' qui t'arrive, tu t' retrouves à la porte ou derrière des barreaux ! (Le Violoneux s'arrêta un moment, et il reprit de plus belle :) J' sais pas c' que j' fabrique avec des Africains comme toi ! ça fait cinq ou six dans ton genre que j' rencontre ! Mais pourquoi donc j' te fréquente ? Tu t'amènes ici, et tu trouves que tous les négros d'vraient être comme toi ! Et qu'est-ce qu'on en sait, nous, d' l'Afrique ? On y a jamais été, et on ira jamais !

Et le Violoneux se tut, l'œil méchant. Kounta s'empressa de prendre congé, bouleversé par tout ce qu'il venait d'entendre. Plus il songeait à ce qu'il avait cru saisir, et plus les propos du Violoneux lui faisaient plaisir. Pour avoir parlé aussi sincèrement à Kounta, il devait avoir *confiance* en lui. Depuis qu'on l'avait arraché à son village, c'était la première fois que Kounta avait enfin une relation *personnelle* avec quelqu'un.

53

Pendant plusieurs jours, Kounta s'abandonna à ses réflexions, tout en travaillant le jardin. Ainsi, il avait vraiment mis longtemps à comprendre que le Violoneux dissimulait beaucoup de choses derrière le masque qu'il arborait à son intention. Et sans doute en allait-il de même du vieux jardinier, à qui Kounta rendait de fréquentes visites. D'ailleurs, Bell et le jardinier semblaient eux aussi se méfier de lui : ils s'interrompaient au milieu d'une phrase, ou parlaient à mots couverts. Kounta décida d'en apprendre davantage sur leur compte. Un jour où il était allé voir le vieux jardinier, il commença par une question innocente, à la façon mandingue : qu'est-ce que c'était que ces « patterouilleurs » dont parlait le Violoneux ?

— C'est d' l'a racaille de p'tits Blancs qui z'ont jamais eu un négro à eux ! Une vieille loi d' la Virginie dit qu' si y a des négros dans un coin, faut patterouiller, et ceux qu'ont pas une passe signée de leur maître, on les fouette et on les met en prison. Et ceux qu'on engage pour faire ça, c'est ces p'tits Blancs qu'aiment rien tant qu'attraper et battre des négros, pasqu'*eux aut'* ils en ont pas. Mais tout ça, c'est pasque les Blancs z'ont tell'ment peur qu' les négros marrons complotent une reu-bellion. Leur plaisir, aux patterouilleurs, c'est d' dire qu'ils suspicionnent un Noir pour irrupter chez lui et l' mettre tout nu d'vant sa femme et ses p'tits et l' battre au sang. (Heureux d'avoir en Kounta un auditeur attentif, le vieux jardinier continua :) L' maître, il veut pas d' ça. L'a jamais eu d' régisseur. Il dit qu'il veut pas qu'on batte ses négros. Z'ont qu'à s' diriger tout seuls, qu'il leur dit, et faire leur travail comme ils savent, et surtout d' jamais aller contre sa règle. (Kounta se demandait ce qu'était une règle, mais le jardinier était lancé.) L' maître, il est comme ça pasqu'il vient d'une famille qu'était déjà riche dans c't' Angleterre, par-delà l'eau. Ces Waller, z'ont toujours été c' que beaucoup d' maîtres font seul'ment semblant qu'ils sont. Pasque y en a pas mal qui sont rien d' plus que des traîne-la-faim qu'ont commencé avec un p'tit lopin et un ou deux négros, avant d' s'agrandir en f'sant trimer leurs négros à mort. Y a pas beaucoup d' plantations qu'ont une masse de négros. Ils en ont guère plus d' cinq ou six, et souvent moins. Les vingt qu'on est, ici, c'est déjà joli. Paraît qu'y a deux fois plus d' Blancs qu'ont pas d'esclaves que d' Blancs qu'en ont. Mais l' Noir, là où il trime, c'est dans les grandes plantations avec des cinquante ou des cent esclaves ; y en a aussi dans l' plat pays des fleuves, en Louisiane, au Mississippi, en Alabama ; et puis encore sur les côtes, en Georgie et en Caroline du Sud, là où y font du riz.

— Quel âge t'as ? demanda brusquement Kounta.

— J' suis plus vieux qu' personne le croirait. Tout p'tit, j'ai entendu l' cri d' guerre des Indiens. (Le vieillard resta un moment silencieux, puis il se mit à fredonner en regardant Kounta :) *Ah yah, tair oumbam, boowah...* (Kounta ne pouvait cacher son étonnement.) *Ki lay zi day nic olay, man loun di nic o lay ah ouah ni.* Ma mammy chantait ça. Elle t'nait ça d' sa mammy à elle, qui v'nait d'Afrique, comme toi. D'où elle v'nait, d'après toi ?

— On dirait des mots d' la tribu sérère, dit Kounta. Mais j' les comprends pas. Y avait des Sérères sur c' bateau qui m'a am'né, j' les ai entendus.

— Maint'nant, j'arrête, dit le vieux jardinier en regardant autour de lui. Faudrait pas qu'un négro rapporte au maître c' que j'ai chanté. Les Blancs, ils veulent pas qu'on parle africain.

Kounta s'apprêtait à lui dire qu'il était sûrement lui aussi d'origine gambienne, mais de sang ouolof : le nez bien dessiné, le visage tout en méplats, la peau d'un noir profond distinguaient les Ouolofs des autres tribus de Gambie. Mais la remarque du jardinier l'incita à la discrétion. Alors, pour changer de sujet, il demanda au vieillard d'où il venait et comment il était arrivé dans cette plantation. Le jardinier tarda à répondre.

— On peut dire que j'en ai vu, tu sais, dit-il en paraissant hésiter à se confier. J'étais solide, un vrai gaillard ; mais l' maître que j'avais il m'a démoli à force de m' faire trimer et de m' rosser avant de m' donner au maître d'ici pour payer une dette. J'en peux plus, alors, pour le temps qui m' reste, j' voudrais

345

un peu d' repos. J' sais pas pourquoi j' te raconte ça. J' suis pas si mal en point que j' parais. Mais si l' maître *il le croit*, il m' vendra pas. J' vois qu' tu t'en tires pas mal au jardin. J' pourrais rev'nir te donner un coup d' main, si tu veux. Mais j' suis plus bon à rien, conclut-il tristement.

Kounta remercia le vieillard mais déclina son offre. Il y arrivait bien tout seul, dit-il. Il rentra chez lui en se reprochant de ne pas éprouver plus de compassion envers le vieillard. Il le plaignait d'avoir enduré tant de misères, mais il avait du mal à prendre en pitié quelqu'un qui baissait les bras, qui se laissait aller.

Dès le lendemain, Kounta essaya de faire parler Bell à son tour. Sachant qu'elle n'aimait rien tant que parler de m'sieu Waller, il entra en matière en lui demandant pourquoi il n'était pas marié.

— Mais il a été marié, l' maître — l'a épousé mam'zelle Priscilla l'année que j' suis arrivée. Mignonne comme un p'tit oiseau qu'elle était, et pas plus grosse. L'était si menue qu' ça l'a tuée d' mettre leur bébé au monde. Une p'tite fille ; l'est morte aussi. Épouvantab' que ça a été. Et l' maître, il a plus jamais été pareil. On dirait qu'il pense plus qu'à une chose : s' tuer au travail. Çui qu'est malade ou blessé, faut tout d' suite qu'il y porte secours. L'était si enragé de c' qu'ils avaient fait à ton pied qu'il a fallu qu'il t'achète à son frère, m'sieu John Waller. Bien sûr, c'était pas lui qui t'avait fait ça ; c'étaient ces gueux de p'tits Blancs d' chasseurs de négros qu'il avait envoyés t' chercher — z'ont dit qu' tu voulais les tuer.

En écoutant Bell, Kounta s'apercevait qu'il n'avait jamais soupçonné la profonde et riche individualité de ces Noirs. Quant aux Blancs, il découvrait seulement maintenant qu'eux aussi pouvaient souffrir comme des hommes, bien que leurs façons d'être soient, dans l'ensemble, totalement condamnables. Il aurait voulu connaître assez bien le parler des toubabs pour expliquer tout cela à Bell — et pour lui raconter l'histoire de la vieille Nyo Boto, sur le garçon qui avait aidé un crocodile pris au piège, cette histoire qu'elle terminait toujours par : « *Ainsi* va le monde, souvent une bonté est payée de retour par une méchanceté. »

Ce souvenir de son village lui fit penser qu'il voulait depuis longtemps faire une remarque à Bell, et le moment paraissait propice. A part sa peau claire, lui dit-il fièrement, on aurait pu la prendre pour une beauté mandingue. Mais son compliment ne fut pas accueilli comme il l'espérait.

— Quoi qu' c'est-y qu' ces sornettes ? déclara-t-elle d'un ton furieux. Mais à quoi ils pensent, les Blancs, d' nous déverser ici des pleins bateaux d' ces négros africains d' malheur !

54

Pendant un bon mois, Bell n'adressa plus la parole à Kounta, et rapporta même toute seule son panier de légumes à la grande maison. Mais, un matin, elle accourut à toutes jambes au jardin et balbutia :

— L' shérif sort d'ici. Paraîtrait qu' les Blancs, z'ont été tell'ment 'xaspérés par ces taxes qu'à Boston z'ont marché cont' les soldats du roi. C'est l' Massacre de Boston, qu'ils disent, les Blancs, et l' premier qu'est tombé, c'était un négro, Crispus Attucks, qu'il s'app'lait.

Dès lors, chacun resta à l'affût des nouvelles dans son propre domaine.

— Avec des négros dans tous les coins, les Blancs ils ont pas d' secrets, expliqua le Violoneux à Kounta. On entend tout, nous aut'. Même que des fois, pour qu' la domestik' elle comprenne pas, ils épellent les mots. Mais la domestik', elle répète c' qu'elle a entendu à un négro qui sait écrire, et il r'met les lettres bout à bout. Y a des négros qui passent la nuit à ça, et l' matin les esclaves ils en savent autant qu' les Blancs.

Et, de fait, le quartier des esclaves réussissait à demeurer informé, encore qu'avec retard, des événements qui se succédaient au fil des mois et des années, et même, qui se précipitaient.

Peu avant Noël 1774, des parents de m'sieu Waller vinrent lui rendre visite. Tout en se restaurant à la cuisine, leur cocher noir régala Bell des plus récents événements.

— Paraît qu'en Georgie les Blancs baptistes z'auraient autorisé un négro à prêcher aux autres le long d' la Savannah — George Leile qu'il s'appelle, dit-il. Et s' pourrait bien qu'il fonde un temple baptiste africain dans la ville de Savannah. Un temple pour les négros, j'en avais encore jamais entendu parler...

— Moi si, dit Bell. Y en a eu un avant ça ici en Virginie, à Petersburg. Mais, dis donc, qu'est-ce que tu sais des ennuis des Blancs là-haut dans l' Nord ?

— Eh bien, y a déjà un moment, tout un tas de Blancs importants ils ont t'nu une assemblée à Philadelphie. Z'ont appelé ça le Premier Congrès Continental.

Bell dit qu'on le lui avait déjà raconté. En réalité, c'était une information qu'elle avait péniblement déchiffrée dans le journal du maître, la *Gazette de Virginie*, et dont elle avait fait profiter le vieux jardinier et le Violoneux.

Ils avaient d'ailleurs décidé ensemble, à ce propos, de cacher à Kounta qu'elle savait un peu lire. Sans doute savait-il tenir sa langue, et, pour un Africain, il était parvenu à comprendre et à s'exprimer remarquablement bien ; mais il n'était pas encore capable d'apprécier la gravité des conséquences que pourrait avoir cette révélation. Que le maître s'en doute seulement, et il vendrait Bell à l'instant même.

Au début de l'année 1775, toutes les nouvelles semblaient tourner autour de Philadelphie. Du peu qui arrivait aux oreilles de Kounta — et de ce qu'il en comprenait — il ressortait clairement que les Blancs allaient vers un affrontement avec le roi de l'autre côté de l'eau, dans le pays appelé Angleterre. En plus, il y avait ce m'sieu Patrick Henry qui avait crié :

— Donnez-moi la liberté ou donnez-moi la mort !

Kounta aimait bien la formule, mais qu'un *Blanc* ait pu dire une pareille chose, là, il ne comprenait plus : les Blancs lui semblaient plus que libres.

Les nouvelles se succédaient sans arrêt. Il y avait eu cette galopade à cheval de deux Blancs, les dénommés William Dawes et Paul Revere, qui étaient allés avertir quelqu'un que des centaines de soldats du roi se dirigeaient vers un endroit appelé « Concord », pour y détruire les fusils et les balles entreposés là. L'on apprit peu après qu'au cours d'un violent engagement à « Lexington », des « miliciens » avaient tué deux cents soldats du roi sans perdre plus qu'une poignée des leurs. Deux jours plus tard, c'étaient mille soldats du roi qui tombaient dans le sanglant combat de « Bunker Hill ».

— Au chef-lieu du comté, raconta Luther, les Blancs ils ricanent que les soldats du roi, z'ont des habits rouges pour qu'on les voye pas saigner. Y aurait des négros justement qui les auraient fait saigner, des négros qui s' battraient en même temps qu' les Blancs.

Mais partout où il allait, ajouta-t-il, on ne parlait que de la méfiance grandissante des maîtres de Virginie envers leurs esclaves — « même les plus anciens domestik' ».

Au mois de juin, Luther trouva une audience attentive dans le quartier des esclaves, car il revenait de voyage.

— Z'ont choisi un m'sieu Washington pour conduire une armée. Paraît qu'il a une grande plantation avec un tas d'esclaves.

Il dit aussi qu'en Nouvelle-Angleterre on aurait libéré des esclaves, pour les faire combattre contre les habits rouges du roi.

— Je l' savais ! s'écria le Violoneux. Les négros vont encore se faire tuer, comme dans cette guerre contre les Français et les Indiens. Et dès qu' ce s'ra fini, hop, les Blancs ils te r'fouetteront les négros, juste comme avant !

— C'est pas sûr, rétorqua Luther. Y a des Blancs qui s'appellent des Quakers, eh ben, ces Quakers-là z'ont fondé une Société contre l'esclavage à Philadelphie. Faut croire que certains Blancs tiennent pas à c' que les négros ils soyent esclaves.

— Moi non plus, j'y tiens pas, glissa le Violoneux.

Bell était une mine d'informations qu'elle semblait tenir de la bouche même du maître, mais elle finit par avouer qu'elle écoutait à la porte de la salle à manger lorsqu'il avait des invités. Depuis peu, en effet, il exigeait qu'elle sortît dès qu'elle avait servi ; et, de plus, elle avait entendu qu'il fermait la porte à clé derrière elle.

— Moi qui l' connais mieux qu' sa mammy ! s'indignait-elle.

— Et de quoi ils parlent, quand c'est r'fermé ? s'impatienta le Violoneux.

— Eh bien, ce soir, il a dit qu' faudra sûr'ment s' battre contre ces Anglais. Vont envoyer des pleins bateaux d' soldats. Il dit que rien qu'en Virginie y a plus de deux cent mille esclaves, et que l' plus gros tracas des Blancs c'est si ces Anglais ils montaient les négros contre eux aut'. L' maître dit qu'il est très fidèle au roi, mais qu' ces taxes, c'est intolérab'.

— L' général Washington, il veut plus qu'ils prennent des négros dans l'armée, dit Luther, mais y a des nègres 'mancipés dans l' Nord qui disent qu'ils veulent combattre pour c' pays qui s'rait aussi leur pays.

— Mais z'ont qu'à laisser les Blancs s' tuer entre eux, dit le Violoneux. Ces négros 'mancipés sont *in-sen-sés*.

Deux semaines plus tard, ce furent des nouvelles de taille qui filtrèrent. Lord Dunmore, le gouverneur du roi en Virginie, promettait la liberté aux esclaves qui déserteraient leur plantation pour s'engager dans sa flotte de bateaux de pêche et de frégates.

— L' maître, l'est comme fou, annonça Bell. C't' homme qu'est v'nu déjeuner, il dit qu'on parle partout d'enchaîner ou d'enfermer les esclaves suspicionnés d' vouloir s'engager — ou seulement d'y penser — et p't-êt' aussi qu'on va enl'ver c' lord Dunmore pour le pendre.

Les visiteurs se succédaient sans relâche chez m'sieu Waller, et Kounta avait été chargé de donner à boire et à manger à leurs chevaux. Il racontait aux autres que certaines bêtes étaient trempées de sueur comme après un long et dur voyage, et qu'il y avait même des maîtres qui conduisaient leurs voitures tout seuls. Et notamment John Waller, le frère du maître, ce Blanc qui l'avait acheté, il y avait de cela huit ans. Kounta l'avait reconnu au premier coup d'œil, malgré toutes ces années, mais l'homme lui avait jeté les guides sans paraître le reconnaître.

— Y a pas d' quoi s'étonner, lui dit le Violoneux. Il ira sûr'ment pas saluer un négro. Surtout s'il s' rappelle de toi.

Dans les semaines qui suivirent, Bell put rapporter de son écoute derrière la porte que le maître et ses visiteurs étaient hors d'eux : par milliers les esclaves avaient l'audace de s'enfuir des plantations de Georgie, de Caroline du Sud et de Virginie pour s'enrôler sous lord Dunmore. Certains estimaient cependant que les esclaves s'enfuyaient plus généralement pour gagner le Nord. Mais tous les Blancs étaient d'accord pour dire qu'il importait d'élever beaucoup plus de limiers.

Et puis, un jour, m'sieu Waller appela Bell au salon et lui lut deux fois, en articulant bien, un article de la *Gazette de Virginie* qu'il avait entouré de crayon. Puis il lui remit le journal, avec ordre de le montrer aux esclaves et de leur dire ce qu'il contenait. Mais, tout comme elle, ils entendirent avec plus de colère que de crainte les termes de la déclaration : « O vous, les nègres, ne cédez pas à la tentation qui marquerait votre ruine..., car, que nous souffrions ou non de votre abandon, vous-mêmes assurément en souffrirez. »

Avant de rendre la *Gazette* au maître, Bell lut pour sa propre édification quelques autres entrefilets — surtout ce qui touchait à des rébellions d'esclaves, réelles ou envisagées. Au dîner, le maître s'emporta parce qu'elle n'avait pas rendu le journal, et Bell se confondit en excuses pleurardes. Mais il ne fallut pas longtemps avant que lui soit confié un autre message : « ... les nègres et autres esclaves pris à fomenter une rébellion ou à tenter une insurrection encourront la mort sans le secours de la religion. »

— Qu'est-ce que ça veut dire ? demanda un des Noirs.

Et le Violoneux répondit :

— Révolte-toi, et, quand les Blancs t'auront tué, y aura pas d' prêtre pour te bénir !

Luther apprit qu'il y avait des Blancs appelés respectivement « Tories » et « Écossais » qui prenaient le parti des Anglais.

— Et l' négro du shérif m'a dit que c' lord Dunmore

il détruit les plantations le long du fleuve, il incendie les grandes maisons et il dit aux négros qu'il les libère pour qu'ils s' battent avec lui.

A Yorktown et dans d'autres villes, raconta Luther, les Noirs qui osaient sortir la nuit étaient fouettés et jetés en prison.

Au début de 1776, Kounta et les autres apprirent qu'un général Cornwallis était arrivé d'Angleterre avec des bateaux pleins de marins et de soldats, et qu'il avait voulu traverser une large rivière « York » ; seulement, une grande tempête avait dispersé ses bateaux. Et puis, un autre Congrès Continental s'était réuni — et là, une masse de maîtres de la Virginie avaient proposé de faire sécession vis-à-vis de l'Angleterre. Et puis, pendant deux mois, les nouvelles furent minces. Mais Luther revint alors du chef-lieu du comté avec la nouvelle que, le 4 juillet, il s'était produit une « Décoration d'Indépendance ».

— Les Blancs, fallait voir le raffut qu'ils f'saient ! Ce m'sieu John Hancock, il avait écrit son nom tout gros, pour que l' roi il puisse lire sans s' fatiguer les yeux.

Vers la fin de l'année, Luther rapporta une nouvelle d'importance : une grande bataille venait d'avoir lieu en Virginie même, et des esclaves avaient combattu dans les deux camps. Sous la grêle de balles de mousquet que faisaient pleuvoir des centaines d'habits rouges et de Tories, renforcés par un groupe de forçats et de Noirs, une petite troupe de « Colonistes » blancs appuyés par leurs Noirs avait dû repasser un pont. Mais, au dernier rang, un esclave du nom de Billy Flora avait arraché et jeté bas tant de planches du pont que les forces anglaises n'avaient pu le franchir — changeant ainsi la retraite des Colonistes en victoire.

— Arracher les planches d'un pont, s'écria le jardinier, faut qu' ce négro soit été un gaillard !

Après l'entrée en guerre des Français aux côtés des

Colonistes, en 1778, Bell annonça que, l'un après l'autre, les États autorisaient les esclaves à s'enrôler, avec promesse de les affranchir après la victoire.

— Reste plus qu' deux États qui veulent pas laisser les négros s' battre, dit-elle, c'est la Caroline du Sud et la Georgie.

— C'est bien la première fois qu' j'entends qu'ils ont fait quèq' chose de bien, ces États, conclut le Violoneux.

Malgré sa haine de l'esclavage, il semblait à Kounta que ce n'était pas une bonne chose pour les Noirs que d'être armés par les Blancs. Et, pour commencer, les Blancs auraient toujours plus de fusils que les Noirs — donc toute tentative de révolte serait vouée à l'échec. Mais aussi, il se souvenait que dans son pays les Blancs avaient donné des fusils et des balles à certains méchants chefs et rois : alors, l'on avait vu le Noir se battre contre le Noir, le village se dresser contre le village, les conquérants enchaîner et vendre les captifs — vendre les leurs.

Bell entendit un jour le maître dire qu'il y avait au moins cinq mille Noirs, affranchis ou esclaves, à combattre et mourir aux côtés des Blancs. De son côté, Luther apprit que « là-haut dans l' Nord » on avait formé des compagnies entières de Noirs et qu'il existait même un bataillon complet que l'on appelait « les jeunes Noirs d'Amérique ».

— Jusqu'à leur colonel qu'est un négro, ajouta Luther, il s'appelle Middleton. Et tu d'vineras jamais c' qu'il est, dit-il au Violoneux d'un air malin.

— Quoi qu'il est ?

— L'est violoneux, comme toi. Tiens, c'est justement l' moment d' jouer !

Et Luther se mit à fredonner une chanson qu'il avait entendue au chef-lieu du comté. L'air était facile à retenir, et les autres le reprirent bientôt en chœur avec lui : « Yankee Doodle vint à la ville, monté sur un poney... » Et tous les jeunes se mirent à danser en tapant dans leurs mains tandis que le Violoneux jouait la mélodie.

Au mois de mai 1781, un événement fit grand bruit : la cavalerie des habits rouges avait saccagé la plantation de m'sieu Thomas Jefferson, à Monticello. Ils avaient détruit, ravagé les récoltes, incendié la grange, chassé le bétail, emmené tous les chevaux et trente esclaves.

— Les Blancs ils disent que faut sauver la Virginie, annonça Luther (et, peu après, il fit savoir que les Blancs se réjouissaient parce que l'armée du général Washington allait arriver). Et y a des tas d' négros dans c't' armée !

En octobre, la nouvelle se répandit que les forces combinées de Washington et de La Fayette faisaient pleuvoir un déluge de feu sur Yorktown, tenue par l'Anglais Cornwallis. Partout, des batailles faisaient rage : Virginie, New York, Caroline du Nord, Maryland, et d'autres États encore. Et puis, au cours de la troisième semaine du mois, ce fut la nouvelle qui déclencha des cris de joie jusque dans le quartier des esclaves :

— L'a crapitulé, ce Cornwallis ! Finie la guerre ! On a la liberté !

Le maître circulait tellement que Luther trouvait à peine le temps de dormir — et il recommençait à sourire, pour la première fois depuis des années, confia-t-il à Bell.

— Partout où on va, dit-il, les négros z'acclament aussi fort qu' les Blancs.

Mais il ajouta que leur plus grande fierté, c'était leur héros à eux, Billy Flora, qui avait rapporté à Norfolk son fidèle mousquet.

Peu de temps après, Bell appela tous les esclaves à se rassembler.

— L' maître vient juste de m' dire qu' cette Phila-delphie s'rait la capitale des États-Unités !

Mais l'important, ce fut Luther qui le leur apprit plus tard :

— M'sieu Jefferson, l'a fait un Décret d' Mancipa-tion. Les maîtres, z'ont l' droit d' libérer les négros, mais paraît qu' les Quakers et les anti-'sclavagistes et les négros 'mancipés là-haut dans l' Nord font vilain, pasque l' Décret dit qu' les maîtres ils sont pas obligés d' le faire s'ils veulent pas.

Lorsque le général Washington eut dissous son armée, au début de novembre 1783, Bell annonça aux autres que, selon le maître, l'on aurait maintenant la paix.

— Y aura jamais la paix avec les Blancs, dit aigre-ment le Violoneux, pasque tout c' qu'ils aiment, c'est d' tuer. Faites bien attention à c' que j' vous dis — pour nous, les négros, ça va être encore pire.

Cette nuit-là, Kounta compta soigneusement les cailloux renfermés dans sa gourde-calendrier. Et il fut stupéfait : il avait trente-quatre pluies ! Ainsi, il avait passé autant de temps au pays des Blancs qu'à Djouf-fouré. Était-il encore un Africain ou était-il devenu un « négro » ? Et même, était-il seulement un homme ? Lorsqu'on l'avait arraché à son village, son propre père avait trente-quatre pluies ; mais lui, Kounta, n'avait ni fils, ni épouse, ni famille, ni village, ni peuple ; il n'avait même plus de passé — trop de choses lui échappaient à présent — et il n'entrevoyait aucun avenir. Il lui semblait que la Gambie était quelque chose qu'il avait vu un jour, dans un très ancien rêve.

55

Et pourtant, un avenir allait justement se dessiner pour Kounta, à la suite d'une nouvelle qui mit toute la plantation en émoi. Quelques jours plus tard, Bell accourut pour informer les autres que le shérif était venu voir le maître : une jeune domestique qui s'était enfuie avait avoué, sous le fouet, que le sommaire itinéraire dont elle était munie avait été tracé par le cocher du maître, Luther. Et le maître vendit Luther.

A peine commençait-on à se demander qui remplacerait le cocher que Bell, un soir, vint chercher Kounta de la part du maître. Kounta se doutait bien de la raison de cette convocation, mais il éprouvait quand même un peu de crainte, car, depuis seize ans qu'il était dans la plantation, il n'avait encore jamais adressé la parole au maître, et il ne connaissait de la grande maison que la cuisine. Bell le mena justement de sa cuisine dans le grand hall d'entrée. Kounta écarquillait les yeux devant le parquet miroitant et les hauts murs tapissés de papier. Bell frappa à une énorme porte de bois sculpté. Kounta entendit la voix du maître : — Entrez !

Kounta n'en croyait pas ses yeux : la pièce paraissait aussi vaste que la grange. Le plancher de chêne ciré était jonché de tapis, des tableaux et des tapisseries ornaient les murs, le beau mobilier sombre reluisait et des livres garnissaient des renfoncements du mur. Assis à sa table, m'sieu Waller lisait à la lumière d'une lampe coiffée d'une cloche de verre verdâtre. Il ferma son livre en marquant la page et se retourna vers Kounta.

— Toby, il me faut un cocher pour le buggy. Tu es

chez nous depuis bien longtemps, et il me semble que tu es fidèle. (Ses yeux bleus semblaient transpercer Kounta.) Bell m'a dit que tu ne buvais jamais. C'est quelque chose que j'apprécie, de même que ta façon de bien te comporter.

M'sieu Waller s'interrompit et Bell lança un coup d'œil pressant à Kounta.

— Oui, m'sieu maître, dit-il précipitamment.

— Tu sais ce qui est arrivé à Luther ? demanda le maître.

— Oui, m'sieu, dit Kounta.

— Tu sais que je te vendrais à l'instant, comme je vendrais Bell, si vous n'étiez pas plus raisonnables que lui ? (Le maître rouvrit son livre.) Eh bien, tu commences demain. Je dois aller à Newport. Je t'indiquerai le chemin en attendant que tu l'apprennes. (Le maître regarda Bell). Donne-lui un habit, et dis au Violoneux qu'il remplacera Toby au jardin.

— Oui, m'sieu maître, dit Bell, et elle sortit avec Kounta.

Bell apporta à Kounta son nouveau costume : pantalon amidonné et chemise en toile de chanvre. Le lendemain matin, le Violoneux et le vieux jardinier l'aidèrent à se vêtir. Il s'y sentait assez à l'aise, mis à part ce ridicule lacet noir qu'ils lui nouèrent sous le col.

— A Newport, tu trouv'ras tout d' suite, c'est à côté du Palais d' justice, dit le vieux jardinier. Une grande maison, c'est des Waller qu'habitent là. (Le Violoneux inspectait Kounta de pied en cap, avec un air de satisfaction mêlé de jalousie.) Y a pas à dire, te v'là dev'nu un négro à part. Faut pas qu' ça t' monte à la tête.

Conseil bien inutile en vérité pour Kounta — après tout ce temps, il persistait à trouver indigne tout travail exercé au profit du Blanc. Le seul plaisir qu'il en tirerait serait de pouvoir enfin abandonner le jardin et élargir son horizon — à l'instar de ses oncles Djanneh et Saloum. Mais le tourbillon de ses nouvelles fonctions n'allait même pas le laisser savourer ce plaisir.

A toute heure du jour ou de la nuit, m'sieu Waller était appelé par ses patients. Alors Kounta devait accourir, atteler en toute hâte et rouler à tombeau ouvert dans d'étroits chemins en lacets effroyablement cahoteux. Kounta fouaillait les chevaux, le buggy tressautait et tanguait dans les ornières et les trous, m'sieu Waller se cramponnait à son siège. Mais Kounta avait le don de les conduire sans encombre sur les plus difficiles parcours, et même au moment du dégel, lorsque l'argile rouge des chemins se transformait en dangereux torrents de boue.

Un matin, m'sieu John, le frère du maître, pénétra au galop dans la plantation : sa femme venait d'être prise des douleurs alors qu'elle n'était encore qu'au septième mois de sa grossesse. M'sieu John laissa son cheval, qui était fourbu, et Kounta remmena les deux frères à une allure folle. Ils arrivèrent pourtant juste à temps, car le poil de ses chevaux fumait encore lorsque Kounta entendit monter les vagissements d'un nouveau-né. Le maître lui dit, en revenant, que c'était une fillette de cinq livres et qu'on allait la nommer Anne.

Et la vie continua à ce rythme. L'été et l'automne furent particulièrement agités parce qu'une épidémie de fièvre jaune faisait des ravages dans tout le pays — il y avait tant de malades que m'sieu Waller et Kounta se démenaient comme des fous sans pour autant suffire à la tâche, mais au point d'être pris à leur tour d'une forte fièvre. Bourrés de quinine, pour arriver à tenir, ils sauvèrent plus de vies qu'ils ne déplorèrent de morts. Mais la propre vie de Kounta se fondit dans un brouillard d'innombrables stations dans des cuisines de grandes maisons, de petits sommes sur des paillasses de fortune ou dans des meules de foin, d'interminables heures d'attente devant de misérables cabanes ou de majestueuses demeures d'où montaient les mêmes cris de douleur — et puis le maître remontait dans le buggy pour rentrer à la maison ou, plus souvent, pour aller chez le prochain patient.

Mais il y avait aussi des périodes de calme. Il se passait parfois des semaines entières sans que m'sieu Waller ait à se déplacer autrement que pour des tournées coutumières ou pour rendre visite à ses innombrables parents et connaissances des environs. Dans ce dernier cas, surtout au printemps et à l'été, il faisait bon rouler au petit trot des deux beaux chevaux bais — parfois, m'sieu Waller s'assoupissait sous le tendelet noir qui le protégeait du soleil. Les prés étaient pleins de fleurs des champs, de fraisiers sauvages, de buissons de mûres, les clôtures disparaissaient sous les plantes grimpantes. Partout l'air s'emplissait du bruissement d'ailes des cailles, de l'appel des étourneaux et des engoulevents ; les cardinaux faisaient de sautillantes petites taches rouges. De temps en temps, l'approche du buggy dérangeait une couleuvre lovée au soleil sur la route, et la bête filait en un éclair, ou effrayait une buse qui s'enfuyait avec de lourds claquements d'ailes en abandonnant sa proie. Mais le paysage préféré de Kounta, c'était un grand champ au milieu duquel se dressait solitairement un arbre, chêne ou cèdre ; cela lui rappelait ce que les anciens disaient, en Afrique, des baobabs solitaires — qu'ils s'élevaient là où avait existé un village. Alors, il retournait par la pensée à Djouffouré.

C'était à ses père et mère que m'sieu Waller rendait le plus fréquemment visite, dans leur plantation d'Enfield, située à la limite de deux comtés, celui du Roi Guillaume et celui du Roi et de la Reine. Comme dans toutes les propriétés habitées par des Waller, l'on arrivait par une longue allée bordée de très hauts et très vieux arbres, et l'on venait s'arrêter à l'ombre d'un très gros noyer noir planté dans la vaste pelouse qui s'étendait devant la maison. Celle-ci s'élevait sur une faible éminence dominant une petite rivière paresseuse, et elle était infiniment plus grande et plus riche que celle du maître.

Au début, les femmes qui régnaient sur les cuisines des grandes maisons auxquelles m'sieu Waller rendait visite avaient scruté Kounta d'un œil critique — et particulièrement l'ample cuisinière d'Enfield. Mais, sans jamais se départir de sa réserve, Kounta mangeait tout ce qu'elles lui servaient — sauf du porc, bien entendu — et ne manquait jamais de leur rendre son assiette bien nettoyée avec un chiffon. Alors, elles avaient fini par s'habituer à son attitude effacée et taciturne, et, après lui avoir servi six ou sept fois ses plats, la cuisinière d'Enfield sembla estimer qu'elle pouvait lui adresser la parole sans déroger.

— Tu sais où t'es ? lui demanda-t-elle brusquement en plein milieu de son repas. (Kounta ne répondit pas, et son silence ne parut pas la gêner.) Ici, c'est la première maison qu' les Waller ils ont bâtie dans les États-Unités. Y a jamais eu qu' des Waller ici, et ça fait cent cinquante ans! (Elle ajouta qu'Enfield était d'abord moitié moins grand, mais qu'on lui avait ajouté une seconde partie avec des matériaux apportés par voie d'eau — la rivière passait en bas.) La ch'minée, elle est faite en briques d'Angleterre, dit-elle fièrement.

Kounta l'écoutait avec des signes d'assentiment, mais sans paraître autrement impressionné.

De temps en temps, m'sieu Waller retournait à Newport — là où Kounta avait conduit pour la première fois le buggy. Il n'arrivait pas à croire qu'il s'était déjà écoulé toute une année. C'étaient l'oncle et la tante de m'sieu Waller qui habitaient cette maison — une maison dont Kounta trouvait qu'elle ressemblait beaucoup à Enfield.

Le maître avait aussi des cousins à Prospect Hill, dans le comté même de Spotsylvanie. Comme à Enfield, leurs maisons n'étaient hautes que d'un étage et demi ; et la cuisinière de Prospect Hill apprit à Kounta qu'il en allait de même pour la plupart des très anciennes maisons, parce que le roi avait imposé une taxe supplémentaire pour les demeures à deux étages.

Elle lui montra, à l'arrière de la maison, l'atelier de tissage — il n'en avait encore jamais vu. Ensuite, venait le quartier des esclaves — peu différent de celui de la plantation Waller — et puis un petit étang et, encore au-delà, le cimetière des esclaves.

— J' me doute que tu veux pas voir ça, devina-t-elle.

Et Kounta se demandait si elle comprenait combien il était bizarre et triste de la voir se comporter comme si c'était la plantation qui lui appartenait, et non elle qui appartenait à la plantation.

56

Kounta n'avait pas toujours quelque chose d'intéressant à rapporter aux autres de la ville, mais il aimait bien se retrouver avec eux autour du feu nocturne, devant la case du Violoneux. Pourtant, il s'apercevait qu'il discutait de moins en moins avec ce dernier — alors que, pendant si longtemps, il n'était venu que pour lui. A présent c'était surtout avec Bell et avec le vieux jardinier qu'il communiquait. Non que lui et le Violoneux fussent exactement en froid, mais les choses avaient changé, et cela l'attristait. Que le Violoneux s'occupât maintenant du jardin ne les avait pas rapprochés. Sans doute avait-il fini par s'accommoder de sa situation, mais voilà qu'à présent Kounta le *supplantait* en tant que source privilégiée d'informations et de commentaires sur ce qui se passait à l'extérieur.

Ce n'était pas que le Violoneux fût frappé de mutisme, mais, avec le temps, ses célèbres monologues devenaient de plus en plus rares et courts ; et il ne jouait plus guère du violon pour les esclaves. Il se montra si anormalement calme au cours d'une veillée que Kounta se demanda s'il avait pu le blesser involontairement, et il en parla à Bell.

— Tu y es pour rien, dit Bell. Ça fait des mois qu'il est comme ça, l' Violoneux. L'arrête pas d' circuler dans l' comté, à jouer pour les Blancs. Alors, l'est trop fatigué pour jacasser, et c'est pas moi qui m'en plaindrais. Il s' fait un dollar et demi à jouer pour les soirées des Blancs. L' maître y prend la moitié, mais ça lui laisse quand même soixante-quinze *cents*, au Violoneux. Alors, il va pas s' fatiguer à jouer pour les négros — à moins qu'ils s' cotisent pour l' payer.

Elle leva les yeux de son fourneau pour voir si Kounta souriait de sa remarque — mais ce n'était certainement pas le cas. Elle ne l'avait d'ailleurs jamais vu sourire qu'une seule fois — en apprenant qu'un esclave d'une plantation voisine avait réussi à s'enfuir là-haut dans le Nord.

— Il met l'argent d' côté, l' Violoneux, pour ach'ter sa liberté au maître, poursuivit-elle.

— L' temps qu'il en ait assez, il s'ra trop vieux pour mettre un pied d'vant l'autre, observa Kounta.

Bell s'en étrangla de rire.

Si le Violoneux ne parvenait pas à acheter sa liberté, ce ne serait pas faute de s'être donné du mal, pensait Kounta après l'avoir entendu jouer à l'occasion d'une réception à laquelle il avait conduit le maître. Les cochers bavardaient sous un arbre, aux abords de la maison, lorsque l'orchestre — conduit par un Violoneux en grande forme — attaqua une contre-danse si entraînante que les Blancs n'y purent résister.

Kounta apercevait les évolutions des jeunes couples qui sortaient sur la véranda par une porte et rentraient dans le grand hall par une autre sans cesser de tournoyer. Après le bal, les invités se rangèrent devant une longue table illuminée par une profusion de bougies et garnie de plus de mets que n'en voyait le quartier des esclaves dans toute une année. Quand ils se furent bien lesté l'estomac — la plantureuse fille de la maison se resservit à trois reprises — la cuisinière fit porter aux cochers un plein plateau de restes et une cruche de citronnade. Craignant que le maître soit prêt à partir, Kounta se dépêcha de manger une cuisse de poulet et une délicieuse chose fourrée de crème qu'un des cochers appelait « ai-klair ». Mais, finalement, les maîtres restèrent à discuter pendant des heures. Kounta distinguait de loin les habits blancs, les longs cigares au bout des mains gesticulantes, le scintillement des verres qu'ils portaient à leurs lèvres sous le grand lustre illuminé, tandis que les femmes, en grande toilette, minaudaient derrière leurs éventails.

La première fois qu'il avait conduit le maître à une grande réception de ce genre, Kounta avait été envahi de sentiments contradictoires : révérence, indignation, envie, mépris, fascination, répugnance et, plus que tout, d'une accablante impression de solitude qui l'avait oppressé pendant toute une semaine. Une telle opulence, une telle façon de vivre lui paraissaient proprement incroyables. Et il lui fallut encore mener le maître à beaucoup d'autres réceptions pour comprendre enfin que ces gens ne *vivaient* pas ainsi, que tout cela était étrangement irréel, que ces Blancs faisaient un beau rêve, qu'ils se mentaient à eux-mêmes en se disant que le bien peut sortir du mal, qu'ils pouvaient se comporter entre eux en personnes civilisées sans pour autant traiter comme des êtres humains ceux dont le sang, la sueur et le lait de leurs femmes leur donnaient la possibilité de mener leur vie de privilégiés.

Kounta regrettait de ne pas connaître assez la langue des toubabs pour faire part de cette idée à Bell et au vieux jardinier. Mais au fond, ayant toujours vécu ici, ils ne voyaient certainement pas les choses du même œil que lui — lui qui était né libre. Alors, comme toujours, il garda son idée pour lui — mais comme il aurait voulu ne pas se sentir aussi seul, après toutes ces années !

Environ trois mois plus tard, m'sieu Waller fut invité au bal que ses parents donnaient chaque année à Enfield pour le Thanksgiving Day.

— Z'invitent que la crème de la Virginie, l'informa Bell.

Ils arrivèrent en retard parce que, une fois de plus, le maître avait dû s'arrêter chez un patient. Toute la façade de la demeure était éclairée et les festivités battaient déjà leur plein. Et, juste au moment où les domestiques de service à la porte aidait le maître à descendre du buggy, Kounta entendit des sons qui le firent tressaillir. Tout près de là, quelqu'un frappait de la paume et du tranchant de la main un qua-qua, sorte de tambour fait d'une calebasse — et seul un Africain pouvait en jouer de la sorte.

Dès que le maître eut disparu dans la maison, Kounta jeta les guides au valet d'écurie préposé aux attelages et partit aussi vite que le lui permettait son pied mutilé. Il longea la maison, traversa l'arrière-cour, se guidant aux sons qui s'amplifiaient, et arriva devant une foule de Noirs se trémoussant et claquant des mains sous une guirlande de lanternes — les esclaves des Waller avaient, eux aussi, droit à leur fête. Kounta fendit leur groupe sans se soucier des protestations, déboucha au milieu du cercle : le musicien était là. Mince et grisonnant, la peau très noire, l'homme était accroupi devant son instrument, encadré par un joueur de mandoline et par deux hommes qui entrechoquaient des os de bœuf. Les yeux de Kounta rencontrèrent ceux de l'homme et, l'instant d'après, ils s'étreignaient sous les regards étonnés et goguenards de l'assistance.

— *As salakioum salaam !*

— *Malakioum salaam !*

Les formules étaient venues comme s'ils n'avaient jamais quitté l'Afrique. Kounta repoussa légèrement son aîné pour le regarder.

— J' t'avais encore jamais vu ici, s'écria-t-il.

— J' viens d'être vendu d'une autre plantation, répondit l'autre.

— Mon maître, c'est un p'tit à ton maître, j' conduis son buggy.

Des murmures d'impatience s'élevèrent. L'assistance voulait de la musique, et puis ces manières africaines étaient gênantes. Kounta et le joueur de qua-qua savaient que s'ils agaçaient les autres ils risquaient d'être dénoncés aux maîtres.

— A une aut' fois ! dit Kounta.

— *Salakioum salaam !* répondit l'homme en reprenant sa place devant l'instrument.

Kounta resta encore un court instant, le temps de l'entendre jouer un peu, puis il repartit brusquement, la tête basse pour cacher sa déception et sa gêne, et alla attendre m'sieu Waller dans le buggy.

Pendant les semaines qui suivirent, Kounta n'arrêta plus de se creuser la tête au sujet du joueur de qua-qua. A quelle tribu appartenait-il ? Pas à celle des Mandingues, cela se voyait, mais non plus à aucune des tribus qu'il avait pu connaître en Gambie ou voir dans le grand canot. Ses cheveux gris indiquaient qu'il était nettement l'aîné de Kounta ; peut-être avait-il autant de pluies qu'Omoro en aurait maintenant ? Et comment avaient-ils senti mutuellement qu'ils étaient des serviteurs d'Allah ? Le joueur de qua-qua semblait parler aussi bien la langue des toubabs que celle de l'Islam — donc, il devait être dans le pays des Blancs depuis de nombreuses pluies, peut-être plus nombreuses encore que celles qu'avait vécues Kounta. Il avait dit qu'il venait d'être vendu au père de m'sieu Waller ; alors, où se trouvait-il pendant toutes ces pluies, au pays des toubabs ?

Depuis qu'il conduisait le maître — trois pluies, déjà — Kounta avait vu des Africains à plusieurs reprises — malheureusement, en présence de m'sieu Waller, il n'était pas question de les saluer, et encore moins de leur parler. Il était même sûr d'avoir vu parmi eux un ou deux Mandingues. Mais les fois où il lui avait été donné d'apercevoir le plus d'Africains, c'était en passant, le samedi matin, devant les adjudications d'esclaves. Seulement, depuis ce qui était arrivé il y avait de cela six mois, il s'efforçait de prendre un autre chemin sans trop éveiller l'attention du maître. Ce jour-là, en effet, une jeune captive djola poussait de pitoyables hurlements. Ses cris l'avaient fait se retourner et, de son haut siège à l'avant du buggy, il avait vu cette femme fixer sur lui des yeux suppliants, il avait entendu ses appels à l'aide. Brûlant de honte, Kounta avait fouaillé si violemment les chevaux pour les faire avancer qu'ils s'étaient cabrés, rejetant brutalement le maître contre son dossier, au grand effroi de Kounta — mais le maître n'avait rien dit.

Kounta avait aussi rencontré un Africain au chef-lieu du comté, un après-midi où il attendait le maître, mais aucun ne parlait ni ne comprenait la langue tribale de l'autre, et l'Africain n'avait pas encore appris le parler toubab. Vingt pluies s'étaient donc écoulées pour Kounta au pays des Blancs sans qu'il lui fût donné de communiquer, ne serait-ce qu'une seule fois, avec un Africain — avant la rencontre du joueur de qua-qua.

Seulement, pendant plus de trois mois, jusqu'au printemps 1788, le maître rendit visite à tous les patients, les amis, la famille qu'il pouvait avoir dans cinq comtés sans jamais retourner à Enfield, chez ses parents. Kounta alla jusqu'à envisager de solliciter du maître qu'il lui délivre une passe pour un déplacement. Mais le maître lui poserait des questions. Et s'il prenait prétexte d'une visite à Liza, la cuisinière ? Alors, le maître en déduirait qu'il y avait quelque chose entre eux — il en parlerait à ses parents ; à leur tour, ceux-ci en parleraient à Liza. Dès lors, Kounta n'en sortirait plus — parce que, justement, s'il s'était aperçu qu'il ne déplaisait pas à Liza, de son côté il n'éprouvait rien pour elle. Aussi abandonna-t-il l'idée d'aller par lui-même à Enfield.

Mais il brûlait tellement d'y retourner qu'il devenait désagréable avec Bell — d'autant plus qu'il ne pouvait se confier à elle, puisqu'elle détestait tout ce qui était africain. En revanche, il avait été tenté de raconter sa rencontre au Violoneux et au vieux jardinier, car il était sûr qu'ils ne le répéteraient à personne ; mais il y avait renoncé : ces hommes ne pouvaient apprécier ce que cela représentait pour lui que de parler à quelqu'un de son pays après vingt pluies de solitude.

Et puis, un dimanche après déjeuner, l'ordre du maître arriva à l'improviste : il fallait atteler pour le conduire à Enfield. Kounta bondit de son siège et fila avec une précipitation qui laissa Bell ébahie.

En entrant dans la cuisine d'Enfield, Kounta salua

Liza, s'enquit de sa santé et s'empressa de dire qu'il n'avait pas faim.

— Ça fait longtemps que j' t'ai pas vu, dit-elle avec chaleur, et puis aussitôt elle s'assombrit. J' suis au courant pour toi et c't' Africain qu'on vient d' recevoir. L' maître aussi. Y a des négros qu'ont rapporté, mais t'en fais pas, l' maître il a rien dit. Tiens, attends une minute, dit-elle en le retenant par la main.

Kounta pouvait à peine contenir son impatience tandis qu'elle préparait deux gros sandwiches de viande, les enveloppait et les lui donnait en lui pressant de nouveau la main. Puis elle l'accompagna jusqu'à la porte de la cuisine et parut hésiter :

— Comme tu m' l'as jamais d'mandé, j' te l'ai jamais dit, mais ma mammy c'était une négresse d'Afrique. Ça doit être pour ça que j' t'aime bien. La case que tu cherches, c'est celle qu'a la ch'minée cassée, ajouta-t-elle en la montrant du doigt. L' maître, il a donné congé aux négros aujourd'hui, ils r'viendront pas avant la nuit. Mais tâche d'être au buggy quand ton maître voudra r'partir !

Kounta traversa en claudiquant le quartier des esclaves et alla frapper à la porte d'une petite case délabrée.

— Qui c'est ? demanda la voix qui lui était restée dans l'oreille.

— *As salakioum salaam !* dit Kounta.

Et la porte s'ouvrit.

57

Les Africains qu'ils étaient se devaient de ne pas laisser transparaître à quel point ils avaient attendu ce moment. L'aîné offrit à Kounta son unique chaise, mais celui-ci préféra s'asseoir sur le sol de terre battue, comme il l'aurait fait dans son village ; avec un grognement de contentement, le joueur de qua-qua alluma une bougie fichée sur la table boiteuse et se laissa tomber en face de Kounta.

— J' viens du Ghana ; les miens, c'est des Akans. Les Blancs, ils m'ont app'lé Pompée, mais mon vrai nom c'est Boteng Bédiako. D'puis l' temps que j' suis là, j'ai été dans six plantations, j'espère que ce s'ra la dernière. Et toi ?

Kounta s'efforça d'imiter la concision du Ghanéen pour lui raconter la Gambie, Djouffouré, le peuple mandingue, sa famille ; sa capture, ses fuites, son pied, le jardin et, maintenant, le buggy.

L'homme l'écouta avec attention et, quand Kounta eut terminé, il réfléchit un moment avant de reprendre la conversation.

— On a tous eu d' la misère. Çui qu'est sage, il en fait à son profit. Quel âge t'as ? ajouta-t-il en regardant Kounta avec intérêt.

Kounta répondit qu'il avait trente-sept pluies.

— On dirait pas. Moi, j'ai soixante-six ans.

— On dirait pas non plus, dit Kounta.

— T'étais pas né qu' j'étais déjà là. Si j'avais seul'ment su c' que j' sais maintenant. Mais toi t'es jeune, alors j' vais t' le dire. Les grand-mères, chez toi, elles racontent des histoires aux p'tits ?

— Oui, répondit Kounta.

— Alors, je vais t'en raconter une. Chez nous, les Akans, le chef il avait une espèce de grand fauteuil en ivoire d'éléphant, et un homme l'abritait tout l' temps avec un parasol. A côté, se t'nait l'homme par qui passait tout c' que disait l' chef et tout c' qu'on voulait y dire. Jamais personne y parlait directement, et lui non plus. A ses pieds, y avait un garçon qui r'présentait son âme. C'est lui qui transmettait les messages du chef au peuple, et il courait avec un gros sabre, pour que tout l' monde sût c' qu'il était. J'ai été c' garçon, moi, j' portais partout les messages, et c'est comme ça qu' les Blancs m'ont attrapé. (Kounta voulut dire quelque chose, mais le Ghanéen lui fit signe d'attendre.) C'est pas la fin d' l'histoire. Tu vois, sur le parasol du chef, y avait une main sculptée, qui t'nait un œuf. Ça r'présentait comment l' chef il d'vait manier son pouvoir. Et l'homme qui servait de bouche et d'oreilles au chef, il tenait toujours un bâton. Et sur l' bâton y avait une tortue sculptée. Ça voulait dire que la patience, c'est la clé d' la vie. Et sur la carapace de la tortue y avait une abeille sculptée. Ça voulait dire que rien peut la percer, la carapace de c't animal. (Le Ghanéen fit une pause.) Et c'est justement ça que j' veux te dire, c' que j'ai appris aux pays des Blancs : pour vivre ici, c' qu'il t' faut avant tout, c'est d' la patience — et une carapace épaisse. (A la lueur vacillante de la bougie, dans cette pauvre case, Kounta se disait que cet homme, chez lui, serait devenu kintango, ou alcala, sinon chef. Mais il restait muet, car il était incapable d'exprimer ce qu'il ressentait.) T'as l'air d'avoir les deux, dit finalement le Ghanéen avec un sourire. (Kounta voulut balbutier une excuse, mais les mots ne lui venaient pas. Le Ghanéen le regarda de nouveau en souriant, et puis reprit après un silence :) Chez nous, on t'nait les Mandingues pour de grands voyageurs et négociants.

— Z'aviez raison, répondit Kounta qui retrouvait sa voix. Mes oncles, de grands voyageurs que c'étaient. T'aurais entendu leurs histoires, z'avaient vu tous les pays. Avec mon père, on est allé une fois jusqu'à un village que mes oncles avaient fondé, très loin de Djouffouré. Moi, j' voulais aller à La Mecque et à Tombouctou et au Mali, partout où ils avaient été, mais j'ai été enl'vé avant d' pouvoir.

— J' sais pas mal de choses sur l'Afrique, dit le Ghanéen. L' chef, il m'avait fait instruire par les savants. J'ai rien oublié de c' qu'ils m'ont dit, et avec c' que j'ai pu encore apprendre et voir par ici, j' sais qu' la plupart de nous aut', qu'on a enl'vés, on était en Afrique occidentale. Depuis ta Gambie, en haut, et en suivant toute la côte jusqu'à ma Guinée. T'as entendu parler de c' que les Blancs appellent la Côte de l'Or ? Non ? Eh bien, y avait plein d'or dans l' coin. Et c'te côte, elle s'étendait jusque passé la Volta. C'est là qu' les Blancs ils attrapent les Fantis et les Achantis. Ces Achantis, paraît qu' c'est eux qui s'agitent et s' révoltent plus que tout l' monde ici. Mais c'est quand même eux qu' les Blancs ils achètent le plus cher, pasque ces Noirs-là ils sont malins et solides. Et puis, la Côte des Esclaves, c'est là qu' les Blancs prennent les Yoroubas et les Dahoméens, et juste à la pointe du Niger, c'est les Ibos. (Kounta dit qu'on dépeignait les Ibos comme des gens de caractère doux. Le Ghanéen fit un signe d'assentiment et ajouta :) Paraîtrait qu'une fois une trentaine d'Ibos se s'raient pris par la main et qu'ils s'raient descendus en chantant dans un fleuve pour s' noyer. En Louisiane, que c'est arrivé.

Kounta commençait à s'inquiéter : si le maître voulait partir et ne trouvait pas son cocher ? Il cherchait un sujet de conversation qui lui permettrait de prendre congé. Et puis le Ghanéen lui dit :

— Comme on vient d' parler tous les deux, y a personne d'autre ici avec qui ça pourrait arriver. J' peux pas t' dire combien d' fois, c' que j'avais dans la tête, j' l'ai tambouriné sur le qua-qua. J' savais pas qu' t'étais là, mais c'était sûr'ment à toi que j' parlais.

Profondément émus, les deux hommes restèrent un long moment à se regarder sans rien dire. A la lueur de la bougie, Kounta remarqua qu'ils avaient oublié les sandwiches sur la table.

— On a toujours l' temps d' manger, dit le Ghanéen en souriant. Faut qu' t'y ailles, maintenant. Chez moi, tout en discutant, j'aurais sculpté une p'tite chose dans une épine, et j' te l'aurais donnée.

Kounta répondit que, chez lui, ç'aurait été une grosse graine de mangue séchée qu'il aurait ciselée.

— J' pense tout l' temps qu' si j'avais une graine de mangue à planter, ça m' rappellerait l' pays.

— Bah ! dit le Ghanéen, t'es jeune. La s'mence, t'en as plus qu'il t'en faut. Mais t'as besoin d'une femme pour la planter.

Kounta était trop confus pour répondre. Le Ghanéen se leva, et ils se serrèrent la main gauche — à la manière africaine signifiant qu'ils se reverraient bientôt.

— *As salakioum salaam.*
— *Malaïka salaam.*

Kounta quitta le quartier des esclaves aussi vite que le lui permettait sa claudication. Si le maître était déjà prêt à partir et le cherchait ? Mais le maître ne se montra qu'au bout d'une bonne demi-heure, et Kounta le ramena sans même sentir les guides dans ses mains, sans même entendre le bruit des sabots. Il lui semblait qu'il venait de parler à Omoro, son père chéri. Jamais une soirée n'avait autant compté pour lui.

LITTÉRATURE GÉNÉRALE

CONNAISSANCE

RÉCITS VÉCUS et DOCUMENTS

ÉDITIONS J'AI LU

31, rue de Tournon, 75006-Paris

diffusion

France et étranger : Flammarion - Paris
Suisse : Office du Livre - Fribourg
Canada : Flammarion Ltée - Montréal

IMPRIMÉ EN FRANCE PAR BRODARD ET TAUPIN
7, bd Romain-Rolland - Montrouge.
Usine de La Flèche, le 03-08-1979.
6497-5 - Dépôt légal 3ᵉ trimestre 1979.
ISBN : 2 - 277 - 11968 - 7